Les Feux de Bois-Colombes

W0226166

Du même auteur

La Nuit des abeilles, collection Romans, De Borée, 2010.
Les Grillons du fournil, collection Terre de poche, De Borée, 2010.
La Ronde des saisons, collection Romans, De Borée, 2009.
Le Printemps d'Antonia, collection Terre de poche, De Borée, 2008.
Les Chemins de toile, collection Romans, De Borée, 2007.
Marie, fille des montagnes, collection Romans, De Borée, 2005.
Le Mur de la Destinée, collection Romans, De Borée, 2003.
La Maison d'école, collection Romans, De Borée, 2002.

En application de la loi du 11 mars 1957,
il est interdit de reproduire intégralement ou partiellement
le présent ouvrage sans autorisation de l'éditeur ou du Centre français
d'exploitation du droit de copie, 20 rue des Grands-Augustins, 75006 Paris.

© De Borée, 2011

Imprimé en U.E. en décembre 2010
Dépôt légal : janvier 2011
ISBN : 978-2-8129-0308-3
ISSN : 1769-1788

***Josette Boudou** a été institutrice puis directrice d'école. Auteur de nombreux romans à succès comme* Le Printemps d'Antonia *et* Les Grillons du fournil, *elle consacre son temps à l'écriture et au journal d'une association : Patrimoine et Culture. Le prix Gandois lui a été décerné pour son roman* Le Mur de la destinée. *En 2008, elle a reçu également le prix Lucien Gachon pour* Les Chemins de toile. Les Feux de Bois-Colombes *est son neuvième roman paru aux éditions De Borée.*

Josette Boudou

Les Feux de Bois-Colombes

De Borée

Première partie

Sophie

« Certains êtres sont comme le lilas
qui sature de son parfum, jour et nuit,
l'air dans lequel il trempe [...]
elle voguait entre terre et ciel, aussi
insaisissable que l'aigrette du pissenlit,
détachée par un souffle d'enfant... »

CHRISTIAN BOBIN, *Louise Amour*

I

Le courroux d'Angèle

Au comble de la fureur, Angèle arpentait à grands pas la salle à manger où régnait une agréable fraîcheur. Dans le jardin au contraire, malgré les grands eucalyptus et les hauts mimosas à l'épais feuillage dentelé, la chaleur des derniers jours de juin se révélait jusqu'au soir quasi intolérable.

D'ordinaire, pour tous les habitants de Bois-Colombes, c'était l'heure sacro-sainte de la sieste. Mais ce jour-là ne ressemblait en rien aux autres jours de l'été provençal. Pour Angèle Solliès un séisme, une abomination inconcevable menaçaient de s'abattre sur la quiétude de sa famille : son fils unique, héritier de la verrerie ancestrale, prétendait épouser une étrangère ! Pire encore, orpheline et, surtout, pauvre comme Job !

Gaspard, elle n'en doutait pas, avait perdu la tête devant cette intrigante qui, c'était certain, cherchait à se « caser » chez d'honnêtes bourgeois, travailleurs, respectés de tous dans la région et même au-delà.

« Moi vivante, s'exclama Angèle, les yeux étincelants de colère, elle n'entrera pas ici, jamais ! Mais dis quelque chose à la fin, toi, au lieu de rester là comme une bûche ! »

La jeune femme à qui elle s'adressait se tenait debout dans une encoignure de fenêtre. Elle n'osait pas tourner le dos et jouer l'indifférente. Certes, elle avait été témoin de beaucoup de scènes semblables, essuyant parfois elle-même le courroux de sa sœur aînée. Mais, ce jour-là, l'exaspération de cette dernière atteignait un paroxysme effarant.

Beaucoup plus jeune qu'Angèle, Jeanne-Marie n'avait pas ce caractère autoritaire et emporté. Sa vie durant, elle n'avait cessé de se montrer conciliante, de plier sans résister jamais devant ce parangon d'intransigeance qu'était sa sœur.

« Et le pauvre Matthieu, reprit Angèle sans interrompre sa marche saccadée d'un bout à l'autre de la pièce, crois-tu que son fils pense à lui ? Absolument pas ! Gaspard est un égoïste, nous l'avons trop gâté, enfin toi surtout ! »

Jeanne-Marie ne releva pas cette injustice. Contrarier sa sœur était inutile, elle le savait bien. Si elle voulait épauler son neveu, mieux valait se taire, attendre que l'orage passe. Si toutefois il passait…

« Matthieu, faillit-elle dire malgré tout, repose depuis plus de deux ans dans sa tombe, que pourrait-il faire pour ou contre son fils ? Et pourquoi Gaspard devrait-il renoncer à un amour visiblement sincère au nom de son père disparu ? » C'était ridicule mais cette vérité, là encore, n'était pas bonne à dire.

De taille moyenne, Angèle se redressait toujours pour en imposer davantage. Son regard gris acier glaçait généralement ses interlocuteurs. Ce jour-là, elle persistait dans son injuste colère ; toisant sa sœur, les lèvres pincées elle ajouta :

« S'il s'entête dans son idée de mariage avec cette Sophie je-ne-sais-quoi, je le maudirai, retiens bien ce que je te dis ! Et pense ce que tu veux, peu m'importe ! Une gamine de dix-neuf ans, sans parents, sans fortune et russe de surcroît… c'est impensable, tout bonnement impensable !

– Elle est née à Paris, dit doucement Jeanne-Marie, elle est française.

– Née de Russes immigrés en 1912, un père tailleur, une mère couturière, quelle belle lignée ! jeta ironiquement Angèle. Et je préfère ne pas évoquer leur religion…

– Gaspard nous a affirmé que cette jeune fille n'était pas pratiquante. De plus, comme une grande majorité des petites Parisiennes, elle a fréquenté l'école de son quartier jusqu'à quatorze ans avant d'entrer en apprentissage. En quoi est-elle différente de nous, de moi ? »

Angèle eut un rire méchant.

« Naturellement, tu la soutiens sans la connaître ! Je m'y attendais, figure-toi ! Tu ne manques jamais une occasion de me contredire, ce n'est pas nouveau. L'idée ne t'effleure même pas que Gaspard, pour m'amadouer, a raconté quelque mensonge à propos de sa lointaine bien-aimée. Ce que tu peux être naïve, ma pauvre ! Mais dis-toi bien que ni toi, ni mon fils, ni personne ne me fera changer d'avis ! »

Là-dessus, elle sortit en coup de vent, claquant la porte avec rage.

Jeanne-Marie pensa tristement que le pauvre Gaspard n'aurait certainement pas gain de cause. Lui, toujours si docile devant la trop forte personnalité de sa mère, trouverait-il l'énergie nécessaire pour imposer son mariage avec cette jeune fille inconnue ?

* *
*

Ce soir-là, le dîner sur la terrasse, à la fraîche, fut silencieux et vite dépêché. Aucun des trois convives n'avait vraiment d'appétit. Gaspard lui-même, après une longue journée de travail, chipotait dans son assiette, la mine sombre. La première, Angèle quitta la table sans un mot. Sa sœur se mit aussitôt à desservir et Gaspard la suivit à la cuisine.

« Jeannie, demanda-t-il à voix basse, tu viendras me rejoindre dans le parc, dis ? »

L'air anxieux du jeune homme la toucha profondément. Avant le repas, Angèle avait rendu son verdict :

« Je n'accepterai pas ce mariage, tiens-le-toi pour dit. Tu me connais, tu sais que je ne reviendrai pas sur cette décision. Tu es ici chez toi, dans la maison de ta famille paternelle. Mais, même si ton père n'est plus là, j'ai des droits moi aussi. Si je ne peux t'obliger à quitter Bois-Colombes, il en est de même pour toi. Tu es majeur, je ne l'oublie pas, tu peux donc amener ici cette péronnelle mais, je t'avertis, je l'ignorerai au même titre que cette chaise, là ! »

D'un geste méprisant, Angèle désignait le siège qu'elle tirait pour prendre place à table. Gaspard voulut plaider la cause de sa fiancée une dernière fois.

« Maman, quand tu connaîtras Sophie...

– Rien du tout ! coupa sèchement sa mère. Je viens de te le dire, je ne la verrai même pas ! Pour moi, elle sera tout bonnement transparente ! »

Confus, humilié, le jeune homme n'insista pas. Jeanne-Marie fit le service et personne n'aborda plus ce sujet brûlant.

Sous les grands arbres du jardin, dans la pénombre, la jeune femme avait pris le bras de son neveu. À vingt et un ans, Gaspard était grand et fort. Les cheveux bruns, souples et brillants, les yeux noirs, c'était un beau jeune homme sympathique. Il exerçait avec passion son métier de verrier d'art. Son père lui avait tout appris mais, à plusieurs reprises, il avait tenu à l'envoyer en stage chez des confrères pour, disait-il, « lui ouvrir l'esprit ». Deux ans et demi après sa mort, il le pleurait encore dans le secret de son cœur. Sur chaque outil qu'il touchait presque religieusement, c'était la main de son père qu'il voyait. Plusieurs fois par jour, il lui demandait conseil : la couleur, la forme de l'objet qu'il s'apprêtait à réaliser, le degré de cuisson de la pâte... Le jeune homme savait tout cela, mais c'était une façon de faire revivre Matthieu, encore un peu. Son père, la bonté même...

« Mon pauvre ami, disait souvent Angèle méprisante, en haussant les épaules, tu es trop faible, je te l'ai toujours dit ! Tes ouvriers, tes clients profitent de toi, tu te laisses tondre la laine sur le dos. Moi, à ta place... »

« À ma place, songeait Matthieu, tu te retrouverais seule dans la verrerie et, pour le travail, tu serais bien avancée ! »

Mais ces réflexions, il les gardait pour lui. Par chance, Angèle n'entrait jamais dans les ateliers. Et comme lui-même y passait le plus clair de son temps, il n'avait guère l'occasion de subir l'acrimonie de son épouse. À cette condition seulement, le couple avait pu continuer à vivre sous le même toit.

Gaspard était tout le portrait de son père, même caractère, même physionomie. Aussi sa mère se plaignait-elle sans cesse à Jeanne-Marie de la nonchalance de son fils.

« Ah ! Si seulement il avait hérité de moi ! soupirait-elle. Mais non, c'est un faible lui aussi, hélas ! Je me suis toujours demandé de quelle manière Matthieu, son père et son grand-père avant lui avaient pu faire prospérer leur entreprise. D'après ce que je sais, tous manquaient de l'énergie la plus élémentaire. »

Six petites années séparaient Gaspard de sa tante. Pour lui, elle avait plutôt joué le rôle d'une grande sœur. Aussi patiente qu'Angèle était brusque, aussi aimante que celle-ci se montrait froide et rigide. Certes elle aimait son fils, elle en était fière (un si bel enfant devenu un si charmant jeune homme !) mais il n'était pas dans sa nature de s'attendrir, même à l'époque où il était encore un tout petit garçon. Les chagrins de Gaspard, seule Jeanne-Marie les avait consolés. Matthieu aussi, parfois, mais il n'avait guère de temps à consacrer à son fils. Il n'apparaissait qu'aux repas pour, bien souvent, repartir aussitôt vers ses fours qui ne s'éteignaient presque jamais ; le dîner à peine achevé, généralement l'enfant devait regagner sa chambre et se coucher sans le bonsoir de son père.

Le dimanche après-midi seulement, et encore pas toutes les semaines, Matthieu emmenait Jeanne-Marie et le garçon en promenade. À quelques centaines de mètres de la verrerie, une petite plage faisait les délices du gamin. Baignades, jeux de ballon, folles courses sur le sable avec le chien, c'était le bonheur. Même en hiver, par temps doux, ils marchaient pieds nus tous les trois, échevelés, la peau poisseuse d'air humide et de sel. On jetait un bâton à Sultan, on récoltait de minuscules coquillages. L'intérieur de ces trouvailles, nacré de turquoise clair et de rose très doux, enchantait le petit garçon. Il voyait là des œuvres d'art, au même titre que les merveilles fabriquées à la verrerie. Il jurait que, plus tard, il saurait donner au verre ces teintes délicates, irisées, chatoyantes.

Angèle détestait le sable qui piquait la peau et s'insinuait partout, le vent qui dérangeait son chignon, la mer elle-même (« tellement monotone et ennuyeuse », affirmait-elle avec dédain). Les promenades dans la garrigue de l'arrière-pays n'avaient pas non plus l'heur de lui plaire. Accrocher ses vêtements aux griffes des buissons, les tacher de résine, se tordre les chevilles sur un sol inégal, quel intérêt ?

« Vous n'êtes que des vagabonds tous les deux, reprochait-elle à sa sœur et à son mari. Quel exemple pour cet enfant ! N'a-t-il pas assez de place dans le jardin pour jouer ? Mais après tout, faites comme bon vous semble, que m'importe ! Surtout, ajoutait-elle à l'adresse de Jeanne-Marie, ne t'avise pas de mettre au petit des vêtements neufs pour vos escapades de bohémiens ! »

Plongé dans ses souvenirs, Gaspard gardait le silence. Soudain il s'arrêta, leva les yeux vers sa tante.

« Je t'en prie Jeannie, dis-moi ce que je dois faire ! »

Le ton était suppliant. Dans la pénombre, la jeune femme ne distinguait pas le regard de son neveu mais, à la crispation de sa main sur son bras, elle percevait son désarroi, sa tension inquiète. Elle lui fit face, le prit aux épaules.

« Sophie, tu l'aimes vraiment, tu es sûr, pour toujours ?

– Oui, oh oui, je l'aime ! Pour elle, je suis prêt à tout !

– Eh bien, épouse-la ! Mais dis-toi bien que ta mère est capable de lui faire vivre un enfer. Je crains que la pauvre ne soit guère heureuse ici.

– Si c'est vraiment le cas, nous partirons ailleurs. »

Stupéfaite, Jeanne-Marie demanda doucement :

« Tu serais capable d'abandonner ton travail, la verrerie de ton arrière-grand-père ?

– Pour le bonheur de Sophie, oui, je le ferais. »

Le ton de Gaspard était résolu.

« Mais je le ferais la mort dans l'âme, tu le sais bien... »

Sa tante resta silencieuse. « Comme il l'aime, songeait-elle, et quelle chance elle a ! » Pourquoi donc n'avait-elle jamais rencontré un homme aussi épris ? Ou bien n'avait-elle pas su le voir, au moment opportun ? À vingt-sept ans seulement, elle n'attendait plus rien de la vie, et pourtant beaucoup d'autres, bien plus âgées... Elle se ressaisit, se fit des reproches. Il ne s'agissait pas d'elle-même mais du bonheur de Gaspard et de cette jeune inconnue.

Ne fallait-il pas plutôt conseiller à son neveu de partir sur-le-champ, de gagner Paris, de s'y installer près de celle qu'il avait choisie ? Jeannie avait mal, elle ne voulait pas le perdre, il était à la fois son petit frère et, un peu aussi, son enfant. Lui parti, qui l'aimerait ? Elle se rendait compte que c'était là une pensée très égoïste. La gentillesse de Matthieu, son affection lui manquaient tellement ; depuis ses cinq ans, il lui avait servi de père. Gaspard disparu, il ne lui resterait rien.

* *
*

Le lendemain, le jeune homme informa sa mère qu'il partait pour deux petites semaines. Il reviendrait marié et ramènerait Sophie à Bois-Colombes. Pendant qu'il parlait d'une voix tendue, les yeux baissés face à Angèle, dressée, toute roide, le menton haut et le regard brillant de rage, Jeanne-Marie était au supplice. Elle savait trop combien il lui en coûtait d'affronter ainsi sa mère.

« Tu es majeur, tu fais ce que tu veux, dit-elle seulement d'une voix dure. Mais ne te méprends pas surtout : tu cherches la guerre, tu l'auras ! Ainsi tu abandonnes ton travail. Que devient la verrerie pendant ton absence ?

– Frédéric est au courant, il s'occupera de tout.

– Très bien. Je n'ai rien à ajouter. »

Là-dessus, Angèle tourna les talons. Alors Gaspard se jeta dans les bras de Jeanne-Marie. Il la serra très fort, ses larmes débordaient. Elle le berça comme le petit enfant qu'il n'était plus. Enfin, en pleurs elle aussi, elle le repoussa doucement.

« Allons, va mon petit. Tu me donneras des nouvelles, tu promets ? »

Il fit oui de la tête, se força à sourire, l'embrassa sur la joue et grimpa jusqu'à sa chambre pour faire ses bagages. Malgré l'intense chaleur de ce jour d'été, Jeanne-Marie eut froid tout à coup.

* *
*

Le 17 juillet 1935, Sophie et Gaspard se mariaient, seuls avec deux témoins. Employée dans un atelier de mode féminine, la jeune fille avait choisi comme témoin l'une de ses collègues. Un voisin, ami fidèle d'Andreï, le père de Sophie, avait accepté d'être celui du marié. Il voulait bien se charger ensuite de la vente du petit appartement où Sophie, maintenant, vivait seule. Anna, sa mère, était morte alors qu'elle venait d'avoir douze ans. Son père, Andreï Amaloff, l'avait quittée depuis seulement onze mois ; sur son lit de mort, il l'avait confiée à Ivan Dorsky, immigré comme lui vingt-deux années plus tôt, veuf et sans enfants. Depuis que la jeune fille se retrouvait sans aucune famille, le brave homme lui tenait lieu de père et de conseiller. Apprenant le mariage proche de Sophie, il avait dit tristement :

« Ainsi, tu vas m'abandonner, mon oiseau bleu ? Tu oublieras vite le vieil Ivan…

– D'abord tu n'es pas vieux, avait répliqué Sophie. Et puis, la fleuriste du coin de la rue te dévore des yeux quand tu passes, je le sais. Épouse-la bien vite ! »

Ils avaient ri avant de s'embrasser.

« Ce qui me console, c'est que ton futur mari t'aime comme un fou, je l'ai bien vu ! Il te rendra heureuse, ma petite caille, je te le jure !

– Je reviendrai te voir, c'est promis.

– Tu seras bien obligée pour la vente de l'appartement, mais après… »

Il eut un geste fataliste et, sous son épaisse moustache brune, une moue désabusée.

« Après, nous verrons bien. Rien ne t'empêchera de venir me voir. Tu pourrais, quand tu auras épousé la fleuriste, envisager un voyage de noces dans le Midi ! »

Ivan fit mine de la battre pour cette innocente taquinerie.

« Allons, dit-elle en riant, n'oublions pas les préparatifs de mon mariage à moi. Accompagne-moi donc à *L'Isba fleurie,* je veux commander un petit repas pour le grand jour. »

L'Isba fleurie était un modeste restaurant de leur quartier où l'on servait des plats typiquement russes. Le couple relativement âgé qui tenait cette auberge, fréquentée surtout par des immigrés, n'avait guère la visite de Sophie. Mais son père et Ivan avaient là leurs habitudes, avant…

« Pauvre Andreï, soupira ce dernier, il n'aura pas la joie de te voir au bras de ton époux ! Il aurait approuvé, tu crois ? Tu es si jeune, ma colombe !

– J'ai presque dix-neuf ans et demi, ce n'est pas si jeune, tu sais ! »

Rieuse, Sophie secouait ses longs cheveux blonds et bouclés en glissant son bras sous celui de son vieil ami. Ses yeux d'un bleu profond riaient de plaisir. Par le plus grand des hasards, le ciel ou le destin, enfin un sort divinement favorable lui avait permis de rencontrer Gaspard, quelques mois plus tôt. Sans doute aurait-il fallu marquer ce jour d'une pierre blanche, comme le faisaient les anciens pour conjurer la fatalité. Mais Sophie ignorait ces pratiques d'un autre âge et, à vrai dire, elle ne s'en souciait pas.

Le jeune homme s'était rendu dans la capitale pour assister au mariage d'un compagnon verrier qui allait se fixer à Paris. Il avait donc invité le fils de son ancien patron et le quittait à regret. Couturière, sa fiancée était employée dans la même maison de mode que Sophie, demoiselle d'honneur et cavalière de Gaspard. Bien qu'éphémère, cette rencontre avait été décisive.

En quittant la noce, au petit matin, le jeune homme avait juré de revenir très vite. Malgré sa mère qui ne comprenait pas le but de ce nouveau voyage, il avait tenu parole. Angèle soupçonnait que le prétexte donné par son fils était un mensonge, mais il n'avait pas tenu compte des réticences maternelles. Il était donc revenu vers celle qui l'avait conquis de manière irrémédiable. Aussitôt, Sophie et lui s'étaient fiancés en se jurant un amour éternel.

Et voilà que maintenant ils étaient mari et femme. L'absence de sa future belle-mère avait naturellement étonné, et même un peu inquiété Sophie mais Gaspard s'était montré rassurant.

« Ne te pose pas de questions ma chérie, ma mère déteste quitter sa maison. Pour elle, Paris est aussi loin de la Provence que les États-Unis d'Amérique ! »

En plaisantant de la sorte, Gaspard était très mal à l'aise mais il avait bien donné le change. Sans doute aurait-il dû informer sa jeune femme de l'hostilité de sa mère à son égard. Il n'en avait pas eu le courage et, après les adieux à Ivan, ils prirent le train pour Toulon. Là, Frédéric Aubertin, le contremaître, viendrait les chercher avec la voiture de Gaspard et les ramènerait à Bois-Colombes. Après, songeait le jeune homme avec angoisse, ce serait au bon vouloir de sa mère.

II

Les maîtres verriers

LORSQUE GASPARD présenta sa jeune épouse à Angèle, celle-ci, la mine renfrognée, se contenta d'un bref salut. Aucun mot de bienvenue, aucun geste amical, même forcé. Heureusement, Jeanne-Marie était là. Elle embrassa Sophie sur les deux joues en disant :

« Je suis très heureuse de faire la connaissance de ma nièce. Le voyage n'a pas été trop long ? »

Sa voix était chaleureuse, elle souriait. Mais la présence trop visiblement hostile de sa belle-mère intimidait au plus haut point la jeune femme qui réussit pourtant à bredouiller :

« Merci, moi aussi je suis contente de vous rencontrer, madame…

– Oh, non ! Pas madame voyons ! Je suis Jeanne-Marie, la tante de Gaspard. Mais appelez-moi Jeannie, comme il le fait depuis toujours. »

Le regard noir, Angèle s'adressa sèchement à son fils :

« Nous dînons dans une demi-heure, va donc installer ton épouse. Et pas de retard à table, n'est-ce pas ? »

Elle dévisageait sévèrement sa belle-fille qui rougit sans oser regarder Gaspard. Cette froideur, ce ton autoritaire tellement inattendu et injustifié la glaçaient, l'amenant au bord des larmes. Son mari lui prit le bras.

« Viens », dit-il en la conduisant vers l'escalier. Et il l'entraîna jusqu'à leur chambre.

La porte refermée, Sophie laissa éclater son indignation.

« Eh bien, quel accueil ! Tu es sûr, vraiment, que ta mère est heureuse de me voir sous son toit ? »

Le ton était amer. Visiblement, la jeune femme se sentait profondément blessée. Gaspard la prit doucement dans ses bras, l'embrassa sur la tempe, sur la joue. Sophie s'était raidie et tentait de se dégager.

« Ma mère n'a rien contre toi, rien du tout, je te l'assure. C'est... c'est de me voir marié qui lui déplaît. Elle me trouve beaucoup trop jeune, tu comprends ? Mais, qui que soit mon épouse, elle agirait de même. Sa froideur n'a rien de personnel envers toi. Cela va lui passer, donnons-lui juste un peu de temps... »

La mine triste, la voix hésitante de Gaspard étaient explicites. Sophie se rendit compte qu'il souffrait. Alors elle noua ses bras autour de son cou, se serra contre lui. À présent, ils ne se quitteraient plus, le reste importait peu. Pour l'amour de Gaspard, elle supporterait la méchante humeur de sa belle-mère. Et quand bien même le monde entier se liguerait contre eux, ensemble ils seraient toujours les plus forts. Chaque jour, la jeune femme bénissait le destin qui avait placé cet homme sur sa route, ce même destin qui attendait son heure et se montrerait bientôt terriblement cruel.

« Aucune importance, chuchota-t-elle, je m'habituerai. De ton côté, n'y prête pas attention. Et puis, ta tante a l'air si gentille !

– Oh oui ! Jeannie c'est la bonté même, tu pourras toujours compter sur elle. Demande-lui tout ce que tu voudras, elle se mettra en quatre pour te venir en aide.

– Comme elle a l'air jeune !

– Vingt-sept ans. Tu vois, nous sommes presque frère et sœur.

– Pourquoi vit-elle ici ? Elle n'a pas de chez elle ?

– Ses parents sont morts quand elle avait un peu plus de quatre ans. Ma mère, de seize ans son aînée, venait de se marier. Alors Matthieu, mon père, la crème des hommes, n'a pas hésité. Il a pris Jeanne-Marie chez lui, il l'a élevée. Il avait vingt-huit ans et c'était un vrai père pour elle. Ma mère n'a jamais été tendre certes, mais elle s'est occupée de sa petite sœur comme elle l'aurait fait de sa fille.

– Et Jeannie ne s'est pas mariée ? Elle est jolie pourtant. »

Gaspard eut une moue d'ignorance.

« Préparons-nous, dit-il en jetant un coup d'œil à sa montre. Je voulais te dire… Si mon travail n'était pas ici, à la verrerie, qui de plus est à moi depuis deux ans, nous serions partis habiter ailleurs. Mais, depuis quatre générations, les Solliès sont implantés à Bois-Colombes. Alors, tout laisser…

– Ne te soucie pas, je m'habituerai, je te le répète. C'est beau ce nom, Bois-Colombes. Pourquoi ?

– Quand j'étais petit, mon grand-père me disait que c'est à cause des tourterelles. Beaucoup d'arbres ont disparu mais, autrefois, la verrerie en était entourée. Des quantités de tourterelles nichaient un peu partout. Mais il reste encore des nids dans le jardin, je te les montrerai. D'ailleurs, dès demain matin tu les entendras roucouler. On peut même dire qu'elles ne sont pas très discrètes, mais, que veux-tu, elles font partie du décor ! Jeannie et moi, nous les aimons bien. »

Gaspard souriait maintenant. Touchée, Sophie l'embrassa tendrement. Ils gagnèrent sans attendre la salle à manger où les accueillit le sourire affectueux de Jeanne-Marie.

Dès qu'elles s'étaient retrouvées seules, Angèle avait vertement réprimandé sa sœur.

« Je suis heureuse de connaître ma nièce ! fit-elle en l'imitant. Ta nièce ! Tu dis n'importe quoi ! Où as-tu la tête ?

– Que tu le veuilles ou non, la femme de mon neveu est ma nièce. Il n'y a rien d'étrange à cela.

– Dans ce cas, je devrais peut-être dire que cette Sophie est ma fille ?

– Eh bien oui ! Et elle sera la mère de tes petits-enfants, n'oublie pas.

– N'anticipe pas, je te prie. D'ailleurs, tu t'amuses follement à me faire enrager, tu jubiles, hein ? »

La voix mordante, Angèle avait un regard dur que sa sœur connaissait bien.

« Des petits-enfants ! Comme s'il n'y avait pas assez de cette… de cette sainte-nitouche ! Tu n'as pas l'air de comprendre : ici, je ne serai plus chez moi. Mais je vais la surveiller, je l'empêcherai de m'envahir, de fureter partout. Non mais ! Et puis, au besoin, j'ai toujours ma maison en Auvergne. S'il le faut, j'irai m'y réfugier. »

« Ta maison ! se répéta Jeanne-Marie. Notre maison, plutôt ! Je sais bien que je ne compte pas pour grand-chose mais tout de même ! »

Angèle faisait allusion à la propriété de leurs parents qu'elles n'avaient jamais partagée. Après leur brusque mort accidentelle, la benjamine était venue vivre à Bois-Colombes. Depuis, la maison familiale auvergnate ne s'ouvrait que trois semaines, au mois d'août. Un couple de voisins, le reste du temps, assurait le gardiennage et l'entretien des dépendances.

Comme toujours, Jeanne-Marie accepta que sa sœur ait le dernier mot. Il valait mieux lui laisser croire qu'elle disait juste. Pour avoir la paix. Et puis la jeune femme pensait à Gaspard et à Sophie : point n'était besoin d'envenimer les choses, bien au contraire.

* *
*

Dès le lendemain matin, Sophie demanda à visiter les ateliers. Tout heureux de cet intérêt pour son cadre de travail, Gaspard la présenta aux ouvriers, s'attardant davantage auprès de Frédéric, le contremaître. La veille, à la gare, celui-ci s'était contenté de saluer la jeune patronne sans plus de discours.

« Frédéric, avait confié Gaspard à son épouse, c'était l'ami et le bras droit de mon père. À présent, c'est le mien. Il travaille ici depuis près de vingt-cinq ans. À quatorze ans, mon grand-père, dont je porte le prénom, l'a pris en apprentissage et il est toujours là. »

Le contremaître était reparti vers les fours. Cédant sa place à un ouvrier, il revint vers le jeune couple.

« Si l'on m'enlevait mon travail ici, dit-il avec son accent chantant de Méridional qui enchantait Sophie, je n'aurais plus qu'à me jeter à la mer ! Quand on me parle de retraite, je vois rouge.

– Oh ! La retraite, tu en es bien loin, heureusement ! dit Gaspard. J'ai besoin de toi. Si tu partais, la verrerie n'y survivrait pas ! »

Ils se mirent à rire ensemble et Frédéric s'en fut rejoindre son poste.

« Cet après-midi, lui cria Gaspard, je serai de nouveau au travail ! Tu me feras un compte rendu de ces jours derniers. Jeannie m'a affirmé qu'il n'y avait eu aucun problème. »

Et se tournant vers Sophie :

« Elle aussi travaille avec nous, mais elle ne souffle pas le verre. Elle s'occupe du courrier, des expéditions, de la clientèle. Et elle dessine les décors des pièces rares, surtout celles qui sont commandées, elle est très douée, tu verras. Mais cet après-midi, si tu veux bien, elle te fera connaître notre village et le port. Moi, je serai à l'atelier, tu ne m'en veux pas ?

– Bien sûr que non ! Tu dois travailler, je le sais bien. Mais il me tarde tant de voir la mer ! Je suis contente d'aller faire sa connaissance avec Jeannie. Tu sais, je l'aime déjà, nous serons amies, j'en suis certaine. »

Gaspard ne pouvait que se féliciter de voir régner une bonne entente entre sa jeune femme et Jeanne-Marie. Mais, connaissant sa tante, il n'en avait jamais douté.

« Je lui demanderai aussi de te conduire chez la femme de Frédéric, un de ces jours. Elles sont très amies, toutes les deux. Il faut dire que Magali est très avenante, toujours d'humeur égale. La famille habite Maureuil-le-Haut, il y a quatre enfants. Il me semble que Pierre-Yves, le plus jeune, va sur ses quatre ans, déjà. Au-dessus, il y a Aurélie et puis les aînés, des jumeaux. Pascal et Florent ont treize ans accomplis. Tous les deux veulent être verriers. D'ici une année, ils rentreront sans doute en apprentissage chez nous. Pourquoi les envoyer plus loin puisque nous sommes les meilleurs ? »

Gaspard éclata de rire et Sophie lui fit un sourire indulgent.

« Tu es vraiment modeste, dit-elle pour le taquiner.

– Et maintenant, si tu venais voir tout le monde à l'œuvre ? Tu pourrais juger par toi-même.

– Oh certes non ! Pas juger, admirer seulement ! J'avoue que j'ignore absolument tout de ton métier de verrier d'art.

– Après une première visite, tu pourras demander des explications à Jeannie. Si elle ne les pratique pas, elle connaît toutes nos techniques.

– Et ta mère ?

– Ma mère ? Oh ! non, même du temps de mon père, elle ne s'est jamais montrée à la verrerie. Elle dit que la chaleur extérieure lui suffit. Mais elle continue à assumer la comptabilité. Souvent, je l'ai entendue regretter que son époux n'ait pas une entreprise en Auvergne où le climat est beaucoup plus tempéré.

– Pourquoi l'Auvergne ?

– Parce que c'est là qu'elle a vécu jusqu'à son mariage, à l'âge de dix-neuf ans. Mais elle a suivi mon père ici bien sûr. Allez, donne-moi la main et commençons par le commencement. »

Le jeune couple se dirigea vers le vaste entrepôt où l'on stockait toutes les fournitures nécessaires à la fabrication de la pâte de verre. Gaspard, alors, se lança dans de longues explications, détaillant l'usage et les propriétés de chaque matériau. Attentive, Sophie s'efforçait de tout mémoriser. Pour rien au monde elle n'aurait voulu décevoir son mari. Sa passion pour son métier lui paraissait admirable ; bien plus, elle était communicative et extrêmement touchante.

Impressionnée par cette quantité de sacs volumineux et d'énormes barils emplissant l'entrepôt jusqu'au plafond, la jeune femme ouvrait de grands yeux.

« Alors il faut tout cela pour fabriquer du verre ?

– Eh oui ! »

Gaspard riait.

« Et encore, nous n'avons plus à nous soucier du combustible, à présent nos fours fonctionnent au gaz. Autrefois, les verreries, implantées en bord de mer ou sur les rives d'un fleuve pour recevoir facilement le sable, se trouvaient toujours proches d'une forêt. On chauffait au bois, les fours ne s'éteignaient jamais et les quantités brûlées étaient énormes. Puis le charbon l'a remplacé. Maintenant, il suffit d'une conduite de gaz, c'est beaucoup moins encombrant. Viens, allons voir les fours. Aujourd'hui, on façonne des séries de verres à vin et à sirop ; c'est dans ce genre d'articles que la demande est la plus forte. Mais nous ressortirons vite. Ajoutée à celle de l'été, la fournaise se révèle rapidement insupportable pour qui n'est pas habitué. Imagine que la pâte de verre se forme aux environs de 1 100 à 1 300 degrés ! »

Durant quelques minutes, le jeune couple observa les souffleurs, debout devant les fours incandescents. Régulièrement, ils buvaient quelques gorgées d'eau à leur bouteille placée le plus loin possible des sources de chaleur.

Vêtus d'une ample chemise retombant sur leur pantalon de toile, ils s'approchaient de l'« ouvreau » pour « cueillir » la pâte de verre en fusion, à l'aide d'une canne de fer creuse longue de deux mètres. S'éloignant un peu de la fournaise, ils la faisaient d'abord tourner sur elle-même pour refroidir légèrement la pâte rougeoyante. Puis, très rapidement, ils trempaient la pièce, dite « paraison », dans un seau d'eau. Ensuite, on roulait la matière toujours en fusion sur le marbre, on soufflait à petits coups et l'on roulait à nouveau. On égalisait les bords aux ciseaux avant de revenir plonger la pièce au four pour réchauffer la matière.

Certains ouvriers, dès la boule de pâte cueillie, la roulaient dans une poudre pour la colorer grâce à des oxydes métalliques. Plus tard, Sophie apprendrait qu'on utilisait l'oxyde de fer pour le vert, le cuivre pour le rouge, le cobalt pour le bleu, l'or pour le rose et le rubis, le sélénium pour le jaune orangé, le chrome ou l'argent pour le jaune clair, le manganèse pour le violet.

Bien plus encore que dans l'entrepôt, la jeune femme ouvrait des yeux immenses, subjuguée et admirative. Certes, la chaleur était quasi insupportable, mais elle ne se lassait pas d'observer chaque geste, chaque étape d'une fabrication qui, sans doute aucun, avait quelque chose de magique.

La pièce réchauffée, les souffleurs retravaillaient sa partie haute, l'ouvrant à l'aide des fers. Enfin, on l'enfournait dans l'arche de recuisson. Elle y resterait une quinzaine d'heures jusqu'à total refroidissement. Dans le four éteint, la chaleur baisserait graduellement, passant d'environ 600 degrés à la température de l'air ambiant.

Gaspard entraîna la jeune femme au-dehors, sous un grand pin parasol. Ils s'assirent à l'ombre, sur un épais tapis d'aiguilles sèches.

« Explique-moi, s'il te plaît », demanda Sophie.

Heureux de son intérêt manifeste pour le travail des souffleurs – son travail à lui –, il ne se fit pas prier.

« En ce moment, chacun crée une série de verres de couleur différente. Après, je ne sais pas ce que Frédéric a prévu. N'oublie pas que je rentre de vacances… »

Gaspard embrassa tendrement sa jeune femme avant de poursuivre :

« Un autre jour, nous fabriquerons des coupes à fruits, des vases, des pichets à eau, des petits animaux décoratifs, des pieds de lampe et des abat-jour. Notre production est très variée, tu verras. Ce travail n'est jamais monotone, c'est là tout son attrait. »

Une à une, il reprit pour les expliquer toutes les étapes de fabrication auxquelles Sophie venait d'assister.

« Je crois, avoua-t-elle un peu confuse, que je n'ai pas vraiment tout saisi. Mais je retournerai à l'atelier autant de fois qu'il le faudra pour comprendre.

– Bien sûr, ce n'est pas du tout évident, je le sais. Mais avec l'aide de Jeannie, tu perceras bientôt tous les secrets des maîtres verriers, j'en suis certain.

– Dans l'entrepôt, tu m'as dit le nom de tous les matériaux, tu peux me préciser ce que contient exactement la pâte de verre ?

– Eh bien, d'abord de la silice, le sable si tu préfères. Il entre à 70 % dans son élaboration. C'est un produit vitrifiant. On ajoute d'autres substances, dites liquéfiantes, pour faciliter la fusion : la soude, la potasse, l'arsenic. Il faut aussi de la chaux, sans elle le verre serait soluble dans l'eau. Enfin, suivant l'usage auquel on le destine, divers matériaux en petite quantité lui donneront des propriétés spéciales. Voilà, je t'ai tout dit, enfin presque.

– Ce doit être un long apprentissage pour parvenir à maîtriser tous ces gestes, dit pensivement la jeune femme.

– Sept ans, pas moins. Après, on se perfectionne au fil des jours. Mon père a voulu que je fréquente l'école jusqu'à seize ans. On peut donc dire que je suis à peine un véritable ouvrier souffleur. Mais j'ai un très gros avantage : malgré les criailleries de ma mère, en période de vacances mon père prenait le temps de m'expliquer chaque geste. En effet, j'étais dans les ateliers, d'où j'observais tout, dès l'âge de sept ans. Évidemment, je ne pratiquais pas le soufflage, mais j'ai acquis ainsi un grand nombre de connaissances très utiles. De plus, mon père me prêtait des livres retraçant l'histoire des verriers depuis la période antique. Je sais tout de ce métier et de ces hommes passionnés par leur travail.

– Oh ! Dis-moi !

– Ce serait trop long, je t'en instruirai petit à petit. Mais, naturellement, j'ai conservé les livres de mon père, tu pourras les lire puisque cela t'intéresse. À présent, l'heure du déjeuner approche, je le crains. Allons affronter la reine mère ! »

Il souriait, mais Sophie lisait dans ses yeux quelque appréhension. La veille au soir, le dîner avait été lugubre, malgré les efforts de Jeannie et de Gaspard pour entretenir la conversation. Mais que faire ? Si Angèle avait décidé de persister dans son mutisme, personne, hélas, n'avait le pouvoir de l'en tirer. Il n'y avait qu'à accepter et à subir la situation.

III

Découvertes

ÉCOURTANT LA SIESTE, Jeanne-Marie entraîna l'épouse de son neveu pour la longue promenade prévue le matin même. « Prends un chapeau de paille surtout, il est encore tôt, le soleil est méchant pour deux bonnes heures encore. Et toi, tu n'es pas habituée ! »

Sophie voulut commencer par une visite de la petite plage la plus proche. Elle avait tellement hâte de découvrir la mer. Gaspard la lui avait décrite avec enthousiasme mais, comme les enfants, elle ne parvenait pas à visualiser vraiment une aussi vaste étendue d'eau ; elle connaissait seulement la Seine et les petits lacs d'agrément des parcs parisiens. Mais elle se doutait bien qu'aucune comparaison n'était possible.

« Elle est là, derrière ce repli de colline, dit son guide en tendant le bras légèrement vers la droite. S'il s'agissait de l'océan, on pourrait déjà l'entendre et même sentir sa bonne odeur d'iode et d'algues vertes. Notre Méditerranée est beaucoup plus sage et plus discrète, mais elle est si belle ! Tu vas voir, c'est un enchantement. »

Les yeux de Jeanne-Marie brillaient. Il n'y avait pas si longtemps, elle allait contempler la « Grande Bleue » chaque semaine au moins en compagnie de Matthieu et de Gaspard. Maintenant, elle s'y rendait souvent mais seule. Son neveu avait des amis de son âge et n'accompagnait guère sa tante que pour quelques promenades hivernales. Après la mort de son père, l'année de deuil achevée, Gaspard passait généralement ses dimanches après-midi avec une bande de jeunes, à l'insu d'Angèle le plus souvent. Parfois, il avait des remords :

« Je te délaisse ma Jeannie, pardonne-moi. »

Et il l'embrassait pour gagner ce pardon. Alors elle plaisantait :

« C'est normal, je comprends tout à fait. La compagnie de tes amis, et aussi de quelques jeunes filles sans doute, est certainement bien plus intéressante que celle de ta vieille tante !

– Les filles, oui il y en a quelques-unes, avouait-il, mais la plupart sont farouches, tu n'as pas idée ! Bien peu fréquentent la plage ou le bal seules, elles ont toujours une mère ou un chaperon quelconque à leurs côtés. Le croirais-tu : certaines de ces dames sont de véritables cerbères ! »

Puis Gaspard s'échappait avec un rire joyeux pour une baignade suivie de jeux sur le sable. L'après-midi, généralement, se terminait dans l'un des trois bars du petit port où un accordéoniste faisait danser la jeunesse chaque dimanche.

Mais le garçon se gardait bien d'arriver en retard pour le dîner. Malgré ses vingt ans, il craignait les réprimandes acerbes de sa mère. Pourtant, Jeanne-Marie savait que, les derniers mois avant sa rencontre avec Sophie, il s'échappait aussi la nuit, de temps à autre. Amusée, elle se disait que certaines jeunes filles étaient probablement moins farouches que d'autres ; mais, après tout, rien ne permettait de penser qu'il s'agissait de jeunes filles… Certaines femmes mariées ont parfois bien des complaisances pour les jeunes et beaux garçons comme Gaspard…

Évitant la grande porte d'entrée qui grinçait toujours un peu sur ses gonds, le jeune homme passait par l'office où seule une antique targette intérieure défendait le passage vers le cellier. De là, s'évader était un jeu d'enfant ; complaisante, la grosse clé tournait silencieusement dans la serrure qu'il avait huilée par précaution. Il se retrouvait alors dans le jardin qu'il traversait dans l'ombre à pas de loup. Quelques heures plus tard, il rentrait de même. Ni vu ni connu.

Les deux jeunes femmes gravirent la pente de la petite colline hérissée d'arbustes épineux.

« Marche derrière moi et suis bien le sentier, recommanda Jeannie, sinon tu auras les jambes toutes griffées. »

L'air, où bourdonnaient des insectes fantasques, vibrait de chaleur. Une odeur délicieuse, entêtante, montait de la terre surchauffée par l'implacable soleil du Midi.

« Qu'est-ce qui sent si bon ? demanda Sophie.

– Oh ! plusieurs petites plantes aromatiques mais le romarin surtout. »

Jeanne-Marie se pencha, cueillit une brindille, l'écrasa légèrement entre ses doigts.

« Sens, dit-elle, en approchant sa main du visage de sa compagne.

– Quel parfum ! Et la lavande, il n'y en a pas ici ?

– Non, il faut monter au-dessus du village pour trouver les champs. À l'époque de la floraison, je t'y mènerai. La terre, là-haut, se peint alors de bleu et de mauve, un peu comme la mer. C'est magnifique. »

Elles arrivaient au sommet du coteau. Après un large espace recouvert d'agaves et de figuiers de Barbarie parmi quantité d'herbes folles, une bordure de pins parasols laissait deviner l'horizon. Entre leurs branches étales, garnies de longues aiguilles vert foncé, un scintillement bleu argenté, aveuglant, captivait le regard.

Sophie marqua un temps d'arrêt, ses yeux s'arrondirent puis, attirée comme par un aimant, elle se mit à courir en zigzaguant parmi les plantes grasses aux piquants acérés. Parvenue sous les pins, elle continua sa course. D'un élan irrésistible vers la nappe d'un bleu intense, illimitée, elle traversa la petite plage sablonneuse pour s'arrêter enfin au ras de l'eau.

Quand Jeanne-Marie l'eut rejointe, elle se retourna, l'air émerveillé, toute rose de l'effort en pleine chaleur.

« C'est... je ne sais comment dire... c'est splendide ! Gaspard m'avait dit pourtant, mais je n'aurais jamais imaginé... »

Son regard allait de droite à gauche, revenait face à elle, comme si elle cherchait une rive inexistante, une limite improbable à cette masse d'eau d'un bleu parfait, uniforme, démesurée.

« Qu'est-ce que c'est, là-bas, sur l'horizon ? »

La jeune femme montrait trois grandes formes allongées au fond du ciel dans une très légère brume bleuâtre.

« Nos trois îles, dit Jeannie, le Levant, Port-Cros et Porquerolles. On les appelle les îles d'Hyères.

– On peut y aller, il y a des habitants ?

– Oui. Gaspard t'y conduira un dimanche. »

Au large se précisaient trois petites taches blanches sur l'eau qui semblait immobile. Quand elles se rapprochèrent, on put distinguer des voiliers encore minuscules. Comme trois mouettes à la dérive, ils se suivaient nonchalamment, dansant à la surface, légèrement inclinés sous le vent de mer.

Sophie ôta ses sandales pour sentir sous ses pieds la douceur du sable fin à la blondeur scintillante ; il était brûlant.

« Chausse-toi vite, tu vas griller ! Ou alors, avance un peu dans l'eau. »

Et comme sa compagne hésitait, Jeanne-Marie se déchaussa, fit quelques pas sur le bord. L'eau transparente recouvrait à peine ses chevilles, les caressait, refluant sans hâte, avançant et reculant encore d'un demi-mètre à peine, avec une lenteur paresseuse. Quand elle découvrait le sable humide, un chuintement très doux, à peine perceptible, accompagnait l'infime éclatement de bulles éphémères.

« Écoute, dit Jeannie, la mer chuchote pour t'accueillir !

- Elle est toute chaude ! s'exclama Sophie. On pourrait se baigner entièrement, tu crois ?

– Bien sûr. D'ailleurs regarde, derrière nous. »

Un groupe de six ou sept personnes, enfants et adultes, installaient des chaises de toile rayée sous l'un des grands pins. Presque aussitôt, à quelque distance des deux jeunes femmes, tous se précipitaient vers l'eau avec des cris et des exclamations.

Sophie contempla les nageurs qui s'éloignaient lentement de la plage. À la limite de l'eau, deux mères de famille commencèrent à remplir de sable des petits seaux ; près d'elles, deux bambins accroupis maniaient leurs pelles minuscules. Un peu plus loin, un jeune homme, dans l'eau jusqu'à la ceinture, enseignait les mouvements de la brasse à un garçonnet de cinq ou six ans.

« Gaspard voudra bien m'apprendre à nager, tu crois ?

– Il se fera un plaisir, dit Jeannie en souriant. Et maintenant, si nous voulons aller jusqu'au village, il est temps.

– Et le port ?

– Tu dois choisir, c'est l'un ou l'autre. Mais demain, il fera jour, n'est-ce pas ? Nous continuerons nos découvertes. Ainsi, le matin, j'en profiterai pour aller acheter du poisson à la criée sur le port.

– Eh bien, je me rends compte que j'ai encore bien des choses à voir ! Mais, à force, tu ne te lasseras pas de me servir de guide ?

– Dans la mesure où mon patron me donne carte blanche, affirma Jeannie en riant, rien ne peut me faire plus de plaisir, je te l'assure. »

* *
*

Les jeunes femmes firent demi-tour pour prendre la route littorale. Bientôt, elles tournaient à gauche vers les collines étagées contre le ciel d'un bleu dur uniforme.

« Regarde, dit Jeannie, c'est là-haut ! »

Sophie leva les yeux. Face à elle, à flanc de coteau, s'étageait un gros bourg aux toits de tuiles roses. Au-dessus, les ruines d'un fort mettaient une tache grise sur un fond de verdure et de rochers blanchâtres. Peu après apparut un panneau routier indiquant :

« Maureuil-le-Haut – 0 km 600. »

De chaque côté de la petite route en lacet, dans les grands eucalyptus poudrés de poussière, les cigales s'en donnaient à cœur joie. Au passage des promeneuses, leurs stridulations aiguës s'arrêtaient pour reprendre presque aussitôt.

« Elles chantent à la gloire du soleil ! plaisanta Jeannie. Enfin non, elles ne chantent pas, mais naturellement je ne t'apprends rien.

– Eh bien si, avoua Sophie. Tu sais à Paris, les cigales...

– Je suis sotte, excuse-moi ! On dit que la cigale chante, en réalité elle frotte ses élytres contre son thorax. Là, il y a un creux, comme un minuscule tambour, qui fait cage de résonance.

– Tu m'en montreras ?

– Alors ça, ce n'est pas sûr du tout. Elles restent toujours bien cachées. Dans notre jardin, avec un peu de chance, tu pourras peut-être en voir sur une branche de mimosa. Tiens, justement, en voilà une grande étendue. »

Les eucalyptus faisaient place aux grands arbres dont le feuillage finement dentelé frémissait à peine dans l'air brûlant.

« Le mimosa, je connais oui, enfin pas l'arbre mais son feuillage fin et ses boules jaunes minuscules. À Paris, les fleuristes en vendent. Pourquoi ceux-là ne sont-ils pas fleuris ?

– Tu n'as pas dû faire très attention, c'est en hiver que l'on vend du mimosa. Il fleurit en février. Là, tu verras les collines toutes poudrées de jaune d'or. Chez nous, les mimosas sont si nombreux que leur odeur douce s'insinue partout dans la maison. »

Sophie leva les yeux à nouveau. Au-dessus du petit bourg qui se rapprochait, une dernière ligne de collines offrait au regard une grande tache de verdure sombre rafraîchissante. Plus tard, la jeune femme apprendrait que cette végétation dense se composait surtout de pins d'Alep et de pins maritimes, de chênes-lièges et de chênes verts.

« Nous sommes dans le massif des Maures, dit Jeannie. Comme tu le vois, les collines vont presque jusqu'à la mer. Le nom du village vient sans aucun doute de ces envahisseurs qui, autrefois, quittaient l'Afrique du Nord pour débarquer tout le long de la côte. Les citadelles, comme celle qui subsiste encore là-haut, étaient bâties pour défendre les villages. Pour empêcher les barbares d'accoster et de se livrer au pillage, les habitants tiraient des coups de canon sur leurs navires.

– Eh bien dis-moi, tu es vraiment très savante !

– Je n'ai aucun mérite, c'est Matthieu qui m'a tout appris de cette région magnifique. N'oublie pas que j'avais cinq ans à peine lorsque Angèle et lui m'ont recueillie chez eux. Je considère que là est ma petite patrie, j'aime son passé, ses coutumes, ses paysages au-delà de tout.

– Et l'Auvergne où tu es née ?

– Je ne renie pas ma province originelle, malheureusement je la connais assez peu. En août seulement, quand la verrerie ferme ses portes trois semaines pour donner congé aux ouvriers, nous repartons dans la maison familiale. Mais, en si peu de temps, je n'ai jamais pu lier de véritables relations avec les gens de l'endroit. Je n'y ai donc aucune attache. »

Volontairement, elle ne fit pas allusion à celui qu'elle avait connu et aimé trois étés de suite, entre dix-sept et vingt ans. Longtemps, les jeunes gens avaient correspondu en cachette. Les lettres arrivaient à l'insu d'Angèle chez Magali Aubertin, aimable et discrète complice.

Et puis, un beau jour, le jeune homme avait disparu. Jeanne-Marie avait tout tenté pour apprendre quelque chose à son propos. Mais, dans le village auvergnat où elle résidait si peu, elle n'avait obtenu aucun renseignement valable. Six ans après, elle portait encore en elle cette douloureuse blessure. Malgré elle, quand revenait le mois d'août, l'espoir renaissait pourtant. Toujours en vain.

« Le mois d'août approche, dit Sophie, nous allons donc partir bientôt en Auvergne ?

– Eh oui. Gaspard ne t'en a pas parlé ?

– Si, un peu je crois, mais il m'a dit tant et tant de choses que j'avais oublié, j'avoue.

– Là-bas, nous respirerons mieux, mais nous n'aurons pas les bains de mer. En revanche, tout près de chez nous coule une belle rivière de montagne. On s'y baigne avec plaisir, mais il faut choisir un endroit ensoleillé. Sous les arbres, l'eau est glaciale ! Pour en revenir au nom du village : Maureuil, le Maure, tu vois ? D'ailleurs, à l'origine Port-Maureuil s'appelait Maureuil-le-Bas. Ce n'était qu'un hameau de pêcheurs. Je ne l'ai pas connu ; le port et le nouveau village datent seulement d'une soixantaine d'années, mais je pourrai te montrer deux ou trois petites maisons de l'époque. Elles ressemblent plutôt à des cabanes : une seule pièce au rez-de-chaussée et des combles sous le toit minuscule, avec une remise attenante pour ranger le matériel de pêche. Bon, nous voilà rendues. »

Elles atteignaient les premières maisons du bourg et la pente s'accentuait. Une odeur chaude et sucrée chatouillait agréablement les narines. À droite et à gauche, sur les trottoirs étroits, des lauriers-roses couverts de fleurs en étoiles embaumaient. Des bougainvilliers violet et rouge donnaient l'assaut à presque toutes les façades, peintes en jaune clair, en ocre pâle et surtout en rose, un rose très doux, un peu fané. Teintes et odeurs mêlées faisaient du petit bourg un enchantement.

« Oh ! soupira Sophie, c'est vraiment le paradis chez vous ! Et dire que je pensais que Gaspard exagérait en me décrivant ces lieux qu'il aime passionnément ! Ce soir, je ferai amende honorable. C'est bien vrai que, en comparaison, la grisaille parisienne n'a rien d'exaltant.

– Paris aussi a son charme. À cinq ou six reprises, Matthieu nous y avait conduits, Gaspard et moi. Beaucoup de monuments sont admirables, l'île de la Cité avec les quais et la Seine nous avaient enthousiasmés, je me souviens. Lors de notre dernier voyage, c'était le printemps, il faisait très beau. Des quantités d'arbres en fleurs le long des avenues, des parterres sur les places où chantaient des fontaines rendaient la ville infiniment attrayante.

– Tu as raison, je suis sans doute un peu ingrate. Mais vois-tu, là-bas, l'hiver est beaucoup trop long, brumeux, gris et froid. D'après Gaspard, ici c'est généralement la douceur qui domine à la mauvaise saison.

– Que dirais-tu d'une boisson fraîche après cette longue marche ? »

Jeanne-Marie montrait la petite terrasse d'un café, à l'ombre de palmiers nains un peu ébouriffés. Des bacs de verveine multicolore délimitaient l'endroit. Sophie acquiesça et elles s'y installèrent pour déguster une menthe à l'eau.

* *
*

Les jeunes femmes venaient de visiter la petite église perchée tout en haut du village. Elles s'arrêtèrent pour choisir quelques cartes postales. Sophie désirait en expédier à quelques anciennes collègues et surtout à son cher vieil Ivan. Soudain, une jeune femme s'arrêta à leur hauteur.

« Jeannie ! Tu as déjà fini ta journée ? »

Les bras chargés de provisions, Magali Aubertin leur souriait. Jeannie s'empressa de faire les présentations.

« Sophie, la jeune femme de Gaspard, ma nièce donc. Magali, l'épouse de notre contremaître. »

Sophie tendait la main en souriant, mais, posant ses paniers sur le trottoir, Magali la prit aux épaules pour l'embrasser sur les deux joues. En même temps, elle s'exclamait :

« La petite femme de Gaspard ! Quelle bonne surprise ! Je suis contente, vrai ! »

Son accent chaleureux amusa Sophie. Brune, le teint mat, Magali était réellement très sympathique. Elle espéra aussitôt s'en faire une amie.

« Venez jusqu'à la maison, proposa cette dernière. Vous goûterez mon sirop de groseille, il est très réussi.

– Non, tu es gentille, une autre fois c'est promis. Là, nous avons tout juste le temps de rentrer pour le dîner. Nous devons être à l'heure, tu sais bien !

– Je sais oui », dit Magali en riant.

Aussitôt, Sophie pensa que la jeune femme connaissait bien Angèle et son intransigeance.

« Demain matin, j'emmènerai Sophie visiter le port. Après, il faudra tout de même que je songe à travailler un peu.

– Oh ! Gaspard te donnera bien quelques jours de plus.

– Sans doute, mais il ne faut pas abuser des bonnes choses, n'est-ce pas ? Et puis nous avons un tas de commandes à préparer avant la fermeture annuelle. Les enfants vont bien ?

– Très bien, ils ont la forme, ça on peut le dire ! Si vous allez sur le port tôt le matin, vous rencontrerez les jumeaux. Pour se faire un peu d'argent, ils aident les pêcheurs à décharger et à nettoyer les barcasses. Plus besoin de se fâcher pour les tirer du lit, ils sont debout avant leur père. Et, dès 7 heures, ils prennent le raccourci pour filer vers le port.

– Et les deux petits ?

– Depuis le début des vacances, je ne les vois guère qu'aux repas. Le matin, ils courent les rues avec d'autres galapiats de leur espèce ; l'après-midi, les deux grandes filles de la voisine les emmènent à la plage. Ainsi, je suis tranquille. »

Maureuil-le-Haut n'était qu'un gros bourg de deux mille cinq cents habitants où tout le monde se connaissait. Livrés à eux-mêmes, les enfants ne couraient cependant aucun danger.

Jeanne-Marie et sa nièce prirent congé de Magali et commencèrent à redescendre pour rejoindre la route. Le soleil baissait légèrement mais il était ardent encore ; les façades fleuries retenaient la chaleur emmagasinée tout le jour. À la sortie du village, les jeunes femmes respirèrent mieux.

Quand Sophie regagna sa chambre pour faire un peu de toilette, Gaspard l'y avait précédée. Après sa journée de travail dans les ateliers devenus de véritables étuves, il prenait toujours un bain rapide avant de se changer. Vêtu d'un pantalon de lin, il boutonnait sa chemise de fin coton bleu pâle. Il embrassa tendrement sa jeune femme.

« Tu as passé un bon après-midi ? Où étiez-vous ?

– Nous arrivons du village, nous avons rencontré l'épouse de Frédéric qui paraît fort gentille, vraiment. Mais, d'abord, c'est la mer que j'ai voulu voir.

– Alors ?

– Alors, c'est mille fois mieux encore que ce que j'avais imaginé ! J'ai… j'ai eu un choc, réellement, je ne m'attendais pas… Mais tu me retardes mon chéri, laisse-moi vite faire un brin de toilette, je transpire tellement. Ne nous faisons pas attendre surtout. Ce soir, je te raconterai en détail, promis. »

Sophie embrassa rapidement la joue de son mari avant de gagner le cabinet de toilette. Quelques minutes plus tard, sur le point de quitter la chambre pour descendre dîner, elle prit le temps d'ouvrir toutes grandes les deux fenêtres pour laisser entrer la fraîcheur du jardin. Aussitôt, l'odeur suave, miellée, des lauriers en fleur – on en avait planté une vingtaine, et pas seulement des roses, des jaunes aussi, des rouges, des blancs – monta jusqu'à elle. Un instant, elle ferma les yeux pour mieux se pénétrer de leur parfum. Oui, vraiment, elle avait trouvé le paradis…

* *
*

Pendant le dîner, comme toujours Jeanne-Marie fit de son mieux pour alimenter la conversation. Sophie s'efforçait de lui répondre avec naturel. Mais Gaspard, visiblement, cachait la gêne provoquée par l'attitude désagréable de sa mère ; le visage fermé, celle-ci feignait d'être absorbée par le contenu de son assiette et baissait obstinément les yeux.

La salade de tomates au basilic achevée, Jeanne-Marie se leva pour gagner la cuisine. Sophie en profita pour bondir de sa chaise.

« Je viens t'aider ! » dit-elle un peu trop vite.

Quand les deux jeunes femmes eurent disparu, Angèle regarda son fils avec irritation.

« Ton épouse a-t-elle l'intention de passer son temps en promenade ? Il faudrait songer à l'occuper, je n'aime pas les oisifs, tu le sais pourtant !

– Maman, c'est son premier jour ici ! Elle veut connaître les lieux où elle va vivre désormais, quoi de plus normal ? »

Il se tut. Jeanne-Marie revenait, un plat de rôti de porc à la sauge dans les mains. Sophie s'était chargée des légumes, courgettes poêlées et petites pommes de terre sautées à l'ail.

Chacun se servit puis Jeanne-Marie, la mine désinvolte, s'adressa à sa sœur :

« Jeudi, il sera inutile que Flavie se charge de nous rapporter du poisson, mais je l'en avertirai. Demain matin, Sophie et moi nous irons au port à l'arrivée des bateaux. Nous achèterons des rougets, ou autre chose si tu préfères ? »

Négligeant de répondre à cette question, Angèle, pour la première fois, s'adressa directement à sa bru :

« Vous vous imaginez donc que ma sœur n'a pas autre chose à faire que de se promener à droite et à gauche ? Dans une semaine, nous partons pour l'Auvergne, d'ici là elle aura assez de travail, je suppose ! »

Le silence retomba sur la tablée. Machinalement, Jeanne-Marie coupait de nouvelles tranches de rôti, sans paraître aucunement contrariée par la réflexion piquante de sa sœur.

« J'avais prévu mes sorties avec ma nièce, dit-elle calmement, j'ai donc organisé mon travail en fonction de la journée perdue. »

Et elle ajouta avec un petit sourire ironique :

« Sois sans crainte, les bénéfices de la verrerie ne pâtiront aucunement de nos promenades ! »

Brusquement, Angèle se leva, les lèvres pincées.

« Je n'ai plus faim, finissez sans moi ! »

Elle rentra dans la maison d'un pas décidé pour monter aussitôt dans sa chambre.

« Oh ! Je suis navrée, dit Sophie à mi-voix, à cause de moi...

– Mais pas du tout ! jeta Gaspard. Tu n'y es pour rien, n'est-ce pas Jeannie ?

– Sophie, dit cette dernière en détachant ses mots, comprends que ni toi ni personne ne pourra changer ma sœur. Il faut la prendre comme elle est, ignorer ses remarques et faire ce que bon nous semble, voilà tout ! Je vais chercher le dessert. »

Quand elle revint avec une salade de pêches rafraîchies, Gaspard avait passé un bras autour des épaules de sa jeune femme, toujours contrariée et un peu boudeuse.

« Des pêches de vigne, annonça Jeanne-Marie pour lui redonner son sourire, je suis certaine que tu n'en as jamais goûté ! Elles ont un parfum inimitable. Ici, nous leur ajoutons quelques cuillerées de sirop de framboise, c'est divin tu vas voir ! »

Ils se sourirent tous les trois avant de se régaler. Gaspard et Sophie offrirent leur aide pour emporter la vaisselle à l'office et l'empiler dans l'évier ; la femme de ménage se chargerait de la laver le lendemain matin.

« Maintenant, dit Jeannie en embrassant sa nièce, va vite dormir, demain il faudra se lever tôt. Bonne nuit vous deux. »

Enfermée dans sa chambre avec son mari, Sophie retrouva son insouciance. Chacun commença à se déshabiller. Torse nu, Gaspard s'approcha de sa femme pour l'embrasser dans le cou. Lentement, il fit glisser les bretelles de la combinaison de soie rose et laissa courir sa bouche sur les épaules dénudées.

« Je dois te raconter la mer… dit-elle en faisant mine de le repousser.

– Oui, bien sûr, tout à l'heure. Il n'est pas tard, on a tout le temps ! »

Alors elle se laissa aller aux caresses. Angèle aurait beau faire, jamais elle ne réussirait à détruire leur amour. Jamais.

IV

Port-Maureuil

Dès l'arrivée des beaux jours, les habitants de Bois-Colombes dînaient donc au frais, côté jardin. Large de quatre mètres cinquante, la terrasse courait tout le long de la façade. On y avait accès, de la cuisine, la salle à manger et le salon, par de larges portes-fenêtres vitrées.

Des colonnettes à base carrée soutenaient une sorte d'avant-toit recouvert de la tuile rose du pays ; le sol était dallé de larges pierres, ocre moucheté de gris. Plantés en pleine terre, des arbustes grimpants enlaçaient étroitement chacune des colonnes de leur mince tronc noueux.

Jeanne-Marie les avait présentés à Sophie : deux bignonias dits « trompettes de Jéricho », d'un orange éclatant ; une glycine défleurie mais dont les grappes mauves frangeaient le toit dès le mois de février ; deux chèvrefeuilles odorants aux délicates fleurs rose et jaune évoquant de graciles barques aériennes ; enfin un bougainvillier d'un violet nuit profond. Non content de s'arrêter au bord du toit de la véranda, celui-ci tapissait entièrement le mur de la maison de ses longues tiges garnies de fines épines acérées ; parmi les petites feuilles vert sombre s'épanouissaient les fleurs en rosace, telles trois petites étoiles superposées d'où émergeait un long pistil blanc.

Ensuite, les deux jeunes femmes avaient arpenté le jardin. Au plus près de la terrasse, deux grands eucalyptus et deux mimosas géants ombrageaient la maison. Après, c'était un fouillis volontaire d'arbustes et de plantes fleuries, avec des bordures d'aromates encadrées de lavande bleue. Genêts d'Espagne et lauriers-roses côtoyaient la sauge et la verveine, le romarin et le basilic, le pourpier géant et la marjolaine.

Sur une murette creusée de petits bacs irréguliers, des géraniums-lierres exubérants dissimulaient la pierre sous leurs fleurs roses, rouges, blanches, abricot, pourpre ou fuchsia. Puis, à nouveau, on rencontrait des grands arbres, mimosas et pins maritimes en particulier. Enfin, une épaisse ceinture de hauts bambous protégeait l'endroit du mistral.

Lors de leur première visite, les proches d'Angèle, connaissant sa rigueur et son manque de fantaisie, s'étonnaient toujours de l'agréable désordre de ce grand jardin. À son arrivée à Bois-Colombes au lendemain de ses noces, elle avait affirmé à Matthieu qu'elle allait très vite rendre un aspect présentable à ce « parc d'herbes folles ». Mais son beau-père s'y était farouchement opposé.

« Après mes parents, ma mère surtout, Émeline mon épouse a conservé ce lieu tel qu'il a toujours été. Je vous serais donc très reconnaissant de ne pas y toucher. »

Vexée, Angèle avait répliqué, légèrement méprisante :

« Si j'ai bien compris, chez vous la végétation pousse plus vite que partout ailleurs, il me semblait donc utile de canaliser son exubérance. Mais libre à vous de vous laisser envahir. Bientôt ce sera la jungle ici !

– Non, rassurez-vous. Chaque matin, Marceau, le père de l'un de nos ouvriers, vient travailler dans ce jardin durant deux ou trois heures. Lui sait ce qu'il faut faire pour discipliner nos plantes, et il le fait fort bien, tout en conservant aux lieux la même apparence de fouillis organisé. »

En aparté, Angèle avait jeté à son mari :

« Fouillis organisé ! Ton père a de ces expressions ! Et moi qui me réjouissais de posséder un beau jardin dans cette région si réputée pour ses fleurs abondantes…

– Qu'à cela ne tienne ! Si tu veux, je demanderai à Marceau de défricher une bande de terre derrière la maison. Tu y planteras ce que bon te semble. »

Matthieu voulait naturellement s'attirer les bonnes grâces d'une épouse dont, hélas, il avait découvert un peu tard le caractère par trop intransigeant.

Dans son jardin personnel où, à part elle et Marceau, personne n'entrait jamais, Angèle n'avait voulu que des rosiers sages et des bordures de buis bien taillées. Aux visiteurs, elle disait :

« Heureusement que j'ai un vrai jardin pour moi seule, là-bas, c'est une vraie forêt tropicale ! Je ne m'y risque jamais ! »

Si l'on s'étonnait, on gardait pour soi ses réflexions. Angèle n'était pas quelqu'un que l'on questionne. Sur le terrain qu'elle appelait son « fief », elle ne tolérait personne. Marceau taillait régulièrement les rosiers-boules, alignés comme des soldats à la parade.

« Mon modeste jardin à la française se contemple seulement de loin », disait Angèle. Aussi, les quelques privilégiés admis à venir admirer ce chef-d'œuvre d'ordre par trop méthodique n'osaient aller au-delà de la barrière. Le jardinier avait suggéré d'habiller celle-ci de volubilis, mais sa patronne s'était récriée :

« Non, surtout pas, leurs vrilles s'entortilleront partout et l'on ne pourra plus s'en défendre ! »

La clôture était donc restée nue et le jardin secret. Sophie n'avait pas eu l'honneur d'être conviée à admirer le lieu. Mais Gaspard l'avait conduite dans une chambre d'amis ; comme celles de sa mère, les fenêtres s'ouvraient sur l'arrière de la maison.

Les couleurs délicates des roses d'Angèle, leur arôme légèrement poivré avaient pourtant de quoi séduire.

« Tu es vraiment sûr qu'il ne faut pas les approcher ?

– Cela vaut mieux. Le fief de madame mère est inviolable ! »

Gaspard avait ri en refermant la fenêtre.

« Viens plutôt voir de ce côté. J'ai découvert un joli secret ce printemps. »

De retour dans leur chambre, il avait tendu à Sophie une paire de jumelles de marin.

« C'est celles de mon grand-père. Parfois le dimanche, dans sa jeunesse, il faisait des sorties en mer avec un ami patron pêcheur. Quand ils allaient du côté des îles d'Hyères, il aimait beaucoup observer les oiseaux. »

Gaspard régla les jumelles, les tendit à sa jeune femme.

« Chut ! dit-il, pas de geste brusque ! Regarde bien sur la gauche, à la fourche des deux plus grosses branches. »

L'un des grands mimosas tendait vers leur fenêtre ses bras multiples frangés d'un feuillage gris-vert arachnéen. Sophie retint un cri de surprise : c'était un tout petit nid rond que Gaspard lui montrait, bien caché dans un creux de l'écorce.

« Il paraît vide, dit-elle, déçue.

– Pour le moment peut-être. Mais en fin de journée, ses propriétaires regagnent toujours leur demeure.

– Tu connais leur nom ?

– Oui, il s'agit de toutes petites mésanges, des charbonnières. Elles affectionnent les mimosas. Depuis que je suis gamin, j'en vois chaque année.

– Je voudrais bien les voir, moi aussi.

– Demain matin, avant d'ouvrir ta fenêtre, regarde à travers le rideau. Cela m'étonnerait que tu n'aies pas leur visite. »

Le lendemain en effet, alors que Gaspard était déjà parti au travail, Sophie quitta son lit sur la pointe des pieds. Des pépiements aigus, précipités, l'attirèrent à la fenêtre. Quelque chose bougeait à l'extrémité de la branche la plus proche. Munie des jumelles, elle s'approcha silencieusement en retenant son souffle.

C'était une minuscule boule de plumes gris clair ; la petite tête noire, les ailes jaune vif, la mésange charbonnière lui souhaitait le bonjour. Tout heureuse, la jeune femme ouvrit la fenêtre avec d'infinies précautions. Naturellement, l'oiseau prit son envol. Mais, quelques instants plus tard, il était de retour, deux branches plus haut ; son petit bec grand ouvert, il commença à lancer des trilles joyeuses et Sophie se mit à rire tout bas.

Par la suite, le couple de mésanges deviendrait de plus en plus familier ; les oiseaux se laisseraient contempler pendant de longues minutes. Sophie, parfois, les voyait s'affairer autour de leur nid, une brindille dans le bec.

« Tu ne penses pas que l'on devrait leur donner quelques miettes de pain ? avait-elle demandé à son mari.

– Surtout pas ! Garde-t'en bien !

– Mais… je ne comprends pas. À Paris, quantité de gens nourrissent les moineaux et les pigeons, les merles aussi. Quand j'étais petite, mon père m'emmenait au square et j'emportais toujours des croûtes de pain pour les oiseaux. Ivan, lui, faisait venir les pigeons sur son épaule, ils mangeaient dans sa main. Moi, je n'osais pas, j'avais peur des coups de bec !

– Oui, mais ce sont là des oiseaux des villes, les nôtres restent à demi-sauvages. Comme beaucoup d'autres petits passereaux, les mésanges se sustentent d'insectes et de chenilles. Je ne suis pas sûr du tout qu'elles apprécieraient le pain. Et puis, ce n'est pas un service à leur rendre, au contraire. Il ne faut pas qu'elles deviennent dépendantes. C'est ce que m'a appris mon grand-père, et je sais qu'il avait raison. »

* *
*

La demie de 7 heures venait de sonner au clocher de Maureuil-le-Haut. Si le soleil inondait déjà les collines, l'air était encore frais et la marche agréable. Après vingt minutes de trajet, Sophie et la tante de Gaspard arrivaient sur le port. Comme elles, nombre de ménagères attendaient le débarquement des caisses de poissons. À quai depuis quelques minutes, les bateaux de pêche, appelés « pointus » dans la région, dansaient légèrement sur l'eau calme, au bout de leurs cordages solidement enroulés autour des bittes d'amarrage.

Jeanne-Marie se fraya un chemin parmi une trentaine de femmes et de gamins curieux ; suivie de près par Sophie, elle s'arrêta devant une grande barque peinte en bleu vif. Aidés de deux adolescents, deux hommes en maillot de corps humide hissaient sur le bord de lourdes caisses où scintillait la pêche du jour.

« Té, adieu mademoiselle Jeanne-Marie ! s'exclama le plus âgé des pêcheurs. Vous voilà donc au ravitaillement ? Regardez-moi un peu ces beaux poissons ! Qu'est-ce qui vous tente, ma belle ?

– Bonjour Casimir ! La prise a été bonne on dirait. Voici ma nièce Sophie, l'épouse de Gaspard. »

L'homme avait enjambé le bord de son bateau pour approcher les jeunes femmes. Ôtant sa casquette délavée, il essuya rapidement sa main droite sur son pantalon avant de la tendre à Sophie.

« Adieu, madame Gaspard et bienvenue à Port-Maureuil ! Mademoiselle Jeanne-Marie, tout votre monde va bien ? Flavie vous fait faux bond peut-être ?

– Non, pas du tout, mais ma nièce n'avait encore vu ni le port ni la criée. Elle est arrivée avant-hier seulement, alors je lui fais connaître le pays. »

Souriante, Sophie s'amusait du spectacle, de l'accent chantant et des expressions locales des Provençaux. Debout devant leurs caisses de petits corps frétillants, les pêcheurs avaient commencé la vente. Cris et exclamations fusaient de toutes parts. Posées à même le sol, les balances métalliques ne chômaient pas. Les ménagères marchandaient, des restaurateurs faisaient porter leurs achats dans une camionnette garée à quelques pas de la mer. Attirés par l'abondance des poissons, des dizaines de goélands tournoyaient en criaillant au-dessus du quai et des bateaux en cours de déchargement.

« Ne vous souciez pas de nous, Casimir, je ne veux pas vous faire manquer des ventes, affirma Jeanne-Marie. Eh, les deux moussaillons, tout va bien ? »

Elle interpellait les jeunes aides de Casimir. Sophie devina sans peine qu'il s'agissait des jumeaux de Frédéric Aubertin. Vêtus d'un short de toile et d'un maillot bleu marine, les garçons étaient pieds nus. Leurs bras et leurs jambes avaient une belle couleur dorée, leur ressemblance était saisissante.

« Mademoiselle Jeannie, dit l'un d'eux, faites excuse, bonjour ! »

La mine hardie de l'adolescent aux cheveux bruns ébouriffés contrastait avec celle, beaucoup plus timide et réservée, de son frère.

« Bonjour Pascal ! Je savais vous trouver là, hier votre mère nous a dit que Casimir vous avait embauchés tous les deux. Florent, ça va comme tu veux ? »

Le garçon rougit sous son hâle et bredouilla un bonjour à peine audible.

« Eh les pitchouns, lança Casimir en empochant le billet que lui tendait une vieille femme, c'est pas tout de conter fleurette aux demoiselles, faudrait peut-être voir à me toiletter le navire à cette heure ! »

Les jumeaux bondirent dans la barque. Pascal saisit un grand seau, se pencha par-dessus bord pour le plonger dans l'eau, arrosa précipitamment les planches souillées. Aussitôt, son frère se mit à frotter énergiquement avec un balai de crin. Casimir fit un clin d'œil entendu aux deux jeunes femmes en riant.

« Ce sont de bons petits, ils renâclent pas sur l'ouvrage. Rassurez-vous, je ne fais que plaisanter, d'ailleurs ils le savent bien ! Je croyais qu'on avait là de futurs patrons de pêche, mais ils jurent vouloir être verriers, et rien d'autre. Alors, vous avez fait votre choix ? »

Jeanne-Marie demanda cinq beaux rougets. Le second de Casimir les pesa avant de les envelopper dans une feuille de papier journal.

« En début de semaine, Flavie prendra de quoi garnir un aïoli, dit-elle en payant son achat.

– Et vous ne voulez pas faire goûter une soupe de poissons de roche à madame Gaspard ? Tenez, je vous cherche un bel assortiment.

– Non Casimir, merci, une autre fois. Vendredi prochain nous partons en Auvergne pour trois semaines. Au retour, j'achèterai de quoi garnir la soupe et aussi du loup quand vous en aurez.

– Bonnes vacances dans les montagnes alors, et tâchez de pas nous ramener la neige au moins ! plaisanta le pêcheur. Donnez le bonjour à Gaspard et aussi à madame Solliès. Et portez-vous bien tous ! »

Avant de repartir, Sophie voulut examiner en détail la flottille de pêche alignée le long du quai. La barque de Casimir, munie d'une cabine minuscule, s'appelait *La Belle Irma.* Sur le flanc des bateaux étaient surtout inscrits des prénoms féminins : *Marie-France, Viviane, Mireille II, Adeline, Louise-Marthe, Eléonore IV...* Mais il y avait aussi *L'Aventureuse, La Belle Provençale, L'Étoile du Midi, Le Cigalon, La Sommeillante, Lou Pescadou...*

Toutes ces embarcations portaient les lettres TL et un numéro à plusieurs chiffres, peints en noir sur la coque. Bleues ou vertes, elles étaient bordées d'un filet de peinture blanche ou le plus souvent rouge. Certains de ces bateaux, plus modestes encore que celui de Casimir, n'étaient que de grandes barques sans cabine.

Jetés en vrac, les filets de pêche aux bouchons de liège rougeâtre encombraient encore les bancs. Après la criée, on les démêlerait avant de les mettre à sécher le long du quai, au plein soleil. Il faudrait aussi vérifier qu'aucune maille n'avait lâché, nécessitant une petite réparation immédiate.

« Pourquoi TL et ces chiffres dessous ? demanda Sophie.

– TL c'est Toulon, là se trouve l'administration où sont répertoriés et enregistrés les bateaux. Pour mieux les identifier, chacun a son numéro, comme les automobiles. Ici, à la capitainerie, les patrons pêcheurs déclarent chaque jour la zone de pêche prévue pour le lendemain et aussi les horaires. »

Jeanne-Marie montrait, au bout du quai, une petite maison étroite, assez haute, peinte en blanc ; sur le toit flottaient un drapeau tricolore et un pavillon triangulaire. Un peu à l'écart des autres, deux bateaux assez imposants semblaient déserts ; visiblement, ils n'avaient pas pris la mer ce jour-là. Sophie les montra du doigt :

« Et ces deux-là, à quoi servent-ils ?

– Ce sont des thoniers. Comme leur nom l'indique, on les utilise pour la pêche au thon, en pleine mer. Ils ne sortent pas tous les jours. Le reste de la flotte pratique la pêche côtière. Les barques partent au milieu de la nuit et regagnent généralement le port aux premières heures du jour. »

Curieuse et ravie comme une enfant, Sophie emmagasinait toutes ces découvertes, toutes ces images tellement nouvelles, un peu déroutantes parfois.

« Et pour une promenade en mer, quel bateau prend-on ?

– Les pêcheurs louent souvent leur barque avec l'équipage pour un après-midi. Mais quelques particuliers possèdent leur propre bateau, canot ou voilier, ils en font profiter les amis. Le bassin qui les abrite se trouve juste là, derrière ces rochers. Vois le haut des mâts qui dépasse ! Si tu es d'accord, nous irons les voir un autre jour, je crains que les rougets ne prennent chaud à présent. »

Sur le chemin du retour, alors que le soleil commençait à devenir plus ardent, les jeunes femmes bavardaient de choses et d'autres : Casimir et sa faconde méridionale, les jumeaux de Magali, l'ambiance bon enfant du petit port pendant la criée...

« De Port-Maureuil, dit Jeannie, tu n'as guère vu que le quai. La prochaine fois, nous ferons le tour complet du village. Oh, il n'y a que trois bars, un restaurant et quelques boutiques, bien sûr ! Mais je t'avais promis de te montrer les dernières petites maisons de pêcheur. Tu devras attendre la fin août, nous ferons cette visite à notre retour de vacances, un dimanche si tu veux bien.

– Rien ne presse, ne te soucie pas, j'ai tout le temps.

– Après le déjeuner, je dois retourner au travail. Tu ne t'ennuieras pas trop ? Tu peux aller revoir la plage, ce n'est pas loin.

– Si tu n'y vois pas d'inconvénient, j'aimerais beaucoup t'accompagner à l'atelier. Je t'ai entendue parler d'expéditions urgentes. Je crois être capable de m'occuper des emballages. Tu me montreras. Que penses-tu de mon idée ?

– Si Gaspard est d'accord, pourquoi pas ? Ton aide sera la bienvenue. Mais je ne voudrais pas qu'il s'imagine que je t'ai sollicitée ! »

Jeanne-Marie souriait, elle connaissait trop bien son neveu pour craindre le moindre reproche de sa part.

« Gaspard me laisse libre, tu le sais bien. Mais, depuis mes seize ans, j'ai l'habitude de travailler. Je me lasserai vite de journées vides à vous attendre, lui et toi. En acceptant mon aide, tu me rendras vraiment service, je te promets ! »

Après le déjeuner, pendant la courte sieste que s'accordait son mari, Sophie lui fit part de son intention d'aider Jeannie de son mieux.

« Tu n'as rien contre, n'est-ce pas ?

– Bien sûr que non ma chérie. Tu es libre, je te l'ai déjà dit. Mais je serai très content si, d'une manière ou d'une autre, tu participes aux travaux de notre verrerie. »

Là-dessus, il l'embrassa tendrement et ferma les yeux. Il s'était bien gardé de remarquer :

« Cette décision est d'autant plus bienvenue que ma mère, déjà, te trouvait trop oisive… »

Mais il se réjouit secrètement de la résolution de sa jeune femme. Ainsi, Angèle en serait pour ses frais ; il lui faudrait bien ravaler son fiel tellement injuste et inopportun.

Les fenêtres étaient grandes ouvertes sur les frondaisons des grands arbres. Un doux roucoulement lointain parvint aux oreilles de Gaspard. Puis, peu à peu, il s'atténua pour, très vite, disparaître tout à fait. Le temps de penser : « bonjour, tourterelle ! » il s'endormit dans l'odeur de fleurs tiède de la chevelure de Sophie.

V

Retour à Sarnac-le-Château

Après dix-huit kilomètres de virages en épingle à cheveux pour remonter la vallée de l'Ardèche, l'automobile atteignit enfin le col. À droite de la route se dressait une modeste maison ; au-dessus de la porte, en lettres rouges, la mention : CAFÉ - ÉPICERIE attirait les voyageurs après ce long trajet en plein désert. Devant l'établissement, une pompe à essence était la bienvenue.

« Il était temps, dit Gaspard en garant la voiture sur le terre-plein, mon moteur commençait à s'échauffer ! Je crois que, tout comme moi, il avait grand soif !

– Tu ne pouvais pas être plus prévoyant, non ? jeta Angèle installée à l'avant près de son fils.

– Mais maman, je plaisantais ! Nous ne risquons pas de tomber en panne, d'ailleurs j'ai toujours un bidon de cinq litres dans le coffre au cas où... »

Assises à l'arrière, Jeanne-Marie et Sophie sortirent du véhicule pour se dégourdir les jambes. On avait pris le chemin de l'Auvergne dès 4 heures du matin, remontant la vallée du Rhône jusqu'à Montélimar. Puis, après deux heures de route encore, on était arrivé au dernier bourg avant la fameuse et interminable côte en lacet.

Là, une grande halte s'imposait. La veille, Gaspard avait suggéré de se rendre au restaurant, mais sa mère avait préféré emporter un repas froid. Après le pique-nique, quand l'automobile avait abordé l'abrupte pente ardéchoise, Jeanne-Marie avait proposé à son neveu de le remplacer au volant. Angèle avait refusé tout net.

« Enfin voyons, tu sais bien que je n'ai pas du tout confiance en toi pour conduire une voiture !

– Parce que je suis ta sœur ou parce que je suis une femme ? avait demandé Jeannie d'un ton ironique. Tu as tort, Gaspard dit que je conduis très bien.

– Cela ne m'étonne pas, il te soutient toujours ! Mais je t'avertis, si c'est toi qui tiens le volant, je descends tout de suite ! Je ferai appeler un taxi pour me ramener à Sarnac. »

Jeanne-Marie était donc restée à l'arrière. Près d'elle, Sophie n'osait pas demander si l'on était encore loin du but. Comme s'il l'avait deviné, Gaspard jeta un coup d'œil à sa femme dans le rétroviseur.

« Maintenant, nous allons traverser la Haute-Loire avant d'atteindre le Cantal. Si tout va bien, même avec un autre arrêt pour refaire le plein, nous devrions arriver à 6 heures du soir au plus tard. Ces dames vont bien ? On peut rouler ? »

Sans attendre de réponse, il avait démarré en douceur. Mentalement, Sophie comptait les heures qui les séparaient de l'arrivée. Elle s'était réjouie de ce voyage en automobile, mais finalement elle préférait le train. Au moins, on pouvait arpenter le couloir de temps à autre. Cette longue immobilité lui donnait l'impression que les articulations de ses genoux étaient en train de rouiller…

Elle retint un soupir et, pour passer le temps, s'absorba dans la contemplation du paysage. Sans la présence de la mère de Gaspard, on aurait pu bavarder, plaisanter, le voyage aurait paru plus court et plus agréable. Bon, c'était ainsi, elle n'allait pas en mourir après tout.

Près d'elle, Jeanne-Marie aussi prenait patience. Qu'allait-elle trouver à Sarnac ? Michel serait-il enfin de retour ? Mais non, elle était sotte de se mettre cette idée en tête. Depuis six ans, personne n'avait aucune nouvelle, du moins c'est ce que prétendaient les villageois. Pourtant, la jeune femme restait persuadée que l'oncle et la tante de Michel, chez qui il passait autrefois les grandes vacances, ne pouvaient ignorer ce qu'il était devenu. Simplement, ils refusaient de le lui dire. Pourquoi ?

Ce retour annuel sur les lieux où ils s'étaient connus, aimés, était à la fois un baume et une souffrance. Cet espoir tenace, ravivé d'année en année, l'empêchait-il de faire une autre rencontre ? Magali, la seule personne à qui elle s'était confiée, tentait vainement de l'en persuader. Par son mari, elle savait que Vivien, le meilleur des ouvriers de la verrerie, était épris de Jeanne-Marie, et ce depuis fort longtemps.

« Regarde-le, conseillait-elle, tâche de mieux le connaître, tu l'apprécieras, et puis un jour tu l'aimeras. Tout semble fait pour vous réunir : vos âges correspondent, vous travaillez l'un près de l'autre... Que veux-tu de plus ?

– Rien, répondait Jeannie avec lassitude, je ne veux rien de plus. C'est vrai que Vivien a beaucoup de qualités, et même je l'estime grandement, mais je ne l'aime pas.

– Essaie donc de te sortir ce Michel de la tête, tu te complais à penser sans cesse à lui. Oublie-le ! Il t'a bien oubliée, lui, et depuis longtemps ! »

Jeanne-Marie ne répondait pas. Elle n'y était pour rien, elle ne pensait pas volontairement à Michel mais, à chaque instant, il s'imposait. Son regard vert si lumineux, ses cheveux blond foncé, son hâle doré... Toujours, elle le revoyait debout dans le soleil, près de la petite rivière si fraîche où ils se baignaient loin du village, à l'insu de tous.

Un jour, ils avaient cueilli des framboises, leur bouche à tous les deux était barbouillée de rouge, leurs baisers fous avaient le goût des fruits. Elle avait dix-huit ans, la vie était belle...

Après ces trois étés où, durant trois petites semaines, ils se retrouvaient avec délectation, il avait disparu. Jeanne-Marie, alors, venait d'avoir vingt ans et Michel une année de plus. Le rêve s'était écroulé. Depuis, elle se demandait parfois si elle était réellement vivante. Avait-il seulement existé ? N'était-il pas issu de ses songes d'adolescente ? Mais, malgré le temps écoulé, tout en elle savait bien, avec une absolue certitude, qu'il l'avait tenue dans ses bras… Aimer un autre homme ? Elle ne pourrait pas…

* *
*

Le voyage continuait, l'horizon changeant offrait une surprise au détour de chaque virage. Après les étendues d'herbe couleur de paille desséchée par l'impitoyable soleil du Midi, après la montagne ardéchoise aride et désolée apparurent les plateaux verdoyants du Velay. Puis ce fut la Margeride et l'on entra dans le département du Cantal. La route se faisait de plus en plus étroite en abordant la planèze de Saint-Flour. Le plomb du Cantal et quelques montagnes accroupies dans son prolongement s'effacèrent très vite.

On remonta enfin en direction de Mauriac. Au loin, le puy Mary, le puy Violent et d'autres pics plus modestes dressaient leurs pyramides où se mêlaient quantité de verts et de bleus. L'air se fit plus vif, Angèle demanda à son fils de remonter la vitre. Lorsque plusieurs petites chaînes de montagnes en étoile se profilèrent sur l'horizon un peu brouillé, Gaspard annonça :

« D'ici une demi-heure à peu près, nous serons à Sarnac. On appelle cette région le "pays vert". Tu vois, Sophie, que le nom est loin d'être usurpé ! »

Admirative, la jeune femme se disait que le lieu semblait bien sauvage. Saint-Flour mis à part, là-haut sur son rocher noirâtre, on n'avait pour ainsi dire pas traversé de villes, seulement des bourgs et des hameaux éparpillés dans les pâtures, à l'infini ; partout, de grands troupeaux de bovins couleur acajou autour de longs bâtiments gris animaient le paysage, évoquant de loin les jouets de bois d'une ferme d'enfant.

La voiture traversa un dernier village – « Voici Sarnac, dit Jeanne-Marie » – avant de pénétrer dans une grande cour dallée plantée d'énormes tilleuls. Au fond, en partie dissimulée derrière l'épais feuillage des arbres plus que bicentenaires, une grande maison grise flanquée d'une tour à poivrière surprenait le visiteur. La demeure tenait à la fois de la gentilhommière et de la ferme fortifiée.

Sur le seuil de la porte principale, en bois épais et sombre orné d'énormes clous à tête carrée, un couple d'une cinquantaine d'années attendait les maîtres de cette étonnante construction de pierre de taille, massive et austère.

Gaspard contourna la voiture pour ouvrir la portière à Angèle.

« Enfin ! Quel voyage interminable ! Je suis moulue !

– Bien le bonjour, madame Solliès, dit la femme en avançant d'un pas mais sans daigner sourire. Venez donc vous reposer. Juste a fait une flambée dans le cantou. Malgré le temps chaud, vu que la maison a été fermée une année durant… »

Elle suspendit sa phrase pour observer de manière peu discrète les jeunes femmes qui, à leur tour, abandonnaient le véhicule. Sophie surtout retenait son attention. L'homme avait ôté sa casquette pour saluer Angèle tandis que Gaspard s'exclamait :

« Bonsoir Honorine, bonsoir Juste ! Toujours fidèles et gaillards comme à vingt ans ! Voici mon épouse, Sophie, elle vient faire connaissance avec notre vieux pays.

– Bonsoir madame ! Ah, monsieur Gaspard, dit Juste en serrant la main tendue, ne vous moquez pas ! On prend de l'âge, allez, et les rhumatismes ne nous oublient pas, par temps humide surtout !

– Arrête de bavarder, lança Honorine qui venait de saluer Sophie après avoir embrassé Jeanne-Marie, aide donc monsieur Gaspard à décharger ! »

Sans parler du coffre plein, plusieurs valises soigneusement liées par des courroies de cuir à la galerie encombraient le toit de la voiture.

« Mon pauvre Juste, dit Gaspard en riant, les dames et leurs bagages, c'est quelque chose, n'est-ce pas ? »

Angèle avait pénétré dans la maison, suivie des deux jeunes femmes et d'Honorine. D'une entrée aux dimensions modestes, on accédait à une vaste pièce sombre. De lourds rideaux de velours vert olive pendaient de chaque côté des fenêtres, recouvrant à demi les petites vitres carrées. La hauteur du plafond aux poutres brunes apparentes impressionna Sophie, l'immense cheminée de pierre gris foncé plus encore. Sur la profonde tablette brillaient plusieurs objets de cuivre rose et de laiton : mini-chaudron, chaufferette carrée, lampes Pigeon et lampes à huile, avec, au centre, une énorme bassinoire de lit toute ciselée d'arabesques.

Sous le manteau, à droite et à gauche du foyer, deux fauteuils de bois patiné recouverts d'un coussin-galette d'épais tissu rayé de vert et de rouge. Tout au fond, des niches creusées dans la pierre contenaient des pots de grès brun et une boîte à sel. Les flammes rougeoyantes léchaient une grande plaque de fonte noircie. Deux hauts chenets à l'extrémité ornée de têtes de lion maintenaient en place les bûches enflammées ; un pare-étincelles déployé au premier plan protégeait le parquet.

Au centre du linteau, un blason sculpté portait en relief un heaume de chevalier encadré de glands et de feuilles de chêne. Devant la mine stupéfaite de Sophie, son mari crut bon d'expliquer :

« Non, ne te méprend pas, la famille de ma mère n'avait aucune noblesse ! Simplement, son arrière-grand-père, Louis Andrieux, riche fermier sans doute, a racheté ce manoir et le domaine qui va avec. Viens voir la tour ! »

Lui prenant la main, il l'entraîna vers une porte basse, sur la gauche. Celle-ci s'ouvrait sur un escalier de pierre en colimaçon assez raide ; le long du mur courait une grosse corde servant de rampe, fixée de loin en loin à des attaches de laiton solidement plantées dans la pierre.

« Demain, nous grimperons jusqu'en haut, mais je crains que tu ne sois déçue : il n'y a que la porte donnant sur le premier étage et les poutrelles qui soutiennent la poivrière. »

À droite au bas de l'escalier, Gaspard poussa une porte donnant sur l'extérieur mais elle résista. Alors il tourna la grosse clé dans l'énorme serrure et ils sortirent. L'encadrement de l'ouverture en ogive avait quelque peu subi l'usure du temps. Levant la tête, il montra la date sculptée sur le linteau : 1598. Au-dessus, Sophie reconnut le blason de la cheminée, portant les mêmes dessins à demi effacés par les intempéries.

« Mais tu ne m'avais pas dit…

– Quoi donc ? Ah, que nous habitions le manoir ? J'ai voulu te laisser la surprise ! N'en souffle pas mot surtout, mais ma mère est très fière d'avoir hérité d'une demeure datant de l'époque du roi Henri IV ! Mais il faut que tu saches : Juste et Honorine avaient un fils, Donatien. Quand nous étions petits, lui et moi avons fait pas mal de bêtises, oh, rien de grave, des trucs de gamins ! On explorait les combles, les recoins de la ferme, en bas, je te montrerai. On vivait des aventures merveilleuses, tantôt chevaliers, tantôt explorateurs. Ma mère en devenait folle ! Donatien était mon complice, un véritable ami.

– Et qu'est-il devenu ? Il habite toujours Sarnac ?

– Il est mort, à treize ans et demi, un accident. Un cheval qui s'est emballé, une ruade et voilà… »

Perdu dans ses souvenirs d'enfance douloureux, Gaspard baissa la tête. Sophie lui prit le bras, se serra contre lui.

« Je comprends ta peine, dit-elle doucement. Mais les pauvres parents, comment ont-ils pu… ?

– Surmonter la mort de leur fils unique ? Je ne sais pas mais ils ont fait face. À l'époque, c'étaient eux les fermiers. Et puis, Juste n'a plus supporté de s'occuper des bêtes, alors mes parents lui ont proposé le gardiennage et l'entretien du manoir et de ses abords, et aussi des jardins. Avec Honorine, il habite depuis la petite maison, là derrière.

– Et la ferme, elle existe encore ?

– Bien sûr ! C'est un jeune couple avec deux fillettes qui l'exploite depuis huit ans. Ma mère et Jeannie touchent un fermage annuel, mais je ne crois pas qu'il soit bien conséquent. »

Le souvenir de Donatien, son ami d'autrefois, avait assombri Gaspard. Il savait trop qu'à chacun de ses retours Honorine et Juste les revoyaient enfants, leur fils et lui. Et ces images des temps heureux ravivaient forcément leur peine. Mais qu'y pouvait-il ? Rien, hélas...

Sophie l'embrassa tendrement, lui caressa les cheveux.

« Tu as bien fait de me dire, murmura-t-elle. Rentrons maintenant, ta mère va vouloir dîner de bonne heure. Après toutes ces heures de conduite, toi aussi tu dois être fatigué. Allons, viens ! »

* *
*

Le lendemain, Jeanne-Marie se réveilla tôt ; elle mit quelques secondes à se souvenir qu'elle se trouvait au manoir, dans la chambre qu'elle occupait déjà petite fille. Sa première pensée fut pour celui qu'elle attendait en vain depuis si longtemps. Il fallait qu'elle parte aux nouvelles, quitte à être déçue une fois encore.

Un coup d'œil à son réveil de voyage l'incita à rester au lit : 6 h 20, elle ne pouvait risquer de réveiller toute la maison. Alors elle anticipa cette première matinée de vacances. Dès qu'elle serait prête, elle irait jusqu'au village faire quelques courses ; même si Honorine avait rempli la petite glacière et le garde-manger, il faudrait au moins acheter le pain.

La jeune boulangère, Coralie Loubier, était une bonne camarade d'enfance. Fille des boulangers de Sarnac, discrète et bien élevée, elle était acceptée au manoir contrairement aux autres gamines du village. Durant le séjour des Solliès, elle venait donc jouer avec Jeanne-Marie Andrieux presque chaque jour. Les deux fillettes avaient exactement le même âge et s'entendaient fort bien.

Quand elles furent devenues adolescentes, avant même que Jeanne-Marie fasse la connaissance de Michel, les deux jeunes filles se voyaient moins souvent. Coralie devait aider sa mère au magasin et, si on lui accordait un peu de liberté dans l'après-midi, elle avait d'autres compagnes. Jeannie résidait fort peu longtemps au manoir, ceci expliquait cela.

Cinq ans plus tôt, Coralie avait épousé l'un des commis boulangers de son père et le jeune couple avait un petit garçon de trois ans. Les grands-parents n'étaient pas vraiment retraités ; le père de Coralie travaillait encore un peu au fournil avec son gendre. Quant à la grand-mère, laissant le soin de la vente à sa fille, elle assumait la préparation des repas et veillait sur le petit Gabin.

Lorsque, pour la première fois, Jeanne-Marie n'avait pas retrouvé son amoureux à Sarnac, c'est auprès de Coralie qu'elle avait tout naturellement quêté des nouvelles. Étrangement, celle-ci ne savait rien. Dans le village pourtant, chacun connaissait tout de tout le monde, d'habitude. Mais là, aucun indice, aucun commérage. Le silence.

Plutôt curieuse, la mère de la jeune boulangère avait questionné la tante de Michel, une cliente comme les autres. Celle-ci avait répondu avec une certaine gêne que le jeune homme ne viendrait plus en vacances en Auvergne. À vingt ans passés, la campagne ne lui convenait sans doute guère ; il préférait passer le mois d'août en ville, Avignon offrant certainement beaucoup plus de plaisirs à un garçon de son âge.

Témoin du dialogue entre sa mère et cette cliente, Coralie avait pensé que ce discours sonnait faux. Mais, lorsque Jeanne-Marie l'avait pressée de la renseigner, elle n'avait hélas rien pu lui apprendre de plus.

Les années suivantes, les villageois avaient oublié l'existence de Michel, neveu du notaire maître Salvy. Si son épouse se montrait dans les boutiques de Sarnac, lui ne sortait pour ainsi dire pas de son étude. Sans enfants, le couple n'avait guère de relations.

Devant la détresse visible de Jeanne-Marie, Coralie s'était risquée à questionner la femme de ménage des Salvy, mais celle-ci n'en savait pas davantage.

Jeanne-Marie se demandait si Michel avait continué ses études de médecine ; lors de son dernier séjour en Auvergne, il s'apprêtait à entrer en troisième année. Son père, frère du notaire de Sarnac, était médecin. Avait-il influencé son fils ? Elle l'ignorait, le jeune homme ne lui avait pas confié ses motivations ; d'ailleurs, cela lui importait peu.

À 7 heures et demie, elle se leva, fit sa toilette et descendit à la cuisine. Angèle était là, en robe de chambre, en train de prendre son petit déjeuner.

« Tu es reposée, tu as bien dormi ? demanda Jeannie en se versant un bol de café.

– Oui, la fraîcheur de ma chambre m'y a aidée sans doute. Ici, on respire beaucoup mieux que dans notre fournaise. Tu es déjà habillée ?

– Je vais marcher un peu, j'irai jusqu'au village et je rapporterai le pain. As-tu besoin d'autre chose ?

– Non, pour aujourd'hui cela ira. Tout à l'heure, Honorine va nous porter le lait et des légumes frais du jardin, pour le reste il n'y a rien d'urgent. Tu n'attends pas Sophie ?

– Oh, elle doit dormir encore ! Et puis Gaspard est en vacances, il sera heureux de lui faire découvrir lui-même les environs. À tout à l'heure ! »

Jeanne-Marie traversa la cour ; sous les gros tilleuls, à cette heure matinale il faisait vraiment frais. Elle se réjouit de penser que sa sœur, pour une fois, paraissait d'excellente humeur. Sans doute le fait de se retrouver dans sa maison natale, de respirer l'air vivifiant des montagnes auvergnates…

Coralie embrassa Jeanne-Marie qui s'empressa de demander des nouvelles de toute la famille, et surtout du petit Gabin.

« Ne m'en parle pas, c'est un diable ! Il passe son temps à faire enrager ma mère, mais aussi elle le gâte beaucoup trop. Quant à mon père, s'il le pouvait il irait lui décrocher la lune ! Et chez toi, tout va comme vous voulez ?

– Chez nous, il y a du nouveau : Gaspard vient de se marier, il a épousé une jeune Parisienne très sympathique. Mais un de ces jours, je te la présenterai. »

Après le départ des deux clientes entrées derrière Jeanne-Marie dans le magasin, Coralie baissa un peu la voix pour confier :

« Tu ne vas pas le croire, pour Michel j'ai du nouveau ! J'ai failli te l'écrire et puis… Début juin, tu vois c'est récent, la femme de ménage des Salvy a dit à ma mère que son patron avait piqué une colère terrible. De la cuisine, elle avait tout entendu. Maître Salvy criait et son épouse n'arrêtait pas de dire : “Chut ! Chut ! Plus bas, voyons ! ” Mais il continuait : “Divorcé, tu t'imagines ! Oser divorcer, un Salvy ! Mon frère et ma belle-sœur sont effondrés. Michel est un ingrat, entacher ainsi notre réputation ! Ce garçon est la honte de la famille. Encore heureux qu'il n'ait pas d'enfant…” Voilà à peu près ce que ma mère m'a rapporté.

– Divorcé ? fit Jeanne-Marie, stupéfaite. Il était donc marié ?

– Il faut bien croire. Mais je peux te dire que son oncle et sa tante n'avaient pas dû apprécier ce mariage, sinon ils auraient assisté aux noces et tout Sarnac aurait été au courant. Madame Salvy aurait été tellement fière de l'annoncer partout ! Au lieu de ça, elle prétendait ne plus avoir aucune nouvelle de son neveu, alors tu vois ! »

Machinalement, Jeanne-Marie prit son pain, chercha de la monnaie et profita de la venue d'une autre cliente pour s'éclipser. Elle reprit le chemin du manoir d'un pas mécanique, les oreilles bourdonnantes, le cœur serré. Ainsi, Michel l'avait trahie… Il lui semblait qu'elle allait tout à coup cesser de respirer. Le monde autour d'elle s'effaçait, rien n'existait plus que cette douleur atroce dans sa poitrine.

« Michel, murmura-t-elle alors que les larmes lui brouillaient la vue, pourquoi, pourquoi ? Pendant six ans je t'ai attendu, six ans ! Je t'aimais tellement, tellement… »

VI

En Auvergne

Comme l'avait prévu Jeanne-Marie, après le petit déjeuner Gaspard entraîna sa jeune femme pour une première visite des environs.

« Commençons par la ferme, si tu veux bien. »

Sophie prit d'abord le temps d'admirer les massifs touffus de rhododendrons sous les fenêtres du manoir, à droite de la porte d'entrée. Leurs fleurs aux énormes têtes un peu ébouriffées, rose vif et mauve soutenu, éclataient de fraîcheur parmi la verdure.

« Juste est parfait pour l'entretien mais, comme tu le constates, il a aussi la main verte. D'ailleurs, viens voir de ce côté. »

Le jeune couple s'engagea dans une allée bordée de troènes bien taillés qui menait à la modeste demeure des gardiens. Une barrière peinte en blanc fermait le jardinet où abondaient de grosses pivoines rouges et des reines-des-prés à la hampe blanche odorante. Les petits pompons rose corail d'un rosier grimpant tapissaient entièrement la façade, encadrant les deux fenêtres et s'élançant jusqu'au toit.

Sophie et Gaspard longèrent un grand potager et continuèrent leur chemin jusqu'à la ferme, un peu en contre-bas. Dans les prés d'un vert vif, l'herbe coupée en juin avait repoussé avec vigueur. À côté du logement des fermiers, l'étable mitoyenne, la grange donnant sur l'arrière du bâtiment et un grand hangar ouvert pour les engins agricoles. Au fond de la cour, trois lilas depuis longtemps défleuris ; dans leur ombre, des volailles grattaient inlassablement la terre, sous la garde d'un énorme coq aux longues plumes rousses.

À l'approche des visiteurs, un chien noir surgit en aboyant, suivi de deux fillettes.

« La paix, Faraud ! Rentre à la maison ! » cria l'aînée des petites. L'animal obéit et fit demi-tour en agitant sa queue touffue.

« Bonjour, Madeleine ! dit Gaspard. Tu as bien grandi dis-moi, et ta sœur aussi. Votre papa est là ?

– Bonjour monsieur Gaspard. Non, il répare une clôture au Pré-Grand avec le Janot. L'orage l'a cassée à deux endroits. Bonjour madame ! Colette, dis bonjour ! »

La petite s'exécuta en rougissant.

« Voilà deux belles petites filles, dit Sophie en leur souriant. Toi, Madeleine, quel âge as-tu ?

– Presque dix ans et demi, dit la gamine d'un air important. Et ma sœur, six ans tout juste, mais elle est timide, vous savez !

– C'est ce que je vois. Allons Colette, tu ne veux pas me faire un petit baiser ? »

La jeune femme tendait sa joue et la gamine s'approcha pour l'embrasser, avant de reculer précipitamment et de saisir la main rassurante de sa sœur.

« La maman est là, dit Madeleine, vous pouvez entrer, elle finissait juste de mouler le beurre. »

Les fillettes précédèrent le jeune couple à l'intérieur. Meublée de vieux meubles rustiques, la salle commune de la ferme était vaste et assez sombre, malgré deux petites fenêtres percées dans l'épais mur de pierres brutes. Dans le cantou de la cheminée, assis sur un fauteuil de bois, les pieds sur un tout petit banc, un vieil homme coiffé d'un grand chapeau noir paraissait dormir.

Sur la grande table s'alignaient quelques moules en bois sculpté de forme ovale. Marthe Rispal, la fermière, nettoyait la baratte à beurre. Elle s'essuya rapidement les mains à son torchon pour saluer les arrivants.

« Bonjour, entrez, entrez, asseyez-vous ! Vous voilà donc de retour monsieur Gaspard, et vous nous amenez votre dame. J'espère qu'elle se plaira à Sarnac et que ce beau temps va continuer. Excusez mon vieux père, le pauvre ne parle plus guère, il n'a plus toute sa tête, hélas ! Mme Solliès et votre tante, elles vont bien ?

– Oui Marthe, tout le monde va bien, merci. Madeleine me dit que son père et Janot, le domestique, sont au Pré-Grand. Vous vous êtes donc séparés de Nestor ?

– Oh, pas de bon gré, mais il avait l'âge du régiment alors il a bien fallu qu'il parte ! Depuis janvier, il est à Besançon, ça fait loin. Sa mère a dit à mon homme qu'il se languissait du pays, pauvre gars ! On a embauché le Janot Monsel, y a rien à dire, il rechigne pas à l'ouvrage, c'est un vaillant. On aurait pu tomber beaucoup plus mal, allez !

– Et l'orage a fait des dégâts, nous a dit la petite.

– Oui, mais pas trop quand même. Début juin, on se faisait du souci, pour le foin vous comprenez, mais on a pu rentrer tout bien sec. Ceux de la ferme de Foury ont eu moins de chance, la foudre leur a brûlé une petite grange et tué deux vaches ! D'ici un petit mois, les hommes s'occuperont de couper le regain. En attendant, ils entretiennent le domaine, il y a toujours quelque chose à faire. On peut dire que mon Eugène et le drôle ne chôment pas, heureusement qu'ils sont costauds !

– Mais vous n'aviez pas une servante l'été dernier ?

– La Fernande ? Elle est toujours là, j'en ai bien besoin, les petites sont encore trop jeunes pour aider. À cette heure, elle soigne les porcs, on en a six, pas moins. Ce que ça mange ces bêtes-là, vous n'avez pas idée !

– Eugène a envoyé du bétail à l'estive, cette année encore ?

– Ah bien sûr ! Le gros du troupeau est parti en mai vers la montagne du Sancy, les pâtures y sont bonnes. Là-haut, les deux vachers et le petit pâtre s'occupent des bêtes et ils font les fromages dans le buron. Eugène y monte toutes les quinzaines pour surveiller si tout va bien, et aussi pour ravitailler son monde, c'est qu'ils sont loin de tout dans la montagne. Comme il s'absente deux jours, c'est Janot qui soigne les quelques vaches qu'on a gardées ici, pour le lait et le beurre, il faut bien.

– Mon épouse aimerait les voir, elles sont loin ?

– Non pas, juste derrière le petit bois, sur votre droite. Les petites vont vous y mener. Mais repassez ici en repartant, je vous donnerai une livre de beurre tout frais pour Madame votre mère. »

Le jeune couple suivit les deux fillettes à travers prés. Si elle n'en disait rien devant les gamines, Sophie riait tout bas du verbiage de Marthe ; mais, grâce à ses discours, elle avait appris tellement de choses intéressantes sur la vie de la ferme, c'était pour elle une totale découverte.

Pour ne pas trop coucher l'herbe, le petit groupe marchait en file indienne ; Madeleine servait de guide. Leur approche faisait fuir des sauterelles qui bondissaient de toutes parts, aussitôt cachées dans la verdure où grésillaient des petits grillons des champs. Quantité de fleurs sauvages émaillaient le pâturage de mille couleurs, l'air était beaucoup plus vif que dans le Sud. Dans le ciel d'un bleu parfait flottaient de minuscules et inoffensifs nuages blancs, légers comme des plumes de colombe.

« Comme on est bien dans toute cette fraîcheur ! s'exclama Sophie en se tournant vers Gaspard qui fermait la marche. On respire merveilleusement et on se sent tout léger !

– C'est l'altitude, ici nous sommes à plus de huit cents mètres, les montagnes sont toutes proches. »

Déjà, le petit troupeau de vaches rouge sombre apparaissait, derrière une clôture fermée par une solide barrière. Des veaux de quelques semaines suivaient leur mère pas à pas. Certains se glissaient sous leur ventre rebondi pour se gorger de lait. Patientes, les vaches laissaient faire ; quelques-unes léchaient affectueusement leur petit à grands coups de langue humide. L'une des bêtes, sans doute la plus âgée, portait au cou une grosse cloche de bronze ; le battant suivait le mouvement de la tête tandis que la vache broutait et sa musique régulière tintait joyeusement.

« Celle-là, c'est ma vache, déclara fièrement Madeleine en montrant une bête un peu à l'écart. Le papa a dit qu'elle était à moi toute seule ! Je l'ai appelée Duchesse. Elle est belle, hein madame Gaspard ?

– Très belle en effet. Et ta sœur, elle n'a pas de vache à elle toute seule ?

– Oh si ! dit Colette, surmontant sa timidité, c'est la petite génisse, là-bas. Elle s'appelle Jacinthe. »

Gaspard expliqua ce qu'était une génisse. Il flattait le cou d'une grosse vache curieuse qui passait la tête à travers les fils de fer barbelés.

« Elle n'est pas dangereuse, au moins ? s'inquiéta Sophie. Avec de telles cornes recourbées, je ne m'y fierais pas !

– Non, les vaches sont généralement de braves bêtes, mais il faut néanmoins rester sur ses gardes quand on les approche.

– L'année dernière, dit Madeleine, le papa a vendu la Cerise, elle était devenue méchante, toujours à se bagarrer avec les autres vaches. Elle tenait tête au chien et même aux hommes, pire que le taureau, alors on avait peur d'un accident ! »

Gaspard donna bientôt le signal du départ. Alors Madeleine demanda en tortillant l'une de ses longues nattes couleur de châtaigne :

« Si vous avez un peu de temps, on pourrait marcher jusqu'au lac, c'est pas loin du tout… Mes parents nous défendent d'y aller seules, Colette et moi.

– Eh bien, dit Gaspard en riant, allons montrer ce fameux lac à mon épouse ! »

Le lac, en réalité, n'était qu'un petit étang tranquille, bordé d'ajoncs et de glaïeuls d'eau. De loin, les promeneurs entendirent des coassements ; ils enflaient soudain pour s'apaiser brusquement et reprendre aussitôt.

« C'est les grenouilles, dit Madeleine. Au printemps, il y a plein d'œufs et de têtards sur l'eau. Janot vient les pêcher et la maman les fait griller au beurre, c'est rudement bon, hein Colette ? »

La petite approuva en secouant la tête.

« L'été, reprit l'aînée, on les pêche pas. Et à l'automne, on les entend plus chanter. C'est parce qu'elles se cachent dans la vase, sur le bord, et elles bougent plus de tout l'hiver à cause du froid qui les tuerait.

– Eh bien, fit Gaspard, on peut dire que tu es savante !

– Oui, et même à l'école j'ai des bonnes notes. Je serai pas fermière quand je serai grande, ça non !

– Et que feras-tu alors ? demanda Sophie, amusée.

– Je serai maîtresse d'école, ou secrétaire, j'ai pas décidé encore. Ma maman dit “coiffeuse”, mais ça me plairait pas du tout ! »

Gaspard cueillit une grande brassée de glaïeuls d'eau ; leurs fleurs aux pétales en forme de petites lances, d'un jaune très doux, tranchaient joliment sur le vert foncé des feuilles pointues, étroites et longues. Il partagea le bouquet entre Sophie et les petites et l'on fit demi-tour pour rentrer à la ferme.

Quand les jeunes gens se retrouvèrent seuls dans l'allée qui les ramenait au manoir, Gaspard montra le toit couvert de lourdes lauzes un peu moussues.

« Regarde aussi les tuiles faîtières, tout là-haut ! Elles sont arrondies, c'est typique des montagnes d'Auvergne. On extrait la pierre où elles sont taillées dans des carrières à ciel ouvert, un peu partout dans la région.

– Sarnac-le Château, c'est à cause du manoir bien sûr ?

– Non, pas du tout. Les grands tilleuls de la cour nous cachent la colline au-dessus du bourg, mais tu verras bientôt, presque au sommet, les ruines d'un château fort. Il ne reste qu'une grosse tour à demi écroulée et un pan du mur d'enceinte. C'est ce château, beaucoup plus ancien que le manoir, qui a donné son nom au village. »

Lorsque le jeune couple pénétra dans la cuisine, Angèle et Honorine effilaient des haricots verts.

« Marthe t'envoie du beurre tout frais, maman. La ferme a l'air de bien prospérer. Nous n'avons pas vu Eugène, il était monté au Pré-Grand pour réparer une clôture.

– Et Jeanne-Marie, vous l'avez rencontrée ? Elle est partie aux aurores acheter le pain et je ne l'ai pas revue !

– Elle doit bavarder avec quelque villageoise...

– C'est bien possible. En attendant, elle ne nous aide guère ! À présent, Honorine doit rentrer pour préparer le repas de Juste.

– Je peux vous aider, si vous voulez bien. »

Sophie prit place en face de sa belle-mère et commença aussitôt l'effilage des légumes.

« Vous pouvez partir, Honorine. Vous voyez, ma belle-fille prend la relève.

– Moi aussi, je peux aider, proposa Gaspard en faisant mine de s'asseoir près de sa femme.

– Tu n'y penses pas, ce n'est pas un travail d'homme ! Va te reposer, tu n'as pas tellement de temps libre. Profite donc un peu de tes vacances ! Je ne veux aucun mal à ton épouse, si c'est ce que tu crains ! »

Angèle n'avait pas jeté un regard à Sophie. Les yeux baissés, celle-ci s'activait sans mot dire. Gaspard hésita, regarda tour à tour les deux femmes, sortit enfin et s'éloigna dans la cour.

* *
*

Après une semaine de soleil et de chaleur, le temps venait de changer soudain. Depuis trois jours, une pluie froide, obstinée et continue, noyait le paysage. Les branches des gros tilleuls s'égouttaient à peine sur les dalles luisantes de la cour qu'une nouvelle averse venait frapper le toit du manoir.

Un épais brouillard d'un gris laiteux gommait les montagnes et l'automne semblait avoir brusquement succédé au bel été trop tôt disparu.

« Ici, assura Gaspard, il n'est pas rare que le mois d'août réserve quelques journées de pluie. Mais le soleil va revenir bientôt, je te promets. »

Comme sa femme, il avait chaussé des bottes de caoutchouc et revêtu un imperméable pour aller jusqu'au bourg. Il faisait encore très beau lorque Sophie avait fait connaissance avec le village et ses commerces ; elle avait aussi exploré les ruines de l'ancien château fort avec son mari.

Du sommet de la colline où s'élevait la vieille tour, Gaspard avait nommé les montagnes et les vallées étroites qui, tout en bas, s'ouvraient à droite et à gauche, verdoyantes, semées de fermes, de petits bois et des inévitables troupeaux de bovins.

« Comme tu le vois, ce n'est pas un pays de champs et de cultures mais de vastes prairies, de tous côtés. Les gens d'ici vivent de l'élevage, ailleurs on leur envie cette belle herbe, riche et abondante. Les fromages de nos paysans sont célèbres et appréciés dans la France entière.

– Tu dis : nos paysans, tu te sens donc vraiment d'ici ?

– Oui, sans restriction aucune ! Vois-tu, je suis du Midi et je me sens aussi auvergnat. Sans doute parce que, depuis toujours, je viens ici chaque été, pas très longtemps certes, assez cependant pour savoir que là sont mes racines maternelles. Quand je gardais les vaches avec Donatien, quand nous pêchions dans les petits ruisseaux ou que nous parcourions les bois à la recherche de girolles, je n'étais plus l'enfant du Sud mais bien un petit montagnard, au même titre que mon ami. »

Si la bruine ne dissuadait pas le jeune couple de sortir quelques heures aux environs de Sarnac, l'humidité confinait

Angèle au manoir. En temps ordinaire, il est vrai, elle ne sortait guère que pour se rendre à la ferme. L'œil inquisiteur, elle jaugeait rapidement les faits et gestes de Marthe et de sa servante. La propreté des lieux, la bonne santé des porcs, volailles et lapins, l'état du jardin potager, rien n'échappait à sa vigilance.

En contrepartie, elle savait exprimer sa satisfaction. Pourtant avare de compliments en général, elle flattait habilement la fermière. Elle voyait là son intérêt : après tout, c'était de son bien qu'il s'agissait. De celui de sa sœur également, mais cette dernière ne se serait jamais permis une surveillance aussi manifeste.

Jeanne-Marie se contentait de venir saluer Marthe et ses filles. Elle ne manquait jamais de porter à chacune des petites un sachet de friandises que Madeleine appelait « les bonbons du soleil ». De la taille d'un grain de raisin, oranges et citrons de sucre croquant, garnis d'une amande comme les dragées, enchantaient les gamines par leurs belles couleurs vives. Jeannie ajoutait à ces merveilles des nougats blancs, tendres et truffés de morceaux de fruits confits. Si bien que Colette et Madeleine l'attendaient chaque été avec une grande impatience. Les gourmandises, alors, n'étaient pas chose courante aussi leur mère recommandait-elle toujours :

« Économisez vos bonbons, les petites, un seul à la fois ! Et laissez-les au frais surtout, que la chaleur les ferait fondre ! »

Comme chaque année, Jeanne-Marie effectua seule cette visite que les fillettes appréciaient toujours autant.

Ce même jour, malgré la pluie, Sophie et Gaspard avaient donc décidé d'aller jusqu'au bourg faire des emplettes. C'était un bon prétexte pour échapper à l'ennui. Certes, ils auraient bien aimé rester seuls dans leur chambre, mais Angèle, certainement, en aurait pris ombrage. Jamais inactive, elle brodait un napperon, un dessus de coussin ou une têtière de fauteuil. Près d'elle, Jeanne-Marie lisait ; sa sœur, naturellement, ne manquait pas de remarquer à voix haute :

« Une femme, à mon avis, devrait toujours avoir des travaux de couture dans les mains. Mais il faut croire que tout le monde n'a pas la même opinion… Je t'ai sans doute mal élevée ! »

Et elle poussait un soupir excédé. Jeanne-Marie n'en avait cure ; sans lever les yeux, elle continuait à tourner les pages du livre commencé.

Le jeune couple continuait sa promenade. Sophie avait glissé son bras sous celui de son mari. Elle semblait songeuse tout à coup.

« Gaspard, je voulais te dire… Depuis que nous sommes à Sarnac, il me semble que Jeannie a changé. Elle a l'air triste, lointaine. Tu n'as pas remarqué ?

– Non. Il faut dire que je me préoccupe de toi, seulement de toi, je l'avoue. Peut-être a-t-elle l'impression d'être délaissée… Je devrais sans doute me montrer plus attentif.

– J'avais pensé qu'elle a ici des souvenirs… je ne sais pas comment dire… peut-être pas douloureux mais assez affligeants pour la rendre triste, tu comprends ? Mais je peux me tromper. Après tout, tu la connais bien mieux que moi.

– Franchement, je ne vois pas. Si c'est le cas, je n'en ai jamais rien su. Quand j'étais gamin, je te l'ai dit, je passais mes journées avec Donatien. Adolescent, je m'étais fait quelques camarades au village. Souvent, nous partions à vélo ou bien nous allions nous baigner. Quant à ces dernières années, eh bien je dois dire que nous cherchions surtout à rencontrer des jeunes filles…

– Et vous réussissiez ? Tu vas me rendre jalouse, je crois bien ! »

Pour montrer qu'elle n'était pas fâchée, Sophie riait en s'accrochant à son bras. Après tout, avant leur rencontre il était tout à fait libre.

« Tu n'as pas de quoi être jalouse, je te jure. D'abord, nous ne nous connaissions pas, et puis nos flirts n'étaient pas légion, crois-moi ! »

Le beau temps revint très vite. Alors, malgré leur désir de rester seuls, les jeunes gens invitèrent Jeanne-Marie à les suivre chaque jour en promenade. Parfois, ils emmenaient aussi Madeleine et Colette. Puis le soleil se fit à nouveau ardent ; le petit groupe prit l'habitude de se baigner dans la rivière, tout en bas du pré où se trouvait la ferme.

Gaspard tentait souvent, sans grand succès, de déloger les truites sous les grosses pierres noires couchées dans le courant. Un jour, une couleuvre qui nageait rapidement, la tête à fleur d'eau, fit pousser des cris d'orfraie à Madeleine.

« Vous avez vu ? Elle a frôlé mon bras, sale bête !

– Les couleuvres ne sont pas dangereuses, assura Gaspard. Tu devrais le savoir, toi, une fille de la campagne !

– Mais quand même, les serpents, la Fernande dit que c'est des bêtes du diable ! Et aussi les crapauds, les hiboux et plein d'autres bestioles !

– Allons, Madeleine, il ne faut pas le croire !

– Je le crois pas vraiment, mais je préfère me méfier… Le diable, vous savez monsieur Gaspard, il est mauvais, il vaut mieux le voir de loin ! »

Sophie joignit son rire à celui de son mari ; alors la fillette sortit de l'eau et se mit à bouder. Colette, au bord des larmes, rejoignit sa sœur pour se serrer contre elle.

« Revenez, cria Sophie, on va faire la ronde dans l'eau ! »

Retrouvant leur sourire, les petites coururent vers elle. Attendri, Gaspard les regardait tourner en riant. Sophie était si belle, ses cheveux blonds déployés en larges boucles dans le soleil. Pourquoi fallait-il que l'humeur d'Angèle vienne constamment assombrir leur bonheur ? Mais, pensait-il aussitôt, là n'était pas l'essentiel ; Sophie et lui vivaient ensemble, plus jamais ils ne se quitteraient. Jeanne-Marie avait raison : il fallait ignorer l'hostilité de sa mère, et c'était tout.

VII

En parcourant le Cantal

AVANT DE REPARTIR vers le Sud, Gaspard proposa d'aller passer une journée à Salers. Peu éloignée, la petite ville conservait un style ancien qui lui donnait un cachet indéniable. Comme le manoir de Sarnac, toutes les maisons ou presque dataient du XVIe siècle, certaines même du siècle précédent.

Si Jeanne-Marie et Sophie acceptèrent avec joie l'idée de cette escapade, Angèle refusa tout net.

« Je connais l'endroit depuis longtemps, tu le sais bien ! Quel besoin aurais-je d'aller perdre mon temps là-bas ? »

Sans le montrer, les jeunes gens se réjouirent de cette journée entière de liberté totale. Jeanne-Marie proposa de préparer un pique-nique mais son neveu se récria :

« Il y a là-bas quelques bons restaurants, je vous invite à déjeuner, mesdames ! »

Le lendemain, on prit la route très tôt. Le « pays vert » tout plissé de petites chaînes montagneuses verdoyantes, avec encore de larges pans d'ombre bleu foncé, s'offrait dans toute sa splendeur estivale. La petite ville médiévale apparut bientôt sur une hauteur. Gaspard gara la voiture et l'on partit à la découverte.

En parcourant les rues et les places de la cité, Sophie eut l'impression de faire un voyage dans le temps. Les rues pavées étroites, les maisons flanquées de tourelles, le beffroi, les logis plus modestes de grosses pierres brutes les promenaient du Moyen Âge à la Renaissance. Partout s'offraient à la vue de hauts escaliers de lave noire, des entourages de portes sculptés, des fenêtres en ogive défendues par d'énormes et solides grilles. Après la porte de la Martille, on entrait dans la ville haute.

« Dès la guerre de Cent Ans, les habitants ont eu à cœur de fortifier leur ville. Anglais et brigands ne franchissaient pas aisément les remparts tandis que tous se claquemuraient derrière leurs étroites et solides portes bardées de fer », expliqua Gaspard à sa jeune épouse.

On visita la demeure du bailliage des Hautes-Montagnes et la maison des Templiers. Transformée en musée régional, cette dernière recelait des trésors : instruments de musique auvergnats et costumes d'antan, pharmacie historique des anciens apothicaires, meubles rustiques taillés au couteau et petits outils agricoles en quantité. Si Jeanne-Marie et Gaspard n'en étaient pas à leur première visite, Sophie ouvrait de grands yeux, s'émerveillait sans fin ; comme une enfant curieuse, elle ne cessait de questionner son mari à propos de tout ce qu'elle découvrait là.

Quand vint midi, le trio s'installa dans une auberge-restaurant, non loin des remparts. Tous se régalèrent de truites de ruisseau rôties au beurre, de saucisses paysannes au chou et de l'incontournable truffade. Cuites à l'étouffée, les pommes de terre étaient écrasées avec de la tomme fraîche avant d'être saisies et bien dorées à feu vif. Un vrai régal ! Mais, comme le remarqua Sophie, un repas aussi riche et copieux exigerait soit une sieste dans l'herbe d'une pâture, soit une longue marche digestive.

« Et encore, dit Gaspard, nous n'avons pas savouré le dessert ! »

Gourmand comme une chatte, il hésitait entre le clafoutis aux pruneaux et des cornets de Murat. Finalement, ces derniers l'emportèrent et Sophie dut goûter ces sortes de tuiles roulées garnies de crème fraîche. Gaspard engloutit joyeusement plus de la moitié de sa part ; elle la lui abandonnait à regret, mais une telle abondance de riche nourriture lui faisait demander grâce.

« Et notre fromage, notre célèbre fourme de Salers ? reprocha l'aubergiste venu s'informer de la satisfaction de ses clients. Vous ne l'avez pas même goûté !

– Une autre fois, dit Jeanne-Marie, vous nous avez servi un repas tellement bon et copieux… Mais rassurez-vous, votre fourme nous l'apprécions grandement. D'ailleurs, avant de rentrer chez nous, à Sarnac, nous achèterons quelques spécialités. J'ai souvenir de délicieux biscuits appelés carrés.

– Alors, prenez-les à la boulangerie des *Trois Épis d'Or,* c'est là qu'ils sont les meilleurs. Le secret du boulanger est tout simple, il utilise la recette de biscuits de ménage de sa femme, de l'authentique, vous verrez ! Moi le matin, dans mon café, il m'en faut bien une petite douzaine, et encore, je me retiens ! »

Les achats effectués, Jeannie et le jeune couple reprirent la voiture pour franchir une dizaine de kilomètres.

« La montagne la plus proche, avait dit Gaspard, c'est le puy Violent. Nous allons y grimper, ainsi notre repas s'éliminera très vite ! Autrefois, il paraît que les gens d'ici appelaient le mont puy Bêlant. Cela parce que, les bovins partis ailleurs à l'estive, on y menait des centaines de moutons pour passer l'été et ne pas perdre l'herbe. »

Après quarante minutes de marche sur un sentier étroit, courant dans une herbe drue plantée de hautes gentianes jaunes, on atteignit enfin le sommet. Gaspard montra à Sophie le puy Mary, assez proche, et le roc des Ombres. Sur la gauche se dressait le puy Chavaroche, appelé dans le pays l'« homme de pierre », difficile d'accès en raison de nombreux et profonds ravins. Le panorama était splendide, un camaïeu de bleus, de verts, de bruns, de mauves aussi dans les lointains, semé des innombrables taupinières des montagnes, à l'infini.

En redescendant, on obliqua légèrement à droite pour éviter un immense troupeau de bovins à la robe brun-rouge frisée, éparpillé sur la pente du puy. La musique continue et régulière des sonnailles tintait dans l'air vif ; sans lever la tête un seul instant, les bêtes se gavaient de l'herbe riche et abondante, parfumée de réglisse et de pensées sauvages.

« Les connaisseurs affirment que le lait a le goût de ces deux plantes et qu'il est absolument impossible de trouver plus parfumé et plus crémeux, où qu'on aille.

– Ah ! dit Sophie en souriant, tu les aimes, n'est-ce pas, ces montagnes sauvages ?

– Certes, et je n'ai pas du tout l'intention de m'en cacher. Attends quelques années, bientôt tu les aimeras autant que moi ! »

Au retour, sur une petite route en lacet qui grimpait ou descendait au gré du relief, Sophie, grisée de grand air, accusait une bienheureuse fatigue.

« Je suis vannée, mais c'était une journée merveilleuse ! » assura-t-elle en se tournant vers Jeanne-Marie qui approuva sans réserve.

Et, pour remercier Gaspard, elle l'embrassa rapidement au coin de la bouche. Mais elle savait bien que, ce soir, il exigerait d'elle d'autres remerciements. Avec quel immense bonheur elle les lui donnerait...

* *
*

Le lendemain de cette visite mémorable, Sophie et Gaspard rentraient seuls de promenade, à l'heure du dîner. Rouge feu comme une énorme cerise brillante, le soleil déjà s'apprêtait à regagner son repaire nocturne, derrière une chaîne de petites montagnes pointues. Le ciel, tout autour, se mouchetait de mèches roses diluées dans le violet tendre du soir. Depuis le 15 août, malgré le beau temps les jours raccourcissaient.

Le matin, la rosée s'attardait longtemps sur l'herbe froide, argentée d'infimes et innombrables gouttelettes scintillantes. Puis les rayons du soleil, léchant avidement les pâtures dans une buée laiteuse, dissipaient leur humidité persistante pour mieux les investir ensuite et s'y nicher le jour durant.

Les jeunes gens pénétraient dans la cour, sous l'ombre immense des gros tilleuls, lorsque Honorine sortit du manoir. Elle s'apprêtait à s'engager dans l'allée de troènes quand elle les aperçut ; alors elle fit demi-tour et vint au-devant d'eux. Ils la saluèrent en souriant.

« Tu vas rejoindre Juste ? Il attend sa soupe, je parie ?

– Eh oui, c'est bientôt l'heure. La promenade a été bonne ? Je… monsieur Gaspard, j'étais venue vous porter une tarte à *lan cala.* Je l'ai laissée à madame Angèle, pour vous deux. »

Les yeux d'Honorine s'emplirent de larmes et Gaspard la prit un instant dans ses bras. Puis il recula et dit d'une voix pleine d'émotion :

« Pour nous… Merci, Honorine, merci d'avoir eu le courage… »

Il se tut, il ne trouvait pas les mots. Embrassant la brave femme sur les deux joues, il répéta :

« Merci, je suis très touché, très ! »

Elle s'essuya les yeux d'un revers de main, ébaucha un petit sourire triste et partit rapidement vers sa maison. Sophie la suivit du regard jusqu'à ce qu'elle disparaisse au tournant de l'allée.

« Tu peux m'expliquer ? » demanda-t-elle très doucement.

Émergeant de ses souvenirs, Gaspard cligna des yeux, prit la main de sa femme.

« *Lan cala,* c'était le dessert préféré de Donatien, le mien aussi. Quand nous étions gamins, Honorine nous en régalait souvent. Juste m'a confié que, depuis la mort de leur fils, la pauvre femme a toujours refusé de lui cuire cette fameuse tarte. Mais tu vois, pour notre plaisir, elle s'est fait violence, notre bonne Honorine. Tu ne peux savoir à quel point j'apprécie cette attention… »

Ensuite, il expliqua à Sophie que, en patois de la région, *lan cala* c'est le lait tout juste caillé par la présure avant la fabrication du fromage. Bien égoutté, on lui ajoute du sucre pour lui enlever son petit goût acide, puis on le bat avec de la crème et des jaunes d'œufs. Enfin, on verse le tout sur une pâte fine. Quand le dessus est parfaitement doré, c'est un délice !

« À nous deux, ajouta Gaspard attendri, Donatien et moi nous mangions presque tout le gâteau et Juste se plaignait de n'en avoir qu'une lichette ! Comme nous étions heureux, alors !

– Quel dommage que Juste et Honorine n'aient pas eu un autre enfant ! Pour eux, il aurait été une raison de vivre après leur malheur. »

Le bon cœur de Sophie lui dictait ces mots de compassion. Elle avait pris le bras de Gaspard et se serrait contre lui pour lui montrer qu'elle partageait sa peine.

« La vie est vraiment trop injuste, soupira le jeune homme. Je sais que les filles de Marthe rendent souvent visite à nos gardiens. J'espère que la présence des deux petites leur fait du bien, un peu… »

VIII

Retour en Provence

La verrerie de Bois-Colombes avait réouvert ses portes depuis le 23 août. Après la relative fraîcheur du climat auvergnat, Sophie s'était montrée surprise de l'intensité de la chaleur.

« Cela peut durer jusqu'à la fin septembre, avait affirmé Jeannie. Pourtant, dès que les jours vont raccourcir vraiment, la température de nos soirées sera beaucoup plus agréable, tu verras. »

Dorénavant, c'était un fait admis de tous : la jeune femme de Gaspard secondait Jeanne-Marie dans son travail. Les emballages terminés – et, certains jours, aucune expédition n'était prévue –, Sophie continuait à observer attentivement le travail des compagnons verriers.

Elle découvrait beaucoup de gestes qui, lors de sa première visite aux ateliers, lui avaient échappé. Ainsi, pour créer un décor coloré, le souffleur mélangeait parfois les teintes, tirait des fils de verre avec une pincette. La première paraison soufflée, d'abord arrondie à l'aide d'une mailloche, il fallait la recouvrir d'une seconde couche de verre afin d'emprisonner la couleur. Alors seulement on pouvait travailler la pièce pour lui donner sa forme propre.

Volontairement, on obtenait soit du verre incolore, soit du verre opaque ou opalescent. Le verre a naturellement une légère couleur verdâtre ; pour l'éliminer, on le décolore en ajoutant au mélange vitreux du manganèse, appelé « savon des verriers », cela parce qu'il nettoie les impuretés.

Pour ne pas déranger les ouvriers, Sophie n'osait pas demander sans cesse des explications, pas même à son mari toujours tellement occupé. Elle était donc bien loin de tout saisir. Alors elle se consolait en se disant qu'elle y parviendrait au fil des mois, ou même des années. Malgré tout, chaque jour ou presque elle faisait de nouvelles découvertes, toujours passionnantes. Elle s'efforçait de mémoriser toutes ces connaissances, pour faire plaisir à Gaspard bien entendu, mais aussi pour sa satisfaction personnelle.

Elle apprit ainsi que, très souvent teinté dans la masse, le verre, ce liquide figé facilement déformable, redevient finalement solide, et que c'est un matériau sujet à nombre d'imperfections qui viennent compliquer la tâche du maître verrier. Par exemple, lorsque la température n'est pas maintenue assez haute pour permettre aux gaz en fusion de s'échapper, de petites bulles opacifient la surface du verre. Autrefois, on qualifiait ce verre où elles restaient prisonnières de « malfin » ; alors on mettait tout en œuvre pour les éliminer. Pourtant, depuis quelques années, certains verriers transformaient ce défaut en un décor de plus en plus apprécié ; et cette mode devait s'amplifier au fil des ans. Lors de son dernier stage, Gaspard avait découvert cette nouvelle technique et elle était employée parfois avec succès à Bois-Colombes. Sophie avait admiré des coupes et des jattes de verre épais où, mêlées à la couleur émeraude, rose carmin, vert tilleul ou violette, des milliers de petites bulles semblaient danser dans la lumière.

Comme il le lui avait promis, Gaspard avait confié à sa femme les livres de Matthieu, son père. Là, elle apprenait peu à peu toutes les techniques du verre, depuis la très lointaine Antiquité.

« C'est incroyable ! affirmait-elle au sortir de ses lectures. Jamais je n'aurais imaginé… Mais quel travail pénible ! Et dire qu'autrefois des enfants de tout juste huit ans trimaient devant les fours ! »

Gaspard ne pouvait que se réjouir de l'intérêt de sa jeune femme pour tout ce qui faisait l'essentiel de sa vie à lui. Mais, pour l'un comme pour l'autre, restait toujours l'épreuve biquotidienne des repas. Tacitement, ils n'en parlaient jamais ; pourtant, sans la présence de Jeanne-Marie, peut-être auraient-ils renoncé à paraître à la table d'Angèle. Ils commençaient cependant, bon gré mal gré, à s'accoutumer à son mutisme persistant.

« Après tout, se disait Gaspard, son silence est préférable à des réflexions acides dont, quand elle est contrariée, ma mère est trop souvent prodigue… »

Par chance, Sophie et lui étaient jeunes, leur appétit ne souffrait pas de cette atmosphère tellement pesante et désagréable. Fidèle à elle-même, Jeanne-Marie entretenait la conversation le plus naturellement du monde. Et, pour plaire à la jeune patronne et lui faire apprécier les mets régionaux, jamais Flavie ne s'était autant surpassée en cuisine.

* *
*

Le dimanche suivant le retour de vacances en Auvergne, Gaspard entraîna sa jeune femme à la plage.

« Si tu veux commencer à apprendre à nager, faisons-le bien vite. La mer se refroidira bientôt et la baignade perdra tout son attrait. »

Jeanne-Marie s'éloigna rapidement vers le large, portée par les mouvements réguliers de sa nage impeccable. D'un battement énergique des bras et des jambes, elle fendait l'eau avec une aisance admirable au regard de la jeune néophyte enthousiaste.

« Montre-moi d'abord comment tu nages, toi ! Après, tu m'apprendras. »

Aussitôt, Gaspard plongea dans une grande gerbe d'éclaboussures qui firent reculer Sophie. Il nageait le crawl, battait l'eau avec force. Par instants, elle voyait émerger ses épaules puissantes. Très vite, il rattrapa Jeannie avant de faire demi-tour pour revenir vers le bord, aussi impétueusement qu'à l'aller.

Ruisselant, il s'ébroua, prit les mains de Sophie.

« Tu as apprécié le spectacle, j'espère ? demanda-t-il en lui donnant un baiser mouillé. Allons, à toi ! Avance, n'aie pas peur, je te tiens !

– Avec toi, je n'ai jamais peur ! »

La mer, ce jour-là, n'était plus la nappe d'huile qu'elle avait contemplée lors de son arrivée à Bois-Colombes. Un léger vent du sud roulait, à la surface, des petites vagues qui venaient frapper le sable avant de refluer sans hâte. D'un vert bleuâtre, festonnée d'un peu d'écume blanche sur le front sinueux des vaguelettes, l'eau sur le bord semblait un saphir liquide constellé de fragments de lumière éblouissante.

Allongée sur l'eau, la main de Gaspard soutenant son ventre, Sophie commença maladroitement les mouvements de la brasse. Sentir son corps flotter sur cette masse mouvante était enivrant. Parfois, dans un léger clapotis, un remous taquin emplissait sa bouche de liquide salé qu'elle recrachait en riant. Patiemment, son professeur la reprenait, réexpliquait.

« C'est bien ! Essaie toute seule à présent. Ne crains rien, ici tu as encore pied, je te jure. »

Peu à peu, elle réussissait à mieux coordonner les mouvements des bras et des jambes. Enfin il la lâcha et elle fit seule quelques brasses avant de basculer dans l'eau. Alors il la retint contre lui ; leurs peaux humides se touchaient, leurs jambes faisaient bloc. Ils s'embrassèrent longuement.

« Un dimanche encore et tu sauras nager, promis ! »

Ils sortirent de l'eau, s'allongèrent côte à côte sur leurs draps de bain. De loin en loin, d'autres baigneurs lézardaient comme eux ; certains cherchaient l'ombre bienvenue d'un parasol. Des enfants creusaient dans le sable d'immenses trous d'où seule leur tête émergeait.

« Maintenant, on sèche l'envers », plaisanta Gaspard en se retournant. Sophie l'imita et ils se sourirent.

« Tu es bien ?

– Oh oui ! Ici, on se sent tellement libre ; comment dire, on est tout autre, tu ne crois pas ? »

Se penchant un peu vers elle, Gaspard dit doucement :

« Oui. Nous sommes des dieux ! »

Avidement, il lécha à petits coups les traces de sel brillantes sur l'épaule ronde de sa femme, légèrement hâlée, encore humide. Pour se baigner, Sophie avait attaché ses cheveux sur sa nuque. À présent, dénoués afin de sécher plus vite, ils semblaient vivre d'une vie propre, ondulant en longues mèches incroyablement bouclées dès qu'elle bougeait un peu ; l'eau de mer leur donnait des reflets d'or bruni. Le regard bleu de la jeune femme brillait intensément dans la lumière. Son sourire était si plein de tendresse, si radieux, que, sans raison, Gaspard soudain eut mal dans la poitrine.

« Si on me l'enlevait, songea-t-il, je mourrais sur-le-champ ! »

À l'idée de la perdre, son cœur se mit à battre à grands coups désordonnés. Qu'allait-il chercher là ? C'était stupide, personne ne voulait lui prendre Sophie… La pensée subite d'un danger imprécis s'éloigna. Il se calma, ferma les yeux.

Une voix proche le ramena soudain à la réalité :

« Loin de moi l'intention de jouer les rabat-joie, mais, si l'on veut avoir le temps d'une bonne toilette avant le dîner, il faut rentrer je crois. »

Debout près d'eux, Jeanne-Marie s'était déjà séchée et rhabillée. Sophie s'empressa de lui raconter sa première leçon de natation ; en même temps, elle détaillait le fin visage de la tante de Gaspard, sa chevelure si noire répandue sur les épaules, ses yeux sombres – les yeux de son neveu, tout à fait –, sa taille haute et souple. Oui, elle était très belle. Alors, pourquoi demeurait-elle seule ? Sophie se demanda si elle oserait l'interroger lorsqu'elles se connaîtraient mieux. Malgré l'affectueuse sympathie réciproque qui les liait déjà, elle hésitait encore. La tristesse qu'elle seule avait perçue durant le séjour auvergnat semblait s'être dissipée. Mais Jeanne-Marie paraissait très secrète. Que cachait-elle derrière un sourire toujours aussi serein ?

* *
*

Sophie reçut bientôt une courte missive du vieil ami de son père. Ivan n'avait jamais su écrire le français qu'il déchiffrait avec beaucoup de peine. Après le départ de la jeune femme pour la Provence, il avait néanmoins trouvé quelqu'un pour prendre la plume à sa place : Élise, la serveuse de *L'Isba fleurie.* Mais il la sollicitait fort peu, ne faisant appel à ses services que pour de rares courriers administratifs.

Ma toujours très chère petite colombe,

Tu vas recevoir un jour prochain une lettre du notaire chargé de vendre l'appartement de ton pauvre papa. Il m'a prévenu qu'il vient de trouver des clients prêts à acheter tout de suite. Ton vieil Ivan se réjouit donc puisqu'il va te revoir sous peu. Sans toi, Paris est triste, tu sais, chaque jour les moineaux et les pigeons de notre square me demandent ce que tu es devenue et je ne sais que leur répondre. Mais ils insistent, alors je leur dis qu'un beau prince t'a emmenée vivre au pays du soleil, et que près de lui tu es heureuse. Béni soit le jour de ton arrivée ici. À bientôt mon petit oiseau bleu. Avec toute mon affection fidèle. Ton dévoué

Ivan Gorsky.

À la lecture de cette lettre si touchante, Sophie avait essuyé deux larmes. Le courrier du notaire ne tarda pas, en effet. La vente était fixée au 8 septembre.

« Crois-tu que je pourrai demander à Jeannie de m'emmener au train ? dit la jeune femme en montrant la lettre à Gaspard.

– Tu n'y penses pas ! Je t'accompagne à Paris. D'ailleurs, je suis certain que l'on aura besoin de ma signature, je suis ton mari, n'oublie pas ! »

Il riait en l'embrassant dans les cheveux.

Le jeune couple partit donc la veille du rendez-vous. Naturellement, Gaspard avait annoncé à sa mère que Sophie et lui s'absenteraient trois jours en ajoutant que, l'entrevue avec le notaire et les acquéreurs tombant un lundi, il manquerait son travail deux journées seulement.

Il s'attendait à de virulents reproches, mais Angèle ne fit aucun commentaire. Depuis l'installation de sa belle-fille à Bois-Colombes, elle avait, Dieu sait pourquoi, renoncé aux critiques acerbes dont elle accablait Gaspard auparavant.

Mais, en apprenant que Jeanne-Marie conduirait ses neveux à la gare de Toulon, elle déversa sur elle toute sa bile.

« Ces deux-là te manipulent à leur guise, ma pauvre ! Ils te feront bien passer par un trou de souris, un jour prochain ! Mais sache que ton attitude servile m'exaspère, mieux même elle me répugne !

– Il faut bien que quelqu'un te serve d'exutoire, répliqua Jeannie sans perdre son calme. Tu n'as que moi à ta portée, c'est donc à moi que tu t'en prends. Peu m'importe ! Veux-tu que je te dise : tu es jalouse, oui, jalouse de notre bonne entente. Tu aurais préféré bien sûr que je me ligue avec toi contre Sophie. À nous deux, nous lui aurions mené la vie dure, n'est-ce pas ? Eh bien je regrette, mais c'est hors de question. Comme je te plains d'être aussi froide, aussi méchante... Tu fais le vide autour de toi, mais tu t'en repentiras sûrement un jour. Libre à toi, après tout cela te regarde ! »

Là-dessus, Jeannie s'était détournée, laissant sa sœur abasourdie de ce discours inattendu. Angèle réfléchissait. Jeanne-Marie, autrefois si docile et conciliante, lui résistait à présent. Si seulement elle n'avait pas promis à Matthieu de la garder sous son toit tant qu'elle le désirerait... Aujourd'hui, elle se sentait prête à lui interdire sa maison. Mais il y avait Gaspard, évidemment. Lui aussi, il était chez lui, et il n'ignorait pas les dernières volontés de son père.

Angèle eut un mouvement de rage. Tout allait de travers depuis le mariage de son fils. Décidément, elle ne s'était pas trompée. Cette peste de Sophie, malgré son air candide d'ange blond, avait l'art de manipuler les gens : Gaspard d'abord, puis Jeanne-Marie... Qu'importe, elle n'avait nul besoin d'eux tous, et elle ne céderait pas, en rien !

* *
*

Sophie, appuyée par Gaspard, avait tenté en vain de persuader Ivan de venir vivre auprès d'eux, dans le Sud.

« Tu sais combien je t'aime, ma petite caille, tu es ma fille par le cœur, n'est-ce pas ? Mais comment quitter mon quartier, mes vieux copains ? Où trouveront-ils un aussi bon partenaire à la belote, dis-moi ? Loin de tout cela, j'ai bien peur de mourir d'ennui. Et puis, moi parti qui nourrirait les oiseaux du square, l'hiver venu ? Ils comptent sur moi, je le sais bien ! »

Ce dernier argument ne pesait pas lourd, évidemment. Pourtant, Sophie comprenait que quitter Paris serait pour son vieil ami un véritable déracinement, le second de sa vie d'exilé. À Bois-Colombes, elle et Gaspard ne pourraient pas lui offrir de vivre sous leur toit. Angèle ne l'aurait jamais admis. Que faire ?

« Il ne faut pas m'en vouloir, petite colombe, mais votre soleil me dessécherait avant l'âge ! Tu sembles oublier que j'ai vécu trente années au pays du froid et de la neige. Revenez, vous, de temps en temps, je vous attendrai, foi d'Ivan Gorsky ! »

Alors Sophie avait dû se faire une raison. Elle se consolait en se disant que l'ami de son père n'était pas si âgé, cinquante-quatre ans à peine, même s'il en paraissait dix de plus. Elle le reverrait, elle en était certaine. Dans une petite année, elle réussirait sûrement à convaincre Gaspard de venir passer quelques jours à Paris avant de séjourner en Auvergne. Son mari ne lui refusait rien, toujours prêt à lui faire plaisir.

Avec affection, elle serra dans ses bras cet homme si bon et si seul. Après, il fallut bien le quitter et regagner le Midi.

Le notaire avait versé à Sophie le montant de la vente du petit appartement de son père. Certes, la somme était modeste mais la jeune femme s'en était réjouie. Placé, cet argent lui permettrait de faire de menus cadeaux à Gaspard, Jeanne-Marie et son vieil ami parisien.

* *
*

De retour à Bois-Colombes, le jeune couple trouva Jeanne-Marie en train d'aider Flavie à préparer la saumure pour les olives. Les fruits verts, tout frais cueillis, étaient lavés, séchés, plongés enfin dans l'eau salée où avaient longuement macéré divers aromates. Devant l'étonnement de Sophie, la femme de ménage crut bon d'expliquer :

« Mon père s'embauche toujours trois fois l'an pour aider Clovis Jadibert à la cueillette des olives. La préparation est longue, mais le résultat en vaut la peine, pas vrai monsieur Gaspard ? Elles vous régalent bien nos picholines, non ? »

Le jeune homme approuva, d'autant que les olives vertes avaient toujours été ses préférées. Comme il partait se changer pour rejoindre la verrerie, Sophie proposa son aide. Tout en continuant à s'activer, Flavie s'enquit d'abord du séjour parisien :

« Alors, votre Paris, il avait pas changé de place, au moins ? Moi, j'y suis jamais montée, à la capitale, et je me demande si ça me plairait vraiment. Ma cousine Mireille, elle en est revenue toute tourneboulée, Bonne Mère ! Le bruit et le mouvement lui avaient mis la tête à l'envers, au point qu'elle a juré de plus y retourner jusqu'à la fin de ses jours ! »

Sophie et Jeanne-Marie se mirent à rire de bon cœur.

« Moquez- vous, moquez- vous bien, n'empêche que je dis la vérité !

– Mais non, Flavie, nous ne nous moquons pas, tu nous amuses, c'est tout ! affirma Jeannie.

– Soyez gentille, demanda Sophie, racontez-moi tout sur les olives, je n'y connais absolument rien et il me tarde de savoir.

– Enfin, mademoiselle Jeanne-Marie, vous n'avez donc pas montré l'olivaie de Clovis à madame Gaspard ? À la seconde récolte, il faudra l'y emmener, sans faute ! Bon, je vais tout vous raconter de nos belles picholines. »

Sophie apprit que les olives encore vertes se récoltent généralement en septembre. Puis, sur les arbres épargnés, c'est en novembre que l'on cueille les fruits mûrs.

« Il doit falloir beaucoup de monde pour la cueillette, ces fruits sont si petits !

– Ah mais, c'est pas des cerises, c'est bien moins délicat ! Il suffit de tendre des draps sous les branches et on les secoue vigoureusement. Après bien sûr, on doit se mettre à croupetons pour remplir les paniers. Oh, il faut bien dresser quelques échelles pour les entêtées qui refusent de quitter leur branche, mais c'est pas les plus nombreuses ! »

Flavie riait gentiment de l'ignorance de la jeune femme dans bien des domaines. Elle ne pouvait imaginer que les coutumes provençales ne soient pas connues du monde entier. Son monde à elle était là, au soleil de la Méditerranée ; aussi ne s'était-elle jamais souciée d'aucun autre mode de vie et elle ne s'expliquait nullement que l'on puisse vivre ailleurs.

« Dans la campagne autour de Paris, pas d'olives, vous dites ? Ni de melons, de figues, de mimosa et tant d'autres choses ? Eh bien, dites donc, quel drôle de pays ! Mais comment vivent les gens, là-bas ? Ils ont de quoi manger à leur faim, tout de même ? »

Sophie la rassura sur ce point et Flavie continua à sécher les olives. Elle travaillait à Bois-Colombes depuis sept ans. Son père, Narcisse, avait remplacé Marceau, le vieux jardinier du père de Gaspard, quand elle était encore toute gamine. Le jour de ses dix-sept ans, il avait proposé à Angèle Solliès de lui amener Flavie « à l'essai ». Celui-ci avait été concluant, la jeune fille venait donc de Port-Maureuil chaque jour. Il faut dire qu'Angèle avait beaucoup de mal à fidéliser les femmes de ménage ; mais, grâce à son caractère docile et enjoué, Flavie s'accommodait fort bien d'une patronne pourtant difficile à satisfaire.

En apprenant à sa jeune épouse le prénom du jardinier, Gaspard avait souri :

« Un nom prédestiné, n'est-ce pas ? Pour un jardinier, peut-on trouver mieux que ce beau nom de fleur ? Quand nous serons en Auvergne, je te montrerai les narcisses dans les prairies. »

Autour de Sarnac, Sophie avait cueilli des brassées de fleurs des champs : trolles dorés, scabieuses, compagnons rouges, reines-des-prés, grandes marguerites et bien d'autres. Et elle avait fait de gros bouquets de narcisses au parfum si entêtant, étoiles blanches au petit cœur jaune vif bordé d'une minuscule collerette plissée rouge feu.

Flavie continuait ses explications tout en remplissant un énorme pot de grès :

« Les olives de novembre, on les mange plutôt en guise de légumes, voyez, dans un civet de lapin ou avec un bon rôti de veau ou de porc, selon les goûts.

– Vous avez parlé de trois récoltes, la troisième a lieu à quelle époque ?

– En janvier seulement, et celle-là, on en fait notre belle huile si goûteuse. Ah, les olives, on peut dire qu'on leur doit beaucoup ! »

Discrètement pour ne pas la froisser, Sophie s'amusait de l'accent chaleureux et chantant de Flavie. Comme Jeannie, elle s'activait à découper en lanières de gros poivrons verts et rouges ; on les intercalait entre les couches d'olives dans les jarres et les pots ventrus avant de recouvrir le tout de saumure parfumée.

« Clovis, continuait la jeune fille, il paie mon père un peu en argent, un peu en olives. Mais, comme tous les vieux Provençaux, c'est un rusé : pour débroussailler l'olivaie, il a fait pacte avec Baptistin, le berger de Maureuil.

– Un pacte ? Comment ça ?

– Eh bé, les moutons de Baptistin viennent brouter sous les arbres après la première récolte, et aussi au printemps. Et on peut dire qu'ils ratissent bien, mieux que des tondeuses ! Quand les herbes repoussent trop vite, on les ramène une fois de plus, c'est tout simple. Mon père dit que c'est un fameux arrangement. Baptistin y trouve son compte en fourrage gratis et Clovis n'y perd pas non plus, et ni les moutons, peuchère ! Mais il faudrait pas y mettre des chèvres. Ces bêtes-là, ça se dresse tout debout, comme vous et moi, et ça ronge si bien l'écorce des arbres qu'ils en crèvent, les malheureux ! »

* *
*

La dernière semaine de septembre, le temps changea tout à coup. Le vent de mer se fit plus violent. Il apportait de grosses nuées noirâtres ; chassées de l'horizon d'où les îles avaient disparu, elles venaient heurter le haut des collines où, bien souvent, elles se déchiraient, se vidaient en averses brutales. Depuis Bois-Colombes, on percevait le grondement sourd et rageur de la mer.

« Quand on dit que notre Méditerranée n'a pas de marée, c'est tout de même un peu faux, expliqua Gaspard à sa jeune femme. En période d'équinoxe, il n'est pas rare de la voir se déchaîner et remonter un peu dans les terres. »

Libéré de son travail, il entraîna Sophie un peu plus à droite que la plage qu'elle connaissait bien à présent. Là, des rochers s'avançaient jusqu'au sable. Mais la plage avait complètement disparu. Grise et terne, avec des reflets glauques de marécage, du vert brun et sale de l'herbe pourrissante, la mer était méconnaissable. La houle impressionna profondément la jeune femme, serrée contre Gaspard pour se protéger des rafales.

Chargées d'une mousse épaisse, non plus blanche mais grisâtre, les vagues se fracassaient bruyamment contre les rochers, avec des han ! de bûcheron. Elles refluaient à peine, revenaient, plus hautes, plus méchantes, pour frapper plus violemment encore les rochers ruisselants. L'écume éclatée en embruns épars semblait vouloir atteindre le ciel bas, éclabousser les nuées menaçantes, noires et violâtres, gonflées de pluie.

« La mer… murmura Sophie, je ne la reconnais pas ! Elle a l'air furieux, dangereuse, elle me fait peur !

– Eh bien oui, aujourd'hui elle est en colère. C'est tellement rare, nous n'y sommes pas habitués comme ceux qui vivent au bord de l'océan. Mais elle se calme assez vite, comme celles des enfants ses colères ne durent jamais très longtemps. Pourtant tu as raison, contrairement aux idées reçues ses tempêtes sont dangereuses, mieux vaut ne pas la défier. Sur les océans, l'ampleur des vagues est plus large, les navigateurs moins malmenés. Sous l'effet du vent, la Méditerranée a des lames très courtes. Bref et saccadé, le mouvement des bateaux met les passagers à mal. Quand une tempête se déchaîne pour plusieurs jours, les navires en partance vers l'Afrique du Nord longent prudemment les côtes espagnoles au lieu de traverser en droite ligne. »

Sophie restait interdite ; disparue, méconnaissable, la tranquille nappe si bleue, si étale et si belle dans sa tiédeur accueillante. Aujourd'hui, des monstres semblaient l'habiter et leur souffle haletant, leurs grondements de fauves étaient effrayants. En même temps, elle ressentait du respect pour ces gigantesques spirales d'eau furibonde, malmenées par quelque affreux démon plein de hargne.

Le lendemain matin, en venant prendre son travail, Flavie informa les habitants de Bois-Colombes que la mer, « cette gueuse », avait envahi les bars et les boutiques de Port-Maureuil.

« Et, ajouta-t-elle, elle noie la promenade du front de mer sous un mètre d'eau, au moins. Ceux qui vont nettoyer auront de quoi faire, les vagues ont apporté une quantité incroyable de débris. Toute cette saleté nous vient des îles, comme toujours, pauvres de nous !

– Et les bateaux de pêche, demanda Sophie, ils n'ont pas souffert de la tempête ?

– Pas que je sache, mais les pêcheurs ont vu venir le grain assez tôt, ils ont l'œil, vous pensez bien. Ils ont dû doubler ou même tripler les amarres en prévision du gros temps. Et aucun se risquera à prendre la mer avant le calme plat. »

* *
*

Le beau temps revint assez vite, en effet, mais l'eau s'était considérablement refroidie et il n'était plus question de bains de mer. De plus, les jours avaient considérablement raccourci.

À la verrerie, les souffleurs appréciaient la fraîcheur extérieure qui tempérait un peu l'air suffocant des ateliers. Efficacement secondée par sa nièce, entre deux emballages Jeanne-Marie trouvait le temps de dessiner de nouveaux décors. Sophie ne se lassait pas de feuilleter les catalogues de modèles. Ceux-ci demandaient aux souffleurs un long travail très minutieux, d'un coût élevé, aussi n'étaient-ils exécutés que sur commande.

Ce jour-là, dans la matinée, les deux jeunes femmes avaient emballé un service de verres et un autre de coupes à glace. Le premier comprenait pas moins de soixante-douze pièces, verres à vin, verres à eau et flûtes à champagne. Le second, trente-huit seulement, dont deux très grandes et fragiles coupes à deux anses ; splendide, en verre fin bleu saphir fileté d'or, il avait été commandé par un hôtel de luxe de Cannes.

On enveloppait d'abord avec soin les éléments, un à un, dans du papier de soie, puis dans une feuille plus épaisse. Ensuite, on les nichait dans de grandes caisses remplies de frisure de bois fournie par quelque menuisier de la région. Enfin, il fallait clouer le couvercle de la lourde boîte et fixer l'étiquette portant le nom du destinataire. On devait encore les peser pour connaître le tarif d'envoi qui variait naturellement selon le lieu de destination. À la demande, un transporteur venait les prendre avec sa camionnette pour les acheminer vers la gare la plus proche.

Ni Sophie ni Jeanne-Marie, même en conjuguant leurs efforts, ne pouvaient soulever de telles charges. Il revenait donc à un employé de la verrerie, deux parfois, de clouer les couvercles, peser les caisses, aider enfin le transporteur à charger ces lourds colis dans son véhicule.

Depuis le retour de vacances, on voyait surtout arriver pour ce travail, dans le local d'expédition, un verrier d'une trentaine d'années, Vivien Castellane. Embauché à Bois-Colombes depuis plus de sept ans et grandement estimé de tous, il était devenu l'ami de la famille Aubertin. À l'époque, ce jeune homme de vingt-deux ans, venu d'un village proche de Saint-Paul-de-Vence, dans les Alpes-Maritimes, avait aussitôt gagné la confiance de Frédéric, le contremaître ; et Magali, son épouse, lui avait ouvert sa maison. Locataire d'un petit appartement à

Maureuil-le-Haut, Vivien déjeunait souvent chez les Aubertin, le dimanche.

Reconnaissant, il était toujours porteur d'un petit cadeau, une bouteille de vin rosé de la région, un flacon de pastis, des friandises pour les enfants. Il jouait au ballon avec les jumeaux, les emmenait aux champignons dans la garrigue. Il fabriquait des poupées de coquillages pour la petite Aurélie et Pierre-Yves, le benjamin, l'amenait toujours à faire ses quatre volontés.

Parfois secondée d'un vieux voisin, Magali cultivait un grand jardin attenant à sa maison. Frédéric n'avait guère le temps de s'occuper de culture ; mais le dimanche, Vivien l'aidait à biner, arroser, récolter tomates ou aubergines, courgettes et haricots, poivrons et piments doux. Le moment venu, le jeune homme grimpait avec Pascal et Florent dans l'un des deux gros figuiers. Les années fastes, ses confitures terminées, Magali vendait le surplus de fruits mûrs à un maraîcher de Maureuil qui partait sur les marchés de la région. Les enfants l'aidaient aussi à disposer les figues, côte à côte, sur des claies d'osier suspendues dans la remise, hors de portée des petits rongeurs ; l'hiver, on les dégustait sèches et elles faisaient toujours partie des treize desserts de Noël.

Vivien, ce matin-là, avait comme toujours salué les deux patronnes avec un grand sourire avant de s'acquitter de sa tâche. Sophie le connaissait à peine mais elle le trouvait sympathique et très bel homme. Dans son visage hâlé, aux traits réguliers, son regard gris-bleu, courtois et discret, lui avait paru d'une grande franchise.

Les couvercles cloués, les étiquettes en place, Vivien avait soulevé sans effort apparent les lourdes caisses pour les poser sur la bascule. Jeanne-Marie nota le poids dans un carnet, sous la date du jour et le nom du destinataire. Le transporteur tardait ; Sophie eut l'impression que Jeanne-Marie et Vivien éprouvaient un peu de gêne.

« Si vous voulez rejoindre l'atelier, Vivien, je vous préviendrai quand monsieur Donnadieu sera là. J'espère qu'il ne va pas nous faire faux bond, ces commandes sont urgentes, il est toujours exact d'habitude...

– C'est peut-être mieux que je reparte, en effet. »

Sur un « Adieu ! » plein de courtoisie, Vivien sortit du hangar. Mais, quelques minutes plus tard, il revenait suivi du transporteur qui salua en s'excusant du retard. Les deux hommes sortis, Jeanne-Marie et sa nièce regagnèrent la maison ; il était midi. Après le déjeuner seulement elles se pencheraient sur les planches de nouveaux décors.

Sophie faillit interroger la tante de Gaspard à propos de Vivien, mais déjà son mari les rattrapait ; aussi préféra-t-elle attendre de se retrouver seule avec la jeune femme pour lui poser une question qui lui brûlait les lèvres.

* *
*

La chaleur impitoyable de l'été disparue, la sieste n'était plus de mise. Laissant Flavie desservir et Angèle regagner sa chambre pour, sans doute, se pencher sur ses livres de comptes, Gaspard entraîna les deux jeunes femmes dans le parc pour une courte promenade.

Beaucoup de fleurs disparues avec les beaux jours, le jardin n'était plus la palette de couleurs découverte par Sophie à la mi-juillet. Certaines espèces, pourtant, s'épuisaient encore dans une ultime floraison. Des roses tardives, lourdes et alanguies, aux pétales un peu décolorés, exhalaient un inépuisable et doux parfum. Au fond du parc, les hauts bambous bruissaient imperceptiblement ; et, à travers les longues aiguilles des pins au tronc rouillé, les éclats de ciel bleu pâle, moins lumineux, semblaient plus lointains.

« Bien, dit soudain Gaspard, le travail m'appelle, moi !

– Nous aussi, répliqua Sophie pour le taquiner, qu'est-ce que tu crois donc ? »

Il se mit à rire, enlaça brièvement sa femme, posa un baiser sur la joue de sa tante et repartit vers la maison. Bientôt, les deux jeunes femmes l'imitaient en continuant leur bavardage à propos de tout et de rien.

Avant de demander à Jeanne-Marie des explications sur la réalisation d'un décor compliqué de torsades en relief, Sophie se lança tout à coup.

« Je suis peut-être indiscrète mais... Vivien, comme il te regarde ! »

Jeannie la dévisagea, interdite.

« Que veux-tu dire, il me regarde ?

– Oh, tu as fort bien compris ! Il te regarde avec dévotion, voilà, et ses yeux brillent d'une manière explicite, crois-moi ! Ne dis pas que tu ne t'en es jamais aperçue ! Depuis notre retour de vacances, il est venu dans le hangar à sept ou huit reprises et, chaque fois, j'ai bien vu que tu le subjuguais. »

Jeanne-Marie avait baissé les paupières, feignant de détailler le dessin des torsades piquées de fleurettes minuscules. Enfin, elle releva la tête, fixa Sophie de son beau regard brun.

« Je le subjugue, et alors ?

– Et alors, répliqua Sophie un peu décontenancée, toi, qu'est-ce que tu éprouves pour lui ?

– Je ne sais pas », avoua Jeannie avec un soupir.

Et, soudain, elle se mit à raconter : son amour indéfectible pour Michel, leurs journées merveilleuses là-bas, à Sarnac. Ensuite, six années de silence et, brusquement, ce qu'elle avait appris en août dernier.

« Après les révélations de Coralie, un mariage, un divorce, j'ai cru mourir de chagrin... »

« Ainsi, pensa Sophie sans l'interrompre, son air tellement triste, en Auvergne, c'était cela, un grand amour terriblement déçu. »

« Maintenant, je n'espère plus rien, pourtant, au fil des jours, la douleur s'atténue. Elle laisse place non pas à la rancune, j'en suis incapable, mais à une sorte de délivrance. Depuis six ans, sans en être vraiment consciente je crois, je n'étais plus qu'attente, je ne voyais personne d'autre. Vivien, oui, à présent je suis sensible à son amour silencieux. Car, tu sais, ce n'est pas nouveau, Magali l'a remarqué depuis longtemps et elle ne cesse de m'encourager à aller vers lui.

– Eh bien alors, qu'attends-tu ?

– Qu'il se déclare !

– Mais il n'ose pas voyons, tu dois l'encourager !

– Tu crois ? »

Les yeux de Jeanne-Marie brillaient intensément, ses lèvres frémissaient. Alors Sophie lui jeta affectueusement les bras autour du cou.

« Ose enfin lui parler, je t'en prie ! Tu es prête à l'aimer, toi aussi, je le sais, j'en suis sûre ! »

Quand elles reprirent leur travail, les deux jeunes femmes se sentaient plus complices que jamais.

À quelques jours de là, un soir, Sophie vit Jeanne-Marie quitter la maison. Un peu à l'écart, elle reconnut la petite voiture grise de Vivien. Se détachant du pin auquel il s'appuyait, il s'avança, ouvrit la portière. Elle s'installa et ils partirent en direction du village. Alors Sophie se sentit magnifiquement heureuse.

Dans le petit appartement de Vivien, un peu gênés, les jeunes gens se dévisageaient sans rien dire. Enfin, Jeanne-Marie prit la parole :

« Je crois… il me semble… enfin j'aurais dû vous prouver mon amitié depuis longtemps déjà…

– Votre amitié, seulement ? »

Jeanne-Marie avait rougi en baissant les yeux. Alors il lui prit la main et elle osa le regarder.

« Je vous aime depuis si longtemps, soupira Vivien, mais vous ne me voyiez pas et je n'osais rien vous dire, comprenez-vous ?

– Pardonnez-moi, j'étais aveugle en effet et j'avais tort. À présent je crois, non je suis certaine de vous aimer aussi. »

Ils s'enlacèrent fort, très fort. Enfin ils s'étaient trouvés. Et jamais ils ne pourraient se perdre.

IX

Promesses

Vers la fin octobre, l'automne bien installé, un vent têtu soulevait des tourbillons de feuilles sèches et craquantes ; par jeu, il les portait très haut dans le ciel pâle, les laissait retomber pour les pourchasser encore et encore, des heures durant.

Dans le parc défleuri, depuis bien longtemps on n'entendait plus les cigales. Et, sans le roucoulement des tourterelles, on aurait pu croire que tous les passereaux avaient déserté la région. Seuls, les oiseaux de mer continuaient leurs éternelles rondes criardes ; déportées bien souvent vers l'intérieur des terres par les bourrasques, des bandes de mouettes tournaient sans fin au-dessus de Bois-Colombes avant de monter beaucoup plus haut, jusqu'au sommet des collines, emportées par les brusques courants du vent de mer.

Sophie s'impatientait. À son gré, Jeanne-Marie tardait beaucoup trop à officialiser l'attachement qui les liait, elle et Vivien.

« Rien ne presse, nous ne nous sommes pas encore engagés, je te l'assure. À notre âge, on réfléchit d'abord quelque temps…

– Veux-tu dire que Gaspard et moi nous sommes déclarés trop vite en raison de notre insouciante jeunesse ?

– Non, pas du tout. Vous viviez très loin l'un de l'autre, seul le mariage pouvait vous réunir. Pour Vivien et moi, c'est différent.

Si nous le désirons, nous pouvons nous voir chaque jour, alors officialiser…

– Mais vous vous aimez, n'est-ce pas ?

– Oui, oh oui ! dit Jeannie avec ferveur. Chaque jour qui passe me le rend plus proche, plus nécessaire. Non, vois-tu, c'est autre chose, tu ne peux pas comprendre.

– Si, je peux très bien. Tu crains de te confier à ta sœur, tu as peur de sa réaction. Je me trompe ? »

Avant de répondre, Jeannie poussa un gros soupir.

« Oui et non. Si Angèle, je le crains fort, refuse d'accepter Vivien ici, nous devrons vivre ailleurs, même si nous continuons à travailler pour la verrerie.

– Et quand bien même ? Maureuil-le-Haut n'est pas si loin !

– Bien sûr, mais êtes-vous capables, Gaspard et toi, de rester seuls avec Angèle ? Supporterez-vous longtemps ses sautes d'humeur sans moi pour meubler les silences ? Je crains bien que non…

– Ainsi, c'est à cause de nous que tu… Enfin, Jeannie, sois un peu égoïste pour une fois ! Pense à toi, à Vivien qui serait si heureux de t'avoir à lui seul. Qu'en dit Gaspard ?

– Nous n'en avons pas parlé. Mais tu n'ignores pas que, même s'il le voulait, il n'a pas le pouvoir d'influer sur la décision de sa mère. Si Matthieu était toujours parmi nous, il en serait tout autrement j'en suis persuadée, mais qu'y faire ?

– Je lui parlerai, moi, et il te convaincra.

– Ne sois pas si impatiente, voyons ! Notre histoire date à peine de quelques semaines. Vivien ne me presse pas, je peux te l'affirmer.

– Oh ! Le pauvre t'aime en silence depuis des années, et il attend patiemment ton bon vouloir. Naturellement, il attendra encore mais tu ne devrais pas le faire languir ainsi. Je suis certaine qu'il voudrait vivre avec toi autre chose que de brèves rencontres et quelques promenades le dimanche. S'il était moins timide, il t'aurait déjà posé un ultimatum. Tu l'aimes, je veux bien le croire, alors montre-le-lui en vivant chaque jour sous son toit ! »

Jeanne-Marie sourit de la fougue que Sophie mettait dans son discours, elle en était si touchante. Par amitié, par affection, elle voulait tellement se montrer persuasive.

« Je te promets que nous allons prendre bientôt une décision. Après, je parlerai à Angèle. Je n'ai pas peur de son courroux, tu t'en doutes, mais je ne veux pas qu'elle soit méchante avec Vivien. Or, je l'en sais capable, hélas ! Quand elle l'a décidé, elle n'est pas avare de paroles vexantes, loin de là ! »

Les derniers jours de novembre, Jeanne-Marie se décida enfin. Gaspard lui avait assuré que si, après son départ, les repas en présence de sa mère devenaient trop insupportables, il trouverait une solution. Les restaurants de Port-Maureuil feraient très bien l'affaire pour le déjeuner ; quant au repas du soir, rien ne l'empêcherait de le prendre en tête à tête avec Sophie lorsque Angèle se serait retirée dans sa chambre.

« Tout cela n'a aucune importance, avait-il affirmé en embrassant affectueusement sa jeune tante. Mais tu vas tellement nous manquer…

– Nous continuerons à nous voir chaque jour, tu le sais bien, répliqua Jeannie au bord des larmes.

– Oui, bien sûr, pourtant ce ne sera pas tout à fait pareil. Mais tu t'es assez sacrifiée pour moi pendant toutes ces années, depuis le départ de mon père plus encore. Maintenant, sois heureuse avec Vivien, vous le méritez tous les deux. Ne te soucie pas, je ne suis plus seul, j'ai Sophie ! »

La réaction d'Angèle fut celle que sa sœur attendait ; malgré tout, elle sortit de leur entretien profondément blessée.

« Tu en es vraiment là ? jeta froidement Angèle avec une moue pleine de mépris. Le célibat te pèse donc tellement que tu veuilles épouser l'un des ouvriers de ton neveu ? Je te savais totalement dépourvue d'ambition, mais là j'en reste abasourdie !

Que vont penser nos relations, tu as songé à ça ? Non, évidemment ! »

Jeanne-Marie s'était juré de subir les reproches de sa sœur sans rien lui répondre. Elle faillit pourtant rompre cette promesse qu'elle s'était faite pour répliquer :

« Nos relations ? Lesquelles ? Tu n'en as aucune, tu ne fréquentes personne depuis la mort de Matthieu ! Qui d'ailleurs, dans notre entourage, serait assez bien pour toi ? Personne, absolument personne ! »

Elle se retint, serra les dents. Soudain, Angèle passa du mépris glacé à la colère la plus noire.

« Mais vous vous êtes ligués pour m'humilier, Gaspard et toi ! Lui, il m'amène une belle-fille de rien, sans famille, sans patrie, et toi tu jettes ton dévolu sur un simple ouvrier ! Dois-je croire que je suis maudite, à la fin ? Et peut-être me réservez-vous d'autres surprises de ce genre, mon fils et toi ! J'aurais dû te mettre à l'assistance publique, j'ai été trop bonne, j'en suis bien récompensée ! Vous me rendrez folle, tu entends, folle ! »

Elle écumait, hurlait en se tordant les mains. Vivien, se disait Jeanne-Marie, vaut bien mon neveu. Si Gaspard est patron, c'est uniquement le fait du hasard, parce que son père l'était avant lui. Il n'y a pas lieu d'en tirer gloire. Aux yeux d'Angèle, si.

« Finissons-en, jeta soudain la mère de Gaspard, rouge et essoufflée, je suis fatiguée de vos agissements irresponsables. Fais ce que tu veux, peu m'importe, mais n'amène jamais cet homme ici, sinon pour toi c'est la porte ! »

Là-dessus, Jeannie sortit sans un mot. Elle n'allait pas s'abaisser à supplier sa sœur, jamais. Si elles étaient brouillées jusqu'à la fin de leurs jours, eh bien tant pis ! Des dizaines, des centaines de fois peut-être elle avait supporté, temporisé, à présent c'était bien fini.

* *
*

Lorsque Jeanne-Marie eut quitté Bois-Colombes, sans autre explication avec sa sœur, Gaspard et Sophie patientèrent quelque temps. Comme il fallait s'y attendre, Angèle s'était enfermée dans un mutisme dont elle ne se départait pas. Si elle avait une communication impérative à faire à son fils, c'était toujours sur un ton dur et intransigeant, et de la manière la plus concise. Il lui arrivait même, pour les questions les plus anodines, de demander à Flavie de s'en acquitter à sa place. Si elle n'avait jamais prononcé le nom de Vivien devant Gaspard, elle était certaine que son fils les approuvait sans réserve, Jeanne-Marie et lui.

Bientôt, le jeune homme s'imagina que sa mère allait bientôt se départir de son obstination : la merveilleuse nouvelle qu'il allait lui annoncer la rendrait tellement heureuse qu'elle oublierait toute rancœur. Dans sa naïveté, il se persuadait qu'Angèle pardonnerait alors à sa sœur et la reprendrait chez elle avec Vivien.

Peu avant le départ de Jeannie pour le village où Vivien venait de louer un appartement plus spacieux afin de l'accueillir, Sophie, un beau jour, avait prétexté quelques courses urgentes.

« Si tu n'as pas besoin de moi cet après-midi, je vais monter jusqu'à Maureuil faire quelques achats. J'en profiterai pour dire un petit bonjour à Magali. »

Naturellement, Jeanne-Marie avait acquiescé, sans éprouver le moindre soupçon. En temps normal, sans doute aurait-elle remarqué la pâleur de Sophie et le léger cerne mauve autour de ses yeux, mais son changement de vie la préoccupait ; si attentive aux siens d'habitude, elle se concentrait sur ses problèmes personnels, uniquement.

Par défi, sachant pertinemment ce qu'en penserait Angèle, elle avait décidé d'aller habiter chez Vivien avant même leur mariage. Sa sœur, elle n'en doutait pas, éprouverait une rage sans limite ; car, il fallait s'y attendre, il se trouverait bien quelqu'un pour l'en informer. Si Angèle sortait fort peu, elle était au courant, Dieu sait de quelle manière, de tous les commérages et rumeurs du village et de la verrerie. Grâce à Flavie peut-être, habilement questionnée par sa patronne ? Peu importait. Jeanne-Marie estimait à présent qu'elle était libre d'agir à sa guise et qu'elle n'avait aucun compte à rendre à sa sœur.

Vivre « en ménage », ainsi disait-on en 1935, était pour beaucoup, même dans les milieux modestes, un scandale. Et l'on montrait du doigt la femme, surtout si elle était encore jeune ; pour son compagnon, en revanche, on était toujours beaucoup plus indulgent. Il allait de soi que la descendante d'Ève, grande pécheresse, était forcément le mauvais génie du malheureux qu'elle damnerait avec elle... Si, par la suite, le couple « régularisait » sa situation par un mariage, fût-il tardif, le mépris s'atténuait quelque peu ; mais, à l'égard de l'épouse, il n'en restait pas moins un sentiment quasi général de culpabilité indélébile.

Jeanne-Marie n'en avait cure et Vivien voulait tout ce qu'elle voulait, trop heureux de l'accueillir et de l'avoir enfin toute à lui.

Ce soir-là, après le dîner, morose comme toujours en compagnie d'Angèle, Gaspard et Sophie avaient rapidement regagné leur chambre, refuge bienvenu où elle ne pouvait les atteindre, Dieu merci. Fatigué, comme toujours après une longue journée de travail, Gaspard s'était allongé avec un long soupir d'aise. Assise au bord du lit, toute pâle dans sa longue chemise de nuit blanche, Sophie le regarda soudain d'un air attendri.

« J'ai quelque chose à t'annoncer... » dit-elle enfin, le regard étrangement brillant.

En alerte, à cent lieues de se douter de la confidence qui allait suivre, Gaspard se redressa, lui prit la main.

« Rien de grave, au moins ? demanda-t-il, inquiet.

– Non, oh non, bien au contraire ! »

Et, serrant avec force les doigts de Gaspard, elle dit avec un grand sourire :

« Je vais avoir un enfant, tu seras papa au mois de mai prochain. »

Les yeux écarquillés, il se rapprocha, serra convulsivement les deux mains de Sophie.

« Tu es sûre, vraiment sûre ?

– Oui, j'ai vu le médecin cet après-midi. »

Alors il l'enlaça fougueusement, la serra à l'étouffer. La bouche dans ses cheveux, il répétait terriblement ému :

« Un enfant ! Un enfant ! Toi, moi, je ne peux pas le croire, pas encore, redis-le-moi, je t'en prie ! »

Sophie se mit à rire doucement.

« Oui, tu vas être papa, bientôt ! »

Il la couvrit de baisers, fervents, enthousiastes.

« Mon amour chéri, ma précieuse, je suis si heureux, si heureux ! Je ne m'attendais pas, pas si tôt… »

Elle s'éloigna de lui, le fixa, alarmée.

« Tu aurais préféré… que cet enfant vienne un peu plus tard ?

– Non, bien sûr que non, tu te trompes. Au contraire, ce bonheur nous est donné déjà et c'est merveilleux ! »

Il l'allongea avec d'infinies précautions, comme si elle était devenue soudain très fragile ; enfin il posa doucement sa joue sur le ventre de Sophie. La joie l'étouffait.

* *
*

Cinq jours plus tard, Gaspard et Sophie rendaient visite à Jeanne-Marie. L'installation dans le nouvel appartement de Vivien était loin d'être terminée. Ensemble, ils iraient acheter de quoi meubler la salle à manger et le salon qui servirait aussi de bureau à Jeanne-Marie ; ses cartons à dessin s'empilaient pour le moment contre le mur, dans la petite pièce encore vide.

Vivien s'excusa de recevoir le jeune couple dans la cuisine ; celle-ci et la chambre à coucher se trouvaient pour l'instant les deux seules pièces meublées. En hâte, le compagnon de Jeanne-Marie avait carrelé la petite salle de bains et rafraîchi les peintures. Le reste attendrait un peu.

Toute à son bonheur, la jeune femme ne remarqua pas tout de suite l'air préoccupé de son neveu. Par contre, frappée par la pâleur de Sophie, elle observa, pleine de sollicitude :

« Tu as une mine bien fatiguée, ma chérie. Rien de grave, j'espère ? »

La jeune femme se contenta de sourire et le visage de Gaspard s'illumina soudain.

« Sophie va très bien, rassure-toi. Mais nous avons une grande nouvelle à vous annoncer, une très bonne nouvelle.

– Ne me dis pas que... »

Jeanne-Marie les regardait tour à tour, un peu incrédule mais pleine d'espoir, c'était visible.

« Si, affirma Sophie en prenant la main de Gaspard, je crois que tu as deviné juste : nous attendons un enfant pour le mois de mai. »

Avec un petit cri de joie, Jeannie la serra contre elle.

« Dieu, comme je suis contente ! » s'exclama-t-elle avec affection.

À plusieurs reprises, elle embrassa avec fougue Sophie et son neveu.

« C'est une nouvelle magnifique, nous allons fêter cela tout de suite, n'est-ce pas Vivien ? »

Ce dernier félicitait déjà les heureux parents, avant de sortir des verres pour trinquer à la future naissance. On s'attabla ; la conversation porta d'abord sur les aménagements prévus dans le nouveau cadre de vie de Jeanne-Marie et Vivien. Puis la tante de Gaspard lui posa la question qu'il redoutait un peu.

« Tu as averti ta mère, je suppose ? Voilà qui va l'attendrir, j'en suis sûre ! »

Jeanne-Marie n'était pas très certaine de ce qu'elle affirmait là, mais elle espérait se tromper. Tout de même, Angèle n'était pas un monstre, elle avait un cœur, elle ne pouvait que se réjouir de la venue prochaine du bébé de son fils, l'héritier de Bois-Colombes.

« Eh bien, pas tout à fait », répondit Gaspard, un peu gêné d'avoir à relater la réaction de sa mère devant Vivien. Sophie vint à son secours.

« Ma belle-mère ne s'attendait pas à cette nouvelle, il faut sans doute lui laisser le temps de s'habituer à l'idée… »

Elle n'acheva pas et ses yeux s'emplirent de larmes.

« Ma mère, dit Gaspard durement, a été odieuse comme jamais, odieuse envers moi, plus encore envers Sophie. »

Et, d'un ton désolé, plein de souffrance et aussi de rancœur, il rapporta mot pour mot leur entrevue avec Angèle. Il avait tenu, malgré ses réticences, à ce que sa jeune femme soit près de lui pour cet entretien. Peut-être avait-il eu tort ? Pourtant, en se remémorant les paroles prononcées, il se disait que, même s'il avait été seul, sa mère aurait fait preuve d'autant de méchanceté.

« Mais tu as complètement perdu la tête ! Ton inconscience est vraiment incroyable, irresponsable ! Un enfant, à ton âge ! Te rends-tu compte des contraintes que cela suppose ? Non, évidemment ! Mon pauvre fils, depuis ton mariage je ne te reconnais pas, à croire que l'on t'a rendu fou ! »

Interdit d'une telle réaction et de la virulence des paroles que sa mère venait de lui jeter au visage, Gaspard était d'abord resté muet. Se tournant vers sa belle-fille, Angèle lança, hors d'elle :

« Tout est de votre faute, tout ! Et vous comptez l'élever ici, ce braillard, dans ma maison ? Je vous préviens, il est hors de question que votre progéniture s'avise de venir troubler ma vie, en quoi que ce soit ! Un enfant dont les origines maternelles sont plus que douteuses… »

Sophie baissait la tête, se mordait la langue pour ne pas répondre vertement à ces propos venimeux. Sans laisser sa mère achever sa phrase, Gaspard s'insurgea, s'affirmant pour la première fois devant elle :

« Cela suffit, je ne te laisserai pas insulter mon épouse ! Ce braillard, comme tu dis, est ton petit-fils, tu devrais normalement t'en réjouir. Mais tu n'as pas de cœur, une pierre le remplace, je le sais depuis bien longtemps. Jusqu'ici, j'ai patienté, à présent c'est fini. Eh oui, puisque tu le demandes, nous l'élèverons ici, cet enfant, dans la maison de son grand-père, de son arrière-grand-père. Et tout ce que tu pourras dire n'y changera rien. »

Un grand silence suivit ce compte rendu. Jeanne-Marie était effondrée de la cruauté mesquine de sa sœur.

« Puisqu'il en est ainsi, dit-elle doucement, ne pensez-vous pas qu'il vaudrait mieux vous installer ailleurs ? Votre vie va devenir impossible, mes pauvres petits...

– Non, je ne céderai pas la place, affirma Gaspard avec force, elle ne nous chassera pas de Bois-Colombes ! J'avais pensé que nous pourrions au moins éviter le tête-à-tête des repas, mais elle serait bien trop heureuse de me voir capituler ainsi. Déjà, ajouta-t-il en se tournant vers Sophie, elle ne nous adressait plus la parole, rien ne changera vraiment. Pour le bébé, nous prendrons ta chambre, Jeannie, je ferai percer une porte dans la cloison pour qu'elle communique avec la nôtre. Si cela ne lui convient pas, elle n'aura qu'à partir ! »

Jeanne-Marie et Vivien assurèrent le jeune couple de leur soutien, en toutes occasions. En prenant congé, Sophie s'accrocha au cou de la tante de Gaspard :

« Merci, dit-elle, du fond du cœur ! Nous n'avons que vous, je n'ai que toi, et je sais pouvoir compter sur ton aide.

– Bien entendu, et n'oublie pas qu'à la verrerie nous pourrons nous voir chaque jour. Et vous viendrez ici autant que vous le voudrez. Vivien a un cœur grand comme ça, il vous soutiendra autant que moi. Fais bien attention à ta santé, ma chérie, à demain ! »

Jeanne-Marie embrassa aussi son neveu, avec une grande tendresse. Il serait père bientôt, et pourtant il avait besoin d'elle, plus encore peut-être que lorsqu'il était petit garçon.

Après le départ du jeune couple, Jeanne-Marie resta un moment debout devant la fenêtre, les yeux dans le vague. Enfin, elle se retourna vers Vivien, poussa un énorme soupir :

« Dire que nous pourrions être si heureux, tous ensemble ! Hélas, sa vie durant, ma sœur semble avoir toujours pris un malin plaisir à tout gâcher autour d'elle… »

Vivien la prit doucement contre lui, embrassa son front, ses lèvres.

« Oublie tout cela, ta sœur est sortie de ta vie maintenant, essaie d'être heureuse, je t'en prie, fais-le pour moi ! »

Elle lui sourit et posa sa joue contre la sienne. C'était si doux de se sentir aimée ainsi.

X

Au fil du temps

DEPUIS LA DERNIÈRE ALGARADE avec son fils, Angèle avait demandé à Flavie de préparer le déjeuner un peu plus tôt ; ainsi prenait-elle son repas avant Gaspard et sa belle-fille, ce qui était loin de leur déplaire. Pour le dîner, elle agissait de même, puis elle gagnait sa chambre avant la fermeture de la verrerie et le retour du jeune couple à la maison. Le soir, la femme de ménage était absente, aussi Gaspard et Sophie trouvaient-ils la cuisine déserte. Seul le couvert d'Angèle dans l'évier leur apportait la preuve qu'elle était venue là avant eux.

Cet arrangement permettait à tous de ne pas se croiser, ou alors tout à fait fortuitement. Le matin, Gaspard parti, Sophie ne bougeait pas trop tôt de sa chambre. Angèle, toujours très matinale, était déjà en route vers le village lorsque la jeune femme descendait prendre son petit déjeuner ; mais c'était plutôt rare, généralement elle était enfermée dans son bureau, penchée sur ses livres de comptes ou l'un de ses nombreux travaux d'aiguille.

Naturellement, Flavie avait fort bien compris qu'un différend plus vif et plus durable que par le passé opposait sa patronne au jeune couple ; mais elle savait tenir sa place et rester discrète. Pourtant, la petite mine de Sophie lui « faisait peine », selon son expression. Le matin, elle arrivait le plus souvent à l'heure où l'épouse de Gaspard achevait son petit déjeuner. Ni l'une ni l'autre n'ignoraient qu'Angèle attendrait son départ pour venir en cuisine donner ses instructions à son employée.

« Madame Gaspard, il faut pas m'en vouloir et croire à de la curiosité, mais j'ai bien peur que vous n'ayez quelque anémie, vu que vous êtes devenue blanche comme un lys de mer ! Pourtant, je le disais à mon père pas plus tard que ce matin, l'air est bon chez nous. On a à la fois le bienfait des résineux et celui de la brise marine. Beaucoup de gens, vous le savez sans doute, enfin ceux qui ont des moyens je veux dire, viennent passer l'hiver dans le Midi pour entretenir leur santé. L'air marin, c'est bien connu, est mille fois meilleur que toutes les fumées de votre Paris et des autres grandes villes. Cela dit, est-ce qu'il y aurait quelque chose qui vous ferait plaisir en particulier ? Sans aller contre l'avis de Mme Solliès, je peux vous préparer des petites choses en plus, je ne sais pas moi, une crème parfumée d'amande, un gâteau à l'anis ou, tenez, des poires au vin de figues. On y fait macérer de l'écorce d'orange, c'est un fortifiant très employé chez nous, et efficace, je vous garantis !

– Merci, Flavie, vous êtes vraiment gentille mais je vais très bien, je vous l'assure. C'est vrai qu'en ce moment je manque un peu d'appétit, pourtant il n'est nullement question d'anémie. J'ai vu le médecin dernièrement, il ne s'alarme pas, au contraire ! »

Devant l'air scrutateur de Flavie et ses sourcils un peu froncés, Sophie se mit soudain à rire.

« J'attends un enfant, voilà la raison de ma mine un peu pâle…

– Un enfant ! Un pitchoun ! Ah, soyez remerciée Bonne Mère, et avec vous tous les saints du paradis ! »

Pour cette naïve action de grâces, Flavie avait joint les mains. Son air extasié toucha infiniment la jeune femme.

« Madame Gaspard, sans vous commander, il faut vous ménager maintenant. Vous êtes bien sûre que mademoiselle Jeanne-Marie a besoin de vous à l'atelier ? Il vous faut du repos à présent, beaucoup de repos. Mais au fait, il arrivera quand, ce petit ? Parce qu'on le voit pas du tout, peuchère !

– Il arrivera aux environs du 10 mai, normalement, il a encore près de cinq mois pour se faire voir, comme vous dites.

– N'empêche, vous devez manger pour deux. Moi, bien sûr, j'ai pas encore d'enfant mais ma cousine en a quatre, elle. Alors pensez, je suis au courant, je sais ce qui est bon pour les futures mères ! Tenez, je vais vous préparer pour après-demain des alouettes sans tête. Non, c'est pas des oiseaux mais de belles tranches de bœuf farcies. Il vous faut de la viande rouge, beaucoup. Mon père dit que je les prépare mieux que personne. Dans la farce, je mets nos bonnes herbes du Midi : du céleri, du genièvre, de la sarriette, du romarin, des pousses d'épinard et du persil. Mais où j'ai la tête, moi, j'ai oublié la farigoule !

– La farigoule ? Qu'est-ce que c'est ? Voilà un nom que je n'ai jamais entendu. Vous voulez donc m'empoisonner ? s'exclama Sophie en riant.

– Que non, ma belle, pas de danger ! La farigoule, ou farigoulette, c'est le nom que l'on donne ici au thym des garrigues. Son parfum, c'est du soleil dans une sauce, vous m'en direz des nouvelles ! »

De ce jour, Flavie n'eut de cesse de rajouter aux menus des « petits à-côtés », selon ses dires, plus particulièrement destinés à Sophie. Évidemment, Gaspard en profitait, prétextant qu'un futur père a lui aussi besoin de forces…

L'hiver était là, Noël approchait, les légumes frais faisaient défaut. Mais le cellier regorgeait de conserves, de bocaux de tomates, aubergines, poivrons, courgettes, fèves, artichauts, seuls ou en ratatouille. À côté, quantité de fruits au sirop permettaient de confectionner de délicieuses tartes ou de riches entremets.

« Quel dommage, regrettait Flavie, que le soleil nous boude un peu en cette saison ! Les beaux légumes d'été ont disparu des jardins, mais je vous ferai quand même des tians et des gratins au parmesan qui vous régaleront. Et aussi des civets, des ragoûts et bien sûr de la daube, la vraie. Et encore je parle pas des poissons, ma mère m'en a appris quantité de recettes. Casimir aura intérêt à me vendre du beau et du bon !

– Assez, suppliait Gaspard, tu vas transformer mon épouse en imposante matrone et je n'y tiens pas, je te l'assure !

– Que cela vous plaise ou non, répliquait sévèrement Flavie, madame Sophie va prendre du poids, c'est obligé. Vous voudriez tout de même pas qu'elle vous donne un petit maigrichon comme une pauvre sardine ? Moi, je veux que votre pitchoun soit le plus beau et le plus rondelet de tout le massif des Maures et même de tout le littoral. Je m'y emploierai, croyez-moi, foi de bonne Provençale ! »

* *
*

L'habitude fut prise rapidement : chaque dimanche, Gaspard et Sophie gagnaient Port-Maureuil pour passer la journée chez Jeanne-Marie et Vivien. De temps à autre, tout le monde se réunissait chez Frédéric Aubertin pour le déjeuner : c'était une fameuse tablée, pas moins de neuf personnes. Jeanne-Marie préparait une partie du repas, Magali se chargeait du reste ; Gaspard achetait le dessert et offrait le vin. Chacun ainsi participait aux dépenses.

Quand le temps était doux, l'après-midi les hommes jouaient aux boules sur la place du village avec quelques connaissances. Pascal et Florent faisaient là leurs premières armes à la pétanque, incontournable dans le Sud. Seuls Aurélie et Pierre-Yves accompagnaient les trois dames en promenade.

Au fil des semaines, Sophie commençait à s'alourdir mais sa grossesse se déroulait normalement. À l'approche de Noël, Jeannie, prise de remords bien qu'elle n'eût rien à se reprocher, avait suggéré d'inviter sa sœur, au moins pour le soir du réveillon. Vivien n'avait rien dit ; si Angèle acceptait, pour sa femme il s'inclinerait de bonne grâce. Gaspard, au contraire, avait réagi violemment, menaçant sa tante de ne pas paraître au repas si sa mère y assistait. Finalement, Jeanne-Marie renonça et ils dînèrent tous les quatre. Frédéric et les siens vinrent les rejoindre pour faire honneur aux treize desserts provençaux traditionnels.

Selon la coutume, Jeannie avait ajouté un couvert et Sophie écouta avec étonnement son explication :

« C'est la place du pauvre. En Provence, à Noël on ouvre sa maison à celui qui frappe à la porte, quel qu'il soit, et il prend son repas avec la famille. Dans les campagnes, aujourd'hui encore cette place est toujours occupée. Ici, ce genre de visite est devenu rare, pourtant l'on continue à ajouter un couvert, par tradition. Matthieu y tenait beaucoup. »

Émue au souvenir de son beau-frère, Jeanne-Marie avait cependant souri à la femme de Gaspard. Avec ferveur, elle espérait que, l'année suivante, un petit être serait là, parmi eux tous, pour fêter Noël. L'enfant de Gaspard, le petit-fils de Matthieu… Comme il aurait été heureux d'être grand-père ! Mais les regrets étaient vains, Matthieu les avait quittés sans retour et Angèle se montrait odieuse…

* *
*

Avec le mois de février, peu avant la floraison des mimosas, le mistral déferla soudain pour passer sa rage sur toute la région. Cette bise glaciale arrive du nord, s'engouffre dans la vallée du Rhône et se déchaîne durant trois, six ou neuf jours, rarement plus.

Vers la fin novembre déjà, la jeune femme de Gaspard avait fait connaissance avec ce vent polaire qui se rue en hurlant et pénètre partout. Mais il n'avait soufflé que trois jours, sous un ciel bleu dur, métallique, d'une implacable pureté. Là, il semblait installé pour beaucoup plus longtemps. Il prenait ses aises, vociférant dans les collines comme une meute de bêtes sauvages, comme une horde de démons en furie.

Là-haut, dans les pays du nord, il s'était chargé du souffle glacé des tempêtes de neige ; aussi infligeait-il à tous sa caresse mortelle. Devant lui, leurs larges palmes retroussées, échevelées et tordues en tous sens, les grands palmiers s'inclinaient pour demander grâce. Apeurés, les bambous chuchotaient en frémissant et les quenouilles sombres des cyprès s'inclinaient jusqu'à terre pour lui faire allégeance.

Désorientés, des vols de goélands perdaient le cap, s'abattaient follement sur les roches pointues des collines, dans un grand tourbillon de plumes grises et blanches. La poussière volait partout, mêlée au sable et aux herbes sèches arrachées aux garrigues Des branches s'abattaient soudain, des tuiles et des cheminées s'écrasaient au sol avec fracas. Tenir debout sous les assauts de ce vent inexorable se révélait une impossible gageure.

Puis le mistral prit possession de la mer. Noire et précipitée, l'ombre affolée des nuages dévalait le ciel d'encre au-dessus des collines, glissait en toute hâte en direction de la mer frissonnante pour disparaître au loin vers l'horizon inaccessible. D'un vert cru et gris acier, plissées de rides épaisses par ce seigneur sans merci qui les défiait en rugissant, les vagues venaient se briser sur les plages en longues gerbes d'embruns. Et l'écume bouillonnante, mousseuse, livide, semblait soudain jaillir pour lécher le ventre bas et renflé des nuages, tourmentés par le souffle impitoyable.

Couchés sous les rafales, les voiliers craintifs regagnaient le port en toute hâte ; mais, parfois, le barbare cruel arrachait leur voilure, l'emportait en longs tourbillons blancs vers le ciel vide. Les canots imprudents dérivaient, se fracassaient parfois sur les côtes rocheuses. Partout, la vie s'arrêtait et l'on priait pour voir ce maître inexorable s'apaiser enfin.

Pour Sophie, chaque nuit se transformait en cauchemar. Sans la présence de Gaspard, sans son enlacement rassurant et tendre, elle aurait cédé à la terreur. Tel un vieux vaisseau pris dans la tempête, la maison craquait de toutes parts, les portes calfeutrées tremblaient sur leurs gonds ; tout autour de la demeure, des halètements sourds succédaient à des sifflements aigus et prolongés. Le mistral, alors, se montrait plus effrayant que le pire des monstres jamais sortis de l'enfer.

Puis, un matin, ce fut le silence qui réveilla la jeune femme. La bise, soudain, en avait eu assez de s'époumoner en crachant sa colère aux quatre coins de l'horizon. Au-dehors, un peu partout, s'accumulaient d'innombrables débris. Après le passage du vent dévastateur, chacun fit de son mieux pour effacer ses traces. Et, pour un temps, on l'oublia.

* *
*

Cependant, le temps passait, l'air s'adoucissait, annonçait le printemps proche. La glycine de la terrasse ourlait le toit de lourdes grappes mauves où s'affairaient déjà quelques insectes. Au jardin, dès la mi-février, quantité de fleurs avaient commencé à déployer leurs boutons colorés. Et dans les branches des mimosas encore parées de boules jaunes, les mésanges charbonnières élevaient leur première nichée.

Le ventre de Sophie s'arrondissait de jour en jour ; parfois, une douleur sourde lui poignait les reins, sa démarche se faisait plus lente. Jeanne-Marie insistait pour qu'elle se repose davantage.

« Je n'ai pas besoin de toi toute la journée, voyons ! Fais donc des petites promenades et allonge-toi le plus possible.

– Mais je vais très bien ! Et puis, dans ma chambre, je m'ennuie tellement... »

Gaspard s'était joint à sa tante en insistant pour que Sophie suive ses conseils, aussi, de guerre lasse, la jeune femme avait fini par accepter de s'accorder une longue sieste ; après seulement, elle gagnait l'atelier d'emballage.

« Regarde, Jeannie je peux très bien emballer des verres assise, c'est aussi facile, rien ne m'oblige à travailler debout ! »

Lorsque aucune expédition n'était prévue, la jeune femme continuait à dessiner, sous la direction de Jeanne-Marie, les motifs destinés à orner les objets de verrerie. Elles travaillaient sur une commande assez exceptionnelle. Un grand hôtel de la Côte en réfection souhaitait faire réaliser une trentaine de lampes de chevet pour les chambres et les petits salons privés. On devait d'abord faire des propositions de modèles divers ; la direction du palace souhaitait que chacune soit différente, pied et abat-jour en verre coloré opalescent. Papillons, oiseaux ou libellules, guirlandes de feuilles, de fleurs ou de fruits en relief feraient l'originalité de chacune de ces lampes.

« Je ne comprends pas très bien comment les verriers peuvent faire adhérer ces appliques décoratives sur l'objet terminé...

– C'est un travail délicat, il faut une grande habitude. On fabrique tout d'abord le décor choisi, puis l'on doit refondre la surface pour fixer dessus la garniture en relief. On remet ensuite la pièce dans l'arche de recuisson pour un temps variable. »

Sophie restait songeuse ; elle était bien loin de tout connaître des techniques, si nombreuses et délicates, de la fabrication des objets de verre. Aussi reprenait-elle les livres du père de Gaspard pour approfondir ses acquits.

Début mars, guidée par Magali Aubertin, elle commença à tricoter un peu de layette. Bientôt, un bonnet de laine blanche, quelques brassières, un petit paletot, quelques paires de petits chaussons aussi prirent place dans l'un des tiroirs de sa commode. Un soir, toute fière, elle montra ses œuvres à Gaspard.

Celui-ci ouvrit de grands yeux étonnés en découvrant les minuscules chaussons de laine. Il en prit un dans le creux de sa main.

« Mais c'est une taille de poupée ! Le pied du bébé n'y entrera jamais, voyons ! »

Sophie se mit à rire.

« Quelle taille crois-tu donc qu'il aura, notre enfant ? Je t'assure que la longueur de son pied ne remplira même pas tout l'espace. Regarde le modèle que m'a prêté Magali, voici les premiers chaussons de Pierre-Yves. »

Elle lui tendait de minuscules réalisations de laine bleu pâle et Gaspard, tout confus, lui prit la main pour baiser doucement le bout de ses doigts.

« Je suis un ignorant, pardonne-moi ! J'ai tout à apprendre des nourrissons. Si j'ai vu les enfants de Frédéric tout petits, j'avoue n'avoir jamais fait très attention à eux avant qu'ils ne commencent à parler, à jouer. Mais pour notre bébé, je serai beaucoup plus attentif, je te promets »

Quand elle les vit, Jeanne-Marie s'extasia devant les petits vêtements.

« C'est adorable ! Mais pourquoi n'avoir choisi que du blanc, pas de bleu ni de rose ?

– Je ne me vois pas habiller mon fils en rose ! Le blanc conviendra aussi bien à une fille qu'à un garçon, n'est-ce pas ? Après la naissance, je pourrai varier les couleurs. »

Un soir, alors que le jeune couple rentrait pour le dîner, Angèle attendait dans la cuisine. Aussitôt, Sophie eut un geste de recul. Depuis plus de trois mois, les rencontres avec sa belle-mère se comptaient sur les doigts de la main ; et jamais aucune parole n'avait été échangée. Comme des étrangères, les deux femmes s'étaient toujours croisées sans un mot, ni même un salut.

Quant à Gaspard, en raison de ses horaires de travail et du soin déployé par sa mère à l'éviter, c'est à peine s'il l'avait revue. Ignorant Sophie, c'est à lui qu'Angèle s'adressa :

« Viens un instant dans mon bureau, j'ai à te parler. Mais rassure-toi, je ne te retiendrai pas longtemps. »

Gaspard se revit à l'âge de onze ou douze ans, lorsque son bulletin de notes arrivait et que sa mère le commentait sévèrement avec force reproches. La porte refermée par les soins d'Angèle, elle dit sans le regarder :

« Je vais aller droit au but. Ta tante, ta femme et toi, vous avez fait de ma vie un enfer. Ici, je suis rejetée, un véritable paria. Aussi ai-je décidé de m'en aller. »

Là, elle marqua une pause, attendant sans doute une question qui ne vint pas.

« Une semaine avant Pâques, le 7 avril donc, je vais partir passer la belle saison à Sarnac. J'ai écrit à Honorine pour l'en avertir et déjà commandé un taxi, ainsi je ne dérangerai personne. Au cas où cela t'intéresserait, je rentrerai aux environs de la Toussaint. Ma santé ne résisterait pas à un hiver au manoir. Crois bien que je le regrette, si le climat d'Auvergne était plus clément, je quitterais définitivement Bois-Colombes où je suis devenue indésirable. Si seulement ton père avait vécu, je n'en serais pas là ! Ah ! J'oubliais : ta chère tante devra se charger de la comptabilité de la verrerie, qu'elle se débrouille ! Dis-lui aussi que Matthieu n'aurait jamais admis la vie qu'elle mène avec ce... ce... »

Sans achever, Angèle quitta la pièce, laissant la porte grande ouverte. Durant quelques instants, Gaspard resta interdit. Sa mère n'avait fait aucune allusion à la future naissance. Peut-être l'avait-elle volontairement occultée ? En août prochain, la verrerie fermée, retourneraient-ils en Auvergne, tous ? Pour Sophie et le bébé, ce serait délicat, pour Jeanne-Marie et Vivien tout à fait inconcevable, à moins de vivre au village. Sa tante, évidemment, était chez elle au manoir, autant qu'Angèle, mais une cohabitation se révélerait définitivement impossible.

Gaspard rejoignit sa femme, lui fit part de la brusque décision de sa mère. Sophie s'inquiéta, lui prit la main.

« Cela te rend très malheureux ?

– Non, je ne crois pas. C'est triste, je sais, mais elle a tout fait pour me détacher d'elle et, cette fois, je me rends compte qu'elle a réussi. »

XI

Nouveau venu

AVERTIE PAR SON NEVEU du départ prochain d'Angèle pour Sarnac, Jeanne-Marie ne savait que penser. Fallait-il se réjouir ou, au contraire, déplorer cette défection ? Certes, le jeune couple serait plus libre de ses agissements ; ces derniers mois, bien qu'il n'y ait pas eu de conflit, la cohabitation avec la mère de Gaspard s'était révélée difficile. Jeanne-Marie ne doutait pas que, comme elle-même, Sophie et son époux auraient de beaucoup préféré une bonne entente. Hélas, il ne leur appartenait pas, ni aux uns ni aux autres, d'intervenir dans les décisions d'Angèle, aussi surprenantes qu'imprévisibles. Quant à son caractère, il devenait de plus en plus intraitable. Et elle n'avait que quarante-trois ans… Qu'en serait-il lorsqu'elle serait devenue une vieille dame ? Mieux valait ne pas y penser.

Jeannie connaissait fort bien son neveu et elle mesurait la profondeur de son amertume. Non seulement sa mère l'avait déçu mais encore elle l'avait blessé ; personnellement d'abord et surtout dans son amour pour sa jeune femme, total, absolu. Enfin, le mépris manifeste qu'affichait Angèle pour le futur bébé aggravait encore une blessure sans doute ineffaçable.

Elle songea aussi au surcroît de travail qui allait lui incomber. Sa sœur lui laissait la charge de la comptabilité de la verrerie en plus de son travail ordinaire. Et elle savait ne plus pouvoir compter sur l'aide de Sophie. De plus en plus, la jeune femme aurait besoin de repos et, dès la naissance de son enfant, elle devrait lui consacrer tout son temps, pendant deux ou trois années sans doute.

Jeanne-Marie s'en ouvrit à Vivien. Employer l'un des ouvriers aux emballages pendant qu'elle-même se pencherait sur les livres de comptes n'était pas envisageable ; il ferait par trop défaut dans les ateliers de fabrication.

« Parles-en à Gaspard, mais la seule solution, je crois, serait d'embaucher une personne quelques heures par semaine. Il n'est pas besoin d'être qualifié pour effectuer des emballages, il suffit tout simplement d'être soigneux.

– Tu as sans doute raison. Le moment venu, je le lui demanderai, mais je sais d'avance qu'il se rangera à notre avis. »

Comme elle l'avait annoncé, Angèle quitta Bois-Colombes le 7 avril. Auparavant, elle avait donné quelques instructions à sa femme de ménage, lui recommandant de ne pas faire de dépenses inutiles ; pour les besoins de la maison, nourriture et produits d'entretien, elle n'aurait qu'à s'adresser à son fils.

« Et vous pensez rester absente longtemps, madame ? avait innocemment demandé Flavie.

– Cela ne vous regarde pas, ma fille ! D'ailleurs je ne le sais pas exactement moi-même, vous me verrez bien revenir ! »

Le ton piquant de cette réponse avait passablement mortifié la jeune femme. Le matin de son départ, Angèle lui demanda de monter prendre ses valises dans sa chambre pour les déposer dans l'entrée. Un peu plus tard, lorsque le chauffeur du taxi vint s'occuper des bagages, Flavie ne sortit pas de la cuisine pour saluer sa patronne et lui souhaiter un bon voyage.

Quand la voiture eut disparu au bout de la route, le père de Flavie vint aux nouvelles.

« Qu'est-ce qui lui prend, à Mme Solliès ? C'est bien la première fois que je la vois partir seule en voyage. Tu sais où elle va ?

– Elle m'a dit qu'elle allait chez elle, en Auvergne. Mais quand j'ai demandé, bien poliment, si elle comptait rester longtemps partie, elle m'a remise à ma place de belle façon ! Qu'elle y reste donc, le plus possible, et même toujours si ça lui chante, et bon débarras ! »

Narcisse restait perplexe, les bras ballants. Avec le printemps qui s'avançait, il ne manquait pas de travail, au contraire. Un moment, il dévisagea sa fille avant de se décider à partir.

« Bon, dit-il, fataliste, en haussant les épaules, je vais dans le parc. Pour le petit jardin, Mme Solliès m'a recommandé de bien soigner ses rosiers et ses buis, exactement comme si elle était là.

– Eh bien, espérons qu'ils prendront pas quelque maladie, sinon les merles chanteront pas comme les grives !

– Qu'est-ce que tu veux dire ?

– Je veux dire que si les roses de la patronne dépérissent, tu n'as pas fini de l'entendre, à son retour ! »

Narcisse secoua la tête d'un air un peu désabusé :

« Il n'y a aucune raison, moi je ferai mon travail comme à l'accoutumée, ni plus ni moins ! »

Et le jardinier était reparti attacher les tiges folles des chèvrefeuilles qui s'allongeaient de façon anarchique, de jour en jour, menaçant d'étouffer sous peu la glycine languissante et les bignonias. Il n'allait pas se mettre martel en tête pour un caprice de Mme Solliès, un de plus. Et après ? À Bois-Colombes, le soleil continuerait à briller sans elle. Peut-être même que les fleurs en seraient plus épanouies...

* *
*

Sans doute le bébé de Sophie avait-il hâte de le voir, ce soleil printanier, et de contempler les abondantes floraisons qui enchantaient les abords de la verrerie. Attendu vers le 10 mai, c'est le 24 avril qu'il décida d'ouvrir les yeux sur le monde.

Vers 9 heures et demie, ce matin-là, Flavie se précipita à l'atelier d'emballage, rouge et manifestement très émue.

« Vite, mademoiselle Jeannie, le petit arrive !

– Tu es sûre ?

– Oh que oui ! Mme Gaspard a mal comme c'est pas possible, la pauvre ! »

Avant d'alerter son neveu, Jeanne-Marie pensa qu'en général un premier bébé prenait son temps. Elle suivit donc Flavie en hâte pour aller rassurer la future mère.

« Je fais chauffer de l'eau, vous croyez ?

– Fais-le toujours, mais assurons-nous d'abord qu'il n'est pas encore temps d'appeler le médecin.

– Tout de même, cette naissance, on l'attendait pas si tôt ! Il a deux bonnes semaines d'avance, ce petit.

– Cela arrive assez souvent, tu le sais bien. La fille de Magali Aubertin est née avec près d'un mois d'avance, et elle se portait comme un charme. Allons, calme-toi, tout ira bien. »

Flavie ne pouvait se résoudre à appeler Jeannie autrement que mademoiselle. Pourtant, Angèle partie, la tante de Gaspard et Vivien venaient de passer devant M. le maire. Jeanne-Marie n'était plus Mlle Andrieux mais Mme Castellane.

Ce mariage n'avait été qu'une simple formalité, en présence de Sophie et Gaspard, bien sûr, et des deux témoins : Magali pour la mariée et un ouvrier verrier pour son époux.

La famille de Vivien était loin. Sa sœur, de dix ans son aînée, habitait la Bretagne, près de Rennes. Elle avait deux grands enfants et s'occupait de sa mère, devenue infirme à la suite d'un banal accident domestique. Le mari de Jeanne-Marie lui avait écrit pour annoncer l'événement, disant qu'il espérait pouvoir venir présenter son épouse lors des congés annuels, en août prochain.

Dans sa chambre, Sophie allait et venait de long en large, une main sur ses reins douloureux. De temps à autre, un élancement dans le bas-ventre , aussi vif qu'un coup de poignard, la pliait en deux ; alors elle s'asseyait avec précaution dans un fauteuil et reprenait souffle lentement. Elle aurait aimé s'allonger sur son lit, mais son ventre énorme et proéminent ne le lui permettait plus ; aussi dormait-elle dans ce fauteuil depuis près d'une semaine.

À la vue de Jeanne-Marie, elle eut un sourire fatigué.

« Te voilà ! Je suis contente, j'ai un peu peur, tu sais.

– Mais non ma chérie, tu n'as aucune raison d'avoir peur. Tout se passera très bien, je te promets. Pense que Magali a eu quatre enfants, et même des jumeaux, et qu'elle se porte à merveille. Flavie me dit que tu as des contractions, à quel rythme, à peu près ?

– Je ne sais pas trop, ce n'est pas régulier du tout.

– Eh bien, nous allons vérifier, rien ne presse, repose-toi.

– Reste avec moi, je t'en prie !

– Mais je n'ai pas du tout l'intention de te quitter, je serai près de toi jusqu'au bout. Allons, détends-toi ! »

À l'heure du déjeuner, Gaspard arriva comme de coutume, suivi de Vivien. Depuis le départ d'Angèle, Jeannie et lui prenaient leurs repas à Bois-Colombes, c'était beaucoup plus simple et plus agréable pour tous.

« Monsieur Gaspard, dit Flavie, tout excitée, ces dames sont là-haut, dans votre chambre. Votre petit va arriver aujourd'hui, Bonne Mère, quelle émotion ! »

Gaspard se rua dans l'escalier, s'agenouilla près de Sophie. Elle se força à lui sourire en s'accrochant à sa main.

« C'est... c'est normal ? demanda-t-il, inquiet, en se tournant vers sa tante.

– Un bébé n'arrive jamais, ou très rarement, à la date prévue. Ne te soucie pas, tout va bien. Va déjeuner, ensuite tu remonteras auprès de Sophie, nous nous relaierons. Bientôt, je téléphonerai au médecin, mais rien ne presse encore.

– Pardonne-moi, reprit Gaspard, mais toi qui n'a pas d'enfant, comment peux-tu savoir toutes ces choses à propos d'une naissance ?

– Tu oublies que j'ai toujours assisté Magali Aubertin lors de ses accouchements. Les jumeaux sont venus en premier et elle était dans l'angoisse. Après trois accouchements et quatre bébés, je suis devenue assez savante en ce domaine ! »

Jeanne-Marie plaisantait pour détendre son neveu bien prêt à céder à la panique.

Il était presque 8 heures du soir lorsque la fille de Gaspard et de Sophie montra sa frimousse rouge et plissée. Un duvet blond, tout frisé, recouvrait son petit crâne, elle était vigoureuse et rondelette. En quittant le ventre de sa mère, elle avait poussé un grand cri et Gaspard avait pleuré de joie. À présent, il contemplait sa fille, toute proprette dans ses langes blancs, lovée dans les bras de Sophie exténuée mais tellement heureuse. Jeanne-Marie et Vivien les regardaient tous les trois et ils partageaient ce grand bonheur.

« Ma mère est loin, songea soudain Gaspard, mon enfant ne la préoccupe pas. Celle qui reste fidèle comme toujours, c'est Jeannie, ma seconde mère, ma vraie mère… »

Quittant le bord du lit où il s'était assis un moment, il s'approcha de sa tante, l'embrassa tendrement sur la joue et dit à son oreille :

« Merci d'être là, toujours… Sophie et moi, nous n'avons que toi maintenant. Ne nous abandonne pas ! »

* *
*

Quelques jours après la naissance de sa fille, Gaspard, poussé par sa tante, avait adressé une carte à Angèle pour lui faire part de l'événement. D'abord très réticent, il avait commencé par refuser.

« Vu son désintérêt, je ne vois pas pourquoi je devrais le faire. Être grand-mère, c'est bien le moindre de ses soucis !

– Écoute, ne lui fournis pas des armes contre toi. Si tu ne lui écris pas, elle est fort capable de te le reprocher vertement un jour, tu la connais.

– Jeannie a raison, intervint Sophie, tu dois le faire, je t'assure. »

Quand le bébé avait vu le jour, il avait fallu lui choisir un prénom.

« Que proposes-tu ? avait alors demandé Gaspard.

– Choisis, toi. Tu aurais préféré un garçon, je m'en doute bien, un héritier pour la verrerie…

– Mais non, voyons ! Ma fille me comble tout à fait ! D'ailleurs, ce garçon, il viendra un peu plus tard, n'est-ce pas ? »

Sophie s'était contentée de sourire en acquiesçant d'un signe de tête. Les douleurs subies pour cette naissance passaient déjà au second plan. La petite merveille qui dormait près d'elle, dans le berceau voilé de blanc où Gaspard avait grandi, valait bien une journée de souffrances. Oui, bientôt ils auraient un fils, elle en était certaine.

« J'avais cru comprendre, continua Gaspard, que tu aimerais lui donner le prénom de ta mère. C'est beau, Anna.

– J'aimerais bien, oui, puisque tu as l'air d'accord. »

Angèle reçut donc un petit carton où son fils avait simplement écrit :

Anna Solliès

a vu le jour le 24 avril 1936

à Bois-Colombes, dans la maison de ses ancêtres paternels.

Elle mesure 52 cm et pèse 3,550 kg.

Gaspard n'avait rien ajouté, il en aurait été incapable. Sa brève lecture achevée, Angèle remit lentement le carton dans son enveloppe. Puis, se tournant vers Honorine qui rangeait les courses d'épicerie :

« Gaspard vient d'avoir une fille », dit-elle d'un ton volontairement détaché. La gardienne ne fit aucun commentaire, constatant néanmoins que Mme Solliès ne lui avait jamais parlé d'une future naissance. Mais les bizarreries de sa patronne ne l'étonnaient plus guère.

« Une fille ! jeta Angèle avec une moue de mépris. Sa femme aurait pu lui donner un garçon tout de même... Mais non ! En plus, il l'a appelée Anna, comme la mère de son épouse morte quand elle avait une douzaine d'années, je crois. Il aurait pu choisir un autre prénom, dans notre famille à nous !

– Et elle va bien, son épouse ?

– Je suppose que oui, il n'en parle pas. Quand même, Anna, quel choix ridicule ! »

« Pourquoi, ridicule ? » se dit Honorine. À elle, ce prénom lui plaisait bien. À ce propos, elle avait toujours pensé que Mme Solliès portait fort mal le sien. Angèle. Ah ! Elle était bien loin d'avoir un caractère angélique ! Mais lorsque ses parents avaient fait ce choix, ils ne pouvaient se douter que leur fille montrerait plutôt un tempérament démoniaque !

Naturellement, Honorine garda pour elle ces considérations. Lorsque Juste rentra déjeuner – Angèle se faisait servir seule dans l'immense salle à manger du manoir –, elle lui fit part de cette naissance et ajouta :

« On ne m'enlèvera pas de l'idée qu'il y a eu un différend entre la mère et le fils. Mme Solliès m'a dit qu'elle venait passer ici la belle saison sur les conseils de son médecin, mais c'est plus que douteux. Je crois plutôt que la bonne entente ne règne pas trop dans cette famille. D'ailleurs, l'été dernier, je m'étais bien aperçue que notre patronne laissait toujours la petite femme de Gaspard de côté. »

Honorine ignorait évidemment l'existence de Vivien Castellane. Angèle ne savait pas qu'il venait d'épouser sa sœur, et, naturellement elle n'avait pas soufflé mot de la liaison récente des jeunes gens. Quand Honorine avait demandé des nouvelles de Jeanne-Marie, à sa grande surprise elle s'était entendu répondre :

« Elle va très très bien, mieux que jamais même ! »

Avec Mme Solliès, il fallait s'attendre à tout, Honorine n'avait donc attaché aucune importance à cette réponse pleine de sous-entendus. Ce soir-là, lorsque vint l'heure d'aller chercher le lait à la ferme, après la traite, la gardienne s'empressa d'apprendre la nouvelle à Marthe, pourtant elle n'ajouta aucun commentaire. Les filles des fermiers se trouvaient là et Madeleine s'écria, tout heureuse :

« Madame Sophie a une petite fille ? Ce que je suis contente, elle est tellement gentille ! Il me tarde d'être au mois d'août pour voir le bébé. Vous savez comment on l'a appelé, Honorine ?

– Anna.

– Ainsi, remarqua Marthe qui avait commencé à emprésurer le lait pour la fabrication des fromages, la petite porte pas le nom de sa grand-mère.

– Mme Solliès m'a dit qu'Anna est le prénom de la mère de madame Sophie. Elle l'a perdue quand elle avait douze ans.

– Que c'est triste ! fit Madeleine. Et qui s'est occupé d'elle, alors ?

– J'en sais rien du tout, son père certainement. Bon, je remonte au manoir, Mme Solliès veut de la semoule au lait pour ce soir. »

On échangea le bonsoir et Honorine reprit l'allée de troènes en fleur ; l'air sentait le miel, il faisait doux. Juste avait bêché et semé le jardin potager mais il était beaucoup trop tôt dans la saison pour avoir des légumes frais. Pendant un bon mois encore, on vivrait sur les réserves d'hiver. Pommes de terre et soupes de légumes seraient donc encore au menu pour quelque temps.

* *
*

À Bois-Colombes, Gaspard et Jeanne-Marie avaient organisé une petite soirée pour fêter la naissance d'Anna. Les ouvriers de la verrerie et leur famille y étaient invités et il y régnait une ambiance très amicale. Sophie, le bébé sur les genoux, était le point de mire de tous les hôtes à qui Gaspard présentait fièrement sa fille.

Aidée de Flavie, Jeanne-Marie avait décoré l'atelier d'emballage de feuillages et de bouquets de fleurs. De longues tables nappées de blanc s'alignaient le long des murs. Près des coupes à champagne, des plateaux de friandises faisaient des envieux, parmi les enfants surtout.

Flavie avait passé la journée entière à confectionner les gâteaux au miel et aux pignons, les tartes aux agrumes confits, les *chichi-frégi*, petits beignets à la farine de pois chiches et surtout les oreillettes. Dans le Midi, ces biscuits légers en forme de losanges, parfumés à l'eau de fleur d'oranger et saupoudrés de sucre roux, sont présents dans toutes les fêtes de famille.

Près de quatre-vingts personnes se pressaient là, on trinquait à la santé du bébé en bavardant joyeusement. Et, comme de juste, on ne tarissait pas de compliments sur la belle mine rose de la petite Anna.

Parmi tous les enfants qui se gavaient de gâteaux et de sucreries, Aurélie, la fille de Magali Aubertin, était subjuguée. Elle aurait tellement aimé prendre dans ses bras cette poupée blonde toute frisée qui, malgré le brouhaha, dormait paisiblement, son pouce dans la bouche. On aurait pu la lui confier, après tout elle avait un peu plus de dix ans et se montrait toujours très raisonnable. Mais elle n'osait pas le demander à Sophie.

Près de sa sœur, Pierre-Yves restait perplexe. Il avait tellement dévoré de gâteaux qu'il avait un peu mal au cœur.

Contrairement à Aurélie, le bébé ne l'inspirait pas du tout. Il ne se souvenait pas en avoir vu d'aussi minuscule. À cinq ans et demi, il aurait de beaucoup préféré un nouveau compagnon de jeux, mais la petite Anna n'était pas près de courir avec lui dans la garrigue ou sur la plage. D'ailleurs, c'était une fille et les filles, même grandes, il ne les trouvait pas du tout intéressantes. En général, elles passaient leur temps à pleurnicher pour un oui ou un non.

Pierre-Yves s'approcha de Jeanne-Marie pour réclamer une timbale de sirop de cassis ; et, voyant sa sœur toujours en extase devant Sophie et le bébé, il se dit que, décidément, les filles et les garçons n'étaient pas faits pour s'entendre. Pas du tout.

XII

Vacances

APRÈS AVOIR LONGTEMPS TERGIVERSÉ, Jeanne-Marie venait de se décider à écrire à sa sœur. Juillet était là, dans quatre semaines la verrerie fermerait ses portes pour les congés annuels. La jeune femme avait eu une longue discussion avec ses neveux ; si Vivien était présent, il était seulement intervenu pour approuver les projets de son épouse.

De l'avis de tous, des vacances à Sarnac risquaient d'être passablement houleuses. Dans le petit groupe, personne n'avait réellement envie d'affronter Angèle. Au mieux, elle continuerait à s'enfermer dans son mutisme, ce qui se révélait déjà quasiment insupportable ; au pire, elle jetterait les hauts cris à la moindre occasion. Sans le dire à Vivien, Jeanne-Marie craignait surtout des réflexions acerbes à son égard.

Sophie avait suggéré de passer le mois d'août à Bois-Colombes ; cela aurait peut-être été, en effet, la solution la plus sage. Pourtant ni Jeanne-Marie ni surtout Gaspard ne l'entendaient ainsi.

« Au manoir, nous sommes chez nous au même titre que ma mère, il me semble ! Il est hors de question que nous nous privions de ce séjour en Auvergne parce qu'elle joue au despote, une fois de plus !

– Le mieux, proposa finalement Jeannie, ne serait-il pas de loger à l'hôtel, à Sarnac ? Du moins pour Vivien et moi…

– Non, affirma Gaspard qui s'emportait, notre place à tous est au manoir tu le sais aussi bien que moi ! Nous la laisserons faire sa mauvaise tête. Croyez-moi, le mieux sera de l'ignorer, ici c'était possible, n'est-ce pas, cela continuera voilà tout !

– Et si, enfin, ta mère fait amende honorable ? En voyant le bébé, peut-être...

– Ne rêve pas, ma pauvre Jeannie, tu sais bien qu'il n'existe personne au monde d'aussi inflexible, hélas ! »

Après quelques discussions encore, on décida de monter ensemble jusqu'à Paris. Sophie se doutait que son cher Ivan serait heureux de la voir et de connaître la petite Anna. Gaspard et Sophie ne resteraient cependant qu'une petite semaine dans la capitale avec le bébé.

De leur côté, Jeannie et son époux continueraient le voyage jusqu'en Bretagne, pour rendre visite à la sœur de Vivien. Puis ils rejoindraient le jeune couple à Paris. Alors, tous se rendraient ensemble en Auvergne pour y séjourner durant deux semaines. Ce plan arrêté, Jeanne-Marie l'exposa à sa sœur dans une lettre la plus impersonnelle possible.

« En premier lieu, je t'informe que j'ai épousé Vivien Castellane aussitôt après ton départ. Début août, il m'emmènera en Bretagne afin de me présenter à sa mère et à sa sœur... »

Elle avait failli ajouter :

« Je sais que, là au moins, je suis attendue impatiemment et que la famille de Vivien me réservera le plus chaleureux des accueils. »

Réflexion faite, elle avait renoncé : inutile de verser de l'huile sur le feu, ce qui ne ferait qu'exacerber la hargne d'Angèle. Aussi continua-t-elle en s'efforçant de faire preuve d'une désinvolture qu'elle n'éprouvait pas.

« En compagnie de Sophie, Gaspard et leur fille, nous viendrons ensuite finir nos vacances en Auvergne. Le manoir est assez grand pour nous loger tous. Cependant, au cas où tu refuserais notre présence dans la maison familiale, je dois te prévenir que je ferai valoir mes droits. Un courrier de ma part, et notre notaire mettra le domaine en vente. Cela est légal, tu ne l'ignores pas. La transaction effectuée, nous toucherons chacune notre dû, voilà tout. Toi ou moi, héritières à part égale, pouvons tout à fait demander un tel arrangement. Mais j'espère bien ne pas devoir en arriver là.

Sans réponse de ta part le 20 juillet, je considérerai que tu es d'accord pour nous faire une place au manoir. »

De crainte, une fois de plus, d'ajouter des mots susceptibles d'irriter sa sœur, Jeanne-Marie arrêta là sa missive. Elle avait tout d'abord pensé la confier à Flavie avec le restant du courrier du jour. Finalement, sans véritable raison, elle préféra s'en charger elle-même et la poster en rentrant chez elle à Maureuil, après le dîner.

* *
*

Ivan Gorsky exultait : Élise, la serveuse de *L'Isba fleurie,* venait de lui lire la dernière lettre de Sophie, reçue le matin même.

« Elle va venir, tu te rends compte, elle va m'amener Anna, sa petite colombe ! Non, je peux pas le croire, c'est trop beau, trop… je sais plus quoi dire, tiens ! »

Les larmes aux yeux, il embrassa fougueusement la carte qui lui annonçait un si grand bonheur. Encore une vue du Sud qu'il garderait précieusement, punaisée sur le mur de sa chambre. Palmiers, bateaux, plages et ports, couchers de soleil sur la mer, tout, il conservait tout ; et, chaque soir, comme un enfant s'émerveille encore d'un livre d'images maintes et maintes fois feuilleté, le brave homme s'emplissait les yeux de ces paysages qui lui semblaient un peu irréels. Certes, il ne pouvait pas relire les phrases tracées par sa chère Sophie, mais c'était inutile, il les connaissait par cœur.

Avant de repartir à son travail, il fit un détour par le square familier : il fallait annoncer la bonne nouvelle aux oiseaux ! Ivan n'était pas assez naïf pour croire que la gent ailée comprenait vraiment ses discours. Les moineaux surtout, ces étourdis sans cesse en mouvement, tournant en tous sens leur petite tête ronde et brune, ne semblaient prêter nulle attention à la grande information du jour. Les pigeons, peut-être, saisissaient mieux son monologue exalté ; l'incessant mouvement de pendule de leur cou irisé de vert, de bleu, de rose pouvait passer pour une approbation. Le brave homme, pourtant, n'était pas dupe : sans les miettes de pain généreusement distribuées, tout ce beau monde l'aurait sans doute superbement ignoré. En somme, c'est à lui-même surtout qu'il faisait plaisir en évoquant Sophie et le petit être inconnu qu'il allait découvrir bientôt.

Sophie écrivait que Gaspard allait retenir un logement par téléphone, à l'hôtel où son père et lui avaient l'habitude de descendre lors de leurs brefs et rares séjours parisiens. « Mais, affirmait la jeune femme, c'est à *L'Isba fleurie* que nous déjeunerons, avec toi, et ce sera merveilleux. Pour Anna, pas de problème, elle se contente encore du lait de sa maman… »

Chaque soir, à *L'Isba fleurie,* Ivan était devenu plongeur. Il récurait les énormes marmites et les poêles gigantesques que la jeune Élise ne pouvait pas même soulever. Un arrangement avait été passé avec les propriétaires. Si leur nouvel employé continuait à payer une pension hebdomadaire pour les repas, il bénéficiait gratuitement de la chambre mansardée du restaurant. Longtemps occupée par Élise, celle-ci s'était libérée lorsqu'elle avait épousé l'un des commis de l'épicerie voisine ; le jeune couple louait un deux pièces à quelques dizaines de mètres de là, Ivan pouvait donc profiter de la mansarde.

Une dizaine de jours plus tard, penché vers le bébé blond à demi nu que sa mère rafraîchissait en passant une éponge humide sur la peau rose et fragile, Ivan dit à mi-voix :

« Dis-moi franchement, mon oiseau bleu, je devrais peut-être raser barbe et moustache pour ne pas effrayer ce pauvre ange ? Notre petite Anna va croire qu'un démon ou un ogre barbare s'apprête à la dévorer toute crue ! »

Sophie éclata de rire en commençant à rhabiller sa fille.

« N'en fais rien surtout, à trois mois Anna ne connaît ni les démons ni les ogres. D'ailleurs, vois comme elle te regarde, elle ne semble pas effrayée du tout. »

Après avoir longtemps gardé une teinte indécise, d'un gris-bleu un peu flou, les yeux de la petite étaient maintenant franchement noirs, exactement comme ceux de son père.

« Quel dommage ! avait regretté Gaspard, j'aurais tellement aimé que notre fille ait tes beaux yeux bleus !

– Mais non, c'est bien mieux ainsi, mieux partagé : tes yeux à toi, mes cheveux à moi. Elle est à nous deux, non ? »

Ému au-delà de tout, le jeune père avait contemplé ses deux amours en approuvant :

« Oui, oh oui, elle est à nous deux ! »

La chaleur de ce début août était quelque peu éprouvante, dans la grande ville presque autant que dans le Midi. Sophie ne remit pas le lange épais à sa fille, laissa les petites jambes et les bras nus. Elle la recoucha, rabattit tout de même sur elle le drap fin brodé. Aidé d'Ivan, Gaspard descendit alors le landau dans la rue. Ensuite, le petit groupe se dirigea tranquillement vers *L'Isba fleurie*. Les passants leur abandonnaient volontiers le trottoir.

« On doit me prendre pour le grand-père, chuchota Ivan à l'oreille de Sophie.

– Et cela t'ennuie beaucoup ?

– M'ennuyer ? Tu plaisantes, ma petite caille, je suis fier et heureux, bien au contraire ! »

* *
*

À Bois-Colombes, Flavie comptait les jours qui la séparaient du retour des habitants de la verrerie.

« Je vais finir par croire que tu es tout l'envers des autres, jeta sa mère en l'entendant soupirer. Tu as donc trop de congés, ma pauvre fille, qu'il te tarde tellement de retourner à ton ouvrage ?

– Eh bien oui ! Oh, ce n'est pas l'ouvrage qui me manque, avec tes confitures et tes conserves tu m'en donnes bien assez ! Non, c'est de ma pitchoune que je me languis. Vrai de vrai, je crois pas possible qu'il en existe d'aussi belle dans toute la création !

– Parce que les petits de ta cousine Mireille, eux ils sont pas beaux, peut-être ?

– Mais si, bien sûr, seulement la petite Anna, c'est autre chose. Tiens, elle c'est le Jésus de la crèche, je peux pas mieux dire !

– Cesse donc un peu tes sottises. Je vais te dire, moi : le plus beau des petits, ce sera le tien quand tu en auras un. Parce que, pour une mère, si elle est pas dénaturée, c'est toujours son enfant à elle qui est le plus beau.

– Quand j'en aurai un... Il faudrait d'abord un père, pour commencer !

– Il ne tient qu'à toi, et tu le sais très bien. Le Constant de Clovis Jalibert te lorgne depuis assez longtemps, que je sache. Et lui, c'est un beau parti, comme je disais hier encore à ton père.

– Un beau parti, parce que son père a des sous, mais pour ce qui est d'être beau, ça c'est une autre affaire !

– Il faut toujours que tu en rajoutes ! Il est pas si mal, ce pauvre Constant. Mais je sais bien à qui tu penses, va, je suis plus maligne que tu le crois. C'est le Silvère Atène qui te plairait, pas vrai ? Hélas, celui-là, ça m'étonnerait qu'il jette un jour son dévolu sur une servante. Aussi, tu ferais mieux de te l'enlever de l'idée, ma fille ! »

Flavie préféra ne rien répondre. Elle n'était plus une adolescente, à vingt-six ans elle n'avait que faire des conseils maternels. Elle s'était bien gardée de confier que, le fameux Silvère, elle l'avait rencontré au bal, à cinq ou six reprises. Et il avait fait preuve d'une galanterie sans ambiguïté aucune. Certes, de là à parler mariage, il y avait loin encore.

La jeune fille se consolait en se disant que, si elle n'épousait pas son beau cavalier d'occasion, elle resterait à Bois-Colombes près de sa chère petite Anna et la verrait grandir. Et puis, si le jeune homme avait hérité de l'affreux caractère de son père, viticulteur aisé des environs de Maureuil, elle ne perdrait sûrement rien au change.

* *
*

L'heure du dîner était proche lorsque les deux automobiles vinrent se ranger dans la cour du manoir. Prévenue de cette arrivée la veille, par téléphone, Angèle avait répondu un laconique :

« Comme vous voulez, je vais le dire à Honorine, elle fera le nécessaire. »

Sur ce, elle avait raccroché. Jeanne-Marie, à qui son neveu avait volontiers laissé le soin de cette communication, ne s'était pas étonnée de la sobriété de la repartie de sa sœur. À vrai dire, elle ne s'attendait aucunement à des transports de joie, mais tout de même…

Seule, Honorine s'avança sur le seuil pour accueillir les deux jeunes couples et la petite Anna. Pour qu'elle connaisse le nombre de convives – et puis, de toutes façons, il lui fallait bien en passer par là à un moment ou un autre… –, Angèle s'était résolue à lui annoncer le mariage de Jeanne-Marie. Non sans ajouter, avec un petit rictus moqueur :

« Comme vous le constatez, c'est l'année des surprises ! Qui sait ce que l'on me réserve encore… »

Après les présentations et les compliments d'Honorine, les uns pour les nouveaux mariés, les autres pour les heureux parents d'une si belle nourrissonne, Gaspard et Vivien se chargèrent des bagages. Le plus urgent, c'était l'installation de la petite Anna.

Lorsque Sophie l'eut changée et allaitée, on la recoucha avant de passer à table. Quatre couverts seulement étaient disposés dans l'immense salle à manger. Gaspard se refusait à demander des nouvelles de sa mère, mais Jeanne-Marie se rendait bien compte que la question lui brûlait les lèvres. Elle rejoignit Honorine qui s'empressait derrière son fourneau.

« Ma sœur ne dîne pas avec nous ?

– Mme Solliès a pris son repas depuis longtemps déjà. Et... elle m'a dit que je devrais la servir dans sa chambre le temps de votre séjour. »

Jeannie resta un instant muette avant de dire, le plus naturellement du monde :

« Attends, je vais t'aider. Ma pauvre Honorine, nous t'apportons un surcroît de travail dont tu te serais bien passée, n'est-ce pas ?

– Oh, j'en suis contente, allez ! Le travail m'a jamais fait peur, vous savez bien. Et puis, cela va être beaucoup plus gai, ici... »

Jeannie se chargea de couper le pain et d'apporter le premier plat sur la table.

« J'espère que votre mari aimera notre cuisine, parce que je suppose qu'il a jamais séjourné en Auvergne ?

– Non, c'est son premier voyage dans le Massif central. Mais ne te soucie pas, Vivien est quelqu'un de très accommodant, tu auras l'occasion de t'en rendre compte. Hum, ton poulet cocotte sent merveilleusement bon, je m'aperçois que j'ai une faim de loup ! »

Tôt le lendemain, Angèle prit son petit déjeuner seule. Honorine arriva sur ces entrefaites, chargée d'un pot à lait rempli à ras bords.

« Tu es déjà passée à la ferme ? C'est vrai qu'avec tout ce monde à nourrir, ma pauvre... »

Honorine se dit que la maison comptait seulement un convive de plus que l'été précédent ; pour elle, il n'y avait là rien d'insurmontable.

« Je m'étonne d'avoir dormi aussi bien, reprit Angèle, je m'attendais à entendre brailler le bébé toute la nuit, mais non. Quand même, faut-il être inconscient pour promener un nourrisson de cet âge sur les routes ! Tu l'as trouvé comment ?

– La petite ? Belle à souhait, et très éveillée pour son âge. »

Angèle se renfrogna. À part elle, Honorine jubilait ; elle connaissait assez sa patronne pour se douter qu'elle aurait préféré une réponse du genre :

« Elle est bien pâlotte, et même un peu chétive. »

C'était-il Dieu possible d'être aussi méchante ! Une grand-mère ! À sa place, n'importe quelle femme se serait réjouie d'apprendre que la petite Anna était un bébé magnifique. Elle-même n'aurait jamais la joie d'être grand-mère, son petit Donatien l'avait quittée beaucoup trop tôt... Refusant de s'attendrir, elle repoussa vaillamment ses tristes souvenirs.

« Les menus sont prêts, madame Solliès ?

– Les menus... non ! Fais-en à ta guise, ou alors prends les ordres de ces dames ! Et arrange-toi avec elles pour l'argent des courses. M. Castellane et mon fils peuvent entretenir leur famille, il me semble.

– Et pour vous, alors ?

– Tu prélèveras ma ration sur l'ordinaire, je ne suis pas exigeante, tu le sais ! »

Pas exigeante, songea Honorine, elle se rend pas compte ou bien elle fait semblant ? Et elle a dit : “monsieur”, en parlant du mari de sa sœur ! Je me trompais pas quand j'affirmais à Juste que cette famille ne tournait pas rond !

XIII

Vivien découvre l'Auvergne

LA GRANDE JOIE de Madeleine Rispal était de promener la petite Anna sous les tilleuls de la cour du manoir. Très fière de la confiance de Sophie, elle faisait lentement rouler le landau, écartant sa sœur avec impatience.

« Tu es trop petite pour t'occuper d'un bébé, voyons !

– Mais si je vais très doucement, avec toi qui me surveilles, je peux bien un peu quand même, j'ai sept ans et demi, je suis grande ! »

Dépitée, Colette faisait la moue, prête à pleurer.

« Bon, soupira sa sœur, condescendante, mais je tiens la barre d'une main sur le côté, au cas où… Surtout, pas de secousses, sinon elle s'endormira pas. »

Pleine d'importance, Colette s'appliquait à pousser le landau le plus régulièrement possible. Les petites ignoraient que, de temps à autre, Honorine jetait un coup d'œil vigilant par la fenêtre de l'office grande ouverte. S'il arrivait quoi que ce soit, elle interviendrait aussitôt. Tout de même, madame Sophie se montrait bien un peu insouciante de confier ainsi son bébé aux gamines. Mais madame Jeanne-Marie était d'accord, et cette approbation rassurait la brave femme.

À l'heure de la tétée, Sophie vint chercher la petite Anna.

« Tout se passe bien ?

– Oh oui, mais c'est dommage, elle dort comme un ange, voyez ! »

Madeleine jouait les grandes, relevait légèrement la capote qui protégeait le bébé des rayons du soleil.

« Bon, alors je reviendrai dans dix minutes, pas plus. Il ne faut pas trop changer l'heure des tétées, sinon Anna risque de pleurer la nuit pour réclamer un repas supplémentaire. »

Sophie sourit aux petites, rentra dans la maison. Parfois, il lui arrivait de faire les cent pas à leurs côtés ; le petit groupe passait de l'ombre mouvante des tilleuls à la pleine lumière, pour plonger à nouveau dans la douce fraîcheur des feuillages d'un vert vif.

Le surlendemain de l'arrivée de Gaspard et de sa famille, un poulain était né à la ferme, à la grande joie des petites. Malgré la récente acquisition d'une automobile, leur père, comme tant de fermiers de la région possédant un cheval, ne voulait pas se séparer de Follette, la jument grise ; il attelait encore l'animal à la carriole qui menait Marthe chaque samedi matin au marché de Sarnac. Et, durant l'interminable hiver neigeux, Follette tirait vaillamment le traîneau chargé de bidons de lait ou d'autres denrées vendues au bourg.

Suivie comme toujours de sa petite sœur, Madeleine était venue au manoir annoncer la naissance du poulain. Les gamines arrivaient à l'heure du déjeuner ; la famille venait de s'attabler et Jeanne-Marie s'apprêtait à faire le service.

« Follette a eu son petit cette nuit, c'est un garçon, il est beau, si vous saviez ! Pas gris comme sa mère, non, mais marron clair, sans une seule tache. Il a juste le bout des pattes blanc. Vous voudrez bien venir le voir ce tantôt ? »

On ne voulut pas la décevoir et, l'après-midi même, les deux couples descendirent à la ferme. Un coin de l'étable servait d'écurie. Eugène Rispal et le domestique y avaient aménagé un box assez spacieux pour la jument. Là, sur une épaisse litière de paille fraîche, était couché le poulain ; encore maladroit, embarrassé par ses longues pattes, il se dressa de son mieux pour se blottir contre le flanc de sa mère.

Un peu inquiète à la vue des étrangers malgré la présence d'Eugène qui lui parlait doucement, Follette soufflait des naseaux, reniflait son petit pour le rassurer ; en même temps, elle jetait des coups d'œil furtifs aux visiteurs.

« Madame Sophie, vous voudriez pas être la marraine du poulain ? La maman a dit que ça nous ferait bien plaisir à tous... »

Madeleine levait un regard quémandeur vers l'épouse de Gaspard qui répondit aussitôt :

« À moi aussi, cela me fait un grand plaisir, tu peux en être sûre ! Être marraine, c'est un honneur je crois. Qu'est-ce que je dois faire ?

– Rien de très difficile, répondit Gaspard en souriant, simplement donner un nom à ton filleul, n'est-ce pas les filles ? »

Madeleine et Colette approuvèrent sans réserve.

« Eh bien, vu sa belle couleur, il me semble que le nom de Caramel lui irait tout à fait. Qu'est-ce que vous en dites ? »

On approuva ce choix et le nom du poulain fut aussitôt adopté à l'unanimité.

« C'est dommage, on peut pas le caresser, regretta Madeleine, il est trop peureux, et puis Follette ne voudrait pas. Plus tard sans doute, quand il aura un peu grandi. »

Indifférent à ce discours, Caramel avait passé sa tête sous le ventre de sa mère et il buvait goulûment.

« Remontons vite, dit Eugène, Marthe nous attend. On va trinquer à la santé du filleul de madame Sophie, ça lui aidera à bien grandir. »

Après ce rituel, auquel on avait convié la servante et le jeune domestique, chacun des habitants de la ferme reprit ses occupations.

« J'aime beaucoup la campagne, affirma Sophie en remontant vers le manoir, vraiment beaucoup.

– Pour nous bien sûr c'est agréable, répliqua Jeannie. Mais pour les fermiers, le travail est très dur, très contraignant. Pas de dimanche, pas de congés, le bétail exige des soins tous les jours, d'un bout à l'autre de l'année.

– C'est vrai, dit Gaspard. J'ai vu de près le quotidien d'une ferme, la vie y est rude, surtout ici. L'hiver n'en finit pas et, l'été, les journées commencent dès 4 heures. »

Vivien approuva. Enfant, il avait toujours passé ses vacances au domaine d'un oncle, dans les Alpes du Sud ; et même si, là-bas, on élevait des moutons et non des bovins, le travail, il s'en souvenait, était fort pénible et les journées interminables.

« Quel est votre programme pour demain ? demanda Sophie. Je suppose que Vivien voudra découvrir la région… »

La jeune femme regrettait un peu de ne pouvoir se joindre aux excursions organisées par Jeanne-Marie ; celle-ci avait à cœur de faire découvrir son pays natal à son mari, comme elle s'était plu à montrer les environs à Sophie l'été précédent. Mais, naturellement, Anna était trop petite encore pour arpenter avec eux les routes de montagne.

Une ou deux fois, devant l'insistance de sa jeune épouse, Gaspard accompagna sa tante et Vivien. Mais, généralement, il préférait demeurer auprès de Sophie et du bébé, malgré la bienveillante et attentive présence d'Honorine.

Si Angèle ne se montrait pas – les rencontres, toujours fortuites, restaient brèves et muettes –, Gaspard vivait dans la crainte de la voir provoquer quelque incident avec sa belle-fille. Ulcéré, dès le premier jour il s'était aperçu que sa mère avait seulement jeté un coup d'œil distrait à la petite Anna ; puis, sans un mot, elle avait hoché la tête en se détournant d'un mouvement brusque.

Un peu plus tard, le jeune couple et le bébé avaient gagné le village pour une visite à Coralie, la boulangère. Alors, Honorine avait confié à Jeanne-Marie la réflexion d'Angèle :

« Cette petite n'a absolument rien de son père, ni rien d'aucun des membres de notre famille, c'est désolant !

– Oh, madame Solliès, elle a les yeux de monsieur Gaspard, tout à fait !

– Tu crois ? Je n'ai pas remarqué. Et quand bien même, cela ne suffirait pas à en faire l'une des nôtres, elle ressemble trop à ma bru, cette étrangère... »

Indignée, Honorine n'avait pourtant pas osé proférer la remarque cinglante qui lui venait aux lèvres.

« Madame Jeanne-Marie, à vous je peux bien dire ce que je pense, pas vrai ? C'est affreux de déclarer de telles choses. Oui, vraiment, je trouve pas d'autre mot, affreux ! »

Jeannie partageait amplement cette opinion, mais elle voulut temporiser quelque peu.

« N'y prête pas attention, ma pauvre Honorine. Tous, à présent, nous avons pris le parti de n'attacher aucune importance aux dires de ma sœur, quels qu'ils soient. C'est le mieux à faire, crois-moi. »

Sans insister davantage, Honorine était revenue à ses fourneaux, mais elle n'en pensait pas moins. Et l'antipathie grandissante qu'elle portait à Mme Solliès en fut décuplée.

* *
*

Après l'incontournable visite de la petite ville de Salers, Jeannie entraîna Vivien sur les routes de montagne de la région de Sarnac. Ce jour-là, partis dès l'aube, ils gravirent d'abord la pente abrupte du puy Mary et, l'après-midi même, ils contemplaient le Griou, subjugués par le vaste panorama déployé sous leurs yeux.

Jeannie avait voulu absolument s'arrêter au col de la Cabre (la chèvre, en patois local). De là, on avait une vue exceptionnelle sur le cirque de Mandailles, immense espace désolé entouré de pics pointus, limité par la barrière continue d'une autre chaîne de montagnes, au fond du ciel. De loin en loin, à demi dissimulés dans les replis de la roche, on apercevait les toits de quelques « vacheries », fermes de montagne isolées sur cette terre sauvage. De rares troupeaux paissaient au pied des monts dénudés, pyramides altières fichées dans un paysage farouche. Un autre monde, tourmenté, un peu irréel aussi.

Peu après le col du Lioran apparut le trapèze élancé du puy Griou, flanqué d'autres pics de moindre importance ; au second plan, régulièrement alignées l'une derrière l'autre, se dressaient trois chaînes de montagnes encore, nues, parfaitement désertes. Vivien, qui s'attendait seulement à quelques modestes sommets rocheux disséminés çà et là, n'en croyait pas ses yeux. L'aurait-on amené ici par surprise, il se serait cru dans le massif alpin. Là-bas, tout au fond du ravin encaissé coulait la Jordanne, mince filet d'argent pressé de s'élargir pour, enfin, gagner Aurillac, la grande ville cantalienne.

La dernière visite du jeune couple fut pour la cité de Saint-Flour. Archaïque et pittoresque, la ville fut longtemps la principale place forte de la haute Auvergne. Tout d'abord, il fallut traverser la grande planèze, vaste plateau basaltique herbeux et semi-désert, qui s'étend de 900 à 1 500 mètres d'altitude.

« Ici, expliqua Jeanne-Marie, le vent règne en souverain absolu et la neige s'éternise six mois durant. »

L'œil se perdait parmi de larges étendues pour s'arrêter enfin sur une montagne légèrement arrondie.

« C'est le plomb du Cantal, dit encore la jeune femme. Après, la planèze fait place aux monts de la Margeride et là-bas, plus au sud, au plateau de l'Aubrac. »

Perchée sur son rocher imprenable, la cathédrale de Saint-Flour domine une profonde vallée et les maisons s'accrochent obstinément aux flancs de l'abrupte colline. Admiratif, Vivien se dit que là, sans doute, en toutes saisons devait résonner la voix incisive et colèreuse du vent qui ne désarme jamais. Après les solitudes des hauteurs, il l'imaginait s'engouffrant dans les ruelles et pénétrant partout en gémissant comme une âme en peine.

Aux côtés de Jeanne-Marie, Vivien se laissait prendre au charme rude, un peu austère même, de ces lieux de légende. De retour au manoir, il fit de cette journée un récit enthousiaste qui amena bientôt une remarque de Gaspard :

« Vous auriez dû réserver quelques excursions pour l'été prochain et ne pas tout voir à la fois !

– Oh, répliqua sa tante, Vivien est bien loin de connaître vraiment notre Cantal ! Nous n'avons visité aucun château, très peu de villes, sans compter les lieux de pèlerinage, les cascades, et des dizaines d'autres endroits renommés.

– Voilà qui me rassure. D'autant que, l'été prochain, Anna sera sûrement capable de prendre part à nos promenades. Sophie n'en dit rien, mais, plus que moi encore, je sais qu'elle regrette de n'avoir pu se joindre à vous. Elle a encore tant de découvertes à faire ici… »

Les brèves vacances auvergnates s'achevaient. Le dernier jour, Jeanne-Marie se fit violence pour tenter une entrevue avec sa sœur. Angèle revenait du bourg lorsqu'elle l'arrêta au pied de l'escalier menant au premier étage.

« Qu'est-ce que tu me veux ? »

Le ton abrupt, la mine revêche n'étaient guère engageants, pourtant la jeune femme voulut passer outre.

« Rien de spécial, bavarder un peu avec toi avant mon départ pour Bois-Colombes…

– Je n'ai rien à te dire que tu ne saches déjà. Mon opinion à ton égard n'a pas changé. Tu me connais assez pour savoir que je ne reviens jamais sur mes décisions. Pas plus qu'avant je ne vais jouer les girouettes, tiens-le-toi pour dit ! »

Jeanne-Marie soupira sans répondre. Au moins, elle aurait fait le premier pas, essayé de renouer avec sa sœur. Désarmée, elle faillit demander : « Tu rentreras pour la Toussaint ? » Finalement, elle préféra s'abstenir et se contenta de jeter en se détournant aussitôt :

« La guerre continue donc… Comme tu voudras ! »

Le lendemain matin, les deux automobiles reprirent la route du sud. Chacun, Gaspard surtout, ruminait sa déception. Sans se l'avouer, tous, plus ou moins, avaient espéré que la petite Anna ferait fléchir son intraitable grand-mère. Il n'en était rien.

Jeanne-Marie se remémorait les présents de bienvenue offerts au bébé : les deux bavoirs brodés apportés par Madeleine et Colette Rispal, le paletot rose tricoté par Honorine, la robe minuscule achetée par Coralie Loubier… De la part d'Angèle, rien. Et, sans même parler de cadeau, pas un mot, pas un sourire. Existait-il au monde quelqu'un d'aussi insensible ? Sûrement pas !

Un cœur sec, pensait la jeune femme, rien ne pouvait mieux qualifier sa sœur. Qu'Angèle en veuille aux adultes, même pour de fausses raisons, à la rigueur Jeannie pouvait le concevoir. Mais un bébé de quatre mois ? Un petit être innocent, si doux, si fragile ? C'était inimaginable, et pourtant…

* *
*

Le 1er septembre, la verrerie ouvrait à nouveau ses portes. Frédéric Aubertin arriva un peu avant l'heure, en même temps que Gaspard et Vivien. Après s'être informé des nouvelles de la famille de son chef d'atelier, Gaspard lui confirma que la petite Anna allait très bien.

« Il semble que le bon air des montagnes lui ait parfaitement réussi. Quoi de plus normal ? Elle a du sang auvergnat, tout comme moi ! »

Gaspard ne paraissait pas percevoir la gêne de Frédéric. Quand il la soupçonna enfin, il se dit que l'époux de Magali n'osait pas le questionner à propos de sa mère. Frédéric était un intime et, naturellement, il connaissait l'implacable animosité de Mme Solliès envers les siens.

« Ma mère semble se plaire à Sarnac. J'ignore à quelle date elle reviendra à Bois-Colombes, si jamais elle y revient… »

Frédéric ne fit pas de commentaire mais il dévisagea gravement, tour à tour, Vivien et son jeune patron.

« Gaspard, je voulais te dire… Victorin Rougeron est venu me voir avant-hier. Il ne reprendra pas le travail, tu vas recevoir sa démission. »

Gaspard changea de mine mais il ne répondit rien. Après un long silence entre les trois hommes, il finit par demander :

« D'autres ouvriers l'imiteront, tu crois ?

– Non. J'ai fait un discret sondage. Tous ses collègues le désapprouvent. Ne t'inquiète pas, Victorin restera l'exception. »

Instauré depuis quelques mois, le Front populaire, avec Léon Blum à sa tête, avait entrepris d'importantes réformes sociales concernant surtout le monde ouvrier.

Depuis la crise économique de 1929 – sept ans déjà –, la situation politique et financière laissait beaucoup à désirer. Les émeutes suivies de grèves du début de l'année 1934 n'avaient, par chance, absolument pas touché la verrerie de Bois-Colombes. Bien avant, Matthieu Solliès avait su fidéliser ses employés par d'appréciables aménagements de leur temps de travail. Et il leur accordait des congés payés depuis quelques années déjà.

Lui disparu, Gaspard avait eu à cœur de suivre son exemple ; à Bois-Colombes, la semaine de quarante heures avait été instaurée bien avant qu'une loi n'en fît obligation au patronat. Un travail aussi pénible que celui des souffleurs de verre méritait des concessions. En revanche, les verreries n'étaient pas légion ; les ouvriers n'ignoraient pas que, s'ils quittaient les Solliès, il leur serait difficile de retrouver un emploi non loin de leur domicile. Un salaire décent, des congés réguliers les incitaient à conserver une place très enviable à beaucoup de points de vue.

Restait le problème récent des syndicats ouvriers et des délégués obligatoirement nommés dans chaque entreprise. Gaspard était prêt à reconnaître ce nouveau statut à ses employés. Victorin Rougeron avait été embauché trois ans plus tôt. Très vite, Frédéric avait décelé en lui un agitateur et il était soulagé de le voir quitter les ateliers. Sans doute à la longue aurait-il pu faire des adeptes, parmi les plus jeunes souffleurs surtout.

Approuvé par son contremaître, Gaspard décida de provoquer rapidement une réunion de tous ses employés. Il leur démontrerait que, chez lui comme dans toutes les autres entreprises, les nouvelles lois seraient scrupuleusement appliquées.

Les fours rallumés, le travail reprit comme à l'accoutumée, les congés devenant très vite un agréable mais lointain souvenir. Pascal et Florent, les jumeaux de Frédéric, commençaient leur apprentissage. Leur bonne volonté évidente satisfaisait grandement leur père ; pourtant, il ne serait pas question de favoritisme. Dans les ateliers, les garçons seraient considérés absolument comme les autres ouvriers, ni plus ni moins.

Une importante commande, assez inhabituelle et même rarissime, devait être honorée dans les délais les plus brefs. À la suite d'un incendie, un casino de la Côte d'Azur entreprenait d'importants travaux de rénovation. Gaspard s'était engagé à livrer les pièces de verrerie nécessaires à l'élaboration de cinq énormes lustres à pendeloques. De tailles et de formes différentes, ces nombreux éléments seraient ensuite assemblés sur une armature métallique, dans un atelier spécialisé des environs. On avait là plusieurs semaines de travail assuré.

« J'aurais pensé que de tels clients s'adresseraient à une cristallerie plutôt qu'à nous, remarqua Frédéric.

– Eh bien non, et c'est tant mieux, affirma Gaspard. Je ne t'apprendrai rien en te rappelant que le cristal est beaucoup plus onéreux que le verre le plus fin. Le budget de ces travaux est sans doute colossal, voilà où le bât blesse, mais nous n'allons pas nous en plaindre, n'est-ce pas ? »

XIV

Et vint la guerre...

SEPTEMBRE ÉTAIT CHAUD et les moustiques ne désarmaient pas. Soigneusement disposé autour des lits et du berceau de la petite Anna, un voile fin leur en interdisait l'accès. Dans la journée, se protéger des piqûres était plus difficile. Le soir surtout, les petits insectes noirs vrombissants, cachés tout le jour dans la terre chaude, partaient en quête de chair tendre. Flavie s'insurgeait en vain :

« Bestioles du diable ! Plus c'est petit et plus c'est méchant ! Les grands, les bruns, qui ressemblent aux faucheux sont inoffensifs, mais, ceux-là, quelle plaie ! »

Elle pourvoyait les habitants de Bois-Colombes de nombreux flacons de citronnelle.

« Rien de tel pour les faire fuir, affirmait-elle à Sophie. Le mieux serait de s'en badigeonner tout le corps, mais, hélas, l'odeur finirait par devenir insupportable. »

Elle en versait néanmoins quelques gouttes sur les petits bras du bébé.

« C'est qu'ils finiraient par la dévorer toute crue, notre pauvre pitchounette ! »

Rien ne pouvait lui faire plus grand plaisir que de se voir confier la petite durant quelques heures. Les tétées s'étaient espacées et Sophie disposait enfin d'un peu de temps à elle. Des courses à Maureuil, une visite à Magali Aubertin, deux heures aux ateliers pour seconder Jeanne-Marie... À la demande, une jeune femme du village, très efficace, venait aider aux emballages ; mais les pièces de verrerie pas encore terminées, d'autres commandes s'annonçaient déjà. Jeanne-Marie travaillait à des modèles d'encadrements de miroir en verre coloré. De plus, depuis la défection d'Angèle, elle passait de longs moments penchée sur les livres de comptes.

Toujours curieuse du travail des verriers, Sophie avait longuement observé la fabrication des plaques de verre fin où l'on taillerait losanges, carrés, triangles, pampilles et cabochons destinés aux cinq lustres monumentaux.

Les souffleurs cueillaient le verre incolore au bout de leur canne puis ils créaient de longs cylindres transparents ; roulés et étirés à plusieurs reprises, on en ouvrait la base à l'aide des ciseaux. Une fois ces larges tubes tronqués et habilement fendus au diamant sur toute leur longueur, on les repassait au four. Sous l'intense chaleur, ils s'ouvraient, se dépliaient, s'aplatissaient enfin pour former une feuille de verre gondolée. En hâte, avant refroidissement, on martelait minutieusement cette plaque fragile pour lui donner l'épaisseur voulue et la rendre uniforme. Comme pour la plupart des réalisations en verre fin, le tour de main habile des ouvriers qualifiés était nécessaire. Venir à bien d'une tâche aussi complexe n'était pas à la portée du premier venu.

Pascal et Florent faisaient là leurs premières armes. Après s'être familiarisés quelque temps avec les divers matériaux sous la surveillance attentive d'un ouvrier chevronné, leur maître d'apprentissage, ils commençaient enfin à manier la canne et à souffler le verre. Au début, beaucoup de matière était gâchée ; pourtant, petit à petit, les deux garçons parvenaient à acquérir le tour de main nécessaire à la réalisation de formes très simples.

Les plaques de verre refroidies, des ouvriers experts – Vivien était de ceux-là – découpaient au diamant les éléments requis pour la réalisation des lustres commandés. On devait ensuite y tailler de multiples facettes, travail minutieux s'il en est. Le plus délicat serait enfin de percer, à la bonne hauteur, le trou où l'assembleur glisserait une fine chaîne de métal pour relier entre elles les différentes pièces et former enfin l'énorme suspension.

Les ouvriers de la verrerie avaient constitué un syndicat et désigné leurs délégués. Mais, apparemment, aucun acte de rébellion ne se produirait, du moins dans l'immédiat. Rassurés, Gaspard et Frédéric mettaient toute leur ardeur au travail, soucieux d'assurer la cohésion et une bonne entente parmi les employés.

Le jeune patron avait un réel avantage sur la majorité des chefs d'entreprise. Comme son père avant lui, il accomplissait les mêmes tâches que les ouvriers, au même rythme, avec les mêmes horaires et les mêmes temps de pause. Il était vraiment l'un des leurs. Beaucoup l'admiraient, aucun n'avait d'arrière-pensée malsaine. À ce prix seulement, la verrerie continuerait à prospérer, pour le bien de tous.

* *
*

Anna venait d'avoir deux ans. En ce mois de mai 1938, dans le jardin magnifiquement fleuri, elle découvrait le monde. Ses menottes caressaient les fleurs des bordures, un peu trop rudement parfois.

« Doucement, recommandait Sophie sans jamais la quitter des yeux, tu vas leur faire mal, doucement ! »

Anna fixait sa mère de ses grands yeux noirs, se jetait dans ses bras en riant. Alors Sophie, le cœur gonflé de tendresse, la serrait passionnément, cachait sa bouche dans les boucles dorées croulant en cascade sur les épaules de la petite.

À Bois-Colombes, la vie, si radieuse déjà, l'était plus encore depuis l'arrivée de cette petite merveille. Son père en était fou,

Jeanne-Marie et Vivien se l'arrachaient, Flavie la gâtait honteusement.

Depuis que la petite avait fait ses premiers pas, le temps de Sophie était compté. Il fallait suivre Anna partout, ne jamais relâcher une surveillance de tous les instants. De bon gré, Flavie renonçait souvent à un moment de repos pour prendre le relais ; s'occuper d'Anna était un réel bonheur. La mère de la jeune femme la pressait de chercher un fiancé – Oublies-tu que tu vas sur tes trente ans, tête de mule ? – mais Flavie faisait la sourde oreille. Elle était bien là, près de sa petite princesse blonde, avec une patronne aussi agréable que madame Sophie et, surtout, sans la présence de Mme Solliès.

Celle-ci, en effet, n'était pas rentrée de Sarnac lors de la précédente Toussaint. Apparemment, les hivers auvergnats ne lui étaient pas aussi néfastes qu'elle avait voulu le laisser croire ; elle « oubliait » volontiers de regagner Bois-Colombes pour quelques mois.

Personne ne s'en plaignait, bien au contraire, mais l'on n'en parlait pas ; tacitement, un consensus s'était installé entre tous les membres de la famille. Seule, Jeanne-Marie écrivait de temps à autre à Honorine qui, en retour, lui donnait des nouvelles de sa sœur. Naturellement, la brave femme n'osait pas avouer à Angèle que sa présence continuelle au manoir compliquait grandement sa tâche. Un jour, pourtant, elle s'enhardit pour confier à sa patronne :

« Madame Solliès, excusez-moi mais je prends de l'âge, il m'est de plus en plus difficile de tenir deux maisons…

– Tenir deux maisons ? Que viens-tu me chanter là ? Juste et toi, vous prenez vos repas ici, que te faut-il d'autre ?

– Bien sûr, mais il n'y a pas que les repas. Je peux tout de même pas abandonner complètement ma maison. Et puis, ça me fait beaucoup de linge à entretenir. Et le ménage me prend un temps fou, le manoir est tellement grand !

– Bon, j'ai compris. Tu veux une aide, c'est ça ? Eh bien, demande donc au village si l'on connaît quelqu'un de sérieux, une jeune fille s'entend, elle sera plus facile à commander qu'une femme d'âge mûr. »

Commander ! C'était bien Mme Solliès, ça ! Qu'à cela ne tienne, Honorine allait s'occuper de trouver la perle rare !

Quelque temps après, Angèle engageait la jeune belle-sœur de Coralie Loubier. Prénommée Sylvette, âgée de dix-neuf ans, elle vint seconder Honorine durant trois heures, chaque matin.

Si, lorsque Mme Solliès se rendait au bourg, quelques personnes – elles étaient rares – s'étonnaient de la voir demeurer à Sarnac « à l'année », elle répondait négligemment :

« Le climat trop sec du Midi me convient de moins en moins, avec l'âge ; en altitude, je me porte bien mieux. Et puis, je fais comme beaucoup d'autres, je reviens passer mes vieux jours là où je suis née. »

Ses vieux jours, on le savait, étaient pourtant loin. À quarante-six ans, elle avait sans doute une ou deux décennies encore devant elle. Les Cantaliens ne revenaient guère au pays avant la soixantaine, voire davantage ; mais, après tout, cela ne regardait qu'elle.

Sylvette, la plupart du temps, était chargée de rapporter du village les courses quotidiennes. Ainsi, la mauvaise saison venue, Honorine n'aurait pas à affronter le froid et la neige pour aller s'approvisionner.

En août 1937, Gaspard et sa famille avaient organisé leurs vacances exactement comme l'année précédente. À Paris, « la petite merveille blonde » de quinze mois avait conquis d'emblée le vieil ami de sa mère. Dans le square familier, il l'avait présentée aux oiseaux. Anna trottinait, maladroitement encore, le long des allées de poussière grise, plongeait ses petits doigts dans le sachet de miettes de pain que lui tendait Ivan. À la vue de la nuée de pigeons qui l'entourait, dans un frou-frou irisé d'ailes bruissantes, elle applaudissait, trépignait d'aise, leur parlait un langage qu'eux seuls sans doute pouvaient comprendre.

À Sarnac, Honorine et la jeune bonne, Madeleine et Colette Rispal s'étaient extasiées devant ce petit bout de femme auréolée de boucles blondes sans cesse en mouvement. Et les deux semaines de vacances avaient semblé à tous beaucoup trop brèves. Pas plus que lorsque la petite avait quatre mois, Angèle ne s'était penchée vers elle. Au contraire, elle fuyait ostensiblement la présence des siens, toujours en promenade ou calfeutrée dans sa chambre. Quand elle sortait, pour éviter les rencontres elle empruntait l'escalier de pierre de la tour et quittait furtivement le manoir par la petite porte ; elle rentrait de même un peu plus tard.

Au mois d'août 1938, tout proche maintenant, on avait décidé de ne rien changer au périple estival. Vivien et Jeanne-Marie passeraient la première semaine en Bretagne tandis que Gaspard, Sophie et la petite Anna rendraient visite à Ivan. Puis tous gagneraient l'Auvergne pour y faire provision d'air pur.

* *
*

Avant ces congés, durant un mois de juillet d'ardente chaleur, Anna avait vraiment fait connaissance avec la mer.

L'été précédent, Gaspard ou Sophie l'avait baignée, étroitement serrée dans leurs bras. Mais, trop petite encore, elle était vite effrayée par cette énorme masse d'eau mouvante. Les bains étaient donc très brefs, aussitôt remplacés par des jeux sur la plage. Trop malhabile pour remplir un petit seau et faire des pâtés, Anna se contentait de taper le sable de sa pelle minuscule ; elle s'en emplissait les yeux, la bouche, et finissait par pleurer. Sophie avait donc préféré renoncer.

« Laissez-la grandir un peu », avait d'ailleurs recommandé Jeanne-Marie.

À présent, Anna s'était aguerrie. Âgée de vingt-sept mois, elle avait maintenant conscience des éléments et du bonheur qu'ils peuvent procurer. L'eau, le sable étaient des jouets merveilleux.

Si elle ne savait pas les nommer encore, les couleurs et les brillances des vagues l'enchantaient. Éblouie, elle fermait les yeux, les ouvrait à nouveau, captait leurs subtiles et harmonieuses nuances au gré des caprices du temps. La mer, parfois, se peignait d'un vert insolite, pas celui des feuillages du jardin, non, encore moins celui de la mousse sèche sur les vieux murs crayeux. Dilués, indissociables, des reflets d'émeraude se fondaient dans des coulures de jade et de céladon pour prendre, au-dessus des fonds rocheux, le bleu-vert profond des aiguilles de pin. Généralement, le bleu pur dominait ; lustré de lumière chatoyante, il hésitait entre l'azur et l'outre-mer, le saphir et l'aigue-marine, le bleuet et l'indigo. Au-dessus des bancs de sable, l'eau devenait franchement turquoise pour se laquer, un peu plus loin, de mauve intense et de violet nuit. Alors, elle prenait l'aspect des grosses figues mûres, à la peau marbrée d'encre et de noir bleuté. Parfois, soudainement apparus, des tourbillons d'oiseaux de mer volubiles, parenthèses d'un blanc brillant, improbable, parfait, s'abattaient au ras de l'eau pour en exalter magnifiquement tous les bleus. Ce vol nacré disparaissait presque aussitôt, happé par le ciel clair où il semblait se diluer intimement, à l'infini.

Enchantée, la petite Anna restait de longs moments à contempler ces couleurs changeantes, heurtées, fondues, sans cesse renouvelées, fragmentées par l'incessant mouvement des vaguelettes. Les mots « mer », « eau » avaient aussitôt fait partie de son vocabulaire hésitant. Après la sieste, elle criait, exigeante :

« Maman, l'eau ! Anna voir la mer ! »

Sophie riait, l'installait sur sa hanche et, un sac de plage en bandoulière, s'empressait de la contenter. Bientôt, la petite nomma toutes les merveilles de son horizon quotidien : « fleurs », « soleil », « mouettes », « bateaux », « poissons »...

Le dimanche, Gaspard, aux anges, prenait sa fille sur ses épaules, entrait dans la mer à grands pas ; l'eau tiède giclait sur les petites jambes dorées, Anna battait des mains en criant :

« Encore papa, encore l'eau, plus loin papa, la mer ! »

De la plage, Sophie, installée à la limite de l'eau ondulante, contemplait ces deux êtres qui étaient toute sa vie : son époux bien-aimé, sa fille chérie… Son bonheur, alors, était si intense, si parfait, qu'elle se demandait, un peu inquiète, si elle le méritait vraiment.

Durant le séjour auvergnat d'août 1938, les deux jeunes couples étaient souvent partis ensemble en excursion. Si Anna ne grimpait pas encore les pentes montagneuses, elle prenait part aux promenades juchée sur les épaules de son père. On allait contempler l'une des nombreuses cascades de la région. On parcourait les sous-bois pour pique-niquer dans une clairière moussue. On découvrait des petits villages pittoresques, un vieux château, une église trapue qui, parfois, décelait quelque trésor.

Avec l'innocence de son âge, à l'occasion d'une rencontre – mais c'était rare –, Anna approchait sans crainte sa grand-mère, lui parlait. Toujours réticente, Angèle n'osait pas la rabrouer ; pourtant, elle ne se penchait jamais vers la petite, ne lui souriait pas, se contentait de la dévisager avec attention. Qu'éprouvait-elle alors ? Sur son visage impassible, on ne décelait rien.

Jeanne-Marie, parfois, tentait encore une approche, toujours en vain.

« Tu perds ton temps, lança un jour Angèle. Je ne m'abaisserai jamais à faire amende honorable, tâche de t'en souvenir ! »

Attendait-elle un geste de son fils ? Comment savoir ? Et si Gaspard souffrait de cette guerre larvée, insidieuse, il n'en montrait rien.

* *
*

Août 1939. Sans renoncer complètement aux vacances, on préféra écourter le séjour et regagner Bois-Colombes dès le 20.

Sophie attendait un nouvel enfant pour la fin du mois d'octobre. Mais elle se portait très bien et là n'était pas la raison de ce retour prématuré. Personne, bien sûr, ne voulait y ajouter foi, mais, de plus en plus, une guerre avec l'Allemagne semblait imminente.

Depuis quelques années déjà, l'ambition dévorante d'Hitler, le chancelier allemand, faisait craindre un conflit. Et, six mois plus tôt, il avait envahi la Tchécoslovaquie sans crier gare. Daladier, le président du Conseil, s'était alors empressé d'accroître les forces françaises. Après avoir lu les journaux, inquiète, Jeanne-Marie questionna Vivien ; il se montra rassurant :

« Je ne crois pas à un conflit, du moins en ce qui concerne la France. L'Angleterre se rangera à nos côtés pour défendre la paix à tout prix. Il faut croire en notre bonne étoile, comme moi Gaspard reste optimiste. Le jeu des alliances décidera en notre faveur. Et si la guerre devient vraiment inévitable, elle se concentrera dans le centre de l'Europe. »

Le 1er septembre, la verrerie allait reprendre ses activités. Dès l'ouverture des ateliers, tous les ouvriers rejoignaient leur poste. La plupart, pourtant, étaient soucieux : que leur réservait un avenir de plus en plus menaçant ?

Soudain, en milieu de matinée, Jeanne-Marie fit irruption au poste où elle savait trouver son mari et son neveu. Elle était pâle, l'inquiétude se lisait dans son regard. Le premier, Gaspard s'approcha d'elle.

« Qu'est-ce qui se passe ? Sophie, Anna... ?

– Non, non, rassure-toi, elles vont bien. Mais je viens d'entendre à la radio... Les Allemands ont envahi la Pologne sans aucune déclaration de guerre !

– Mais… Pourquoi ?

– Si j'ai bien compris, l'Allemagne accuse ce malheureux pays de violation des frontières. Pourtant, l'ambassadeur de Pologne à Berlin avait demandé audience au gouvernement allemand pour négocier… Je t'avoue que tout cela me dépasse. Mais le commentateur de la radio a été très clair sur un point : malgré leurs efforts pour sauver la paix, la France et l'Angleterre viennent d'échouer. Ces deux pays sont les alliés de la Pologne, ils ne peuvent faire autrement que d'intervenir, alors… »

Trop émue, Jeanne-Marie ne put continuer. Vivien s'était approché, il avait écouté sa femme sans rien dire. Comme lui, Gaspard était atterré. Enfin, il se reprit pour apprendre au contremaître les derniers événements et, peu après, tous les ouvriers furent eux aussi informés.

La journée se déroula dans une atmosphère d'attente chargée d'appréhension. De même, le lendemain chacun restait dans l'expectative ; le déchaînement d'une guerre les concernerait tous. Ils se remémoraient les récits d'un père, d'un grand-père, d'un vieux voisin qui avaient connu le premier conflit mondial. Devrait-on vivre à nouveau de telles horreurs ?

Ces craintes, hélas, étaient fondées. Le 3 septembre, les ambassadeurs de France et de Grande-Bretagne à Berlin exigèrent le retrait des troupes allemandes du territoire polonais. Faute de quoi, leur pays respectif déclarerait la guerre au Reich. Le chancelier Hitler ne daigna pas répondre et ses troupes continuèrent leur avance.

Ce même jour, en fin d'après-midi, les sirènes des bateaux de Port-Maureuil mugirent lugubrement, durant de longues minutes ; en même temps, les cloches du village sonnaient le tocsin. Le vent portait aussi aux habitants de Bois-Colombes la plainte poignante d'autres flottilles et d'autres clochers des alentours. Alors, comme partout en France, la vie parut se figer soudain.

Sur un signe de Gaspard, Frédéric donna l'ordre de cesser le travail ; bientôt, les fours s'éteignirent. La mort dans l'âme, les ouvriers rentrèrent chez eux.

Gaspard, Vivien et Frédéric voulurent rasséréner leurs épouses en affirmant que les défenses françaises étaient largement suffisantes pour arrêter une invasion ; il était donc certain que les Allemands renonceraient très vite à s'emparer de leur pays.

Le lendemain, Vivien reçut un ordre de mobilisation. Père de quatre enfants mineurs, Frédéric resterait dans ses foyers. Fébrilement, Gaspard comptait les ouvriers qui lui restaient. Un tiers seulement, trop jeunes ou chargés de famille, assureraient la continuité des travaux de la verrerie. C'était trop peu, évidemment, mais que faire devant l'irrémédiable ? Assurer les commandes en cours serait presque irréalisable ; en accepter d'autres, il ne fallait certainement pas y songer.

« Tu n'as pas encore reçu ta feuille de route ? demanda Sophie. Demain, probablement… »

Serrant sa fille contre elle, la jeune femme luttait vaillamment contre les larmes. Visiblement très gêné en présence de sa tante et de Vivien, Gaspard répondit seulement, la mine sombre :

« Je t'expliquerai plus tard. »

Le mari de Jeanne-Marie fit ses adieux à tous ; il regagnait son appartement de Maureuil pour préparer son paquetage. Dès 6 heures, le lendemain matin, un camion emmènerait les hommes du village mobilisés jusqu'à la caserne de Toulon. Après, ce serait l'inconnu.

Demeurés seuls – Flavie en larmes gardait la petite Anna auprès d'elle –, Sophie et Gaspard restèrent un temps silencieux. Un soupçon traversa soudain la jeune femme : son mari avait-il quelque maladie qu'il lui aurait cachée ?

« Voilà, dit enfin Gaspard, peu de temps avant sa mort, mon père avait fait jouer ses relations pour obtenir ma réforme de l'armée… »

Devant le silence de Sophie, il continua, hésitant, cherchant ses mots :

« Il avait d'abord refusé énergiquement, disant qu'il n'y avait aucune raison, mais… enfin, ma mère insistait, se fâchait. Tu la connais, quand elle exige quelque chose… Elle s'est mise à le harceler, chaque jour et à toute heure. Il était déjà bien malade. Alors, de guerre lasse, il a fini par entreprendre les démarches nécessaires. Et voilà, je suis réformé, je n'ai pas fait de service militaire. Tu me trouves lâche, n'est-ce pas ? »

Accablé, Gaspard baissait la tête. Non, Sophie ne pensait rien de tel. Dans un premier temps, seule comptait sa présence, la certitude qu'il resterait auprès d'elle, qu'il ne serait pas en danger. Leur enfant allait naître dans quelques semaines et Gaspard ne la quitterait pas. Un poids énorme s'évadait de sa poitrine. Subitement, elle se jeta contre lui, le serra très fort. Elle ignorait que, comme celui du monde bientôt en proie à un terrible chaos, de ce jour leur destin était en marche. L'aurait-elle su que rien n'aurait pu être changé… Tapis dans l'ombre quelque part, des monstres sanguinaires attendaient leur heure.

Le lendemain, à la vue de Jeanne-Marie elle eut honte. Celui qu'elle aimait venait de partir à la guerre pour se battre, mourir peut-être… Elle essayait de faire taire des scrupules tellement vains : si Gaspard était parti, lui aussi, le sort de Vivien aurait été le même. Oui, mais… Pour la première fois, une ombre planait sur son amour pour Gaspard, une ombre tenace, incongrue, qu'elle ne parvenait pas à repousser tout à fait.

XV

Une vie s'achève

DURANT LES PREMIÈRES SEMAINES de cet étrange conflit, les Allemands semblèrent hésiter à se heurter aux troupes alliées concentrées le long des frontières. Les lettres de Vivien faisaient état d'une situation d'attente plutôt que de combats. De temps à autre, de rares affrontements permettaient de gagner quelques centaines de mètres, presque aussitôt perdues. Au regard des soldats, cette guerre d'attente semblait parfaitement inutile.

À Bois-Colombes, comme partout en France, on se posait la même question : à quoi bon mobiliser autant d'hommes, les arracher à leur foyer, à leur travail ? Cette situation, pourtant, devait durer tout l'hiver. Cantonnés pour la plupart sur les lignes de défense de la ligne Maginot, Français et Anglais s'expliquaient de moins en moins cette longue immobilité. Tout comme les populations, ils ignoraient que l'armée française manquait cruellement d'armes modernes et de munitions, l'armée anglaise plus encore. Sans le dévoiler, l'état-major estimait, tout en le regrettant, qu'une année au moins serait nécessaire pour que les forces alliées atteignent enfin le niveau d'armement de l'Allemagne ; alors seulement on pourrait songer à combattre d'égal à égal.

Le 20 octobre – un peu plus d'un mois et demi après la déclaration de guerre –, Sophie mit au monde un garçon vigoureux.

Anna, jalouse de l'arrivée de cet indésirable qui accaparait toute l'attention de sa mère, fit montre d'une grande réticence à son égard.

« Que faire ? s'inquiétait Sophie que la petite repoussait avec colère dès qu'elle tentait de lui imposer la présence du bébé.

– Rien, répondait Jeanne-Marie sans s'alarmer le moins du monde, rien du tout ! Peu à peu, elle va s'habituer. Tu sembles oublier qu'elle a seulement trois ans et demi. Matthieu lui vole sa maman, c'est normal qu'elle lui en veuille. Mais cela passera très vite, j'en suis persuadée. »

Autant que possible, après la tétée incontournable, Sophie confiait le bébé à Flavie qui le changeait, lui donnait son bain ; elle se consacrait alors à sa fille, lui montrant ainsi qu'elle ne l'abandonnait pas. Jeanne-Marie également prenait soin du nourrisson dès que ses occupations le lui permettaient. L'absence d'un grand nombre d'ouvriers l'obligeait cependant à de longues heures de présence à la verrerie ; le souffflage du verre excepté, elle s'initiait à certains travaux qu'auparavant elle avait ignorés.

Après trois semaines de solitude à Maureuil où elle rentrait seulement pour la nuit, Jeanne-Marie s'était laissé convaincre de se réinstaller à Bois-Colombes. Elle occupait la chambre d'amis. Si Angèle faisait mine de réintégrer les lieux, il serait temps pour la jeune femme de libérer la place.

Il s'en cachait bien sûr, mais devant les événements Gaspard était visiblement dépassé. Sans l'efficace présence de Frédéric Aubertin, peut-être aurait-il été incapable de maintenir à flot son entreprise durement touchée par le manque de main-d'œuvre.

L'arrivée de son fils l'avait pourtant tiré de son mal-être. Il reprenait espoir, entrevoyait l'avenir sous des couleurs plus riantes.

« Matthieu – donner au petit le prénom de son grand-père allait de soi – sera l'héritier de la verrerie familiale, proclamait-il.

Il deviendra l'un des plus grands maîtres verriers, j'en suis sûr. Je le formerai pour cela, et à vingt ans il fera ma fierté ! »

Gaspard avait souri à sa femme en s'excusant presque :

« Ces derniers temps, j'ai bien cru que c'était la fin de notre entreprise et je me rends compte aujourd'hui que mon caractère s'en ressentait. Bientôt, tout ira mieux, cette guerre stupide ne durera pas toujours, n'est-ce pas ? D'ici quelques mois, la vie reprendra normalement son cours et nous n'y penserons plus. Un peu partout, on entend dire que les Allemands n'osent pas tenter d'enfoncer nos lignes. Si intraitable qu'il soit, Hitler ne tardera pas à capituler, c'est certain ! »

Ses ouvriers rentrés, Gaspard ne doutait pas que la verrerie deviendrait plus florissante que jamais, accueillant chaque jour de nouveaux clients, croulant sous les commandes de toutes sortes.

* *
*

À Sarnac, Angèle avait été informée de la naissance du petit Matthieu et elle avait affirmé à Honorine, devant la jeune bonne un peu étonnée :

« Enfin, un garçon ! En d'autres temps, je m'en serais réjouie, maintenant cela n'a plus d'importance…

– Comment cela, plus d'importance ? »

La brave Honorine n'en croyait pas ses oreilles. À la naissance de la petite Anna, Mme Solliès n'avait-elle pas déploré, en le lui reprochant d'ailleurs, que sa belle-fille n'ait pas été capable de donner un fils à Gaspard ?

« N'as-tu pas compris que ma vie a complètement changé du fait de cette étrangère ? Elle et ses enfants ne m'importent en aucune façon. Oui, oui, je sais, tu vas me dire que ce sont aussi les enfants de mon fils. Mais, vu l'attitude de ce dernier, il soutient sa femme, tu t'en aperçois assez lorsqu'ils séjournent ici, n'est-ce pas ? je considère que je n'ai plus de fils. Plus de sœur non plus d'ailleurs, depuis qu'elle a épousé ce Vivien Castellane… »

Sans que quiconque ne lui ait rien confié, Honorine avait deviné que le mari de Jeannie travaillait dans les ateliers de Gaspard ; et, pour Mme Solliès, épouser un ouvrier entachait forcément le nom familial. Pourtant, madame Jeanne-Marie semblait très heureuse et monsieur Vivien, qui était fort loin d'être un rustre, s'était toujours montré aimable et accommodant.

Mis à part le fait que Bois-Colombes abritait à présent deux « braillards », selon l'expression d'Angèle, celle-ci se félicitait de sa décision d'habiter définitivement le manoir, refuge sûr en ces temps troublés.

« Dans nos montagnes, affirmait-elle, nous sommes à l'abri. Je me sens bien plus en sécurité ici qu'en bord de mer.

– Et pourquoi donc ? demandait naïvement Sylvette.

– Pourquoi ? Tu ne sembles pas réaliser, ma pauvre fille, que Bois-Colombes est proche de Toulon. En plus d'être un port important, c'est surtout une base navale pour la flotte de guerre, et même un sous-marin s'abrite dans sa rade. Pour le moment bien sûr, la guerre est loin de la Méditerranée, mais, si cela s'amplifie, un jour on se battra aussi sur les mers, j'en suis persuadée ! »

Naturellement, Angèle anticipait, sans se douter vraiment que ses prévisions se réaliseraient, hélas, dans un proche avenir. Honorine hochait la tête, dubitative encore mais à moitié convaincue. Madame Solliès savait beaucoup de choses ; pour elle, c'était bien la première fois qu'elle entendait parler de flotte de guerre. Plus confondue encore, la jeune Sylvette restait abasourdie ; ses notions de géographie, assez succinctes, lui permettaient tout juste de situer cette région si loin de son Cantal où, paraît-il, on peut voir des palmiers aussi hauts que ceux qui poussent sous le soleil d'Afrique.

À la ferme, la vie était devenue difficile. Eugène Rispal et Janot, le jeune domestique mobilisés, Marthe s'était retrouvée seule avec ses deux filles et la servante. Septembre était l'époque où l'on rentrait le regain ; mais, tout d'abord, avant la fenaison il fallait faucher les prés, faire sécher l'herbe pour l'acheminer enfin vers la grange. Le gros du bétail, encore à l'estive avec un seul vacher, se retrouvait quasiment abandonné. Dans un mois, normalement, il faudrait le rapatrier à la ferme pour l'hiver. Le jeune Léonard y suffirait-il ? Et, si la guerre ne cessait pas rapidement, dans quelques mois lui aussi aurait l'âge d'être enrôlé dans un régiment.

Marthe avait réussi à embaucher un vieux domestique déjà à la retraite ; les fermières s'arrachaient ces vétérans pour pallier l'absence de leur époux et du personnel parti, à son corps défendant, protéger les frontières du pays menacé.

Armand Bonnard, célibataire, avait été journalier sa vie durant. Il allait de ferme en ferme, là où on l'engageait pour la belle saison. L'hiver venu, il secondait un exploitant forestier et, bon an mal an, gagnait de quoi vivre. Il logeait depuis toujours dans une maisonnette à la sortie du bourg de Sarnac. Marthe, il l'avait connue toute gamine lorsque, jeune encore, il travaillait pour son père. Aussi n'avait-il pu lui refuser de venir lui prêter la main.

À la mi-octobre, Armand attela Follette à la charrue pour labourer un champ de seigle et deux autres, plus petits, où l'on planterait des pommes de terre. Docile, la jument obéissait au vieil homme qui lui parlait comme à un humain.

« Allez ma pauvre, courage ! Encore quelques allers et retours et on aura fini la journée. Enfin, toi, parce que moi je suis pas au bout de mes peines, à cette heure les femmes doivent déjà m'attendre pour aider à la traite. Presse-toi, allons. Mais tu es une brave bête et on peut dire que tu l'auras bien mérité ta ration d'avoine ! »

Arc-boutée dans la terre grasse, d'un grand coup de collier Follette arrachait le soc qui tranchait le sol bien droit.

« Eugène, reprenait Armand à voix haute comme si la jument comprenait son monologue, il aurait dû habituer un peu ton fils à être attelé, tu crois pas ? À mon humble avis, le Caramel il fainéantise son aise, pas vrai ? Un poulain de son âge, vigoureux comme je le vois, pourrait au moins tirer la carriole… »

Faute de mieux, Follette se contentait de remuer les oreilles, et le vieil Armand prenait ce geste pour une approbation. Après quoi, il dételait et les deux compagnons de travail regagnaient la ferme.

Marthe avait aussi engagé, quelques heures par jour, la femme d'un forgeron de Sarnac. Son patron sous les drapeaux, le jeune apprenti ne pouvait assumer seul un travail qu'il connaissait à peine. La forge s'était éteinte, pourtant Louise Albanel devait nourrir deux petits ; sa mère avait accepté de les garder pendant qu'elle serait à la ferme.

Par chance, le bourg encore vivait presque en autarcie ; beaucoup de villageois possédaient un potager et un petit élevage. Sans parler de les consommer, légumes, œufs, volailles et lapins vendus sur le marché apportaient un petit profit.

« Madeleine fait ce qu'elle peut, avait confié Marthe à Honorine, mais elle a que quatorze ans. Elle apprend bien, ses maîtres sont contents d'elle. Depuis la rentrée, elle a beaucoup de devoirs et je veux pas qu'elle manque l'école, elle prendrait du retard. Le travail de la ferme, c'est pas pour elle. Je préfère payer un peu la Louise et je suis sûre que mon Eugène dirait comme moi. »

Peu à peu, les travaux se firent moins contraignants. Armand et le jeune Léonard avaient accompagné Marthe à la grande foire d'automne de Sarnac, le 25 octobre. On y vendait le bétail engraissé l'été durant dans les pâtures d'estive. Bien qu'un peu ralenti, le commerce était florissant encore. Comme le disait Fernande : « Même si c'est la guerre, faut bien continuer à vivre ! » Les bouchers se pressaient nombreux sur le champ de foire pour acquérir les bêtes à abattre.

L'hiver venu, Armand fournissait seulement quelques heures de travail journalier, ce qui, avouait-il, était bien suffisant pour « un vieux bonhomme mangé de rhumatismes ». Et il avait affirmé à Marthe :

« Au printemps, ton homme et le Janot seront de retour, et moi je pourrai profiter de ma petite retraite. »

* *
*

À Bois-Colombes, volontairement Gaspard ne remplissait plus son carnet de commandes. Si les matières premières arrivaient toujours régulièrement jusqu'aux entrepôts, le manque de main-d'œuvre ralentissait grandement la production. Il n'est pas aussi évident de remplacer un ouvrier verrier qu'un domestique de ferme. Seul, un ancien compagnon avait accepté de reprendre du service. Après dix-huit mois seulement d'inactivité, il n'avait pas encore perdu la main, selon ses dires. De lui-même, il était donc venu proposer à son patron de le réembaucher.

« Tout de même, si vous êtes d'accord, je ferai des journées plus courtes que dans le passé. Avec l'âge, le souffle s'use, voilà que maintenant il me fait un peu défaut... »

Gaspard l'avait cependant repris avec reconnaissance. Il expliquait à sa femme que, si les rentrées d'argent avaient considérablement diminué ces derniers mois, on n'avait plus à verser la paie des ouvriers qui avaient quitté la verrerie bien malgré eux. Ceci compensait cela. Mais Sophie n'était pas dupe ; elle comprenait fort bien qu'en parlant de la sorte Gaspard voulait surtout se réconforter lui-même.

Le mois de mars s'achevait sans évolution notable dans le déroulement des combats ni, par conséquent, dans la vie des

Français. On savait que de nombreuses unités militaires étaient employées à des travaux de fortifications, destinés à prolonger la ligne Maginot jusqu'à Dunkerque ; ce travail achevé, plus de passage possible pour les troupes allemandes, les frontières seraient inviolables. C'était rassurant et la population se contentait de ces informations. Une seule question : « combien de mois », personne n'osait penser « d'années », les Allemands resteraient-ils sur leurs positions avant de renoncer et de demander l'armistice ?

Le 30 mars 1940, en fin d'après-midi, Jeanne-Marie s'étonna de recevoir un appel téléphonique de son amie de jeunesse Coralie Loubier, la boulangère de Sarnac.

« Jeanne-Marie, je t'apporte une bien mauvaise nouvelle… Honorine m'a demandé de le faire, la pauvre est toute retournée. Voilà : Mme Solliès, enfin ta sœur, a été victime d'un accident…

– Victime ? questionna Jeannie d'une voix blanche. Tu veux dire qu'elle est… ?

– Oui, hélas. C'est Sylvette qui l'a trouvée ce midi, au bas de l'escalier de la tour. Le médecin est encore au manoir, il parle d'une chute, une marche manquée sans doute. La tête a heurté le dallage de pierre, alors… »

Jeanne-Marie raccrocha lentement le téléphone, se demanda aussitôt si elle n'avait pas rêvé. Angèle, si vite, si tôt… Elle commença par avertir Sophie. Rentrée de promenade avec les deux enfants depuis un long moment déjà, la jeune femme donnait son bain à Matthieu, un beau bébé de cinq mois. Souriant, doté des grands yeux bleus de sa mère et des boucles brunes de Gaspard, aux dires de Flavie admirative il « poussait comme un champignon ».

« Où est Anna ? demanda Jeannie.

– Tu le demandes ? À la cuisine, bien sûr, dans les jupes de Flavie, comme toujours ! »

La petite allait sur ses quatre ans et sa gardienne dévouée l'avait en adoration. Anna, de son côté, se laissait captiver par les histoires que lui contait Flavie ; intarissable, elle lui livrait tous les contes, toutes les légendes de sa Provence. La petite ne comprenait pas vraiment tout, d'autant que la narratrice émaillait ses récits de nombreux mots et expressions en langue d'oc ; qu'importe, elle en redemandait sans cesse. Parfois, elle ordonnait :

« Chante, maintenant ! »

Là encore, elle était bien loin de saisir toutes les phrases. Mais les mélodies l'enchantaient, et elle en réclamait encore et encore.

« Sophie, je viens de recevoir un appel de Coralie Loubier. Angèle a eu un accident, ce matin sans doute, elle est morte… »

La jeune femme continua machinalement à sécher le bébé qui souriait aux visages penchés sur lui. Cette brusque nouvelle, parfaitement inattendue, la laissait sans voix. Jeannie expliqua : la chute dans l'escalier de la tour, l'inquiétude d'Honorine et de Suzette devant l'absence d'Angèle à l'heure du déjeuner, la découverte de la jeune bonne enfin.

« Gaspard ? demanda soudain Sophie. Il sait ?

– Pas encore. La journée de travail va s'achever bientôt, attendons qu'il revienne, tu ne penses pas ? »

Sophie était de cet avis. Elle laissa la tante de Gaspard l'informer de ce triste accident.

« Ainsi, elle est morte et nous n'étions pas réconciliés… »

Ce fut le seul commentaire du jeune homme après avoir entendu le bref récit de Jeanne-Marie. Puis il ajouta, le visage fermé :

« Dînez sans moi, je vais marcher un peu. » Il sortit pour revenir seulement deux heures plus tard ; il paraissait très calme et Sophie ne sut que lui dire.

« Tu vois, fit-il tristement, un beau jour on est fâché, chacun reste sur ses positions, par orgueil peut-être, et puis il est trop tard... »

Il s'approcha pour prendre sa femme dans ses bras et il pleura longtemps, très longtemps tout contre elle. Malgré son ressentiment, c'était sa mère qu'il venait de perdre.

* *
*

Angèle avait exprimé le désir d'être inhumée à Sarnac, dans le tombeau familial des Andrieux. Lorsqu'elle avait fait ses recommandations à Honorine, celle-ci s'était aussitôt récriée :

« Allons, madame Solliès, c'est vous qui me survivrez, ça ne fait aucun doute !

– Qui peut le dire ? Évidemment, tu as quelques années de plus que moi, mais ce n'est pas une règle générale de voir disparaître les plus âgés avant les plus jeunes. »

Honorine en savait quelque chose, elle qui avait vu mourir son fils unique à l'âge de treize ans...

« Ne te fais aucun souci, avait ajouté Angèle, j'ai mis mes instructions par écrit. Le moment venu, tu les trouveras dans le premier tiroir de mon secrétaire. Et si ce n'est pas toi, ce sera quelqu'un d'autre, aucune importance ! »

Prévenue, Jeanne-Marie pensa seulement qu'au cimetière de Maureuil une place était réservée pour sa sœur dans le caveau de la famille Solliès. Angèle ne rejoindrait donc pas son époux pour l'éternité, du moins pas sous la même pierre tombale. Sans aucun commentaire, Gaspard s'était contenté de demander :

« Tu veux m'accompagner à Sarnac ou bien ...

– Si, je veux... Tu en doutais ?

– Non, je savais bien que là encore tu serais près de moi. Seulement, vu l'attitude de ma mère à ton égard, je m'étais dit que peut-être... »

Jeanne-Marie l'avait serré dans ses bras.

« Cela n'a plus aucune importance maintenant. Ma sœur et moi, nous avons fini de nous déchirer. »

Elle essuya ses yeux pleins de larmes et réussit à sourire à son neveu désemparé ; visiblement, il luttait pour maîtriser un chagrin auquel il refusait de donner libre cours.

« Mais, dit soudain Gaspard, Sophie, les deux petits, je ne peux pas les laisser seuls ici pendant les jours où nous serons absents. Flavie ne refusera pas de dormir chez nous, je suppose ?

– Elle me l'a déjà proposé, le rassura sa tante. De plus, j'ai demandé à Magali de s'installer à Bois-Colombes jusqu'à notre retour. Le soir, Frédéric s'occupera de leurs enfants, ils sont grands à présent. Tout est réglé, ne t'inquiète pas. »

Le jour des obsèques d'Angèle, la petite église de Sarnac était comble. Si leur dernière descendante n'avait guère de liens avec les villageois, les Andrieux étaient connus de tous temps et estimés dans la région. Nombre de contemporains des parents de la défunte, trop tôt disparus, avaient tenu à être présents. Le sort qui s'acharnait sur cette famille, mort accidentelle des père et mère d'Angèle, même destinée pour leur fille, frappait les esprits.

Gaspard et Jeanne-Marie demeurèrent trois jours encore à Sarnac pour accomplir les démarches administratives. Avant leur départ, ils firent une dernière visite au cimetière. En pensant à Angèle, l'un et l'autre se disaient avec amertume que, sans son intransigeance, elle aurait dû être toujours auprès d'eux, à Bois-Colombes… Alors cet accident stupide ne l'aurait pas emportée.

On refermerait le vieux manoir ; Juste et Honorine reprendraient leur travail de gardiennage et d'entretien. Que serait l'été suivant ? Gaspard et les siens reviendraient-ils en Auvergne, comme chaque année ? Personne n'en savait rien ; ce serait en fonction des « événements », comme tous le disaient pour ne pas avoir à prononcer le mot « guerre ».

On n'eut pas longtemps à attendre pour connaître la réponse. Après avoir bombardé les Pays-Bas et la Belgique, violant la neutralité de ces deux pays, le 10 mai les troupes allemandes les envahissaient.

L'armée anglaise et le tiers des forces françaises se sont déplacés pour se porter à leur secours, soulignait le journal que lisaient chaque matin les habitants de Bois-Colombes. Hélas, après une semaine de combats le général Giraud, commandant de la IXe armée française, fut fait prisonnier. Progressant d'abord jusqu'à la Somme, de jour en jour l'ennemi gagnait du terrain ; malgré une résistance énergique des Alliés, le 10 juin les Allemands vainqueurs entraient dans Paris.

Par la radio, on apprit que, dans la plus grande panique, les populations avaient fui devant les envahisseurs, cherchant à gagner au plus vite le centre de la France. Beaucoup de ces malheureux périrent sous les bombardements. Le 18 juin, les troupes allemandes avaient atteint la Loire, s'étaient emparées des Vosges et de l'Alsace.

L'Italie venait de rejoindre l'Allemagne en déclarant la guerre à la France. Devant cette nouvelle menace inattendue, les forces navales anglaise et française concentrèrent la flotte de guerre dans quelques ports d'Afrique du Nord et à Toulon. Le littoral était-il menacé ? À Bois-Colombes, comme sur toute la côte, bien que les troupes allemandes aient stoppé leur avance vers le sud, on trembla.

En reculant devant les envahisseurs, les soldats français avaient laissé sur place un grand nombre de morts. On devait apprendre bientôt, grâce à la Croix-Rouge, que ceux qui en avaient réchappé avaient été faits prisonniers, entraînés par milliers vers l'Allemagne par les triomphateurs. Là-bas, leur disait-on, ils allaient travailler pour la gloire du Grand Reich définitivement vainqueur. Vivien Castellane était de ceux-là.

XVI

À la merci des monstres

DEVANT L'INVASION ALLEMANDE et la prise de la capitale, le gouvernement français avait capitulé et demandé l'armistice ; il fut signé le 22 juin 1940. Le maréchal Pétain, nouveau chef du pouvoir, s'efforçait de persuader ses compatriotes que la seule solution était de coopérer avec le Reich et d'accepter ses exigences. À ses yeux, atermoyer était impossible. Bientôt, on verrait que beaucoup n'accepteraient jamais l'humiliation de la défaite.

Un matin, Frédéric, le contremaître, apporta une grande nouvelle à Gaspard : le 18 juin, et les jours suivants, depuis Londres le général de Gaulle appelait à la résistance. Mais, en attendant des jours plus fastes, les habitants de la zone occupée durent subir la présence des troupes ennemies installées sur leur territoire.

Au fil des mois, les partisans du gouvernement installé à Vichy, en zone libre, d'abord confiants dans ses décisions, se firent de moins en moins nombreux. Dans l'ombre, certains déjà relevaient la tête. Mais on ignorait encore combien le chemin vers la liberté serait long, très long, meurtrier et cruel. Par chance, l'Angleterre et la Russie, vite rejointes par d'autres États amis, continuaient la guerre contre les troupes hitlériennes.

Gaspard s'efforçait de réconforter sa tante et Sophie :

« La moitié sud de la France est encore en zone libre ; à une exception près : afin de protéger le territoire d'une invasion des Alliés par la mer, les Allemands ont inclus la côte ouest dans la zone occupée, jusqu'à la frontière espagnole. Estimons-nous heureux, l'ennemi est loin de chez nous, nous n'aurons pas à supporter l'Occupation. »

Sans la menace des navires de guerre italiens, les habitants de la côte méditerranéenne auraient été en partie rassurés. Pendant près d'un an et demi pourtant, on n'eut à subir aucune offensive. Aux dires de Frédéric Aubertin et des quelques ouvriers restés à la verrerie, les flottes française et anglaise impressionnaient fortement l'ennemi et il ne se risquerait certainement pas à une attaque quelconque.

De son camp de détention en Allemagne, Vivien donnait assez régulièrement de ses nouvelles. D'abord affecté à une usine d'armement, il se retrouvait depuis peu dans une ferme collective. Pour sustenter ses troupes combattantes dans les pays proches de l'Allemagne, Hitler avait ordonné d'intensifier les cultures, blé, pommes de terre, betteraves plus particulièrement ; et puis, si l'on voulait un rendement suffisant, il fallait bien nourrir aussi les prisonniers, chaque jour plus nombreux.

La main-d'œuvre allemande faisant défaut – comme les Français, les hommes ou bien combattaient sur divers fronts, ou bien occupaient le nord de la France –, on avait affecté des prisonniers aux travaux des champs. Ceux-ci ne s'en plaignaient pas, au contraire ; avec un peu d'astuce pour tromper leurs gardiens, ils parvenaient toujours à dérober quelques légumes ; cuits le soir en cachette, ils amélioraient un peu l'ordinaire du camp.

Mais, dans ses lettres, Vivien se gardait bien de le dire. La censure était sévère, les courriers lus avant expédition. Il se contentait d'affirmer qu'il allait bien, qu'il était convenablement nourri, que, si besoin, il pourrait être soigné à l'infirmerie du camp et qu'il avait de bons camarades. Jeanne-Marie lui répondait en donnant des nouvelles de tous. Les deux enfants grandissaient, les activités de la verrerie avaient un peu ralenti mais, dans l'ensemble, la vie restait quasiment normale.

Certes, les affirmations de l'un et de l'autre ne correspondaient pas vraiment à la réalité ; mais, pour Jeanne-Marie et son époux, l'essentiel était de savoir l'être aimé vivant, de recevoir ces courriers fébrilement attendus, en espérant le jour de la délivrance qui, hélas, leur paraissait bien lointain.

Par manque de matières premières, Gaspard n'allumait qu'un seul four, et encore une semaine sur deux seulement. En août, la famille avait gagné le Cantal, toujours en zone libre comme le Sud. Rationnée, l'essence arrivait encore, parcimonieusement ; dans la vie courante, on en utilisait très peu, on avait donc économisé les bons alloués en vue de ce voyage.

À la ferme de Sarnac, Marthe Rispal continuait à faire face. Depuis peu, le vieil Armand avait dû cesser tout travail. Alors Juste, malgré son serment, après la mort de son fils, de ne plus approcher le bétail, avait fini par se laisser persuader par Honorine ; il s'était enfin résolu à venir prêter la main à la fermière pour les gros travaux, durant la belle saison.

Madeleine était entrée à l'école normale d'institutrices d'Aurillac. Après son certificat d'études, obtenu au mois de juin 1942, Colette avait décidé d'abandonner l'école, qu'elle n'avait jamais aimée, et de seconder sa mère.

Le premier octobre de cette même année, Anna entrerait à l'école primaire de Maureuil-le-Haut. Elle avait eu cinq ans fin avril ; sa mère, alors, avait entrepris de lui apprendre l'alphabet et aussi à compter jusqu'à dix. Infiniment fière de ce savoir tout neuf, la petite montrait à Flavie les pages où, maladroitement, elle s'exerçait à tracer chiffres et voyelles.

À trois ans à peine, Matthieu admirait et tentait d'imiter sa sœur en tout ; pour l'écriture, c'était un peu prématuré. À regret, il avait renoncé aux infâmes gribouillis nés sous son crayon rebelle dont la mine se brisait continuellement. De son côté,

Anna, tellement jalouse lors de sa naissance, aimait et protégeait son petit frère, si docile et affectueux.

N'était l'angoisse de cette guerre dont on ne voyait pas l'issue, Gaspard et Sophie auraient été pleinement heureux, comblés par deux magnifiques bambins. Hélas, les affaires de la verrerie étaient au plus bas et l'on devait vivre sur les réserves financières. Par ailleurs, la ferme de Sarnac n'offrait qu'un piètre revenu et il fallait verser les gages, bien modestes il est vrai, du couple de gardiens du manoir. Le temps passait pourtant et, chacun le savait, un peu partout en France les résistants n'attendaient que le moment propice pour entrer en action.

Au début du printemps 1942, encouragés par leur père, les jumeaux de Frédéric Aubertin avaient intégré un groupe de réfractaires de la région. Ils auraient dix-huit ans en juillet seulement mais, pour se cacher, mieux valait ne pas attendre d'être appelés au travail obligatoire en Allemagne. Les foyers de résistance s'étaient multipliés un peu partout et, quitte à gagner bientôt la zone occupée, il tardait aux deux garçons de participer à des actions en vue de chasser l'ennemi exécré.

Dans le massif des Maures, comme dans toutes les régions boisées, les résistants se rassemblaient nombreux, de plus en plus soutenus et armés. Le maquis le plus important se cachait dans les environs de Cogolin. Autour de la petite ville, à quelques kilomètres à l'intérieur des terres, la forêt dense offrait des abris de choix, loin des grandes routes.

Depuis le départ de Pascal et Florent, Magali Aubertin ne vivait plus. Jeanne-Marie et Sophie la rassuraient de leur mieux.

« Les Allemands se tiennent loin encore, les combats ne sont pas pour demain...

– Oui, bien sûr, mais un jour ou l'autre mes deux petits participeront à des attaques, je le sais. Croyez-vous donc que les parachutages d'armes soient anodins ? Ce n'est pas pour la chasse au sanglier qu'on leur livre tous ces fusils et ces munitions ! »

Pleine de compassion, Flavie conseillait à cette mère angoissée de « ne pas se ronger les sangs ». Et elle ajoutait, sûre d'elle :

« Bien malins les Boches, s'ils s'y retrouvent au milieu des pins, des chênes verts, des arbousiers et des buissons d'épines. C'est pas demain la veille qu'ils dénicheront nos petits gars courageux ! »

La population ignorait que le général Giraud, libéré après la signature de l'armistice – le bruit courait qu'il s'était évadé mais personne n'en était vraiment certain –, venait de quitter la France tout près de Bois-Colombes. De nuit, en grand secret, il s'était embarqué à bord d'un sous-marin anglais caché au large de la petite ville du Lavandou ; de là, il avait gagné l'Algérie. Là-bas, on avait besoin de chefs pour commander l'armée de combattants de toutes origines, prêts à venir seconder les Alliés. Il fallait aussi préparer un futur débarquement des troupes anglo-américaines en Afrique du Nord ; pour le moment, soigneusement surveillées et défendues par la flotte de guerre allemande et l'armée de collaboration, les côtes françaises et algériennes leur étaient inaccessibles.

* *
*

C'était un jour de grand soleil. Juin commençait à peine et, déjà, la chaleur intense incitait à rechercher l'ombre sous les grands arbres. La porte de la cuisine grande ouverte permettait à Flavie de surveiller Anna et son petit frère en train de jouer sur la terrasse. La matinée s'avançait. Sophie et Jeanne-Marie étaient parties aux provisions à Maureuil ; malgré la pénurie d'un certain nombre de denrées, les producteurs s'efforçaient d'offrir le choix le plus large possible à leurs clientes. Bientôt, les enfants délaissèrent leurs jeux pour venir réclamer à boire.

« Allons, mes pitchouns, repartez vite jouer maintenant. Je suis pas en avance, il me faut éplucher tout ça pour ma ratatouille de midi. »

Flavie montrait la table où se côtoyaient, dans une belle harmonie de couleurs, tomates et aubergines, poivrons, courgettes et petits oignons nouveaux.

« Moi je peux t'aider ! »

Déjà, Anna s'emparait d'un couteau de cuisine.

« Veux-tu bien lâcher ça, petite malheureuse ! Tu vas te couper un doigt et tes parents me maudiront jusqu'à la fin de mes jours !

– Bon, fit Anna en reposant le couteau avec une petite moue fâchée. Alors, chante-nous les chansons de ta tante Zélia.

– Chanter, chanter, tu es bonne toi ! Par les temps qui courent, j'ai pas trop envie, ma toute belle… Oh, je sais bien que chanter ou non, ça ne changera pas grand-chose ! Mais ces chansons, tu les connais aussi bien que moi, pas vrai ? »

Pourtant, devant l'insistance de la fillette et du petit Matthieu qui faisait chorus, Flavie entama son répertoire.

Petite fille, pour son plus grand bonheur, elle passait toujours l'été en Arles, chez sa tante Zélia. À vingt-huit ans, après une dizaine d'années de mariage, celle-ci s'était retrouvée veuve et sans enfants. Un jour de ferrade, Abel, son époux, employé dans une manade, avait été encorné par un taureau ; le pauvre homme, épargné par la guerre de 1914, durant laquelle il avait combattu trois longues années dans les tranchées, avait succombé aux blessures infligées par la bête soudain furieuse.

Flavie, à l'époque, ignorait que les parents de Zélia s'étaient opposés à ce mariage. Lui-même manadier, propriétaire et à l'aise dans sa Camargue natale, le père n'avait pas vu d'un très bon œil sa fille unique épouser un simple meneur de bétail, orphelin et sans le sou. Malgré son jeune âge, Zélia s'était entêtée, avait menacé de quitter sa famille pour toujours. Connaissant sa nature volontaire, son père avait fini par céder ; mais le jeune Abel, frère de la mère de Flavie, avait énergiquement refusé de devenir l'employé de son beau-père. C'était deux années seulement avant la déclaration de guerre.

Avant de rencontrer son futur mari, Zélia avait été élevée comme une demoiselle de riche famille. Aux jours de grandes fêtes, lorsque les manadiers et les gardians gagnaient l'église à cheval, trident en main, dès son plus jeune âge son père la prenait en croupe. Vêtue de ses plus beaux atours, la jeune fille éclatait d'orgueil.

Longtemps après, elle se plaisait à montrer à Flavie les toilettes de ses quinze ans : robes de faille bleue, grenat ou mordoré, jupons et fichus de fine dentelle blanche, petites coiffes rondes traditionnelles que l'on perchait sur un haut chignon de boucles. Pour compléter la tenue, Zélia arborait les bijoux de ses aïeules : petite croix d'or pendue à un étroit ruban de velours noir, épingles de cheveux ornées de perles pour retenir la coiffe, broche ciselée pour le fichu, longue agrafe dorée pour pincer et relever la robe avant de s'installer, en amazone, sur le beau cheval blanc à la longue crinière et aux sabots lustrés de frais.

La petite Flavie restait bouche bée devant ces trésors. La minuscule coiffe ronde mise à part – comme toutes les Arlésiennes de l'époque, Zélia la portait toujours –, ces merveilles dormaient dans une malle, près de la petite ombrelle de dentelle blanche empesée que la jeune fille arborait pour les promenades du dimanche. Inconsolée à la mort brutale de son cher époux, sa veuve n'avait jamais quitté le deuil.

Adolescente, Zélia avait pris des cours de chant. Au fil des ans, sa voix n'avait rien perdu de sa pureté ni de son assurance. Elle se plaisait à apprendre à Flavie les extraits de *Mireille*, opéra de Charles Gounod, que son professeur d'autrefois lui avaient enseignés.

« Chante-nous la chanson de la maman de Pierre-Yves ! »

Anna s'imaginait que cet air s'adressait à l'épouse de Frédéric Aubertin puisqu'elle portait, comme l'héroïne de la chanson, le prénom de Magali.

Sans se faire prier davantage, Flavie s'exécuta en souriant. Elle entonna, comme toujours en langue provençale, devant les petits subjugués :

« *O Magali, ma tant aima-a-do...* »

Puis, tout en continuant à peler et couper les légumes entassés au milieu de la table, elle commença, en français cette fois :

« Chantez, chantez, magnanarelles,
Car la cueillette aime les chants,
Comme la verte sauterelle...

– Qu'est-ce que c'est les magna... gnanarelles ? l'interrompit Anna.

– Je te le dis chaque fois, voyons ! Ce sont les femmes qui cueillent les feuilles de mûrier pour nourrir les vers à soie, peuchère !

– Ah oui, je me souviens ! Ces vers sont des chenilles très gourmandes. Si l'on n'y prend pas garde, elles se transforment en papillons, les fils de soie cassent et ils sont perdus.

– C'est tout à fait ça, ma pitchoune, tu as bonne mémoire.

– Où, les papillons ? demanda Matthieu, jusque-là muet et attentif.

– Tu peux pas comprendre, tu es trop petit, jeta sa sœur d'un air important. Quand tu auras cinq ans toi aussi, je t'expliquerai, promis. »

* *
*

Le lendemain, Sophie reçut une lettre postée au Puy-en-Velay. L'écriture de son correspondant lui était familière : c'était celle d'Élise, la serveuse de *L'Isba fleurie*. Pourquoi ce courrier ne venait-il pas de Paris ?

La jeune femme allait se réjouir de recevoir enfin des nouvelles de son cher Ivan mais une lecture rapide lui révéla une terrible réalité.

Madame Sophie,

Ma cousine et son mari partent en Haute-Loire avec leurs deux petites filles pour les confier à leurs grands-parents. Je leur ai demandé de poster ma lettre de là-bas, pour plus de sûreté. Voilà, c'est épouvantable !

Le mois dernier, mes patrons ont été arrêtés par la police, et le pauvre Ivan aussi. Depuis, le restaurant est fermé et je ne sais plus rien d'eux. D'après ce qui se dit, ces malheureux sont envoyés en Allemagne pour y travailler. Ici, les arrestations sont de plus en plus nombreuses et tout le monde a peur de voir un jour la police emmener les siens.

Mon mari est toujours prisonnier près de la frontière polonaise. Comme je n'ai plus de travail, je vis chez ma mère avec mon petit garçon, je ne pourrais plus payer le loyer. Je serais contente que vous m'écriviez, je vous donne ma nouvelle adresse. Mais s'il vous plaît, ne parlez surtout pas d'Ivan ni de mes patrons, cela vaut mieux, votre lettre peut être lue par n'importe qui…

Sophie resta d'abord sans réaction. Ivan, arrêté ? Mais pourquoi donc ? Que lui reprochait-on ? Peu à peu, elle réalisa que, certainement, elle ne reverrait plus jamais son cher vieil ami. Gaspard la trouva en pleurs, enfermée dans leur chambre. Sans un mot, elle lui tendit la lettre.

« Pourquoi donc arrêter ces pauvres gens inoffensifs ? C'est peut-être une erreur ? »

Elle se remettait à pleurer quand les deux enfants entrèrent en trombe.

« Jeannie a dit que le repas est prêt, commença Anna… Maman, qu'est-ce qu'il y a, pourquoi tu pleures ? »

Sophie attira les deux petits contre elle, les étreignit sauvagement, mêlant ses cheveux aux longues boucles dorées de sa fille et aux mèches brunes de Matthieu, en larmes lui aussi sans savoir pourquoi. Leur père les écarta doucement.

« Descendez vite retrouver Jeannie, maman et moi nous arrivons. Allez, soyez gentils ! »

Gaspard obligea sa femme à se lever, l'embrassa tendrement, lui essuya les yeux.

« Ivan et les restaurateurs étaient étrangers, ils n'ont jamais demandé la nationalité française tu le sais bien, de plus leur religion… Tu n'ignores pas que la police française aide honteusement les Allemands à retrouver tous les juifs pour les chasser. J'ai bien peur, hélas, que ce soit l'unique raison de cette arrestation.

– Mais que va-t-on faire d'eux ?

– Comment savoir ? Le bruit court qu'on les oblige à prendre le train pour l'Allemagne… sans doute vont-ils y travailler. »

Personne encore ne savait précisément quel sort était réservé à ces malheureux. Mais, s'ils allaient vraiment vers des camps de travail, pourquoi emmener des vieillards, des enfants, des bébés ? La police de Vichy affirmait que l'on se refusait à séparer les familles. Bien peu de Français croyaient à cette mauvaise excuse, mais nul ne pouvait imaginer l'horreur de leur situation.

* *
*

L'été passa ; malgré l'échange de quelques courriers avec Élise, aucune nouvelle d'Ivan ne parvint à Sophie. Triste et abattue, elle ne trouvait de réconfort qu'en s'occupant de ses deux enfants ; l'insouciance et la candeur de leur âge lui étaient d'un grand secours. Elle n'osait se plaindre ni à Magali Aubertin ni à la tante de Gaspard. L'une tremblait pour ses fils engagés dans les opérations menées par la résistance locale en zone occupée, l'autre pour son époux, prisonnier depuis trois ans déjà.

Le premier octobre, la jeune femme conduisit Anna à l'école. Pour lui éviter deux trajets supplémentaires, Magali avait proposé de la faire déjeuner. Aurélie, quinze ans, était pensionnaire à Hyères où elle préparait le brevet. Seul, Pierre-Yves fréquentait encore l'école de Maureuil. Ce dernier, un « grand » de dix ans et demi, protégeait Anna contre les « méchants » de l'école primaire.

« Si quelqu'un t'embête, tu me le dis et je l'aurai vite remis à sa place », avait-il affirmé.

Rassurée, la petite admirait ce garçon aux yeux clairs, si fort et si sûr de lui. Et puis, très vite, elle s'était prise d'une passion inconditionnelle pour son institutrice. Cette jeune femme brune, infiniment patiente et dévouée, menait son monde d'une main ferme et douce à la fois. Elle enseignait à une trentaine de petits de cinq à sept ans les rudiments de la lecture, de l'écriture et du calcul. Pour la plupart, aller à l'école était un réel bonheur.

Bientôt, hélas, la vie des habitants du Midi devint extrêmement difficile. À partir du 11 novembre, les troupes allemandes d'occupation se mirent à déferler vers la zone sud, non envahie jusque-là. Rapidement, malgré le sabotage de certaines routes et ponts par les résistants, les convois de camions et d'automitrailleuses traversèrent le Massif central d'un côté, les Alpilles de l'autre, pour investir entièrement le littoral.

De la part du Reich, c'était là une violation flagrante des conventions de l'armistice ; de plus, en dépit de ses engagements, le Führer ordonna d'occuper le port de Toulon. Quelques jours auparavant, l'armée anglo-américaine avait débarqué ses troupes en Afrique du Nord, alors territoire français. Il faudrait six mois de combats acharnés pour en chasser enfin l'armée allemande.

À Bois-Colombes, on dut s'habituer à la présence des troupes d'occupation. Des commandos ennemis patrouillaient nuit et jour sur les bords de mer. Le 27 novembre au matin, de fortes explosions venues de l'ouest semèrent soudain la panique à des kilomètres à la ronde. Les Allemands faisaient-ils sauter l'arsenal ? Fallait-il s'attendre à des bombardements de toute la côte ? Alors, faute d'abris, on se réfugia dans les caves.

Le lendemain, on apprit par la radio clandestine que la flotte française basée à Toulon s'était sabordée pour ne pas tomber aux mains de l'ennemi. Les équipages avaient détruit cinquante-sept navires de guerre et un transport d'aviation. Sous le choc, la population était totalement démoralisée.

Pour Gaspard et les siens, le plus horrible était à venir. Le 22 janvier 1943, Anna était à l'école, Matthieu près de sa mère et de Jeanne-Marie, Flavie au village pour le ravitaillement. Vers 10 heures, une voiture de la Milice s'arrêta devant la verrerie. Deux hommes en civil en sortirent en trombe, s'avancèrent vers l'entrée de la maison de maître ; en même temps, deux soldats allemands avaient jailli de la banquette arrière pour se placer de chaque côté de la porte, le fusil-mitrailleur braqué devant eux. À l'impérieux coup de sonnette, Jeanne-Marie ouvrit en hâte. Dans son esprit se bousculaient des questions incohérentes : pourquoi cette irruption ? Vivien ? Florent et Pascal ? Ivan ? Qui était visé, qui était mort peut-être ?

« Madame Solliès ? demanda abruptement l'un des civils, sans ôter son feutre ni enlever les mains de ses poches.

– Non... Madame Solliès est... »

Elle n'acheva pas, Sophie l'avait rejointe, le petit Matthieu sur ses talons.

« C'est moi », parvint-elle à articuler, paralysée par la peur.

L'homme sortit un papier de sa poche, le déplia, lut lentement, en fronçant les sourcils :

« Vous êtes bien Mme Sophie Solliès, fille d'Andreï Amaloff et de Anna Borisovna Miniakine, née à Paris le 4 octobre 1916 ?

– Oui...

– Veuillez prendre rapidement quelques affaires et nous suivre. Surtout, n'oubliez pas vos papiers.

– Mais… pourquoi ? Vous suivre où ? Mon mari…

– Votre mari n'est pas en cause. Nous avons ordre de vous conduire à la préfecture de Toulon pour un interrogatoire. Allons, madame, pressez-vous maintenant ! »

Jeannie eut un mouvement vers la porte : il fallait avertir Gaspard, vite.

« Reculez ! » ordonna rudement le policier.

Alors Sophie obtempéra, gagna sa chambre où le deuxième homme la suivit. Pêle-mêle, elle jeta dans un sac de voyage une trousse de toilette et quelques vêtements pris au hasard. Elle tremblait.

« Pensez-vous que l'on va me garder longtemps ? »

Sans répondre, le policier eut une moue d'ignorance et lui fit signe de redescendre. Dans l'entrée, Matthieu, les yeux agrandis de terreur, se serrait contre les jambes de Jeanne-Marie, livide et figée. Sophie se pencha pour embrasser son fils, mais le premier homme lui prit brutalement le bras et l'entraîna vers la voiture. Aussitôt, la portière claqua ; les deux soldats s'engouffrèrent à l'arrière. C'était fini.

Alors, prenant le petit dans ses bras, Jeanne-Marie se rua vers les ateliers. L'instant d'après, Gaspard se jetait dehors comme un fou pour voir disparaître la grosse Traction noire au bout de la route.

* *
*

Dans la voiture qui l'emportait, terrorisée, muette, Sophie serrait son sac contre elle. Pour se rassurer un peu, elle se disait que Gaspard ferait tout pour l'arracher à la police, qu'il y parviendrait très vite. Dans quelques heures, demain au plus tard, elle serait à nouveau près de lui et de leurs enfants chéris. On ne trouverait rien à lui reprocher, elle en était certaine ; alors, il faudrait bien la libérer.

À Bois-Colombes, où résonnait toujours l'arrogant bruit de bottes sur les pavés du front de mer, sous le pâle soleil d'hiver les tourterelles craintives se blottissaient frileusement dans leur nid. Et pourtant, au plus secret de leur fine dentelle de feuillage, les grands mimosas s'apprêtaient à refleurir. Sous l'éblouissante lumière du Midi, un nouveau printemps serein, enchanteur, reviendrait bientôt investir l'arrière-pays et le littoral ; et, sur le rivage de la Méditerranée aux vagues d'un bleu improbable, presque irréel, amoureusement caressées par le souffle léger du vent de mer, jailliraient une fois encore d'innombrables floraisons aux couleurs éclatantes.

Deuxième partie

Anna

« … il n’avait plus près de lui
qu’une petite fille mal gardée,
perdue dans ces forêts de la guerre
[...]
Elle était spontanée,
mais elle n’était pas limpide :
c’était les eaux printanières,
toutes pleines de terre et de feuilles. »

JULIEN GRACQ, *Un balcon en forêt*

XVII

La douleur de Gaspard

PARTI AUSSITÔT POUR TOULON, arrêté à trois reprises sur la route pour des contrôles d'identité, Gaspard fit le siège de la préfecture des heures durant. Il frappait en vain aux portes des bureaux de la police ; partout, on le rejetait, personne ne daignait répondre à ses questions, jusqu'au moment où un subalterne, excédé, lui arracha ses papiers en disant :

« Je vais voir ! »

Près d'une heure plus tard, il revenait pour jeter, dédaigneux :

« Mon chef n'a pas le temps de vous recevoir. D'ailleurs, il est inutile d'attendre ici, votre épouse ne s'y trouve pas.

– Où l'a-t-on conduite ? hurla Gaspard qui voyait rouge. Je veux la voir immédiatement, je suis son mari, c'est mon droit !

– Sachez, monsieur, que vous n'avez aucun droit, vous n'êtes ni un militaire ni un membre du gouvernement. Un conseil : rentrez chez vous si vous ne voulez pas vous retrouver en prison. »

Une porte s'ouvrit sur un homme en civil d'une cinquantaine d'années ; l'air bourru, il jeta :

« Faites cesser ce tapage, on ne s'entend plus ! »

Il se détournait quand Gaspard se précipita vers lui.

« C'est de l'abus de pouvoir, j'exige de savoir où est mon épouse. Pourquoi l'a-t-on arrêtée ?

– Ne saviez-vous pas qu'épouser une juive expose de nos jours à de grands risques ? fit l'homme avec un petit sourire méprisant.

– Mon épouse n'est pas juive, elle n'a jamais pratiqué cette religion, ni aucune autre d'ailleurs. Nous nous sommes mariés en 1935, vous n'avez pas le droit…

– Nous avons tous les droits, et surtout le devoir d'obéir aux ordres. L'arrestation de votre épouse est parfaitement légale. Ses parents étaient juifs et russes, il me semble ?

– Elle est née à Paris, elle a la nationalité française.

– Beaucoup de Français de souche sont arrêtés, vous l'ignorez donc ? Les opinions peuvent être dangereuses, monsieur Solliès, votre épouse vient de l'apprendre à ses dépens.

– Mais puisque je vous dis… Ma femme n'a jamais fait de politique et moi-même… »

L'homme s'était détourné brusquement, avait claqué la porte. Gaspard se retrouvait seul dans le corridor. Furieux, désemparé surtout, il regagna la verrerie ; le lendemain à la première heure, il était à nouveau là, bourrelé d'angoisse mais déterminé à retrouver Sophie, coûte que coûte.

Comme la veille, il reprit sa quête de bureau en bureau. Après de longues heures d'attente, un secrétaire, enfin, chercha sur une liste le nom avancé.

« Votre épouse n'est plus là, elle a été transférée à Paris.

– À Paris ? Mais pourquoi ?

– Je l'ignore, ce n'est pas moi qui décide, je me contente d'exécuter les ordres de mes supérieurs. Allez-vous-en, monsieur, vous n'en saurez pas plus. »

La rage au cœur, Gaspard obtempéra. Il craignait, s'il insistait encore et provoquait un scandale, d'être arrêté à son tour. À Bois-Colombes, Jeanne-Marie tentait en vain de consoler deux innocents qui ne cessaient de réclamer leur mère. Malgré son ardent désir de la retrouver, lui-même ne pouvait pas prendre le risque de leur être arraché. Mais, en arrivant chez lui, il était fermement décidé à gagner Paris dès le lendemain.

Frédéric Aubertin insista pour l'accompagner ; tous craignaient de le laisser livré à lui-même dans l'état de détresse mêlé d'exaltation où l'avait plongé le départ de Sophie. Jeanne-Marie était reconnaissante à l'époux de Magali d'épauler ainsi son neveu. Comme lui, elle se refusait à croire que l'éloignement de la jeune femme serait définitif.

Après une demande en mairie, les deux hommes durent attendre trois jours les laissez-passer nécessaires pour gagner la capitale. Encore fallut-il prétexter un voyage professionnel difficile à justifier. La pénurie d'essence les obligea à prendre le train à Toulon où le contrôle en gare se révéla interminable. Après de nombreux arrêts intempestifs, ils arrivèrent enfin à Paris. Là, ils remuèrent ciel et terre, de préfecture en mairie, de bureau en prison, pour apprendre finalement que Sophie faisait partie d'un convoi en partance pour l'Allemagne, quarante-huit heures plus tôt.

C'est un homme muré dans un silence total dont rien ne semblait devoir le tirer que Frédéric, fatigué et infiniment triste, raccompagna chez lui. Les temps heureux étaient révolus. Un grand froid habitait Gaspard. « En perdant Sophie, pensait-il, amer, j'ai tout perdu… » Il oubliait qu'il avait deux enfants. Il n'était plus qu'une écorce vide, son âme lui semblait définitivement morte. Et il aurait voulu s'endormir pour ne jamais se réveiller.

* *
*

De jour en jour, Gaspard s'enfonçait dans une indifférence alarmante. Son entourage ne savait que faire pour l'arracher à son mutisme. Sans Frédéric, la verrerie, si peu florissante déjà, aurait cessé toute activité. Après avoir étreint ses enfants avec un emportement excessif, leur père les repoussait, impatient, presque brusque parfois. Le petit Matthieu ne comprenait pas ce rejet ; en pleurant, il se réfugiait dans les bras de Jeanne-Marie.

Anna lui en voulait terriblement. Un jour, les yeux étincelants de colère, elle dit à Flavie :

« Papa, je ne l'aime plus, plus du tout ! Il est trop méchant !

– Tais-toi, mon petit cœur, tais-toi ! Il n'est pas méchant, il est malheureux.

– Et nous, on n'est pas malheureux, peut-être ? Matthieu et moi, on n'a plus de maman. Mais ça, il y pense même pas ! »

Flavie s'était détournée pour s'essuyer les yeux. Depuis l'arrestation de Sophie, malgré elle ses larmes débordaient sans cesse et elle tentait en vain de cacher ses paupières rougies à Jeanne-Marie et aux enfants.

Celle-ci faisait face avec un grand courage, occultant de son mieux son immense peine. Gaspard et les petits ne pouvaient compter que sur elle, sur sa force d'âme. Si seulement Vivien avait été là... Les jours de grand découragement, il aurait été tellement doux de s'appuyer sur lui, sur son infinie tendresse. Mais il était loin, si loin. Reviendrait-il jamais ? Jeanne-Marie refoulait aussitôt cette pensée atroce, la rejetait violemment à peine formulée.

Anna devenait de plus en plus difficile, ses colères inquiétaient sa tante, déconcertaient la brave Flavie.

« Pauvre petite fille, pensait Jeanne-Marie, c'est ainsi qu'elle exprime la douleur du manque de sa mère... Mais que faire, que lui dire ? »

Lorsque Gaspard contemplait les longues boucles dorées de sa fille, les yeux de pervenche de son fils, lui apparaissait l'image de Sophie, criante de vérité, infiniment douloureuse, insupportable. Alors il se détournait d'eux, les fuyait en toute hâte, sans comprendre qu'ils avaient infiniment besoin de lui, de sa sollicitude, de sa tendresse. Il s'en voulait terriblement de n'avoir pas réussi à leur ramener leur mère, et cela le rendait injuste.

Les nuits étaient pour lui une épreuve épuisante, intolérable. Il étreignait farouchement l'oreiller, croyant étreindre son épouse chérie. Des cauchemars récurrents d'où il s'éveillait hagard, le cœur fou, anéantissaient le peu de forces qui lui permettaient de continuer à vivre, malgré tout. L'image de Sophie le hantait. Elle lui apparaissait toujours au fond d'un puits noir, grelottante, pitoyable, ses mains tendues vers lui dans une supplique déchirante ; jamais il ne pouvait voir son visage, inexistant sous un rideau de cheveux follement emmêlés. Et, malgré d'incroyables efforts, repoussé par un pouvoir démoniaque il ne parvenait pas à se saisir des mains tendues vers lui.

De l'abîme sombre où Sophie restait prisonnière montaient des cris sourds, des appels quasi inaudibles. Tremblant et en sueur, Gaspard émergeait lentement, croyait à un mauvais rêve, tendait le bras pour sentir contre lui le corps rassurant et doux. Il ne trouvait que l'absence, la place vide et froide à ses côtés ; alors il se laissait aller au désespoir.

Son entourage, Jeanne-Marie surtout, craignait pour sa raison, pour sa vie. N'en arriverait-il pas à se détruire ? Plus rien ne l'intéressait, il se nourrissait à peine. Son regard fixe ne s'attardait sur rien ni personne. Réfugié en lui-même, il errait dans la maison ou le jardin, ne paraissait plus aux ateliers, maigre, misérable, hors du monde.

La nuit, sa tante qui dormait à peine l'entendait crier et gémir dans son sommeil. Elle n'osait pas s'approcher, lui prendre la main, caresser son front moite ; elle craignait trop qu'il ne la confonde avec Sophie. Sa douleur aurait été pire encore en s'apercevant qu'il n'avait pas, près de lui, celle qu'il espérait de tout son amour désormais inutile.

Anna aussi faisait des cauchemars. Jeanne-Marie laissait toujours sa porte entrouverte pour mieux veiller sur les petits. Au moindre cri, elle se précipitait, se penchait sur l'enfant, lui chuchotait des paroles rassurantes. La petite refusait de rester dans le noir, malgré la présence du petit lit de Matthieu tout près du sien ; une veilleuse restait donc allumée en permanence. La jeune femme repoussait les boucles emmêlées sur le front d'Anna ; ses longs cils étaient humides, une larme roulait encore sur sa joue brûlante. Parfois, elle ouvrait de grands yeux affolés, se jetait contre Jeanne-Marie, s'accrochait à elle en gémissant :

« Maman, ma petite maman, pourquoi elle ne revient plus ? »

Le cœur meurtri, la jeune femme l'embrassait, la berçait, la quittait seulement lorsqu'elle s'était rendormie, sa poupée de chiffons étroitement serrée sur sa poitrine.

Magali Aubertin avait suggéré de mentir aux deux petits, pour gagner du temps. Même infime et dérisoire, l'espérance du retour de Sophie, tenace, insensée, propageait sa flamme fragile. Tout comme les époux Aubertin, Jeanne-Marie voulait y croire ; pourtant, approuvée par Frédéric, elle refusait de leurrer les enfants. Anna avait sept ans à peine, son petit frère trois ans et demi. Donner de fausses illusions à des enfants aussi jeunes pouvait être dangereux. Ils n'oublieraient pas, certes, Anna surtout, mais leur peine peu à peu s'adoucirait. Leur laisser croire que leur mère allait revenir, c'était entretenir un espoir fallacieux, forcément nocif.

* *
*

À l'heure du déjeuner, avant la reprise des classes de l'après-midi, Pierre-Yves avait entrepris de distraire Anna. Le garçon avait un peu plus de onze ans. Passionné par la nature, les plantes, les petits animaux sauvages, les oiseaux de mer et ceux des bois, il lui montrait les bourgeons naissants, les premières fleurettes, les quelques insectes apparus tout récemment dans le jardin. Un jour, dans une plate-bande encore défleurie, il découvrit une aile de papillon.

« Donne ta main ! »

Sur la paume ouverte, il déposa un minuscule morceau de ciel. Retenant son souffle, l'air émerveillé, la petite contemplait ce débris d'azur strié de fines lignes noires et blanches avec, au centre, un semis de petits points mauves.

« Mais, le papillon, il est… mort ? »

Les yeux soudain humides, elle frémissait, émue, presque malheureuse : la mort du papillon, un drame…

« Comme tous les insectes, les papillons meurent en automne mais, au printemps, ils renaissent toujours ! affirma le garçon.

– Ah ! Tant mieux ! fit Anna, rassurée. Merci, cette aile, je la garderai toute ma vie. Tu sais son nom ?

– Ici, on l'appelle bleuet, mais je ne sais pas encore son nom savant.

– Bleuet, c'est très bien, ça me plaît beaucoup.

– Viens, je vais te montrer mes plumes d'oiseaux, j'en ai de toutes les couleurs. Si tu veux, l'été prochain on pourra chercher des coquillages, et aussi faire une collection de jolis cailloux.

– Oh, oui ! Mais on sera obligés d'emmener Matthieu, les jours de congés il me suit partout.

– C'est pas grave, il nous gênera pas. »

Anna lui fit un grand sourire reconnaissant. Pierre-Yves se dit alors qu'elle était une petite fée blonde très fragile, et qu'il devrait veiller sur elle, toujours.

* *
*

Durant ses longues insomnies Gaspard, croyant éloigner un peu une douleur qui ne désarmait pas, ravivait dans sa mémoire les images du bonheur. Intactes, préservées, elles défilaient dans son esprit, s'enroulaient l'une à l'autre, le submergeaient :

Sophie sortant de la mer, rieuse, épanouie, s'ébrouant au soleil comme un jeune chiot, Sophie caressant le poulain dans le pré baigné de lumière verte, Sophie courant joyeusement sur la plage avec les enfants, Sophie cueillant des pensées sauvages dans une prairie auvergnate, Sophie au bras d'Ivan dans une rue de Paris, Sophie souriante sur le petit voilier qui les emmenait en amoureux vers les îles fleuries, Sophie partout, toujours, belle et vivante, tellement vivante...

Après ces moments de grâce, fugitifs et intenses, le désespoir revenait plus aigu, plus amer encore, et il sanglotait comme un petit enfant. Parfois, Sophie était si présente dans ses bras qu'il sentait encore, indélébiles, son parfum de fruits et de miel, l'exquise saveur de sa bouche, la tendresse de ses seins, la soie de son ventre, l'ineffable douceur de ses cuisses fuselées. Alors il croyait perdre la raison, il avait envie de hurler ; le cœur battant à tout rompre, il se jetait hors du lit, baignait d'eau fraîche son visage en feu. Un peu apaisé, il regagnait sa couche en désordre, fermait les yeux, convoquait à nouveau le cher fantôme qui l'habiterait toujours.

Souvent, il se remémorait les mots tendres qu'il lui chuchotait parfois et qu'ils appelaient tous les deux, en riant, les litanies de Sophie :

« Ma lumière blonde, ma vague bleue, ma fleur d'aurore, ma perle de lune, mon ciel myosotis, mon soleil d'ambre, ma nacre rose, ma mouette d'argent... »

« Tu me trouves ridicule ? s'inquiétait-il parfois.

– Mais non, affirmait-elle en l'enlaçant plus fort, bien sûr que non, c'est beau, c'est très beau, encore s'il te plaît ! »

Le printemps vint, passa et mourut sans que Gaspard ne s'en aperçoive. Les premières chaleurs de juin le trouvèrent hébété, perdu. Pour lui, depuis ce jour atroce du 22 janvier où Sophie lui avait été arrachée, le soleil s'était éteint, le temps n'existait plus ; à la souffrance permanente des journées succédait l'épreuve redoutable des nuits, dans un perpétuel halo sombre et dépeuplé.

Un jour, enfin, il découvrit Anna, grandie, transformée. L'année scolaire allait s'achever bientôt, sa fille, encore bébé hier, le toisait d'un regard de femme chargé de reproches. Il se pencha vers elle, flaira sa chevelure en fermant les yeux, la serra contre lui, l'embrassa fougueusement. La petite courut vers Jeanne-Marie, s'écria :

« Papa est guéri ! »

Entraînant son petit frère qui la regardait curieusement, elle le planta devant Gaspard.

« C'est Matthieu, tu le reconnais ? Alors embrasse-le aussi ! »

Elle n'ajouta pas mais elle pensait très fort : « Si j'étais méchante, je t'obligerais à nous demander pardon ! » Elle se contenta de lui prendre une main, de mettre la menotte de Matthieu dans l'autre et de dire en lui souriant :

« Viens, papa, allons voir notre jardin, il est magnifique ! On te montrera un nid de tourterelles, tout près de la maison. Il y a quelque temps, elles ont eu des bébés. »

* *
*

Sur le plan des opérations militaires, l'année 1943 apporta des changements notables. Dès février, après cinq mois de terribles combats, les Soviétiques avaient presque anéanti la 6e armée allemande partie à la conquête du front russe.

À Maureuil, Frédéric Aubertin réconfortait de son mieux son épouse. Magali, en effet, vivait dans l'inquiétude depuis le départ de ses fils pour le maquis.

« On a constitué le Conseil national de la Résistance française ; peu à peu, les divers réseaux de réfractaires s'unifient afin de préparer des offensives décisives contre l'envahisseur. De plus, les forces armées allemandes viennent d'être définitivement chassées d'Afrique du Nord. Tu vois, l'espoir grandit de jour en jour et ce sera bientôt la fin de nos angoisses. »

Bientôt, l'Italie changea de camp. Après la démission de Mussolini, son successeur déclara la guerre à l'Allemagne ; dès lors, au grand soulagement des populations du Sud, la flotte italienne basée en Méditerranée appuya les Alliés au lieu de les combattre.

Au fil des mois, plusieurs conférences furent organisées par ces derniers pour travailler à un débarquement de troupes qui libéreraient la France, enfin. Les militaires hésitaient sur le lieu choisi : la Manche ou les côtes méridionales ? L'idéal aurait été de réussir à la fois dans ces deux régions.

Tout comme son chef d'atelier, Gaspard s'intéressait au déroulement de la guerre. Le soir, les enfants couchés, il commentait pour sa tante les informations recueillies dans la presse.

« Le général américain Eisenhower a reçu pour mission d'envahir l'Europe, d'atteindre Berlin et de détruire toutes les forces allemandes. Hélas, si j'ai bien compris, le matériel n'est pas encore prêt pour réussir une opération d'une telle envergure. Il faut se donner du temps. Finalement, les Alliés ont décidé de programmer un débarquement en Normandie pour les mois de mai et juin 1944, puis d'investir le midi de la France environ deux mois plus tard. »

Durant tout l'été 1943, on déplora que le littoral méditerranéen soit interdit à la population et donc aux baigneurs éventuels. D'épaisses barrières de fil de fer barbelé défendaient l'accès aux plages. Inquiets, les habitants observaient de loin, au large, les silhouettes menaçantes des croiseurs ennemis ; leur sinistre présence empêchait d'atteindre les côtes et nulle embarcation ne se risquait dans les eaux territoriales.

Chaque jour, Frédéric Aubertin recommandait à sa femme :

« Surtout, n'autorise pas Pierre-Yves à rôder du côté des plages, c'est extrêmement dangereux et d'ailleurs interdit. »

Comme tous les autres, les pêcheurs de Port-Maureuil ne sortaient que rarement en mer, munis de quantités d'autorisations diverses et accompagnés d'un canot patrouilleur de surveillance. Leur territoire de pêche côtière était réduit à une portion si infime que leurs prises restaient insignifiantes. Quant aux thoniers, une interdiction absolue de prendre la mer leur ôtait la possibilité d'exercer une activité quelconque.

Les îles d'Hyères, également occupées, faisaient l'objet d'un contrôle très sévère et de la surveillance permanente des bateaux ennemis. Elles auraient pu facilement servir de base à un sous-marin allié venu d'Afrique du Nord, et les Allemands ne voulaient pas prendre un tel risque.

De la maison, Anna observait les incessantes patrouilles de véhicules ennemis sur le front de mer. Camions, Jeep, side-cars allaient et venaient, jour et nuit, pour surveiller la côte.

« Pierre-Yves avait promis qu'il nous emmènerait sur la plage, Matthieu et moi, pour récolter des coquillages et des jolis cailloux. Les grandes vacances seront passées sans qu'on n'ait pu le faire ! Dis, papa, ils partiront quand tous ces soldats ? Je les déteste ! »

Gaspard était bien incapable de répondre à cette question. Alors il se contentait de dire :

« Bientôt, ma chérie, bientôt... enfin je l'espère. »

Sans que personne ne le lui dise, Anna avait fort bien compris qu'elle ne devait plus poser de questions à propos de sa mère, à son père encore moins qu'aux autres. La toute-puissance des adultes, en laquelle la fillette avait cru longtemps, n'était qu'un leurre ; pas plus qu'elle-même, ils ne savaient si Sophie rentrerait un jour.

En soupirant, elle gagnait le jardin avec son petit frère. Matthieu arpentait les allées en tous sens dans sa petite auto à pédales ; alors retentissaient des « Vroum ! Vroum ! » sonores imitant le bruit du moteur.

« Eh bien, ma pitchoune, tu ne joues pas ? demandait Flavie. Tu ne regardes même plus tes poupées !

– Elles ne m'intéressent pas, pas du tout !

– Prends un livre, alors. »

Anna s'exécutait aussitôt. Depuis quelques mois, elle avait découvert qu'elle n'avait plus besoin de Jeanne-Marie pour plonger dans l'univers fabuleux des contes. Assise sur le dallage, au bord de la véranda, elle déchiffrait *La Petite Sirène* ou *Blanche-Neige*, ou une autre histoire merveilleuse qui la tenait en haleine. Très vite, prise par sa lecture un peu laborieuse encore, elle oubliait la guerre, les patrouilles allemandes, l'inquiétude trop perceptible des adultes. Le monde enchanté des livres s'offrait à elle, la comblait au-delà de tout, et rien n'existait plus.

XVIII

La détresse des enfants

Si Frédéric Aubertin n'en confiait rien à son épouse, il était de plus en plus soucieux pour les jumeaux engagés dans le maquis de Cogolin. Depuis la création du Service du travail obligatoire en Allemagne, la police recherchait les jeunes gens. Lui-même et Magali, évidemment, affirmaient ignorer l'endroit où se cachaient leurs fils ; pour plus de crédibilité, Frédéric prétendait que leur intention était de gagner l'étranger et qu'ils avaient certainement quitté la France depuis longtemps, sans jamais donner aucune nouvelle.

Chaque fois que se produisait un attentat contre les Allemands dans la région, les pauvres parents se demandaient avec inquiétude si Florent et Pascal y avaient participé ou non. Devant l'angoisse manifeste de Magali, Frédéric se voulait rassurant :

« Si l'un ou l'autre était blessé, nous serions au courant, j'en suis certain. D'une manière ou d'une autre, leurs chefs nous l'auraient fait savoir. »

Les patrouilles allemandes se hasardaient rarement sur les quelques petites routes parcourant le massif des Maures ; l'ennemi craignait trop les embuscades. À deux ou trois reprises, un de leurs véhicules avait sauté sur une mine, un pont s'était effondré au passage d'un convoi de camions blindés. Alors, ils avaient emmené des otages innocents capturés dans l'un ou l'autre des villages alentour ; ces malheureux, fusillés sans doute, n'étaient pas réapparus. Les résistants hésitaient donc à continuer ce genre de guérilla dont les civils faisaient les frais.

Quant à s'aventurer à pied au profond des bois, les Allemands n'auraient jamais osé, persuadés d'avoir le dessous en cas d'attaque de ceux qu'ils appelaient les « terroristes » et qui connaissaient trop bien le terrain, ses pièges et ses multiples cachettes.

Une fois par mois environ, mais à des dates volontairement irrégulières, un berger ou un forestier apportaient des nouvelles ; le prétexte de leur arrivée au village était toujours le ravitaillement. Mais ils se chargeaient peu et, pour donner le change, emportaient seulement de quoi nourrir deux ou trois personnes. Ainsi, à l'occasion d'un contrôle, l'ennemi ne pourrait pas les accuser d'approvisionner des maquisards. Ceux-là partaient la nuit, par très petits groupes, récupérer les vivres déposés pour eux dans une hutte de bûcheron ou une cabane de berger. Par prudence, jamais aucun écrit. Discrètement, l'homme désigné transmettait son message à l'un des commerçants de Maureuil mis dans la confidence. Là, Frédéric ou son épouse recueillait le rapport très succinct, généralement codé, seul lien avec leurs fils.

Lorsque son mari rentrait déjeuner, Magali disait simplement, par exemple :

« L'épicier m'a chargée de t'apprendre que tes amis Maurice et Victor se portent toujours bien. »

Aussitôt, Frédéric traduisait silencieusement :

« Tout va bien du côté de Florent et Pascal. »

Les époux Aubertin, certes, ne se méfiaient pas des enfants. Ni Pierre-Yves, ni Anna qui déjeunait chez eux en période scolaire, ni Aurélie lorsqu'elle se trouvait là ne prêtaient vraiment attention à leurs dires. Mais il valait mieux ne pas prononcer le mot « maquis », au cas où quelqu'un s'aviserait de questionner les enfants au sujet des jumeaux.

Pierre-Yves et sa sœur ignoraient absolument où se trouvaient leurs deux aînés ; on s'était contenté de leur dire qu'ils étaient partis loin pour ne pas être emmenés en Allemagne, comme Vivien Castellane, trois années plus tôt.

À Bois-Colombes, on continuait à exister machinalement, par réflexe et instinct de survie. Ni Jeanne-Marie ni Flavie ne faisaient jamais allusion à son épouse devant Gaspard ; même entre elles, les deux femmes préféraient ne pas l'évoquer. Non qu'elles ne pensaient plus à Sophie, bien au contraire, mais que dire ? Que supposer ? Se lamenter ? À quoi bon ? Pour les deux petits, mieux valait le silence.

Pourtant, au fond de lui-même, chacun voulait croire que si cette guerre se terminait rapidement, il y avait sans doute une chance de la retrouver vivante. De loin en loin, un prisonnier évadé racontait la vie dans les stalags, mais personne n'était en mesure de dire où l'on avait emmené les civils arrêtés récemment. Et les Allemands, hélas, bien installés dans toute la France maintenant, ne semblaient pas vouloir quitter la place de sitôt.

La mine triste et préoccupée, Gaspard cependant faisait de visibles efforts pour reprendre pied dans l'existence. Il passait de longues heures dans les ateliers semi déserts. Pourtant, les commandes demeuraient extrêmement rares ; on le déplorait à peine, les matières premières faisant par trop défaut. Le gaz n'arrivait plus, le charbon restait presque introuvable et l'on avait recommencé à alimenter les fours au bois. Mais cela aussi était aléatoire ; pour une raison ou une autre, les exploitants forestiers livraient très irrégulièrement le combustible. Maintenir le four à température constante se révélait une véritable gageure ; aussi, bien souvent, la pâte de verre se trouvait-elle gâchée, inutilisable.

« Si mon père était encore là, confiait Gaspard à sa tante, il en deviendrait fou ! »

Et Jeanne-Marie rétorquait :

« Tu n'y peux rien, ni personne d'ailleurs, ne culpabilise pas mon petit. À l'impossible nul n'est tenu, tu le sais bien. »

Elle s'obligeait à lui sourire, l'entraînait vers les enfants, l'incitait à jouer avec Matthieu, à parler avec Anna de sa vie quotidienne, de ses progrès scolaires.

« Jeannie a mille fois raison, pensait Gaspard. Mon avenir, ce sont ces deux-là, il ne faut pas les décevoir, je n'ai pas le droit de démériter… »

* *
*

Durant les grandes vacances, Magali Aubertin se chargeait parfois d'Anna et de son petit frère. La sieste finie, Pierre-Yves les distrayait dans le jardin. Tandis que sa mère, aidée bien souvent d'Aurélie, récoltait les légumes ou préparait des bocaux de conserves, le garçon occupait les deux petits à des jeux multiples.

Les nombreuses patrouilles allemandes autour du village empêchaient les enfants de courir, comme autrefois, dans les ruelles ou la garrigue proche. Peut-être n'y avait-il pas de réel danger, mais, pour leur sécurité, les familles préféraient savoir leurs rejetons au plus près.

Dans le grand jardin de Magali, Anna aimait par-dessus tout trois arbustes que l'on ne rencontrait pas à Bois-Colombes : des buddleias aux longues et fines branches souples garnies de feuilles étroites, minces langues vert foncé un peu pelucheuses. Dès la mi-mai, ils se couvraient de grappes composées de fleurettes odorantes, plus allongées que celles du lilas ; deux d'entre eux se paraient d'un bleu-violet luisant, le troisième d'un blanc crémeux. Chaque corolle portait un long pistil orange vif ; une nuée de papillons multicolores se posait là pour se gorger de nectar.

Pierre-Yves montrait aux petits, muets et attentifs, la trompe – un filet brun – que l'insecte déroulait pour le plonger au cœur des pétales minuscules. Beaucoup ignoraient le nom véritable de ces arbustes, importés de Chine des lustres plus tôt ; on les appelait tout simplement des « arbres à papillons », et ce nom évocateur enchantait la fillette.

Après un moment, Matthieu repartait jouer mais sa sœur, tout comme Pierre-Yves, ne se lassait pas de contempler le ballet irisé des lépidoptères affairés autour des fleurs, souvent rejoints par des guêpes, des abeilles ou d'autres petits insectes gourmands. Grâce à un livre prêté par son maître d'école, le garçon tentait de les identifier. Ainsi, Anna avait appris que le « bleuet », dont elle possédait une aile, était en réalité un petit-mars.

« Si on a le droit, je préfère continuer à l'appeler bleuet, c'est un nom beaucoup plus joli, fit-elle avec une petite moue contrariée.

– Bien sûr, que tu as le droit, assura Pierre-Yves, indulgent. Le papillon ne va pas s'en plaindre, sois tranquille. »

Sur les grappes fleuries un peu mouvantes, on pouvait encore admirer le gazé, d'un blanc jaunâtre strié de noir ; l'aurore de Provence, aux ailes éclatantes rouge et jaune vif ; l'échiquier, marbré de blanc, de mauve fuchsia et de noir ; le jason, véritable mosaïque de brun, d'ocre et de vert ; l'apollon, blanc ocellé de noir et de rouge sang ; l'alexanor, zébré de larges rayures sombres ; le gonoptéryx, appelé citron, marqué de deux grosses gouttes orangées dans le bas des ailes ; la vanesse brune, cloutée de noir et d'or ; et tant et tant d'autres que le garçon n'avait pas encore identifiés.

Un matin, Matthieu sur ses talons, Anna rejoignit le père de Flavie occupé dans le jardin de Bois-Colombes. Avant que le soleil estival ne vienne couler ses chauds rayons au travers des feuillages des grands arbres, il arrosait les herbes aromatiques, les plates-bandes et le pied des divers arbustes fleuris.

« Narcisse, demanda tout à coup la fillette, tu voudrais bien me faire plaisir ?

– Mais naturellement, ma pitchounette ! Tu veux cueillir des fleurs, c'est ça ?

– Non. J'aimerais que tu plantes ici des arbres à papillons. Magali en a trois, dessus, il y a toujours plein de jolis papillons, de toutes les couleurs. C'est tellement beau !

– Je serais pas contre, mais c'est à ton père et à ta tante qu'il faut le demander. Ils seront peut-être bien d'accord, mais…

– Mais quoi ?

– Ici, on manque de place, tu le vois bien. Les arbres à papillons, je les connais. Ils ne sont pas très hauts, mais ils s'étalent beaucoup, sur deux ou même trois mètres de large au moins, ils prennent leurs aises, si on peut dire. »

Anna baissa la tête, prête à bouder un peu.

« Écoute, reprit Narcisse qui ne voulait surtout pas la contrarier, j'ai une idée mais je ne sais pas si je dois la dire…

– Oh, si ! Dis-la, je t'en prie !

– Eh bien, derrière la maison, dans le jardin de madame Angèle, on pourrait peut-être…

– Oui, oui, bien sûr on peut ! Là-bas, à côté des rosiers, il y a encore beaucoup de place, c'est vrai ! Narcisse, tu es un amour ! »

Tirant le jardinier par la manche, la petite l'obligea à se baisser vers elle ; sur la joue burinée, un peu piquante, elle déposa un baiser sonore.

« Attends, pitchoune, c'est pas gagné ! Ton père doit dire oui, et ça…

– Ne t'inquiète pas, je m'en charge, il dira oui ! »

Anna courut vers la maison, exposa son projet de plantations à Jeanne-Marie qui refusa de se prononcer

« Quand ton père viendra déjeuner, tu le lui demanderas. Où est Matthieu ? Va vite le rejoindre, je n'aime pas qu'il soit seul. »

Anna trouva son petit frère assis dans l'allée, près de la véranda. Il jouait avec les fleurs de bignonias jonchant le gravier. Extrêmement fragiles, les longues trompettes de Jéricho, d'un bel orange safrané, se détachent de leur tige après quelques jours seulement. Avant que Narcisse ne vienne les balayer, les petits s'amusaient à les enfiler sur leurs doigts.

« Regarde mes jolis gants de sorcière ! fit Anna en riant.

– Moi aussi, j'en ai des gants, les mêmes que toi ! »

Le long du pilier où s'enroulaient les longues tiges feuillues, parsemées de trompettes tout juste épanouies, Matthieu se mit à observer deux colonnes d'énormes fourmis noires ; l'une montait vers le toit, l'autre descendait jusqu'au sol. Souvent, les enfants dénichaient un de ces insectes au fond d'une fleur tombée où il était venu se nourrir de nectar sucré. Le petit en saisit un entre ses doigts.

« Regarde la grosse fourmi, je l'ai attrapée !

– Ne la tue pas, cria sa sœur, laisse-la partir ! Tu sais bien que Pierre-Yves ne veut pas qu'on fasse du mal aux bêtes ! Surtout que ces fourmis-là, elles sont pas piqueuses du tout. »

En effet, contrairement à leurs cousines beaucoup plus petites, les hôtes des trompettes de Jéricho se montraient absolument inoffensives. Docile, Matthieu relâcha sa prise et la fourmi s'empressa de partir à l'assaut d'une autre fleur.

Soudain, le petit se jeta contre sa sœur, noua nerveusement ses bras autour de son cou, éclata en pleurs et gémit, entre deux hoquets :

« Na ! Je veux maman, je la veux tout de suite ! »

Bouleversée, Anna le serra contre elle, l'embrassa, le consola de son mieux. « Na », quand il commençait seulement à parler, c'est ainsi que Matthieu nommait sa sœur. Privé de sa mère qui lui manquait tellement, désemparé, infiniment malheureux, il retrouvait soudain son langage de bébé.

Anna ne voyait plus ni les fleurs si fraîches ni le soleil qui jouait dans les feuillages ; elle n'entendait plus les pépiements joyeux des passereaux nichés dans les hautes branches. Comme celui de son petit frère, son cœur saignait, elle se sentait aussi perdue qu'au premier jour de l'absence de sa chère maman.

Flavie trouva les enfants assis sur le dallage, étroitement enlacés, les joues humides, la poitrine encore soulevée de sanglots.

« Qu'est-ce qui se passe, mes petits pigeons ? On vous a fait du mal ? »

Matthieu resta niché contre sa sœur et la petite leva vers Flavie un regard déchirant :

« Il veut maman, dit-elle, et moi aussi ! Pourquoi on nous l'a prise, dis, pourquoi ? »

Terriblement émue, la jeune femme ne sut que répondre. Elle se pencha vers eux pour les embrasser, les câliner.

« Allons, venez, mes petits, je vous donnerai un carré de pâte de melon confit. Et pour ce soir, je vous ferai des beignets à la confiture... »

Flavie se disait que quelques douceurs atténueraient un peu l'immense chagrin des enfants. Elle les obligea à se relever et les entraîna vers la cuisine.

« Si je tenais ceux qui ont arraché leur mère à ces deux anges, je serais capable de les tuer de mes mains ! » se disait-elle, pour penser aussitôt « Pauvre tête folle, c'est eux qui te tueraient, toi, avant même que tu aies fait un seul geste... »

* *
*

Gaspard ne se fit pas prier pour autoriser Narcisse à planter des buddleias dans ce qui avait été le jardin privé de sa mère. Sans rien demander à personne, le brave jardinier avait continué à prendre soin des rosiers d'Angèle. En sautant au cou de son père, Anna s'était s'exclamée :

« Merci papa, merci ! Tu verras comme ils seront beaux, nos arbres à papillons ! »

Narcisse avait quelque peu tempéré cette ardeur en disant :

« Je les planterai seulement en novembre, tes buddleias. Maintenant, c'est pas la saison, ils ne prendraient pas du tout. On attendra la Sainte-Catherine. Tu ne sais donc pas ce que disent les jardiniers, ma pitchoune ? Tu ne connais pas le dicton ? »

Et comme la petite secouait négativement la tête, il ajouta d'un ton docte, en levant le doigt :

« À la Sainte-Catherine, tout prend racine !

– Mais c'est au printemps que Magali et Frédéric sèment les légumes de leur jardin, j'en suis sûre !

– Les légumes, oui, mais pas les arbres, ça non ! »

Pour consoler un peu Anna, Narcisse se hâta d'ajouter :

« Je te promets qu'au printemps prochain tes buddleias fleuriront. Alors tu pourras inviter tous les papillons du Midi à venir se régaler ! »

Anna avait éclaté de rire et, à nouveau, embrassé avec affection le brave homme. Il lui rendit son sourire ; il l'admirait tant, cette belle petite dont la chevelure dorée illuminait le jour.

XIX

L'arrivée des Alliés

L'ANNÉE 1944 COMMENÇA par de terribles affrontements entre les Allemands et les maquisards. Dès février, les résistants des régions avoisinantes furent appelés à se rassembler dans le massif des Bornes, en Haute-Savoie, non loin du lac d'Annecy. Là, sur le plateau des Glières, à plus de 1 500 mètres d'altitude, des batailles sanglantes opposèrent les maquisards aux troupes d'occupation, pendant des jours et des jours.

Dans le même temps, et durant plus de trois mois, trois mille cinq cents réfractaires se battaient dans le massif alpin du Vercors. Beaucoup de Français, jeunes pour la plupart, ne devaient pas en réchapper. Et, comme toujours, l'ennemi organisa d'horribles représailles envers les civils, accusés de soutenir les « terroristes ».

Par l'un des forestiers chargés de la liaison entre les maquis de Cogolin et les habitants de Maureuil et des villages proches, Frédéric avait su que ses fils, avec tous leurs camarades, avaient eux aussi rejoint le Vercors. Depuis, plus aucune nouvelle.

En juin seulement, les Aubertin apprirent que, si Florent était sauf, son frère avait été blessé. Une balle lui avait emporté une partie du mollet gauche. Évacué le long de la vallée du Rhône, il se trouvait à l'hôpital de Montélimar ; soignée un peu trop tard, sa blessure, infectée, serait longue à guérir mais ses jours n'étaient plus en danger.

Depuis des semaines, Magali vivait dans l'angoisse et, selon l'expression de Flavie, elle « se rongeait les sangs ». Si Frédéric ne l'en avait pas dissuadée, elle aurait tenté, en vain certainement, d'obtenir un laissez-passer pour se rendre au chevet de Pascal.

« Mon petit, gémissait-elle, mon pauvre petit ! Et s'il faut l'amputer, tu te rends compte ? »

Les jumeaux avaient un peu plus de vingt ans, mais, pour elle comme pour la plupart des mères, ils n'étaient encore que des petits garçons ; elle se devait de les protéger, au même titre que Pierre-Yves qui, lui, en avait seulement douze.

Jeannie la rassurait, lui donnait mille raisons d'espérer.

« Maintenant, disait-elle, à bout d'arguments, ton fils est à l'abri.

– Mais la guerre n'est pas finie, Florent est toujours en danger. Et si Pascal se remet assez vite, il y retournera, je le sais ! Si seulement Aurélie était là, près de moi ! »

Un an après son brevet élémentaire, obtenu à seize ans, la jeune fille avait quitté la maison. Bien à contrecœur, ses parents l'avaient laissée partir chez son oncle Étienne, à Saint-Tropez. Dans la ville côtière, distante de trente-cinq kilomètres environ, le frère de Magali possédait un restaurant. Malgré la guerre et les restrictions, l'établissement restait ouvert. Depuis 1940, les affaires n'étaient guère florissantes, aussi avait-on réduit considérablement le personnel. Mobilisés, les deux serveurs avaient été remplacés par une jeune femme ; maman depuis peu, elle ne pouvait plus travailler et Aurélie prendrait sa place.

« Mais elle n'a aucune formation, elle ne pourra pas assurer le service ! » s'était insurgée Magali, désireuse de garder sa fille auprès d'elle.

À la fin, Étienne avait réussi à convaincre sa sœur : sa femme et lui-même apprendraient le métier à la jeune fille, il s'en portait garant. Il promit également que, si Aurélie ne se plaisait pas auprès d'eux, personne ne l'obligerait à rester. Pour le moment, la jeune fille était toute contente de s'émanciper un peu.

« Hélas, avait confié Magali à Jeanne-Marie qui tâchait toujours de la convaincre d'accepter la situation, je ne pourrai plus m'appuyer sur ma grande fille, si aimante, si raisonnable. Mon petit Pierre-Yves est beaucoup trop jeune, il est hors de question de lui confier mes angoisses au sujet de ses frères... Mais Frédéric a peut-être bien raison : je ne vois pas grandir mes enfants, je les étouffe. Il va falloir que je m'habitue à les laisser s'émanciper, vivre leur vie loin de moi.

– Frédéric t'épaulera toujours, tu le sais bien.

– Oui, bien sûr, mais les hommes, c'est tout différent... Ils aiment leurs enfants mais ils n'y sont pas attachés de la même manière. Leurs petits ne sont pas l'objet de leurs préoccupations constantes, alors que nous, les mères... »

Jeanne-Marie n'avait rien répondu. Elle n'avait pas eu de mère ou si peu, sa sœur Angèle ne s'était montrée ni tendre ni attentive, elle-même n'avait pas d'enfants. Mais elle avait aimé et soutenu Gaspard comme un fils ; et, maintenant que le destin avait arraché la malheureuse Sophie à son foyer, elle servait de mère à Anna et au petit Matthieu. Pour eux, sans doute aucun, elle se savait prête à tous les sacrifices.

* *
*

De loin en loin, Jeanne-Marie écrivait à Honorine et, en retour, celle-ci lui donnait des nouvelles de Sarnac.

Depuis le décès d'Angèle, le manoir restait fermé. Gaspard et les siens n'y séjournaient plus en août en raison de la guerre. Le Cantal était loin, pour circuler un laissez-passer était obligatoire, les routes n'étaient pas sûres et l'essence manquait. On ignorait les dangers éventuels rencontrés durant un aussi long voyage ; aussi, mieux valait s'abstenir. La gardienne disposait donc de beaucoup de temps libre et, comme le faisait Juste, elle s'efforçait d'aider Marthe Rispal de son mieux.

« Votre fermière, écrivait-elle, est toujours très courageuse. Depuis les restrictions, beaucoup de gens de Sarnac viennent s'approvisionner chez elle en cachette. Cela compense un peu le manque à gagner depuis que les marchés ne se tiennent plus au village. Elle loue aussi quelques parcelles de terrain à ceux qui veulent planter des pommes de terre et qui ont un jardin trop petit.

Bientôt, Colette aura fini l'école. Madeleine est toujours pensionnaire à Aurillac, mais dans son école normale les repas sont une vraie misère. Quand c'est possible, sa mère lui envoie quelques provisions. Eugène écrit tous les mois, il ne se plaint jamais. Comme votre mari, il travaille dans une exploitation agricole, c'est ce qui lui convient le mieux. Mais il se soucie beaucoup pour sa femme et ses filles, pour la ferme aussi... »

Ce qu'Eugène ne pouvait pas confier dans ses lettres, c'est que, contrairement à Vivien, affecté à une grande ferme collective, il travaillait chez des particuliers et souffrait de la faim. Par chance, un autre prisonnier, originaire du Morvan, se trouvait là avec lui ; malgré une grande différence d'âge, les deux hommes étaient devenus bons amis, unis dans l'adversité.

Le propriétaire était sous les drapeaux, sur le front russe. Restaient ses vieux parents, son épouse et deux petits garçons. Le plus jeune était né après le départ de son père, l'autre n'avait que trois ans en 1939. Si le grand-père était un brave homme, quasi impotent, la belle-mère de Greta – ainsi se nommait la jeune fermière – ne cachait pas sa haine des Français en général et des deux domestiques en particulier.

À table, elle servait tout le monde ; la ration des ouvriers était toujours moindre que celle de la famille. Ils n'avaient droit à la viande qu'une seule fois par semaine, elle leur mesurait le pain et même la soupe ; ouvertement, elle allongeait le bouillon d'une grande louchée d'eau chaude avant de les servir.

Quand, le matin, les deux hommes partaient aux champs, Greta glissait subrepticement dans leur poche un quignon de pain, un morceau de fromage ou de lard cuit. Eugène s’était aperçu que la jeune femme ne se cachait pas de son beau-père ; et le vieil homme faisait toujours semblant de ne rien voir. « Celui-là a du cœur, pensait le prisonnier, mais sa femme, c’est une vraie mégère ! »

« Elle est gentille, la jeune patronne, et en plus drôlement jolie, dit un jour Paul, le compagnon d’infortune d’Eugène. Tu vois, s’il n’y avait pas la vieille, je crois que je tenterais ma chance. Depuis le temps que son mari est loin, elle ne dirait peut-être pas non !

– Tu ne parles pas sérieusement, j’espère ? s’exclama Eugène. Si tu lui fais des avances, tu risques ta tête ! Ne t’embarque pas dans une telle histoire, je t’en prie. »

Paul le dévisagea.

« Bien sûr que j’en ferai rien, je suis tout de même pas fou, t’inquiète donc pas ! N’empêche que j’aurais bien aimé… »

Eugène respira mieux. Certes, Greta était très avenante. Il comprenait fort bien qu’un jeune garçon de vingt-sept ans, loin des siens, de la vie normale de quelqu’un de son âge, puisse être tenté par une aventure avec la belle Allemande. Heureusement, comme il venait de l’affirmer, Paul était conscient des dangers encourus, il ne s’engagerait pas sur cette voie.

* *
*

En cette fin avril 1944, Anna venait d’avoir huit ans. Dans le petit jardin, que toute la famille continuait à appeler, en imitant Narcisse, « le jardin de madame Angèle », elle contemplait la première floraison de ses buddleias. Pierre-Yves avait été invité à venir admirer les deux arbustes où, déjà, des dizaines de papillons venaient « déjeuner », comme disait le petit Matthieu.

Le 25 novembre de l'année précédente, on avait procédé à la plantation des jeunes buddleias. Anna en avait voulu un blanc et un violet. Tout d'abord, Narcisse avait creusé deux trous assez profonds, distants d'environ quatre mètres.

« Comme ça, ma pitchoune, ils auront leurs aises. Oh, la première année, ils ne se rejoindront pas ! Mais, assez vite, tu verras leurs branches s'allonger, à droite aussi bien qu'à gauche. »

Au fond de chaque trou, il avait versé du terreau mêlé d'un peu d'engrais spécial ; puis ce fut au tour des enfants d'intervenir. Munis d'un petit arrosoir et d'un seau de plage, ils avaient consciencieusement abreuvé la terre des deux petites cavités noirâtres. Délicatement, le jardinier avait coupé la ficelle lâchement nouée autour des racines avant de les plonger, avec précaution, dans l'espace humide où elles s'enfonceraient.

Pour finir, Narcisse et ses jeunes aides avaient comblé les creux de terre meuble tamisée, au ras de la surface. Restait à tasser le sol tout autour des arbustes. Matthieu s'apprêtait à piétiner quand sa sœur le retint.

« Non, c'est fragile, il faut taper du plat de la main, voyons !

– Flavie va gronder que je suis plein de terre, fit le petit, décontenancé.

– Les mains, ça se lave, pas vrai Narcisse ? »

Le jardinier opina en souriant et tous les trois s'appliquèrent à bien aplatir le pourtour des branches minces. Soudain, Anna posa ses lèvres, tour à tour, sur l'une des feuilles minuscules de chacun des arbustes, sous le regard surpris de son petit frère.

« Je les encourage, expliqua-t-elle. Maintenant, ils savent que je les aime beaucoup, alors ils vont pousser très vite et se couvrir de jolies fleurs, pour me faire plaisir. »

Tout ému, Narcisse approuva sans réserve le geste d'Anna, insolite certes, mais si touchant.

« Tu as raison. Peu de gens le savent, mais, comme les animaux, les fleurs et les arbres pensent, en tout cas moi j'en suis certain. »

Un peu plus tard, Matthieu reparti vers la maison, Anna lut l'étiquette encore attachée à une branchette ; la couleur de chaque buddleia y était notée.

« Narcisse, j'aimerais beaucoup baptiser les arbres à papillons…

– Si tu veux, ma pitchounette, ils sont à toi, tu sais bien.

– Le blanc, je vais l'appeler Sophie et le violet Jeanne-Marie… du nom de mes deux mamans », dit-elle d'un air grave.

Narcisse approuva seulement de la tête ; il prit la main de la petite pour la serrer doucement dans sa grande main rugueuse d'un long contact avec la terre. Une boule montait dans sa gorge et ses yeux devenaient humides. De crainte qu'Anna ne s'en aperçoive, il dit un peu trop vite :

« Allons, il faut rentrer ma belle, moi j'ai à faire dans l'autre jardin. »

La petite courut derrière lui, le tira par la manche.

« Attends ! Les noms de mes arbres, c'est un secret, je ne le dirai à personne d'autre ! Promets-moi de ne pas en parler, pas même à Flavie. Tu comprends, si mon pauvre Matthieu l'apprenait, cela lui ferait de la peine, à cause de maman.

– Tu as ma promesse, ma pitchoune, je ne dirai rien, sois tranquille. »

Le sourire d'Anna, un peu triste, était si attendrissant qu'une fois encore le brave homme sentit son cœur se serrer. À part la couleur de ses yeux, la petite était tout le portrait de sa mère. Alors, une fois de plus, Narcisse se prit à maudire cette chienne de guerre qui faisait tant de morts et de malheureux, et qui avait détruit le bonheur des habitants de Bois-Colombes.

À présent, le printemps était bien avancé, le parfum des rosiers-boules embaumait, un couple de tourterelles roucoulait au bord du toit de la verrerie dont le soleil illuminait les nombreuses et larges vitres.

« Tes buddleias sont magnifiques, affirma Pierre-Yves, plus beaux encore que les nôtres. Oh, regarde, un machaon ! On l'appelle "grand porte-queue", sans doute à cause des deux longues pointes au bas de ses ailes. »

Immobile, Anna s'emplit les yeux des magnifiques couleurs de l'insecte, en train de butiner sur une grappe de fleurs blanches. Marbrées de jaune et de noir, les ailes inférieures se frangeaient d'or et d'azur avec, comme pour rehausser encore ces teintes vives, un seul point écarlate sur leur bord interne.

« C'est bien, joli papillon, pensa la petite, Sophie est très contente de ta visite ! Régale-toi et reviens le plus souvent possible. »

* *
*

Si l'occupation était toujours aussi oppressante pour la population, un espoir, bien timide encore, vint bientôt redonner courage aux Français. Malgré de sérieux revers, les résistants harcelaient sans cesse, souvent avec succès, les troupes allemandes. De plus, le bruit courait que, sur un front ou un autre, l'armée du Reich subissait continuellement de sérieux revers.

Le 6 juin 1944, enfin, on apprit que les troupes alliées venaient de débarquer en Normandie.

« Bientôt, affirma Frédéric, les Alliés, appuyés par les nôtres, viendront aussi libérer nos côtes. Pris sur tous les fronts, l'ennemi sera bien obligé de déguerpir et de rentrer chez lui !

– J'espère que tu dis vrai, rétorqua Gaspard, mais avant leur départ, ici nous allons vivre un enfer. »

C'était sans doute vrai ; combats et bombardements ne seraient pas anodins. On en eut la preuve en apprenant que, sur les côtes normandes où tombaient chaque jour des soldats anglais, américains, français et belges, on déplorait également d'énormes pertes chez les civils. Pour libérer la Normandie et la Bretagne des troupes d'occupation et atteindre enfin la Seine, il faudrait plus de deux mois et demi de luttes incessantes. Paris ne serait entièrement libéré que le 30 août.

Un forestier en liaison avec le maquis rapporta un jour à Frédéric Aubertin que le général de Lattre de Tassigny avait installé, début août, son premier poste de commandement à Cogolin, foyer de résistance très actif du massif des Maures. La guerre finie, il serait fait citoyen d'honneur de la ville.

De Cerbère à Menton, neuf divisions de la XIXe armée allemande étaient chargées de la défense des côtes méditerranéennes ; l'ennemi occupait les nombreux forts dominant les plages. Depuis le débarquement de Normandie, le bord de mer faisait l'objet de sa part d'une surveillance accrue, et il en était de même de toute la côte atlantique. Les habitants de Maureuil savaient que, pour empêcher un départ en masse vers l'Algérie, barrages de feux d'artillerie, mines terrestres et sous-marines interdisaient l'approche des côtes. L'une des positions allemandes suivait donc le contour du littoral ; pour plus de sûreté, l'occupant en avait établi une seconde passant par l'intérieur de la Provence, de Salon à Saint-Martin-du-Var.

Le forestier rappela aussi au contremaître de Gaspard que le port de guerre de Toulon et sa rade formaient un ensemble puissamment fortifié, objet de toutes les attentions des troupes allemandes qui avaient aussi ajouté des ouvrages de défense aux forts protégeant Marseille. De Nice, l'ennemi commandait les communications avec l'Italie. Rien n'avait été laissé au hasard : à aucun prix, les Alliés ne devaient s'introduire en France par le bassin de la Méditerranée. Le responsable en chef des maquis de la région varoise, bien renseigné, avait l'ordre de ses supérieurs de concentrer là un maximum de troupes.

Par la radio clandestine, on apprit aussi que ce débarquement était tout de même imminent. Magali abonda sans réserve dans son sens lorsqu'il proposa d'héberger provisoirement Jeanne-Marie, Gaspard et les enfants. Beaucoup trop près de la côte, Bois-Colombes allait devenir une résidence dangereuse. Les jumeaux au combat – après une brève convalescence, Pascal avait rejoint ses camarades au maquis –, Aurélie à Saint-Tropez, la place ne manquait pas dans la maison de Maureuil. L'appartement de Vivien et Jeanne-Marie, longtemps occupé par une famille de réfugiés du Nord, avait été réquisitionné pour loger deux inspecteurs du ravitaillement.

« Si notre région doit connaître les mêmes événements que cette pauvre Normandie, nous devrions garder Pierre-Yves à la rentrée des classes, dit Magali, toujours inquiète pour ses enfants. À Hyères, au lycée, il sera beaucoup trop exposé.

– Le 1er octobre, je peux te l'affirmer, il n'y aura plus ici un seul soldat allemand ! » dit Frédéric avec conviction.

Il se garda bien d'ajouter que leur fille, à Saint-Tropez, serait fatalement exposée aux combats inévitables en bord de mer ; mais il faisait confiance à son beau-frère, le moment venu, Étienne saurait protéger les siens. Fasse le ciel que les Alliés aient le dessus quand viendrait le jour de l'attaque, sinon leur belle Provence serait anéantie, à jamais rayée de la carte.

« Bientôt, on va aller habiter chez Pierre-Yves, annonça Anna à son petit frère.

– Pour toujours ?

– Non, papa a dit : jusqu'au départ des soldats. Après, nous reviendrons chez nous, à Bois-Colombes. Et on pourra aller sur la plage, se baigner, ça sera drôlement bien ! »

Matthieu ne gardait qu'un très vague souvenir des bains de mer et des jeux de plage. Depuis l'occupation, sa jeune mémoire en avait perdu toute trace ou presque.

« Et quand les soldats seront partis, maman reviendra, tu crois ? »

Interdite devant cette question inattendue, Anna resta muette, torturée. Matthieu posait sur elle un regard d'un bleu intense, si confiant, si plein d'espoir qu'elle en fut bouleversée. Le petit bonhomme de quatre ans et demi avait oublié beaucoup de choses, mais, inconsciemment sans doute, sa mère ne quittait pas ses pensées. Anna s'approcha de lui, le prit contre elle, lui embrassa le front.

« Je ne sais pas, dit-elle d'une petite voix tremblante, je voudrais bien, moi aussi… »

Elle se dit qu'elle était l'aînée, la grande sœur, elle se devait d'être courageuse pour deux. Alors elle chassa la douleur qui, une fois de plus, lui martelait furieusement la poitrine et, du haut de ses huit ans, assura d'une voix ferme :

« Tu es mon petit frère chéri et je t'aimerai toujours ! Viens, je vais te lire une belle histoire, celle des *Trois Petits Cochons,* tu veux ? »

XX

Anna et la guerre

DANS LE MASSIF des Maures et celui de l'Estérel, les routes sont rares et étroites. Venues des Alpes, les rivières coulent d'est en ouest, formant d'appréciables lignes de défenses naturelles. C'est donc une région propice à la Résistance. À l'inverse, les plages, très petites, trop proches des collines, se prêtent mal à un débarquement d'envergure. Pour cette opération, les Alliés avaient prévu mille deux cents bâtiments de guerre, appuyés par mille cinq cents bombardiers et avions de chasse, regroupés en Algérie, en Italie et à Malte. On devrait donc répartir ces forces et choisir plusieurs points d'accostage, entre Toulon et Cannes.

Lorsque Pascal et Florent Aubertin regagneraient la maison familiale, ils raconteraient à leur père comment la Provence avait pu être libérée.

« L'objectif des Américains était de conquérir d'abord une tête de pont de trente-cinq kilomètres, entre Cavalaire et Saint-Raphaël. Ensuite, il faudrait élargir de tous côtés la zone investie pour, enfin, avancer vers Grenoble par la vallée du Rhône. Dans le même temps, la Ire armée française se chargerait de prendre Toulon et Marseille. Dès le 4 août 1944, l'aviation alliée a pilonné toute la Provence. Il fallait inquiéter l'ennemi, le dérouter, le déloger si possible. Dans la nuit du 14 au 15 août, les Américains ont attaqué d'abord les îles d'Hyères, assez vite libérées. Avec l'appui des avions de chasse, les Français ont pu aborder la région de Cavalaire. Les Allemands en déroute, l'avance fut très rapide. Le 15, de nombreux parachutages ont largué des troupes et des armes dans l'intérieur de la région. Des navires de guerre bombardaient violemment les rades de Saint-Tropez, Saint-Raphaël et Juan-les Pins. Les ennemis qui défendaient les ports et les plages ont été rapidement anéantis ou capturés, les unités alliées en profitant pour progresser vers le haut des collines boisées. Les Américains ont pris Saint-Tropez, Sainte-Maxime, puis Cogolin et Grimaud. Le lendemain, une partie de la Ire armée a débarqué dans les mêmes ports et s'est enfoncée dans l'intérieur. Le 17, tandis que certaines troupes françaises convergeaint vers Toulon, d'autres gagnaient Aix-en-Provence. Brisées dans les Maures et l'Estérel, les forces allemandes ont fait retraite vers Avignon. Le 19, leur résistance s'est effondrée. Les FFI ont libéré la région de la Durance et les Américains purent marcher enfin vers Lyon. Toulon libéré, le général de Lattre a décidé d'enlever aussitôt Marseille, mais les Allemands résistaient avec acharnement. Les FFI sont alors arrivés à la rescousse pour aider à les chasser de la ville. Le 13 septembre, enfin, les côtes de Provence se trouvaient entièrement au pouvoir des Alliés. L'escadre française a regagné Toulon et les vainqueurs se sont retirés le long du Rhône pour continuer vers l'est les combats de libération. Nous étions avec eux pour aider à chasser les ennemis vers la frontière allemande. »

Durant cette courte période d'intenses combats, la population avait dû se terrer la plupart du temps dans les caves. Magali et Frédéric ignoraient alors si leurs fils se trouvaient parmi les libérateurs mais ils se doutaient bien que oui. En effet, Pascal et Florent, après avoir accompagné les résistants engagés sur la Durance, prirent part aux âpres combats engagés à Marseille. La chance était avec eux, ils devaient en revenir indemnes.

Après les premiers bombardements, Étienne, le frère de Magali, avait jugé bon d'abandonner provisoirement Saint-Tropez. Avec son épouse et Aurélie, il avait gagné au plus vite le tout petit village de Caillol, assez loin dans l'intérieur. Là, ses beaux-parents les accueilleraient tous les trois le temps nécessaire. S'il y avait des combats, ils seraient sans doute bien moins violents qu'en bord de mer.

Les navires alliés en vue, les Allemands s'étaient empressés de faire sauter les installations portuaires de Saint-Tropez avant d'évacuer la ville ; mais leurs troupes tenaient toujours le fort de la Citadelle, sur une hauteur dominant la petite cité. Pourtant, malgré leurs canons et leurs mitrailleuses, ils devaient tenir une journée seulement avant d'abandonner la place.

On l'ignorait alors, mais, devant l'ampleur de l'attaque alliée, Hitler avait ordonné à ses troupes de se retirer du midi de la France.

La guerre finie, comme bien d'autres le port de Saint-Tropez serait reconstruit, les hangars à bateaux remplacés par des cafés et des boutiques. En attendant, à l'emplacement des quais soulevés par les bombardements, c'était une totale désolation ; heureusement, mis à part la destruction d'une ancienne chapelle, le vieux village était indemne.

* *
*

Insignifiant, Port-Maureuil n'avait pas été investi ; de même, les plages des environs de Bois-Colombes, trop exiguës, n'auraient pas permis aux barges amenant les troupes à partir des cuirassés de débarquer hommes et matériel. Pourtant, durant les quelques journées de libération, un incessant va-et-vient de colonnes allemandes ou alliées avait encombré jour et nuit la route littorale.

Nichée dans les pins parasols, un peu en retrait du passage, la verrerie n'avait aucunement souffert des engagements militaires. Réfugié chez Frédéric avec les siens, Gaspard l'ignorait ;

il vivait donc dans la crainte d'avoir tout perdu : la maison familiale, les ateliers, l'entrepôt. Dans ce cas, la ruine le guettait mais, comme tout le monde, il était impuissant face aux événements et ne pouvait que les subir. L'attente lui paraissait interminable.

Quitter Maureuil et gagner Bois-Colombes pour s'assurer que les bâtiments étaient intacts n'était pas envisageable ; cela se serait révélé extrêmement dangereux. Claquemurés dans leurs maisons, dans les caves le plus souvent, les gens vivaient dans l'angoisse, n'osant même pas sortir pour se ravitailler. Il fallait vivre sur les réserves, sans savoir combien de temps durerait cette réclusion.

Comme tous les habitants de Maureuil, les Aubertin et leurs hôtes se félicitaient de ce que le vieux fort dominant le village ne soit plus qu'une ruine. Sinon, comme dans toutes les citadelles jalonnant la côte, les Allemands s'y seraient installés avec des armes meurtrières.

Le premier jour du débarquement, Gaspard et Frédéric s'étaient risqués quelques instants dans le jardin ; ils regardaient aux jumelles l'approche de l'incroyable armada des libérateurs. La mer disparaissait presque sous le nombre effarant des bâtiments de guerre de toutes tailles. Une nuée d'avions de chasse, points noirs alignés dans le ciel clair, survolait l'escadre. Lorsque leurs vrombissements devinrent distincts, Magali appela de la maison :

« Vous êtes fous ! Rentrez vite à l'abri ! »

Et elle claqua brutalement les volets de sa fenêtre. Les deux hommes se précipitèrent vers l'entrée. Avant de refermer la porte à double tour, Frédéric tira le vantail de bois plein et en arrima solidement les deux crochets.

Comme son père, Anna était très soucieuse pour le devenir de Bois-Colombes. Que les bombardements puissent détruire la maison et la verrerie l'angoissait, certes, mais sa plus grande inquiétude, c'était ses chers arbres à papillons. Si elle ne disait rien, elle écoutait parler les adultes et n'ignorait pas qu'un grand nombre de soldats livraient bataille sur tout le front de mer. Le bruit des avions de chasse obligeait tout le monde à descendre s'installer dans la cave. Les militaires avaient-ils saccagé les jardins ? Ses buddleias n'étaient-ils pas déchiquetés, déracinés peut-être ? Dans ce dernier cas, ils allaient mourir ; pour la petite, c'était là une idée insupportable.

Avant de gagner la maison des Aubertin, elle avait entendu son père interdire à Narcisse de venir à Bois-Colombes avant la fin des combats, prévus et inévitables. Durant combien de temps ? Tout le monde l'ignorait.

« Oh, ça ne passera peut-être pas chez nous ! avait dit le jardinier en hochant la tête. On visera les grands ports, Toulon, Marseille, mais ici franchement…

– Personne ne peut le dire, mon pauvre ami. Dans tous les cas, il faut être prudent et rester chez vous, à l'abri.

– Rester chez moi… En plein mois d'août, les arbustes et les fleurs ont besoin d'eau. Qui va les arroser, alors ?

– Narcisse, soyez raisonnable. Ce ne sont que des plantes, si elles dépérissent, eh bien on les remplacera, voilà tout ! »

Le brave homme n'avait rien répliqué ; pourtant, Anna s'était bien rendue compte qu'il n'était pas d'accord du tout. Pour lui, elle le savait, tout ce qui pousse est vivant, et ce qui est vivant ne doit pas mourir par notre faute. Tout bon jardinier ressent cela, elle-même en était intimement persuadée.

Longtemps, elle réfléchit au moyen d'apporter de l'eau à ses arbres à papillons pour les sauver, eux, au moins. Il lui aurait fallu les clés de la maison, mais il n'était pas question de les emprunter à son père. Elle songea à demander conseil à Pierre-Yves pour y renoncer aussitôt. Certes, il aimait les plantes, presque autant que les animaux et les insectes, mais il était raisonnable, lui. Il parlerait de danger, l'empêcherait d'entreprendre quoi que ce soit de périlleux. Non, il valait mieux ne rien lui dire de ce projet.

Dans un premier temps, Anna se rendrait sur place, en cachette de tous. Sortir de la maison ne serait pas facile, pourtant, avec un peu de chance, elle y arriverait sûrement. Une fois là-bas, peut-être aurait-elle une idée pour trouver de l'eau ; rien n'était moins sûr mais elle devait essayer, coûte que coûte.

Ce jour-là, le plus grand calme avait régné aux environs. Si bien que, en début d'après-midi, tout le monde se tenait au rez-de-chaussée. Mais on avait laissé volets et fenêtres clos, par prudence. Chacun avait l'habitude de la pénombre ; aux heures chaudes de l'été, on se défendait ainsi de l'ardeur du soleil.

L'air dégagé, sans hâte, Anna se dirigea vers la salle de bains, au bout du couloir. Matthieu était à la cuisine avec sa tante et Magali ; Pierre-Yves et les deux hommes lisaient dans la salle à manger où Frédéric avait allumé une lampe de chevet, dans le coin le plus reculé de la pièce.

Avec mille précautions, la fillette ouvrit la petite fenêtre aux vitres dépolies, décrocha le volet, le repoussa à demi. Enjamber l'ouverture était facile, sauter dans le jardin aussi. Avant d'atterrir dans la bordure d'aromates qui courait le long du mur, elle avait rabattu le volet de son mieux.

Elle jeta un coup d'œil aux environs : personne. Alors elle se coula dans la rue, se faufila sans bruit dans les passages étroits entre les maisons, déserts et surchauffés. Toutes persiennes closes, le village semblait mort. Les boutiques gardaient baissé leur rideau de fer. Anna rencontra seulement un chat gris en maraude qui s'enfuit à son approche. Malgré ses sandales de toile à semelle de corde, elle n'osait pas courir : dans ce silence étouffant, le bruit de ses pas aurait pu alerter quelqu'un.

Au lieu d'emprunter le chemin habituel, elle fila à flanc de colline, parmi les arbres et les buissons. Parvenue à la route littorale, elle transpirait abondamment, à cause de la chaleur, de la peur aussi. Car elle avait peur, terriblement ; elle avait couru tout le long de la pente et son sang battait fort dans ses oreilles.

Elle s'arrêta un instant sous le couvert des arbres avant d'oser traverser la grand-route et de courir vers le bouquet de pins, un peu plus loin sur sa droite ; là se cachaient sa maison et la verrerie. La petite s'enhardit, courut à perdre haleine sans rencontrer âme qui vive. Aucun bruit de moteur, aucun mouvement du côté des plages. En arrivant dans le petit jardin, son cœur se serra brusquement : les rosiers-boules se flétrissaient, les feuillages des buddleias s'étaient racornis. Le manque d'eau, évidemment.

« Vous avez soif, mes pauvres ! » dit-elle tristement en caressant tour à tour les fines branches des deux arbustes. Les buddleias ne portaient plus de fleurs depuis plus d'un mois ; sous ce climat, leur floraison est précoce mais les grosses chaleurs de juillet leur sont toujours fatales. En mars prochain seulement, les grappes blanches et violettes s'épanouiraient à nouveau, et les papillons reviendraient s'enivrer de leur nectar délectable.

Anna réfléchissait au moyen d'atteindre un point d'eau – bien aléatoire puisque toutes les ouvertures de la maison étaient hermétiquement closes – lorsque des vrombissements et une pétarade la firent se figer tout à coup. Venus de la gauche, ces bruits effrayants se rapprochaient à une vitesse vertigineuse quand des coups de feu éclatèrent, de plus en plus proches.

Terrorisée, la petite se jeta sur le sol poussiéreux, s'allongeant entre les deux arbustes, se coulant de son mieux sous les branches basses, minces mais très feuillues. À plat ventre, elle avait enfoui son visage dans ses bras repliés mais le bruit strident lui écorchait les oreilles. La fusillade lui semblait durer depuis une éternité quand une brûlure soudaine, aiguë, extrêmement douloureuse, vint lui déchirer le flanc gauche. Machinalement, elle y porta la main, la ramena pleine de sang.

« Je vais mourir », pensa-t-elle. Aussitôt, elle crut voir le petit visage inquiet de Matthieu, son regard si bleu qui était tout à fait celui de leur mère. Alors la panique la submergea. Chancelante, elle réussit à se redresser, retomba aussitôt sur les genoux ; du sang, beaucoup de sang tachait l'herbe jaune, desséchée. Anna perdit conscience.

Un semblant de fraîcheur la réveilla. Le soleil était passé derrière les grands arbres du jardin mais le soir était loin encore. Brusquement, tout lui revint, elle s'affola, se pencha pour voir sa blessure, sous le bras gauche ; du bout des doigts, elle tâta l'endroit douloureux : la peau était déchirée, le sang s'était un peu coagulé mais la longue plaie suintait encore. Elle devait partir, remonter à Maureuil... C'était trop loin, beaucoup trop loin, elle était si fatiguée, jamais ses jambes ne la porteraient au sommet de la colline.

Tout à coup, Pierre-Yves fut devant elle. Elle crut rêver. Mais non, le garçon était bien là, il s'agenouillait, lui parlait, lui caressait la joue.

« Tu as mal ? Anna, parle-moi ! »

Elle lui fit seulement un pauvre petit sourire, referma les yeux. Cette immense fatigue qui l'épuisait... Il s'accroupit devant elle :

« Monte sur mon dos, je vais te porter. »

Au prix de mille efforts, elle parvint à lui obéir, à nouer ses bras autour de son cou ; il lui saisit les jambes, l'installa à califourchon, se releva lentement. La tête d'Anna, lourde, si lourde, reposait sur son épaule. Il s'éloigna de Bois-Colombes, marchant le plus régulièrement et le plus vite possible sur la route vide.

Après dix minutes environ, quelques Jeep les dépassèrent. Résigné, incapable de fuir avec son précieux fardeau, Pierre-Yves s'attendait au pire ; soudain il reconnut, sur les véhicules, l'étoile blanche de l'armée américaine. La dernière voiture stoppa à sa hauteur.

« Hello, garçon ! Nous pouvoir aider ?

– Elle est blessée, elle saigne, je dois la ramener.

– Loin encore ? »

Du bras, le garçon montra le haut de la colline où le village n'était pas encore visible. Le soldat sauta à terre, prit Anna dans ses bras, l'installa à l'arrière de la Jeep. Pierre-Yves monta auprès d'elle, posa la tête de la petite sur ses genoux. Un autre soldat, assis à l'avant, souriait en brandissant un fusil-mitrailleur. Très vite, Maureuil fut en vue. Frédéric et Gaspard avaient vainement cherché Anna dans chaque ruelle, chaque recoin du bourg.

Les soldats repartis, Frédéric courut chez le médecin. Morte d'anxiété, Jeanne-Marie veillait sur la petite, inerte, les yeux clos. Aidée de Magali, elle avait de son mieux pansé la blessure. Debout près d'elle, serrant étroitement dans ses bras le petit Matthieu qui pleurait, Gaspard croyait à un cauchemar ; il était livide.

« Anna, murmurait-il, ma petite fille ! Non, non, c'est impossible ! »

Le médecin ôta le bandage sommaire pour examiner la longue estafilade ; doucement, il pressa les côtes, tout autour. Anna gémit.

« Elle a eu beaucoup de chance. L'entaille est assez profonde mais la balle n'a pas pénétré. Sans doute, en cherchant bien, la retrouverait-on dans le sol ou, peut-être, dans le bas d'un tronc d'arbre. Mais pourquoi cette enfant n'était-elle pas à l'abri ? »

Jeanne-Marie et Gaspard restaient muets. Magali expliqua que la fillette avait échappé à leur vigilance pour retourner vers sa maison, près de la route empruntée par les convois militaires. On l'avait cherchée en vain dans tout Maureuil. Pierre-Yves, son fils âgé de treize ans et demi, avait retrouvé Anna dans le jardin, près de la verrerie ; il l'avait ramenée, blessée, avec l'aide de deux soldats américains.

Le médecin s'en alla, sur la promesse de revenir le lendemain pour refaire le pansement et s'assurer que la blessure ne s'infecterait pas ; il avait juré que les jours de la fillette n'étaient pas en danger.

* *
*

Après deux petites semaines de réclusion à Maureuil, on put enfin se réinstaller à Bois-Colombes. La ville d'Hyères avait été prise le 22 août, Toulon définitivement libéré le 28. Les seuls militaires patrouillant le long de la côte étaient désormais des Alliés ou des membres du FFI. Les gens du Midi respiraient mieux : la canonnade s'était tue, l'occupant avait fui la région.

Tout au long du mois de septembre Anna, convalescente, s'était transformée en ange de douceur ; elle devait faire oublier à son père l'inconscience qui avait bien failli lui coûter la vie. Jeanne-Marie, elle, lui avait accordé son pardon avant même que la petite ne l'ait sollicité. Après Sophie, perdre aussi Anna, la jeune femme ne s'en serait jamais remise. Quant à Matthieu, il s'accrochait à sa sœur plus encore qu'auparavant.

Flavie avait repris son service et tancé la fillette :

« Malheureuse ! Mais qu'est-ce qui t'a pris, Bonne Mère ? *Bou Diou*, quel démon t'a poussée à te jeter sous les fusils ? »

Trop confuse pour répliquer qu'elle ne s'était pas vraiment « jetée » sous la mitraille, Anna, les yeux baissés, eut une petite moue attendrissante. Alors Flavie déposa sur sa joue un gros baiser affectueux.

« Petite rouée, dit-elle en caressant les longues boucles de la petite, toi, tu ferais damner un saint ! Allez, ma pitchoune, n'y pensons plus. Viens plutôt m'aider à arroser les pauvres herbes aromatiques. Il y a tant à faire pour ravigoter les jardins que mon père n'y arrivera pas tout seul. Mais je te défends de rien soulever de lourd, pour ça, il te faudra attendre d'être complètement requinquée. »

Matthieu suivit, muni de son minuscule arrosoir. Plus que les petites plantes flétries, il arrosait surtout ses pieds ; pourtant, devant son évidente bonne volonté, sa sœur et Flavie ne le grondèrent pas.

Seuls témoignages de l'échauffourée dans laquelle une balle perdue avait blessé Anna, quelques impacts trouaient l'angle de l'un des murs de la verrerie. Quant au projectile qui lui avait strié le flanc, personne ne se soucia de le rechercher. Après une semaine d'intense arrosage, fleurs et arbustes reprirent assez de vigueur pour faire oublier le triste spectacle qu'ils offraient quelques jours plus tôt.

Si le gouvernement français avait quitté Alger le 30 août pour se réinstaller à Paris, libéré cinq jours plus tôt, les Allemands refusaient toujours d'abandonner les régions de l'Est ; regroupés dans les Ardennes, en Lorraine et en Alsace, ils défendaient âprement le passage vers leurs frontières. Pourtant, la Ire armée française et les Américains devaient, à tout prix, les chasser, entrer en Allemagne et marcher sur Berlin pour s'en emparer. Mais il fallut attendre le 6 février 1945 pour voir ces régions enfin libérées.

Dans de nombreux pays, la guerre faisait rage encore. La planète entière s'était embrasée. Sur terre, sur mer, dans les airs, presque partout l'on continuait à s'entretuer sans merci. En Extrême-Orient, on se battrait de longs mois encore. Le 15 août 1945 seulement, les armes se tairaient pour toujours ; ardemment, le monde l'espérait du moins. Resterait à compter les morts et à relever les ruines.

XXI

Carnaval en Provence

On attendit tout un hiver, puis un printemps encore, avant que cette guerre interminable ne s'achève en Europe. La France entièrement libérée, les drapeaux à croix gammée arrachés des façades des bâtiments publics et remplacés par les trois couleurs qui claquaient joyeusement, l'Allemagne nazie capitula enfin. Le 8 mai 1945, on signa l'armistice. Dans la liesse générale, les cloches sonnèrent allègrement durant des heures ; en bord de mer, les sirènes des navires, qui avaient mugi lugubrement le jour de la déclaration de guerre, firent résonner au long des côtes un écho triomphant.

Ceux qui avaient un être cher dans les camps de prisonniers – c'était le cas de toutes les familles ou presque – attendaient en vain leur retour depuis la libération définitive du pays. Ils tremblaient d'autant plus que, les derniers mois, les nouvelles n'arrivaient presque plus. Par la radio, on apprit enfin, avec soulagement, que les troupes allemandes pourchassées par les libérateurs capitulaient enfin, sur tous les fronts.

« Livrée au chaos, disait le speaker, prise en tenailles entre Français et Américains à l'ouest et l'armée russe à l'est, l'Allemagne est devenue un champ de ruines. Et même si leurs généraux intiment l'ordre de tenir face aux Alliés, les troupes hitlériennes s'apprêtent à chercher leur salut dans la fuite. »

À Bois-Colombes, Jeanne-Marie attendait Vivien qui n'avait pas donné signe de vie depuis plus de huit semaines. Par la Croix-Rouge, on apprit enfin que les prisonniers commençaient à rentrer. Souvent abandonnés en pleine nature par leurs geôliers en fuite, libérés par les troupes américaines ou soviétiques, après six ans, par trains entiers, ils revenaient au pays. Le monde découvrit alors, grâce aux libérateurs, l'horreur des camps de déportation et les pitoyables survivants du pire des enfers jamais imaginés par l'homme.

Le 21 mai Vivien, sale et amaigri, serrait enfin sa femme dans ses bras. De ce jour, Gaspard n'eut de cesse de retrouver Sophie. Un premier voyage à Paris avec le fidèle Frédéric servit seulement à accentuer son angoisse. Dans chaque arrondissement, les employés de mairie étaient débordés sous les demandes d'une foule anxieuse et impatiente ; photographies en main, hommes et femmes, suppliants, quêtaient des nouvelles de ceux que la Milice ou la Gestapo leur avaient arrachés. Partout, ils étaient refoulés : il était beaucoup trop tôt, il fallait attendre que ces malheureux détenus rejoignent, si possible, le lieu de leur arrestation.

Un peu plus tard, les identifier se révélait souvent très difficile. Avant de fuir les camps où ils exterminaient à la hâte le plus grand nombre possible de leurs victimes, les gardiens en général détruisaient toutes les preuves de leur passage. À bout de forces, beaucoup de ces malheureux ne supportaient pas le voyage de retour ; pour quelques jours, quelques semaines, ils étaient soignés dans les villes jalonnant le parcours des trains, ou même parfois dans des hôpitaux de campagne installés par les services de la Croix-Rouge.

À Toulon, Gaspard apprit, à grand-peine, que les personnes arrêtées à la même époque que son épouse avaient été dirigées vers le camp de Drancy. Arrivé sur place au plus vite, il n'obtint là aucun renseignement ; le camp était désaffecté et, malgré toutes ses questions, il ne rencontra pas de témoin.

En l'espace de deux mois, il fit en vain quatre allers et retours dans la capitale. La foule des familles s'était raréfiée. À la préfecture et dans chaque mairie, des photos de disparus tapissaient tout un mur ; chacune portait un nom, un prénom et l'adresse de ceux qui espéraient toujours, refusant d'admettre qu'ils ne reverraient jamais les leurs.

Lors de son dernier voyage Gaspard, lui aussi, laissa un peu partout des photos sur lesquelles sa jeune femme souriait à la vie. Tout à fait par hasard, dans une mairie parisienne, un vieil homme lui avait confié ce qu'il savait de Drancy. Un ami à lui y avait été détenu en 1942 et, malgré tous ses efforts, il n'avait jamais réussi à le contacter. La mort dans l'âme, il avait vu de loin des centaines de malheureux poussés sans ménagement vers des wagons à bestiaux. Lors de sa dernière visite, le camp étaient entièrement vide. Tous les gens détenus là avaient été déportés.

« Peut-être certains sont-ils encore en Allemagne ? avait demandé Gaspard, un espoir tenace au fond des yeux.

– Peut-être... mais, au bout de deux mois et demi, c'est peu vraisemblable. Je viens ici chaque jour et l'on m'affirme qu'aucun train n'arrive plus depuis les camps. »

Gaspard rentra à Bois-Colombes le cœur broyé ; au fond de lui, tout espoir s'était éteint. Et il avait maintenant une certitude irréfutable : Sophie ne reviendrait pas.

De son côté, malgré d'âpres recherches, Élise n'avait obtenu aucune information à propos d'Ivan Gorski et des propriétaires du restaurant qui l'employaient.

Peu à peu, les ouvriers verriers réintégrèrent Bois-Colombes. Deux d'entre eux, hélas, avaient perdu la vie durant leur captivité en Allemagne. Après quelques semaines de repos, Pascal et Florent Aubertin reprirent eux aussi leur travail devant les fours. Pour tous, il fallut une longue période de réadaptation. Si les jeunes gens avaient pris le maquis trois ans plus tôt, leurs collègues étaient restés absents durant six longues années.

Les restrictions, dans tous les domaines, perduraient encore. Puis, au fil des mois, Gaspard put acheter les matières premières indispensables à son activité. Les commandes arrivaient à nouveau. Beaucoup d'hôtels de la côte méridionale avaient souffert lors de l'occupation allemande et du débarquement allié. Leurs propriétaires entreprenaient des travaux de rénovation ; pour les décors, ils faisaient appel, entre autres, aux verriers d'art.

Résignés sans doute, Anna et Matthieu ne réclamaient plus leur mère. On s'était bien gardé de leur révéler la véritable raison des voyages de Gaspard à Paris. Jeanne-Marie, comme le faisait leur père, prétendait qu'il s'y rendait pour son travail ; les deux petits semblaient se contenter de cette explication.

* *
*

À son retour, Vivien ne connaissait pas son neveu, né deux mois après la mobilisation. On avait souvent montré des photos à Matthieu, certaines prises avant la guerre mais où Sophie n'apparaissait pas, d'autres où son oncle était vêtu en soldat ou en prisonnier.

« C'est notre tonton Vivien, lui expliquait Anna. Il est vraiment très gentil, tu verras. Pour le moment, il est à la guerre.

– Qu'est-ce que c'est, la guerre ? Comme les soldats qui nous empêchent d'aller sur la plage ?

– Un peu oui, enfin je crois. Mais Vivien, il ne se bat pas. Jeannie dit qu'il est prisonnier.

– Dans une prison toute noire ?

– Non, c'est plus compliqué. Il travaille dans les champs, mais il n'a pas le droit de rentrer chez lui, enfin chez nous. Bientôt peut-être… »

À présent, Matthieu avait cinq ans et demi. D'abord un peu méfiant devant cet inconnu, il comprit très vite qu'il pouvait lui faire confiance. Sa sœur semblait l'aimer beaucoup. Pourtant très petite encore lors de son départ, elle le retrouvait avec plaisir. Vivien n'avait rien perdu de sa patience, de sa douceur, et elle se promenait avec lui dans les jardins, le petit toujours à leurs côtés. Naturellement, elle lui présenta ses buddleias, encore en pleine floraison ; mais elle passa sous silence la fusillade et sa blessure de l'année passée dont elle n'était pas très fière.

Vivien savait que Sophie n'était plus à Bois-Colombes mais il en ignorait les raisons. Prudente, Jeanne-Marie avait simplement écrit dans l'une de ses lettres : « Notre Sophie, hélas, nous a quittés, sans doute définitivement. Pourtant, nous espérons tous la revoir bientôt. »

Sa femme, maintenant, lui avait tout dit de ce départ et il était consterné. Ce drame lui faisait mesurer sa chance à lui ; même s'il avait souffert, si la séparation avait été extrêmement cruelle, les épreuves endurées n'étaient pas comparables à celles des malheureux déportés. Et, surtout, il était rentré chez lui sain et sauf.

Lorsque Matthieu levait vers lui ses yeux si bleus, brillants, pleins de confiance, Vivien avait toujours un coup au cœur : c'était là le regard de Sophie qu'il aimait comme une jeune sœur, si charmante, si pleine de vie. Gaspard avait tellement changé, mûri, la mine toujours sombre et préoccupée, que le mari de sa tante avait presque hésité à le reconnaître.

Dès qu'ils se retrouvaient seuls, il ne se lassait pas d'étreindre Jeannie, de la respirer, de l'embrasser avec une grande tendresse ; il avait tellement craint ne jamais la revoir. Ils se taisaient tous les deux de longs moments, leurs retrouvailles n'avaient nullement besoin de mots. Pourtant, elle lui avait dit, un peu tristement :

« Mon pauvre ami, tu retrouves une vieille femme… J'ai trente-sept ans, déjà. Regarde mes rides ! »

Elle ne plaisantait qu'à demi. Alors, en souriant, il avait passé tout doucement un doigt sur ses tempes ; là, au coin des yeux, deux petits plis très fins avivaient encore son regard.

« Ce n'est rien, voyons, vraiment rien, tu n'es pas vieille et, pour moi, tu ne le seras jamais ! Est-ce que tu m'as bien regardé ? Je suis resté six ans loin de toi et j'en ai pris au moins quinze !

– C'est faux, et tu le sais très bien. Quand tu auras repris quelques kilos – mais, pour cela, je fais confiance à Flavie –, tu paraîtras exactement ton âge, et peut-être moins. Et puis, quelle importance ? Tu es là et je t'aime.

– Nous vieillirons forcément tous les deux, c'est la loi de la vie, non ? Mais qu'importe ! Ce que nous avons dans le cœur ne vieillira jamais, et c'est là l'essentiel. »

Ils s'endormaient étroitement enlacés. La chaleur, ensuite, les faisait s'éloigner l'un de l'autre dans leur lit un peu moite ; mais, très vite, il tendait le bras pour la chercher, ou bien elle nichait sa tête au creux de l'épaule accueillante qu'elle avait désirée en vain, durant tant et tant de nuits solitaires. Le hasard n'avait pas voulu qu'ils aient un enfant avant le départ de Vivien. À présent, se disait-elle, il était sans doute trop tard.

Après quelques jours, elle lui posa la question qui la tourmentait :

« Maintenant que notre appartement de Maureuil est libre à nouveau, tu aimerais sans doute que nous y retournions. Tu dois avoir hâte que nous nous retrouvions seuls, chez nous, mais…

– Mais ?

– Eh bien, tu t'en es rendu compte, les deux petits sont comme mes enfants… je veux dire : je remplace leur mère, pas vraiment d'ailleurs, mais je ne peux faire mieux. Que deviendront-ils si je m'éloigne ? Gaspard les aime évidemment, mais il souffre trop encore pour s'occuper d'eux de façon sereine. Et puis, une femme… Enfin, tu comprends, n'est-ce pas ? »

Vivien la prit tout contre lui, l'entoura de ses bras, se fit caressant pour la rassurer.

« Je n'ai pas l'intention de t'enlever à eux, je mesure à quel point ces pauvres enfants ont besoin de toi, Gaspard aussi d'ailleurs. Nous sommes bien ici tous, en famille. Ne changeons rien.

– Merci, pour eux et pour moi, dit doucement Jeannie avec un beau sourire tendre, lumineux. Pendant toutes ces années, tu étais loin, moi j'étais perdue, et ces petits ont été ma raison de vivre. Eux et tes lettres, c'était là mon viatique. »

* *
*

On voulait oublier au plus vite les années dites « noires ». Il fallut pourtant subir les aléas de l'après-guerre, plus sensibles sans doute dans les grandes villes où l'« épuration » faisait trembler ceux, miliciens ou collaborateurs, qui n'avaient pas la conscience tranquille. Malgré tout, chaque région, chaque village tentaient de retrouver l'insouciance des années précédant le second conflit mondial.

Les bals se multipliaient. Les fêtes, foraines ou votives, connaissaient un regain d'enthousiasme. Dans les villes importantes, la jeunesse fréquentait assidûment brasseries et cabarets ; toute la population ou presque avait à cœur de paraître aux soirées organisées au profit d'une noble cause, parfois en l'honneur d'un héros natif de l'endroit.

Au début du printemps 1946, bourgs et villages renouèrent avec la tradition du Carnaval. Aux environs du Mardi-Gras, la plus commune de ces réjouissances consistait en un défilé de personnages déguisés et masqués, au son d'une musique tonitruante. Clou de la fête, le Roi du Carnaval, énorme pantin de carton, trônait sur un char fleuri, acclamé par la foule excitée et bruyante.

Beaucoup de localités sacrifiaient à nouveau un « bœuf gras », le jour du Jeudi saint ; avant d'être abattue, la malheureuse bête était promenée dans les rues, décorée de cocardes et de fleurs. Débitée en quartiers, la viande serait vendue par le boucher qui avait obtenu le « prix d'honneur » de l'année. La municipalité de Maureuil et les commerçants de la ville avaient décidé de reprendre une tradition typique du Midi et de faire revivre le *Caramantran*.

En Provence, depuis bien longtemps, la coutume voulait que l'on fête le Caramantran, généralement au cours du mois de février. Au Moyen Âge, déjà, et même avant peut-être, dans beaucoup de pays et de provinces un mannequin de bois ou de feuilles était sacrifié chaque année, à la fin de l'hiver, au milieu des chants, danses, défilés et sarabandes. Selon l'endroit, le rite était différent. Quelquefois, on noyait l'immense pantin dans la rivière ou le point d'eau le plus proche mais, le plus souvent, on brûlait cette effigie du Mal en place publique.

Accusé du long cortège des misères hivernales, rendu responsable de tous les maux et calamités subis l'année durant, famines, guerres, épidémies, l'infortuné portait ainsi sur lui tous les péchés du monde. Il devait donc souffrir la punition suprême : la mise à mort.

Tradition méridionale bien ancrée, le Caramantran qui, au fil des ans, se déroulait tantôt dans un village tantôt dans l'autre, venait sans doute de l'Italie toute proche ; parmi les personnages représentés ce jour-là, diverses répliques d'Arlequin et d'autres acteurs de la Comédie italienne se devaient de participer à la fête.

Comme de nombreux enfants de tous âges, le petit frère d'Anna avait revêtu le costume bariolé d'Arlequin, fait de dizaines de petits morceaux de tissu de toutes les couleurs, cousus côte à côte. Flavie s'était fait un plaisir de réaliser ce déguisement. Et, tout en tirant l'aiguille, elle avait raconté aux enfants l'histoire touchante de ce fameux costume.

« Dans une ville d'Italie, le pays juste à côté du nôtre, le Carnaval approchait. Les enfants se confiaient entre eux quel beau déguisement ils porteraient ce jour-là. Seul, un petit garçon, triste et mal habillé, ne disait rien. Alors, on lui demanda :

“Et toi, comment sera ton costume ?

– Moi, je n'en aurai pas, mes parents sont trop pauvres pour m'en offrir un. Je n'irai pas au Carnaval.”

Les enfants le plaignaient beaucoup, pour rien au monde ils n'auraient voulu être à sa place. À la fin, ils se mirent d'accord : chacun allait demander à sa mère un petit morceau de tissu ; quand il y en aurait assez, on les donnerait à la maman de ce petit garçon et elle lui ferait un costume. Ils étaient tous très gentils, mais ils n'avaient pas pensé à une chose : les bouts de tissu étaient de couleurs différentes, unis, rayés, à carreaux, à petits pois… Qu'importe ? La maman remercia et se mit à les coudre les uns aux autres. Le costume terminé était magnifique, multicolore et gai, et tellement original ! Tout heureux, le petit garçon participa au défilé avec ses amis et ils s'amusèrent beaucoup. Souvenez-vous bien, mes pitchouns, le costume d'Arlequin, c'est celui de l'amitié. »

Coiffé d'un étrange chapeau de toutes les couleurs doublé de velours noir, orné de longs boudins rouges, verts, bleus, jaunes à grelots, semblables à ceux du costume de « fou », Matthieu portait un loup noir qui le rendait méconnaissable. Tout fier, il partit se mêler aux autres enfants déguisés comme lui.

Les farandoles commençaient à se déployer au long des rues de Maureuil, jusqu'au petit port, au son des flageolets et des fifres. Dans la foule, les habitants de Bois-Colombes et la famille Aubertin au grand complet applaudissaient ce défilé coloré et joyeux. Les tambourinaires frappaient en cadence leur long tambourin sonore, tout en soufflant dans un galoubet. Aux côtés des « Petassouns » (les Arlequins) s'agitaient les « Fielouas », hommes habillés et grimés en femmes, et les « Bouffets ». Ceux-là soufflaient de la farine sur la foule qui tâchait d'esquiver en riant. Caracolant au milieu de la mascarade, des chevaux d'osier drapés d'étoffes rouges tentaient d'effrayer le public qui reculait en se bousculant. Anna encourageait son petit frère, tellement heureux dans son magnifique costume :

« Bravo Matthieu, bravo ! »

Durant tout ce temps, le Caramantran était resté caché. Réussirait-il à échapper au bûcher ? À la nuit tombée, enfin démasqué, le malheureux porté par des bénévoles traversa le village, hué de toutes parts. Parvenu en bord de mer où l'on avait dressé le gibet et, dessous, le bûcher sacrificiel, le cortège s'arrêta. L'heure du procès était venu. Alors, les enfants accusèrent Caramantran de tous les maux possibles et imaginables. Un seul cri monta de la foule : « À mort ! À mort ! Au bûcher ! » Pendu au gibet, le mannequin, vêtu d'oripeaux tel un grand épouvantail, s'embrasa bientôt au-dessus des flammes rougeoyantes qui éclairaient la nuit et les participants. En immolant par le feu purificateur cette allégorie du Mal, on obtiendrait la rédemption de tous les actes criminels dus à la cruauté des humains. Subjuguée, Anna retenait son souffle en ouvrant de grands yeux.

Impressionné par le spectacle, Matthieu pleurait derrière son masque de velours. Alors il chercha la main de Jeanne-Marie, s'y accrocha. Gaspard excepté, tous les siens étaient là, autour de lui, joyeux et rassurants. Pierre-Yves et quelques-uns de ses amis avaient revêtu le costume des Bouffets, ils étaient couverts de farine et se bousculaient en riant.

Caramantran réduit en cendres, on rentra dîner à Bois-Colombes. Avec l'approbation de Gaspard, la famille Aubertin, Flavie et Narcisse partageraient le repas de fête prévu depuis longtemps. En ville, les divertissements continuaient. On tirait des fusées de feux d'artifice depuis les barques de pêche et leurs étoiles brillantes s'abîmaient dans la mer, dessinant de fugitives traînées lumineuses sur l'eau noire. Des feux de Bengale propageaient d'épaisses fumées rouges et vertes le long du quai, la musique et les farandoles repartaient de plus belle.

L'hiver était mort, la vie renaissait, le soleil et la lumière triompheraient à nouveau des nuits glaciales. Cette année, bien plus encore qu'autrefois, le symbole du Caramantran mis hors de nuire était particulièrement fort. On ne fêtait pas seulement la fin de la mauvaise saison mais aussi l'effacement définitif de six années de morts et de deuils effroyables. Émus, les adultes savouraient la liberté retrouvée, si chèrement acquise. Gaspard, lui, ne pouvait pas partager la joie générale. Le cœur en lambeaux, il n'en finissait pas de souffrir du manque de Sophie. Mais il ne voulut pas gâcher la fête et rejoignit ses hôtes pour dîner avec eux.

* *
*

Au cours de ce repas, il fut longuement question d'Aurélie. La fille de Magali et Frédéric, toujours serveuse à Saint-Tropez, venait de se fiancer. Elle avait tout juste vingt ans et sa nouvelle vie lui convenait très bien.

Quelques mois auparavant, elle avait fait la connaissance de Vincent Savolleni, fils d'un autre restaurateur de la ville ami de son oncle Étienne. Comme les frères d'Aurélie, le jeune homme était rentré du maquis au début de l'été 1945. Il était venu récemment à Maureuil faire connaissance de la famille de sa fiancée. Aurélie s'était fait un plaisir de venir le présenter à Bois-Colombes. Ainsi que le disait Flavie : « les deux futurs s'accordaient bien. »

Le mariage était prévu pour le mois de septembre. Étienne proposait son établissement pour le repas de noces, mais Magali tenait à ce que la cérémonie se déroule auparavant à Maureuil, lieu de naissance de la future mariée. On compterait Anna parmi les demoiselles d'honneur, et la petite s'en réjouissait par avance ; elle aurait alors dix ans et demi, et Jeanne-Marie lui avait promis qu'elle porterait une robe longue « comme une vraie princesse ».

Florent et Pascal étaient heureux du choix de leur sœur ; Vincent avait été leur compagnon d'armes jusqu'à la libération, les trois jeunes gens s'appréciaient beaucoup.

Frédéric se sentait soudain très vieux. Ses trois aînés étaient maintenant des adultes. Par chance, pour le moment, les jumeaux logeaient toujours chez leurs parents. Jusqu'au jour, peut-être tout proche, où eux aussi fonderaient une famille. En attendant, Magali ne cachait pas sa joie d'avoir enfin retrouvé ses deux grands garçons sains et saufs.

XXII

La vie reprend ses droits

LES SEPT ANS de Matthieu approchaient et, en cet été 1946, il n'avait toujours pas appris à nager.

L'année précédente, la municipalité de Maureuil, comme l'ensemble du littoral, avait procédé à un nettoyage des plages, encore interdites au public. À maints endroits, aucun débarquement n'avait eu lieu mais on privilégiait la prudence. Personne ne pouvait affirmer que des mines ou des projectiles dangereux ne demeuraient pas enfouis dans le sable, ici ou là.

Pierre-Yves s'était attribué le rôle de professeur de natation. Anna, la première, avait longuement insisté pour reprendre les bains de mer que, toute petite déjà, elle appréciait par-dessus tout. À quinze ans, le garçon venait de terminer sa classe de seconde au lycée d'Hyères où sa sœur avait étudié avant lui. Plus que jamais, il trouvait son bonheur à transmettre ses passions aux enfants de Gaspard.

Quand il ne fréquentait pas la plage en leur compagnie, il les guidait dans la découverte de la garrigue proche. Sa mère, alors, lui faisait mille recommandations :

« Fais bien attention aux serpents, que si ces deux petits étaient mordus, je ne te le pardonnerais pas ! Surtout, ne les emmène pas vers le vallon de Gratteloup, j'ai toujours entendu dire que c'est un endroit infesté de vipères. Et n'allez pas trop profond dans le maquis, je suis certaine que d'autres bêtes dangereuses s'y cachent. »

Docile et très conscient du danger – en réalité, seuls les sangliers étaient à craindre s'ils se trouvaient surpris, mais ils restaient cachés beaucoup plus haut dans les collines –, Pierre-Yves tenait compte des avertissements maternels ; il limitait toujours les promenades à quelques centaines de mètres de Maureuil. Son intérêt pour les insectes en tous genres allait croissant. Parmi les cistes cotonneux et les genêts d'Espagne, les bruyères arborescentes et la myrte au parfum entêtant, les trois amis faisaient toujours quelque découverte exaltante : une couleuvre d'Esculape à reflets gris métalliques, des mantes religieuses, des criquets à ailes rouges, des papillons bien sûr, un lérot parfois et quantité d'oiseaux.

« Oh ! Du coton ! Ou peut-être des tortillons de toiles d'araignées... »

Matthieu montrait du doigt, sur les pins d'Alep, les nids de chenilles processionnaires, énormes cocons blanchâtres fixés à la fourche de quelques branchettes. Pierre-Yves expliquait, montrait une grosse chenille rayée de noir et de roux.

« N'y touchez pas surtout, elle pique, pire que des orties ! »

Les longs poils urticants frémissaient sur le corps velu qui avançait en ondulant, en quête de feuilles à dévorer, avec une évidente prédilection pour les fines aiguilles des pins où ses congénères aiment s'installer. Plus rarement, les enfants pouvaient observer son papillon triangulaire, d'un blanc jaunâtre jaspé de brun, avec une grosse tête ronde et bourrue.

Un jour, la chance mit le trio en présence d'une tortue d'Hermann, à demi dissimulée sous des feuilles sèches. Aussitôt sur le qui-vive, elle cacha précipitamment tête et pattes sous sa carapace marbrée de marron et de plusieurs tons de gris ; on aurait dit un gros caillou rond. Pierre-Yves mit un doigt sur sa bouche pour intimer le silence à ses protégés ; comme lui, ils se figèrent et restèrent muets. Rassurée, enhardie par le calme revenu, la tortue sortit lentement sa petite tête oblongue et ridée ; puis elle déplia ses pattes et reprit sa marche hésitante parmi feuilles et brindilles.

« Que mange-t-elle ? demanda Anna lorsqu'ils se furent un peu éloignés.

– De l'herbe et des petites plantes qu'elle choisit avec beaucoup de soin. En langue provençale, on l'appelle "*tartura de terro*", tortue de terre.

– Toi, fit Matthieu admiratif, en fixant longuement Pierre-Yves, tu sais vraiment tout !

– Oh non ! dit le garçon en souriant, pas tout ! Mais je vais étudier le plus longtemps possible pour connaître un maximum de choses. Hélas, tout savoir c'est impossible, personne ne peut, même les plus grands savants. »

Matthieu fit la moue. Même s'il était très fier de savoir enfin lire et écrire, quand sa sœur feuilletait les livres prêtés par leur grand ami, il se rendait bien compte que le vaste monde regorgeait de secrets multiples ; et il craignait fort que la plupart ne lui restent à jamais inaccessibles.

Sortant du maquis, on arrivait en lisière de forêt, parmi les pins parasols et les chênes-lièges. Beaucoup, à demi écorcés, montraient leur tronc rougeâtre, à vif.

« Pauvres arbres ! dit Anna. Ils sont tout abîmés.

– Les rusquiers sont passés par là, affirma Pierre-Yves.

– Qui sont ces gens qui blessent ainsi les arbres ?

– Ceux qui lèvent l'écorce, tu vois bien. On en fait des bouchons que l'on vend aux pêcheurs, pour les filets, et surtout aux producteurs de vin. Chez nous, ils sont très nombreux, des bouchons il leur en faut de grandes quantités. Venez, cherchons bien par terre, sur le tapis de feuilles sèches il reste souvent de belles plaques de liège et on peut en faire des coupes à fruits. »

En effet, ils récoltèrent plusieurs rectangles un peu irréguliers et décidèrent de les emporter.

« On les offrira à Magali et à Flavie, dit Anna, elles vont être très contentes. »

Un peu plus tôt, attirée par leur belle couleur rose foncé, la fillette avait voulu cueillir des orchis, appelés aussi sérapias.

« Voyez, on dirait que ces fleurs nous tirent la langue, avec leurs pétales qui pendent un peu ! »

Ils avaient ri tous les trois mais Pierre-Yves avait recommandé :

« Prends-en seulement quelques-unes et n'arrache surtout pas la racine. Mon professeur de botanique dit que les orchis font partie des fleurs rares et qu'elles risquent de disparaître tout à fait si on en cueille trop. »

Obéissante, Anna s'était contentée de trois fleurs qu'elle tenait précieusement au bout des doigts.

« Oh ! Un guêpier ! »

Un éclair bleu vif et jaune orangé fila au-dessus de leur tête pour aller se nicher dans le feuillage d'un arbousier dont les petites baies rondes commençaient à rougir. Pierre-Yves expliqua que cet oiseau a une prédilection pour les guêpes bien qu'il se nourrisse aussi d'autres insectes.

« Comme il est beau ! Dommage qu'il se soit caché aussi vite », déplora la fillette.

On arriva soudain au bord de la petite route qui s'enfonce dans la forêt du Dom, vers les vignobles de l'arrière-pays et les grands châtaigniers de la région de Collobrières.

« Si on suivait cette route vers la droite, en redescendant assez loin d'ici on arriverait chez Aurélie, à Saint-Tropez. Par contre, en partant vers la gauche, on se retrouverait bientôt au col du Babaou. Ce nom me fait rire, pas vous ? »

Anna en était encore à savourer ce mot nouveau, insolite, pour se l'approprier, le faire sien. Babaou, c'était drôle, en effet. Seul, Matthieu fronçait les sourcils.

« Moi, je crois bien que j'aime pas trop ce nom. Un babaou c'est quoi d'abord ? Un ogre, ou une espèce de monstre sans doute.

– Je ne sais pas du tout, j'ai demandé à quelques vieux papés de Maureuil, personne n'a pu me l'expliquer. Ce nom doit être très ancien, alors on a oublié son sens. Mais je ne crois pas que le mot désigne un monstre, ou alors c'était un monstre gentil. Bon, à présent il faut rentrer, j'ai promis de ne pas vous ramener trop tard.

– Un de ces jours, on ira nager, dis ? C'est que, bientôt, on va tous partir en Auvergne, pour trois semaines, tu te rends compte ! dit Anna.

– Mais il nous restera encore tout le mois de septembre avant la rentrée des classes, et beaucoup de jours de soleil. Allons, en route mauvaise troupe ! »

Les deux enfants suivirent docilement le garçon. Pierre-Yves n'avait pas son pareil pour éviter les épines traîtresses et les broussailles trop denses. Une sorte d'instinct faisait de lui un guide aussi infaillible que le forestier le plus aguerri.

* *
*

Lorsque le garçon n'accompagnait pas Anna et Matthieu à la plage ou dans le maquis – soit pour aider sa mère au jardin, soit pour rejoindre quelques camarades mais, le plus souvent, pour compléter ses connaissances sur le monde des insectes –, les deux enfants aimaient flâner dans la verrerie. Là, leur intérêt devait rapidement devenir, pour l'une comme pour l'autre, un attachement sans faille.

Ainsi que le faisait Gaspard à son âge, le petit garçon se montrait curieux de tout ce qui touchait au travail des verriers. Et son père, tout en se défendant de trop l'influencer, l'encourageait dans cette voie. L'idée que Matthieu continuerait plus tard l'œuvre de ses ancêtres maîtres verriers était pour lui un immense réconfort ; à la pensée que les fours resteraient allumés durant une génération encore, Gaspard retrouvait enfin, sinon sa joie de vivre, du moins une certaine forme de bonheur. Et il y puisait la motivation nécessaire pour redonner à son entreprise le lustre perdu durant les longues années de guerre.

Tandis que Matthieu, tellement sage qu'il réussissait à se faire oublier, observait attentivement les souffleurs, Anna restait de longs moments près de Jeanne-Marie. Alors, toujours, celle-ci songeait avec un serrement de cœur à l'arrivée de Sophie à Bois-Colombes, à son admiration pour les décors qu'elle-même créait et dessinait.

Un peu plus tard, le plus grand bonheur de la jeune femme était de les voir réalisés par les verriers ; et, devant l'œuvre achevée, elle laissait éclater un enthousiasme naïf de fillette émerveillée. Mais Sophie n'était plus qu'un souvenir douloureux...

Jeanne-Marie comprit très vite que, peu à peu, Anna montrerait le même engouement ; elle ne pouvait que s'en réjouir. Très vite, elle confia à son mari :

« Bon sang ne saurait mentir, dit-on. Eh bien, nous en avons doublement la preuve : Matthieu subjugué par le soufflage dans les ateliers, sa sœur, pourtant si vive et impatiente, assise des heures à m'observer ou à feuilleter nos catalogues. »

Vivien, lui aussi, en était heureux, d'autant qu'il voyait enfin Gaspard retrouver quelque peu, durant ses longues heures de travail, l'entrain et la ferveur qui l'animaient du temps de Sophie.

Seule, l'intense chaleur parvenait à chasser le frère d'Anna loin de la fournaise des ateliers. Mais, après quelques jeux sous les pins ou l'ombre fraîche des grands arbres du jardin, il retournait se rendre compte de l'avancée du travail.

« Je pourrai commencer bientôt à souffler, moi aussi ? demandait-il souvent à son père.

– Souffler, pas encore, c'est beaucoup trop tôt. »

Et, pour ne pas décourager son fils, Gaspard s'empressait d'ajouter :

« À ton âge, je faisais comme toi, seulement. Continue à bien observer les gestes des ouvriers. Je te promets que, sans même t'en rendre compte, tu apprendras quantité de choses qui te seront très utiles, plus tard. »

Abandonnant un temps l'activité des souffleurs, Matthieu observait de loin les ouvriers qui fabriquaient la pâte de verre. Lors de la fusion se formaient d'innombrables bulles gazeuses qu'il fallait éliminer, dans la plupart des cas. Alors, on procédait à l'affinage. Gaspard expliquait à son fils que l'on devait ajouter à la pâte très fluide un produit appelé sulfate de sodium. Son rôle consistait à faire grossir les bulles afin qu'elles remontent en surface pour, ensuite, s'éliminer d'elles-mêmes. Mais se mêlaient aussi à la masse visqueuse des impuretés, les déchets du verre. Là encore, ceux-ci montaient à la surface ; alors on les raclait soigneusement à l'aide d'outils de fer, sortes de palettes plates fixées à un long manche isolant. Après seulement, la pâte de verre pouvait être travaillée.

Naturellement, le petit garçon ne retenait pas toutes ces explications, les degrés de températures exigés, les noms inconnus, tellement difficiles, des produits utilisés, en particulier ceux des colorants ; mais, au fil du temps, ils lui deviendraient de plus en plus familiers.

Par chance, on venait d'engager deux apprentis, des garçons de quinze ans qui avaient à peine eu l'occasion de voir travailler les ouvriers verriers. Lorsque leur maître d'apprentissage commentait pour eux les diverses étapes de la fabrication du verre, les gestes précis et répétitifs des souffleurs, Matthieu était tout ouïe. Tout fier, il s'empressait ensuite d'informer Flavie de ses nouvelles connaissances.

« Tu es bien savant, mon pitchoun, mais tout de même je trouve ton père un peu imprudent de te laisser approcher ainsi de ses fours... Bon, je sais, ça ne me regarde pas, mais un accident arrive des fois plus vite que le temps de le dire, pas vrai ? »

Flavie avait complètement renoncé au mariage. Certes, elle n'avait jamais rencontré aucun homme qui lui paraisse un possible parti ; mais, si elle était déjà plus qu'hésitante après la naissance d'Anna, le grand malheur qui avait touché la famille de Gaspard l'avait définitivement convaincue de ne pas quitter Bois-Colombes. Ici, on avait trop besoin d'elle, les deux petits lui étaient tellement attachés… Et la pauvre madame Jeanne-Marie ne pouvait pas tout assumer seule, son mari prisonnier, son neveu aussi perdu qu'un enfant de deux ans après la disparition de sa femme.

Depuis longtemps, la mère de Flavie avait renoncé à la convaincre de penser enfin à elle, à son avenir. Aussi, de guerre lasse, avait-elle cessé ce genre de discours :

« Ces petits, ils grandiront, ils feront leur vie Dieu seul sait où ! Et toi, vieille et sans famille, quand ton père et moi nous aurons disparu tu te retrouveras toute seule ! L'arrestation de madame Sophie, c'est un terrible malheur, je dis pas, mais ces enfants sans mère, la tante de monsieur Gaspard ne demande pas mieux que de les élever. Enfin, tu as l'âge d'agir comme bon te semble, j'en conviens… »

Flavie avait donc toujours fait la sourde oreille. À présent, elle approchait de la quarantaine et ne souhaitait pas d'autre vie que celle-là. La retraite venue, elle habiterait la petite maison de ses parents, à Port-Maureuil. Et, avec un peu de chance, ses deux pitchouns ne quitteraient pas la région. S'ils ne faisaient pas preuve de trop d'ingratitude, elle aurait leur visite, de temps à autre. En réalité, ce temps lui semblait bien lointain et elle ne s'en préoccupait pas. Dans ses journées trop remplies, elle ne trouvait pas le moindre moment pour y penser ; d'ailleurs, ainsi qu'elle l'affirmait elle-même, elle n'était pas une « réfléchie ». À chaque jour suffit sa peine, c'était là toute sa philosophie ; point n'était besoin de se torturer l'esprit avec des questions dont nul n'avait la réponse.

* *
*

Gaspard et les siens venaient de se réinstaller au manoir pour trois semaines. Bien involontairement, durant six années ils avaient délaissé Sarnac-le-Château. En août 1945, au grand regret de tous, le projet de retour en Auvergne avait dû être abandonné. L'essence était encore rationnée, la verrerie venait à peine de reprendre ses activités, fermer l'entreprise n'aurait pas été raisonnable. On avait donc attendu l'été 1946 pour retrouver le vieux manoir et ses fidèles gardiens.

Juste et Honorine continuaient à veiller sur la vénérable demeure aux volets clos. En été cependant, les jours de soleil, la gardienne ouvrait toutes grandes les fenêtres pour aérer les pièces et en chasser un peu l'humidité. Comme autrefois, son mari entretenait cour et jardins. Il ignorait bien sûr l'issue et la durée de la guerre, mais il avait à cœur de ne rien négliger ; les propriétaires pouvaient revenir à l'improviste, ils trouveraient leurs biens tels qu'ils les avaient laissés.

Le bonheur des retrouvailles était terni par l'absence de l'épouse de Gaspard. Sans le dire, chacun pensait à elle. Lors de ses dernières vacances, Sophie était enceinte de son fils qui devait voir le jour deux mois plus tard. Honorine gardait un souvenir ému de la future mère et de sa fillette d'à peine trois ans et demi. Enjouées, radieuses, elles ensoleillaient le vieux manoir et leur joie de vivre rejaillissait sur tous.

Ici, on ne connaissait pas le petit Matthieu. Dans ce beau petit garçon de sept ans, les gardiens croyaient retrouver un peu leur fils et ils ne lui refusaient rien. Son regard si bleu – celui de sa mère – les avait aussitôt conquis.

Submergé de souvenirs douloureux Gaspard, désœuvré, s'était à nouveau assombri. Malgré l'affectueuse persévérance de sa tante, il refusait de prendre part aux promenades et Jeanne-Marie n'osait pas insister. Elle partait avec Vivien et les enfants ; parfois, Madeleine et Colette Rispal les accompagnaient mais c'était assez rare. À la ferme, où le travail « commandait », les jeunes filles secondaient efficacement leur mère.

Honorine avait rapporté à Jeanne-Marie combien celle-ci avait fait preuve de courage durant toute la guerre. Lorsque son mari était rentré, après six ans d'absence, il n'avait pu que reconnaître le dur labeur fourni par Marthe, seule avec ses deux fillettes. Malgré les difficultés, la pénurie de domestiques, elle avait su faire face.

Volontaire, déterminée à agir pour son pays en dépit de ses modestes moyens, à plusieurs reprises la fermière avait caché et nourri des résistants. Dans le Cantal, ceux-ci étaient nombreux. Un groupe de cinq ou six garçons de dix-sept à dix-huit ans – « des enfants, » songeait Marthe, inquiète pour leur devenir – venait de nuit se ravitailler. Parfois, on signalait des allers et venues des miliciens ou de la Gestapo dans les environs ; alors les maquisards devaient rester à l'abri un jour au deux.

L'un de ces jeunes gens était le frère de Janot Monsel, l'ancien domestique d'Eugène, comme lui mobilisé et fait prisonnier en 1940. Hélas, il n'était jamais rentré d'Allemagne. Fin 1942, ses parents avaient été informés de son décès « survenu accidentellement sur le chantier d'entretien d'une voie ferrée ». Le corps du malheureux n'avait pas été rendu à sa famille. Il venait d'avoir vingt-cinq ans.

Marthe avait pris l'initiative de faire bâtir une cabane de planches, adossée à l'arrière de la soue qui n'abritait plus que deux porcs. L'entrée en était constamment dissimulée par des fagots de branchettes volumineux, entassés jusqu'au toit de la petite construction sommaire. Bien malin celui qui aurait deviné là une cachette : on croyait à une extension de la soue.

La fermière déposait dans la cabane le ravitaillement destiné aux maquisards ; et, en cas de danger, les garçons se dissimulaient dans cet abri de fortune, certes assez malodorant, le temps de laisser s'éloigner la menace. Un peu plus tard, au début de l'été 1944, leur petit groupe avait pris part aux combats de la Margeride, destinés à chasser l'occupant de la région.

Juste, le mari d'Honorine, avait raconté à Gaspard et à Vivien comment les jeunes maquisards auvergnats avaient résisté à l'ennemi. Selon ses dires, aux limites du Cantal et de la Haute-Loire, sur ordre des chefs de la Résistance auvergnate, trois mille hommes s'étaient rassemblés au sommet du mont Mouchet. Venus de toute l'Auvergne, du 10 au 12 juin ils durent subir de nombreuses attaques allemandes. Les ennemis convergeaient vers le PC des résistants, une maison forestière, depuis Saint-Flour, Brioude, Le Puy, Rodez... Assaillis de toutes parts, mal armés, mal entraînés, encore adolescents pour la plupart, les rescapés sauvèrent leur vie grâce à leur courage téméraire. L'ordre de se replier sur les plateaux de la Truyère les amena à se regrouper plus au sud.

Dans la journée du 11 juin, les soldats du Reich s'étaient livrés au viol et au pillage des fermes et des hameaux. Munis d'armes bien plus efficaces, ils avaient fait une quarantaine de morts parmi les résistants ; tout homme capturé était exécuté aussitôt. Les jeunes Français, pourtant, soutenus par un détachement de volontaires espagnols, continuaient les combats avec un grand courage.

L'état-major allemand fit venir des renforts du Loiret. Malgré les risques d'encerclement, les maquisards ne se tenaient pas pour battus. Le 20 juin, 1 900 hommes repliés sur la Truyère tinrent tête aux nouvelles unités allemandes. À la fin, les résistants s'échappèrent à la faveur de la nuit. Les malheureux qui croyaient avoir trouvé refuge dans les bois furent presque tous capturés et passés par les armes ; on devait compter plus de cent morts. Les jours suivants, l'ennemi incendia des villages et des fermes et fusilla dix habitants, accusés de soutien aux maquisards. Dans les campagnes, c'était la désolation.

Début juillet, autour du plomb du Cantal, de sérieux accrochages opposèrent encore résistants et colonnes allemandes. Là aussi, des civils furent exécutés, il y eut des pertes de part et d'autre. Les Allemands déportèrent une dizaine de maquisards capturés sur les lieux des combats. Parmi ceux qui échappèrent aux camps de la mort, l'un d'eux revint voir Marthe Rispal et les siens ; en l'espace de dix mois, il avait tellement maigri, vieilli, que la fermière ne le reconnut pas. C'était Denis Monsel, le frère de Janot.

À son retour, l'épouse d'Eugène lui avait fait le récit de ces tragiques événements ; il en fit part à Vivien. Alors la famille de Gaspard réalisa que, pendant les combats dont elle avait été témoin sur le littoral de la Méditerranée, l'Auvergne, elle aussi, souffrait de cette terrible guerre où tant de jeunes hommes et de civils avaient péri pour chasser l'occupant.

Comme elle l'avait toujours souhaité, Colette Rispal, âgée de dix-sept ans, travaillait à la ferme aux côtés de ses parents. À vingt et un ans, son aînée Madeleine venait de sortir de l'école normale ; à la rentrée d'octobre, elle rejoindrait son premier poste d'institutrice à Fontanges, un gros village proche de la ville de Salers. Ainsi, elle ne s'éloignerait pas trop de Sarnac, et les siens s'en réjouissaient.

Anna et Matthieu découvraient la vie de la ferme. Pierre-Yves leur avait appris à aimer les bêtes. Et même si les hôtes de l'étable ne ressemblaient pas vraiment aux insectes et petits animaux découverts grâce à leur grand ami, ils étaient heureux parmi les habitants de la ferme qu'ils suivaient comme leur ombre.

Chaque jour, poulailler et clapier avaient leur visite. Marthe avait ajouté des moutons à son cheptel ; alors les petits cajolaient les derniers agneaux du printemps, aussi doux que des jouets de peluche. On les tenait éloignés des vaches, pas méchantes mais un peu trop imprévisibles. Quant au cheval Caramel, il se laissait caresser le chanfrein, mais uniquement en présence d'un membre de la famille du fermier ; en revanche, il acceptait volontiers le croûton de pain tendu sur la paume ouverte des enfants.

Un jour, en cachette, Anna subtilisa un lapereau tout blanc dans une loge du clapier. Elle aurait tellement aimé le garder... Pourtant, après quelques caresses au petit animal apeuré et tremblant, elle s'empressa de le rendre à sa mère, inquiète derrière son grillage, et de refermer la porte de la cage.

Naturellement, les petits s'entendaient fort bien avec les deux chiens de berger ; et ils comblaient de caresses les trois chats qui, à l'heure de la traite, venaient mendier un peu de lait. Quant à la belle chatte grise qui élevait dans le foin de la grange ses chatons nouveau-nés, ils se faisaient toujours un plaisir de lui porter son repas. Un seul endroit de la ferme les refoulait : la soue et sa cour nauséabonde. Les grognements des porcs, énormes et maculés de boue noirâtre, n'étaient guère engageants. Matthieu, parfois, les regardait de loin, le groin plongé dans leur auge pleine de pâtée fumante. Anna, quant à elle, préférait s'abstenir.

XXIII

Sabine

L'ANNÉE SUIVANTE, Anna avait gagné le lycée d'Hyères. Malgré son désir de suivre ses camarades d'école au collège de Bormes, Gaspard avait décidé qu'elle fréquenterait un lycée de jeunes filles dès la classe de sixième.

La fillette se gardait bien de montrer son appréhension. Tout d'abord, elle ne voulait pas alarmer Jeanne-Marie et, surtout, elle ne devait en aucun cas exposer ses craintes à Matthieu. Le jour où lui aussi quitterait Maureuil pour étudier ailleurs, il n'aurait pas le souvenir de l'inquiétude de sa sœur au moment de quitter le nid familial. Alors, elle l'espérait bien, il partirait serein vers le pensionnat choisi par son père. En toutes occasions, Anna continuait à protéger son petit frère, à l'épargner ; depuis toujours, elle se sentait responsable de lui.

Pierre-Yves continuerait ses études à Hyères une année encore ; naturellement, le garçon fréquentait un autre établissement mais il accompagnerait Anna durant les trajets, aux vacances scolaires. Pour la fillette, la perspective de ces voyages communs était une petite consolation.

En effet, après quelques semaines, elle eut de bonnes camarades et même quelques véritables amies. Mais Anna, très secrète, un peu farouche parfois, aimait garder une certaine indépendance. Elle ne se confia pas, ou très peu. Si elle ne put cacher le décès de sa mère, durant toute sa scolarité elle s'interdit de s'ouvrir à quiconque des circonstances du départ de Sophie ; d'ailleurs, personne ne s'avisa de lui demander des détails sur cette perte prématurée et douloureuse. D'accord avec Gaspard, Jeanne-Marie lui avait tout confié du destin de sa mère l'année de ses dix ans.

Quatre années passèrent. La vie des habitants de Bois-Colombes se déroulait sans heurt, avec les petits événements quotidiens, le traditionnel séjour auvergnat dès le retour du mois d'août, les visites à Aurélie deux ou trois fois l'an.

La jeune femme était maman d'une petite fille qu'elle confiait parfois à Magali, toute heureuse de pouponner à nouveau. Lorsque, l'été venu, les touristes envahissaient Saint-Tropez, ville qui commençait à être « à la mode », au restaurant Aurélie était débordée ; l'aide de sa mère était donc très appréciable.

Marié, Pascal habitait Port-Maureuil. Après la guerre, le village côtier s'était considérablement agrandi. Maisons particulières et commerces en faisaient maintenant l'équivalent du bourg de Maureuil. Des installations de plaisance et les petites plages proches attiraient de plus en plus les vacanciers ; nombre de retraités en quête de soleil et de calme s'y installaient volontiers à demeure, dans de charmantes villas nichées parmi les pins et les grands mimosas.

Florent, toujours célibataire, louait un petit appartement non loin de la maison familiale. Si bien que sa mère disait, avec un petit sourire indulgent :

« Il fait semblant de s'émanciper, mais il n'est pas parti bien loin… Et il s'invite très souvent pour, dit-il, ne pas nous laisser seuls, Frédéric et moi. Mais c'est qu'il y trouve son compte, le futé ! »

Son rire et son regard brillant montraient assez qu'elle n'en était pas fâchée, bien au contraire. Lorsque la petite Claudine, sa nièce, se trouvait là, Florent prenait plaisir à jouer avec elle. Alors, Magali soupirait :

« Dépêche-toi donc de prendre femme, mon grand, et de nous donner de beaux petits ! »

Mais, apparemment, le jeune homme ne semblait nullement pressé d'abandonner le célibat.

Au fil des ans, Pierre-Yves délaissait un peu Anna et son petit frère. Il avait des amis de son âge, garçons ou filles, et, surtout, il consacrait des journées entières à sa passion : ses recherches de futur entomologiste. Dès le début de sa dernière année de lycée, le jeune homme s'était inscrit à la faculté des sciences de Marseille. Conscient que de longues années d'études seraient pour ses parents une lourde charge financière, il avait décidé de chercher un petit travail afin de pourvoir un peu aux frais d'hébergement.

* *
*

En avril 1951, Anna allait avoir quinze ans. Son anniversaire coïnciderait avec les vacances de Pâques. Elle se doutait bien que, cette année encore, Jeanne-Marie aurait à cœur de fêter l'événement : quelques cadeaux, un repas d'exception minutieusement préparé par Flavie et, bien sûr, un énorme gâteau surmonté de bougies roses.

Mais, cinq semaines exactement avant son retour à Bois-Colombes pour ces fameuses vacances de printemps, Anna reçut une lettre de sa tante qui la laissa d'abord confondue. La stupeur passée, une violente rage s'empara d'elle. Enfermée dans un mutisme farouche, elle fit rapidement le vide autour d'elle. L'une de ses meilleures amies qui, bien innocemment, se hasardait à s'étonner de sa nouvelle attitude, fut aussitôt remise en place sans aucun ménagement.

« Ce que j'ai ? jeta hargneusement Anna, furibonde. Un problème personnel, tu comprends, un problème qui ne regarde que moi ! Tu peux en faire part à toutes les autres curieuses, personne n'en saura rien, laisse-moi tranquille ! »

Abasourdie, la jeune fille battit aussitôt en retraite et Anna ne fut plus importunée par quiconque. Elle aurait pu, comme l'auraient fait beaucoup d'autres à sa place, négliger complètement son travail scolaire. Il n'en fut rien. Au contraire, elle consacra tout son temps libre, jeudis et dimanches compris, à étudier avec acharnement.

La date des vacances de Pâques se rapprochait, beaucoup trop vite au gré d'Anna. Elle n'avait pas répondu à sa tante. La jeune fille fut tentée d'écrire à Aurélie pour lui demander de l'héberger durant deux semaines, elle y renonça aussitôt. Elle savait trop bien que son père décidait tout à sa place. Mineure, elle ne pourrait pas s'émanciper avant six ans, six longues années encore à supporter… Non, c'était impossible, elle ne pourrait pas, jamais elle n'accepterait, jamais ! Et dire que son père n'avait pas eu le courage de l'avertir lui-même ! Lâchement, il avait laissé ce soin à Jeanne-Marie.

Le courrier de sa tante qui avait plusieurs fois réécrit sa lettre, soucieuse de trouver les mots justes avec, pourtant, la certitude qu'elle ne parviendrait pas vraiment à convaincre la fille de Gaspard, était porteur d'une nouvelle effarante, inconcevable. La catastrophe annoncée – pour Anna, c'en était une, la pire de tout ce qu'elle n'aurait jamais pu imaginer – la laissait, plusieurs jours après, incrédule et furieuse : son père allait « refaire sa vie » !

Une semaine durant, chaque soir avant de s'endormir, Anna relut cette lettre exécrable. Pourtant, elle en connaissait par cœur chaque terme, chaque virgule. Le papier replié, les yeux clos dans le noir, elle revoyait sur la page de vélin jaune paille les mots terribles, tracés d'une écriture élégante à grands jambages précis, porteurs d'une stupeur douloureuse.

« … Ma chérie, tu es maintenant assez grande, assez raisonnable pour comprendre, n'est-ce pas ? Ton père est jeune encore, il vit seul depuis plus de neuf ans, neuf longues années de souffrance et de solitude pesante. Pour lui, il n'est nullement question de remplacer ta mère, il me l'a affirmé et je le crois. Il l'a aimée autant qu'il est possible, j'en suis témoin, et il ne l'oubliera jamais. Et il vous aime, Matthieu et toi, comme le meilleur des pères...

Cette jeune femme, j'en suis persuadée, lui apportera le bonheur qu'il mérite. De ton côté, à la longue tu l'apprécieras, vous formerez une vraie famille. Sabine viendra vivre à Bois-Colombes avec son fils de onze ans, Alain. Ton frère n'a qu'un an de plus, pour lui ce sera un bon compagnon.

Pense, ma chérie, que tu es seulement là aux vacances. Alors, si tu considères leur venue comme une intrusion, dis-toi que, de plus en plus, ta vie sera ailleurs... »

Cette dernière phrase était de trop. Dans son ardent désir de convaincre sa nièce du bien-fondé de cette situation, Jeanne-Marie s'était montrée maladroite. Anna eut l'impression qu'on la rejetait, anticipant le jour où elle quitterait peut-être Bois-Colombes définitivement. Et si, comme sa tante, elle aspirait à travailler à la verrerie familiale, ses études terminées ?

Devrait-elle céder la place ?

« À Bois-colombes, je suis chez moi, autant que mon père et Matthieu ! Et ces étrangers n'ont rien à y voir ! Ils auront beau faire, tous, ils ne me chasseront pas si je décide de rester. Mais je ferai tout pour que cette horrible femme et son gamin de malheur déguerpissent au plus tôt. »

La rage tenait Anna éveillée de longues heures durant. Au matin, épuisée, elle oubliait un peu l'horrible nouvelle pour se plonger dans ses livres avec une ardeur désespérée. Elle mangeait à peine, passait l'interclasse de midi absorbée dans ses cours ou ses dictionnaires. Et puis, le soir, son tourment revenait. Elle relisait la fameuse lettre, se torturait encore et encore, cherchait en vain quelles armes fourbir pour lutter contre l'étrangère et l'amener à renoncer. Quant à son père, elle était bien décidée à lui faire payer cher son ignoble trahison. Comment ? Pour l'instant, elle n'en avait aucune idée, mais elle trouverait, c'était sûr.

* *
*

Sabine Pontevès habitait La Londe-les-Maures avec son fils. Après six années de séparation, le père d'Alain était décédé deux ans plus tôt. Quand son fils avait vu le jour, Daniel Pontevès, employé chez un viticulteur, était mobilisé depuis sept mois. Au retour, en mai 1945 – son épouse, sans doute, ne l'attendait pas si tôt –, il n'avait pas pu reprendre sa place au domicile conjugal. Sabine l'avait remplacé très vite, installant chez eux un ouvrier agricole, certainement un déserteur. Accueilli par la jeune femme peu scrupuleuse, il vivait là depuis 1941, sous une fausse identité.

Cet homme n'était pas de la région, il ne se mêlait pas à la population locale. Le petit Alain avait fini par le considérer comme son père et Sabine n'avait pas démenti. Elle s'interrogeait parfois au sujet du retour probable de son époux mais sans aucune inquiétude. S'il rentrait, la guerre finie, elle serait avertie assez tôt pour éloigner son amant. Du moins, elle s'en était persuadée.

Aucun voisin ne risquait d'apprendre son infortune à Daniel. La petite maison louée, au sein du vignoble, se trouvait à plus de trois kilomètres de la ville. Sur les conseils de Sabine, le jeune Norbert travaillait toujours assez loin de leur domicile, et surtout pas chez l'ancien patron de Daniel. Il gagnait sa vie çà et là, tantôt chez un maraîcher ou un producteur de mimosa au moment de la récolte, tantôt chez un vigneron ou un autre pour aider à la taille de la vigne ou aux vendanges.

Depuis son mariage, en 1937, Sabine n'avait plus de relations avec sa famille, installée dans la région de Fréjus. Ambitieuse, elle avait épousé Daniel, qui affirmait vouloir acheter sous peu un domaine viticole, près de La Londe. Hélas, c'était là de belles paroles, une utopie dont la jeune femme avait dû rapidement faire son deuil. Son salaire mis à part, Daniel ne possédait rien ; une vie de travail ne suffirait certainement pas à faire de lui un propriétaire, même modeste.

Sabine avait compris trop tard qu'elle s'était fourvoyée en épousant ce doux rêveur. Sans la guerre et le départ inattendu de son mari, elle l'aurait sans doute quitté rapidement. Mais un enfant s'annonçait, de quoi vivraient-ils, tous les deux ? Des heures de ménage chez quelques familles aisées de La Londe avaient tout juste permis de survivre. Norbert touchait un maigre salaire, mais il lui abandonnait la presque totalité de ses gains ; nourri par ses différents patrons, il n'avait pour ainsi dire pas de frais. Et, comme le lui affirmait crûment Sabine, « elle n'allait pas lui ouvrir son lit pour rien ! »

Daniel avait donc trouvé la place prise. Sans même chercher à connaître son fils, aveuglé par une colère légitime, il molesta si bien son rival que celui-ci fila sans tarder. Sabine pleura, se fit repentante, supplia. En vain. Daniel quitta la maison et elle ne le revit plus. Quatre ans plus tard, elle apprit sa mort par les gendarmes ; d'après eux, le père d'Alain vivait à Marseille et avait sans doute « mal tourné ». Il était probablement mort d'alcoolisme et ne laissait absolument rien ; ses compagnons de beuverie l'avaient certainement dépouillé de ses quelques biens, s'il en avait.

Lasse de sa condition, Sabine joua la veuve éplorée, bien décidée à chercher une bonne fortune. Son physique agréable, sa mine hardie mais très avenante lui donnaient quelques atouts pour séduire. Elle comptait bien faire rapidement la conquête d'un homme assez à l'aise pour lui épargner tout travail. Docile, insignifiant, son fils ne devrait pas être un obstacle.

Elle finit par s'engager comme femme de chambre dans le plus grand domaine viticole des environs de La Londe, implanté le long de l'étroite plaine littorale. Comme beaucoup d'autres dans la région, ce domaine produisait un côtes-de-provence, vin rosé typique et apprécié. Son activité se révélait assez importante pour avoir enrichi considérablement ses propriétaires, au fil des générations.

La majeure partie de la production était exportée ; pourtant, nombre d'autochtones venaient régulièrement s'approvisionner directement au chai de la propriété. Aux côtés des hôteliers, restaurateurs et petits détaillants, des particuliers aussi aimaient se fournir au domaine de Naucelles. C'est là que, tout à fait fortuitement, la route de Gaspard croisa un matin celle de Sabine Pontevès.

* *
*

Il était très rare de voir le père d'Anna assumer lui-même l'achat du vin ou de quelque autre denrée. Vivien ou le plus souvent Frédéric, en approvisionnant sa famille, se chargeaient de rapporter la commande des habitants de Bois-Colombes. Gaspard se trouva donc exceptionnellement au domaine viticole, en fin d'après-midi.

Sabine s'apprêtait à rentrer chez elle, sa journée de travail finie. Un employé croisa M. Solliès qui venait de quitter sa voiture et le salua par son nom. La jeune femme l'identifia aussitôt : la réputation de la verrerie s'étendait beaucoup plus loin que La Londe. On savait Gaspard, veuf depuis longtemps, à la tête d'une entreprise florissante et, certainement, très lucrative. Sabine s'attarda un peu près de sa bicyclette, faisant mine d'examiner le pneu avant.

« Bonjour, madame. Vous avez un problème ? Une crevaison, peut-être ? Si je peux vous être utile…

– Bonjour monsieur, je vous remercie mais je ne pense pas finalement, j'avais craint… Je me trompais je crois bien ! »

Gaspard se pencha pour examiner le pneu qui était en parfait état.

« Tout va bien, vous pouvez repartir tranquille. »

Il lui souriait poliment, la dévisageait avec discrétion, et elle en profita pour se confondre en remerciements exagérés ; en même temps, elle lui adressait ses sourires les plus enjôleurs.

Par la suite, il y eut d'autres rencontres que Gaspard, au début du moins, croyait fortuites. Évidemment, Sabine les provoquait. Après s'être renseignée sur le mode de vie des habitants de Bois-Colombes, elle savait se trouver, le plus souvent possible, sur la route du maître verrier au moment opportun.

Les premières fois, il se contentait de la saluer. Mais, rapidement, troublé par l'attitude provocante de la jeune femme bien décidée à le séduire, il engagea la conversation. Un jour enfin, il l'invita à prendre un apéritif à la terrasse d'un café, sur le port. Cela devint très vite une habitude que Gaspard appréciait de plus en plus.

Sabine jouait la modeste, et aussi la mère courageuse qui se saignait aux quatre veines pour élever son fils, ce qui n'était pas faux, afin d'apitoyer Gaspard. En même temps, elle savait se mettre en valeur. Son physique, sa mine délurée, sans être effrontée cependant car elle devait rester prudente, avaient toujours attiré la gent masculine. Sans états d'âme, elle avait maintes fois trompé Norbert à son insu. Mais, après tout, il n'était pas son mari. Et elle n'aurait accepté aucun reproche de celui qu'elle hébergeait gracieusement, en lui prenant tout de même la presque totalité de ses gains.

Gaspard ne fut pas long à se laisser prendre dans les rets de cette femme encore jeune – elle avait trente-cinq ans et lui deux années de plus –, séduisante, bonne mère et apparemment sans histoires. Elle gagnait sa vie en travaillant chez des gens très honorables. Ses cheveux châtains, souples, mi-longs, ses yeux verts pleins d'une fausse franchise, ses vêtements modestes mais de bon goût, tout en elle plaisait à Gaspard. À chaque rencontre, il se sentait jeune à nouveau, à nouveau vivant, avide d'être heureux après toutes ces années froides et désertes.

Pour l'amener à se déclarer plus vite, Sabine laissa entendre un départ prochain. À l'en croire, sa famille lui manquait de plus en plus et elle cherchait à s'en rapprocher. Bien sûr, il n'en était rien. Mais elle sut être convaincante et semer le doute, puis l'inquiétude dans le cœur de Gaspard, tellement naïf et déjà épris. Ce que la maligne attendait se produisit enfin : tremblant d'être rejeté, il lui proposa de venir vivre chez lui.

Tout d'abord, il ne parla pas de mariage, seulement de vie commune. Mais Sabine était bien décidée à s'armer de patience ; elle ne doutait pas de parvenir un jour à ses fins. Elle avait aussitôt décelé, chez cet homme bon et sympathique, une certaine faiblesse naturelle qu'elle saurait bien exploiter, en temps voulu. Il ne fallait pas brusquer les choses, le mariage, tôt ou tard il y viendrait. Et, si elle jouait finement, son fils à elle aurait un jour des parts dans l'entreprise de Gaspard, au même titre que ses propres enfants. Mais on n'en était pas encore là ; pour l'instant, la plus grande prudence était de mise.

L'ombre au tableau, rien n'est jamais parfait, c'était la présence du couple Castellane à Bois-Colombes. La tante de Gaspard, surtout, inquiétait la jeune femme. Pourvu qu'elle ne s'avise pas de voir clair dans son jeu ! D'après la rumeur, c'était une personne charmante, accommodante au possible avec tout un chacun. Elle élevait les enfants de son neveu mais, en s'y prenant bien, Sabine parviendrait peut-être à l'évincer, sait-on jamais après tout. Le plus urgent serait d'abord de s'en faire une alliée, ensuite, on verrait bien.

* *
*

Vint le jour des vacances scolaires. Deux semaines plus tôt, Anna avait reçu une brève lettre de Jeannie ; celle-ci espérait que son précédent courrier, resté sans réponse, était arrivé à bon port.

« ... Nous parlerons de tout cela lors de ton retour, tout proche maintenant, ma petite Anna. Je suis si heureuse à l'idée de te retrouver bientôt, tu me manques tellement, tu nous manques à tous ! Matthieu compte les jours... »

Matthieu l'attendait avec impatience, elle n'en doutait pas, et aussi sa bonne Flavie si dévouée. Quant à son père, il ne devait pas regretter tellement son absence, il avait à présent bien d'autres préoccupations...

À la gare routière où elle devait prendre l'autocar, Anna arriva quelques minutes seulement avant le départ. Le véhicule était rempli de lycéens et d'étudiants qui regagnaient leur foyer, dans les villages intérieurs et les petites villes côtières jusqu'au Lavandou, le terminus.

Anna avait aperçu Pierre-Yves, assis au milieu du car près d'un ami. En vis-à-vis, de l'autre côté de l'allée, deux jeunes filles se penchaient pour bavarder avec eux. Sans les regarder, l'adolescente alla s'installer tout au fond. Bientôt, Pierre-Yves la rejoignait.

« Eh bien, on ne salue plus les vieux amis ? »

Il souriait mais Anna baissait obstinément la tête ; de longues mèches de boucles dorées, que volontairement elle n'écartait pas, voilaient plus qu'à demi son visage boudeur.

« Enfin Anna, qu'est-ce qu'il t'arrive ? »

Chassant ses cheveux d'un coup de tête énergique, elle lui lança un regard noir, à la fois furieux et infiniment triste. Il la dévisagea, interdit.

« Dis-moi, allons ! Qu'est-ce qu'il se passe ?

– Il se passe... Tu le demanderas à ta mère en arrivant chez toi, elle est au courant, sans doute aucun ! »

Sur ce, elle se retourna ostensiblement vers la vitre en lui tournant le dos. Le car démarrait. Déconcerté, Pierre-Yves regagna sa place. Quelle mouche avait donc piqué sa jeune amie ? Et pourquoi sa mère à lui devrait-elle savoir de quoi il s'agissait ?

Lorsque Anna descendit au bord de la route, non loin de sa maison, Pierre-Yves frappa au carreau pour lui faire signe. Sa valise à la main, elle avançait déjà, d'un pas énergique, vers le bouquet de pins dissimulant la verrerie. Il la vit se raidir et presser l'allure. Dans la pensée de l'adolescente, une idée fixe : son ennemie était-elle déjà dans la place ? Mais, naturellement, Pierre-Yves était à cent lieues d'imaginer la décision de Gaspard et la nouvelle vie qui se préparait pour Anna et les siens.

XXIV

Conflits

Le lundi de Pâques – la veille, on avait fêté l'anniversaire d'Anna –, Gaspard avait invité Sabine et son fils à prendre le dessert et le café. Un peu avant les vacances, ils étaient déjà venus à Bois-Colombes pour une première visite. Comme toujours, Jeanne-Marie s'était montrée accueillante au possible. Assez inquiet, Matthieu avait fait part de l'événement à sa sœur dès son arrivée. Le garçon connaissait bien son caractère trop entier et, malgré son jeune âge, il s'alarmait quelque peu : comment Anna allait-elle réagir ?

« Papa m'a dit qu'il se remarierait sûrement avec Sabine, un peu plus tard. Mais elle va bientôt venir vivre chez nous, avec son fils. Elle a l'air très gentille, tu sais. Alain, lui, ne parle pas beaucoup. J'espère qu'on s'entendra bien, tous les deux. Papa m'a recommandé de tout faire pour qu'il s'habitue vite chez nous.

– Et c'est tout ce que tu trouves à dire ? jeta vivement Anna, en haussant les épaules. Papa va remplacer notre mère, et toi tu penses qu'il n'y a rien de plus normal ! Elle a l'air gentille, vraiment ? Eh bien moi, qu'elle soit gentille ou non, ça ne m'intéresse pas, mais alors pas du tout ! Ce sont deux étrangers et ils le resteront. »

Matthieu soupira, décida de faire malgré tout une dernière tentative :

« Tu sais, Jeannie pense tout à fait comme moi. Je t'en prie, essaie de te montrer aimable avec cette femme, sinon notre tante aura de la peine, et papa aussi.

– Vraiment, ils auront de la peine ? Tu sais quoi ? Je m'en moque ! Moi aussi, j'ai de la peine, à un point... tu ne peux pas imaginer ! Je sais que Jeannie va tout faire pour me persuader que cette femme est charmante et que je dois l'aimer comme une seconde maman. Qu'elle n'y compte pas, et notre père non plus ! »

L'air malheureux de son frère lui fit soudain pitié. Elle le prit par le cou, posa un baiser sur ses courtes boucles brunes.

« Ne fais pas attention, je m'emporte vite, tu sais bien, trop vite souvent... »

Le sourire reconnaissant du garçon la rassura. Pauvre Matthieu ! Anna était certaine qu'un caractère plus affirmé aurait été pour lui beaucoup plus bénéfique. Même devenu adulte, il se laisserait trop facilement manipuler. Pour faire diversion, elle changea de sujet.

« Alors, plus qu'un trimestre d'école avant de faire connaissance avec le lycée ? Ce sera bien, on se verra beaucoup plus souvent. Tu seras content, dis ? »

Le oui de Matthieu était un peu hésitant. Il n'aurait ses douze ans qu'à la fin octobre. Son père, indulgent, l'avait autorisé à suivre les cours de sixième au collège de Bormes ; ainsi, il rentrait chaque soir et Jeanne-Marie jouait le rôle de répétitrice. Mais, à l'automne prochain, il rentrerait à l'internat du lycée de garçons d'Hyères.

« Nos correspondants sont des gens très aimables, reprit Anna. Tu connais un peu Maurice et sa femme, n'est-ce pas ? Louise, je te l'assure, est une vraie tata gâteau ! Leur petit-fils a deux ans de plus que toi, mais je suis certaine que vous deviendrez amis, il est vraiment très facile à vivre, je te jure ! »

La retraite venue, Maurice Gayol, ancien ouvrier de la verrerie, était parti habiter Hyères avec son épouse. Pour la troisième année, durant la période scolaire ils accueillaient leur petit-fils, Serge, afin de lui éviter la pension. À la demande de Jeanne-Marie, le couple avait aussitôt accepté de servir de correspondants à Anna. Elle passait chez eux le dimanche et, parfois, le jeudi après-midi. Les braves gens avaient insisté pour accueillir aussi Matthieu, quand il serait lycéen.

Le jour fatidique de la venue de Sabine Pontevès et de son fils était férié, Flavie ne travaillait pas.

« Tu voudras bien nous servir le café, ma chérie, eut l'imprudence de demander Gaspard en s'attablant pour le déjeuner. Ainsi, Sabine verra... »

Le regard d'Anna l'empêcha d'achever.

« Elle verra quoi ? fit-elle abruptement, la voix dure. Que je suis heureuse qu'elle vienne ici prendre la place de ma mère ? Eh bien non, je ne servirai pas le café ! D'ailleurs, aujourd'hui je ne prendrai pas de dessert. »

Décontenancé, pâle de colère, Gaspard resta d'abord sans voix. Puis il lui dit lentement, en détachant bien les mots :

« Ma petite fille, quoi que tu sembles penser, et malgré mon indulgence coutumière, tu n'as pas à discuter mes décisions, pas plus que ma vie privée ! Je suis ton père et tu n'as que quinze ans, n'oublie pas !

– Je sais tout ça, fit-elle, véhémente, les sourcils froncés, avec de visibles efforts pour se contenir et ne pas quitter la table. Je sais aussi que ni toi, mon père, ni personne, ne pourra m'obliger à aimer des indésirables, pire, des intrus que tu prétends nous imposer, à mon frère et à moi ! Jamais je ne les accepterai, jamais ! »

Pris de court, Gaspard ne répondit pas. Au bord des larmes, Matthieu baissait les yeux vers son assiette. Naturellement, Vivien n'avait pas dit mot. Quant à Jeanne-Marie, elle avait jugé préférable de ne pas intervenir entre le père et la fille.

Les présentations faites – Sabine était tout sourire et ne tarissait pas de compliments –, Anna disparut vers la cuisine et on ne la revit pas.

Les invités repartis, Gaspard laissa éclater sa mauvaise humeur.

« Anna est vraiment insupportable, lança-t-il à sa tante. Le véritable portrait de ma mère, aussi têtue, aussi intraitable ! Mais elle m'obéira, je la forcerai !

– Tu n'as pas tort, évidemment, dit doucement Jeannie, mais la braquer ne servira à rien. Laisse faire, les choses s'arrangeront d'elles-mêmes. Si Sabine sait s'y prendre, à la longue elles deviendront amies, tu verras… »

Ce qu'elle affirmait, la tante de Gaspard l'espérait, bien sûr, mais elle n'y croyait pas vraiment. Pour le moment, il s'agissait de persuader Gaspard que moins il insisterait, mieux ce serait. Jeanne-Marie connaissait bien Anna. Certes, elle savait se montrer intransigeante, mais elle ne ressemblait pas à sa grand-mère. Si elle possédait un caractère très affirmé, elle n'était pas méchante, pas du tout. Alors qu'Angèle…

* *
*

Le lendemain de cette présentation, fort brève pour Anna qui s'était réfugiée dans le jardin après un bonjour tout juste poli, l'adolescente entreprit de connaître les sentiments de Flavie à l'égard de l'amie de son père.

« Je n'ai rien à dire, tu t'en doutes, ma belle. Ici, je suis seulement une employée…

– Cela ne t'empêche pas d'avoir une opinion. À moi, à moi seulement, tu peux bien le dire. Je ne le répéterai à personne, promis ! »

Anna se faisait câline, prenait gentiment le bras de celle qui n'avait jamais pu lui refuser quoi que ce soit.

« Allons, ne me fais pas languir, juste un mot ! Tu la trouves comment ?

– Écoute, je ne dois pas t'influencer… Tu enrages bien assez toute seule, hein ? Inutile d'en rajouter.

– Ah ! Tu as deviné ?

– Pour sûr, que j'ai deviné ! Je t'ai vue naître, ma pitchoune, je te connais peut-être mieux que je ne me connais moi-même. Et d'ailleurs, madame Jeannie a raison, ton père fait ce qu'il veut, ça ne regarde personne.

– Tu en as donc parlé à Jeannie, de cette femme ? Qu'est-ce qu'elle en pense ? Du bien ?

– Mais tais-toi un peu, petite diablesse, tu me ferais dire n'importe quoi !

– Flavie, ma petite Flavie, allez dis-moi ! Après, je ne t'en parlerai plus jamais, je te jure !

– Toi alors, quand tu veux quelque chose… Plus têtue que la mule du pape ! Bon, tu veux savoir, eh bien cette personne ne me revient pas, voilà ! Elle a l'air franc comme un âne qui recule, si je peux me permettre, ou, si tu préfères, aussi fausse qu'un jeton ! Mais attention, ne va pas te monter la tête, c'est juste une impression. Après tout, cette Sabine je la connais ni de Dieu ni du diable. Bien franchement, je peux rien lui reprocher. Et puis laisse-moi tranquille, je dois faire l'anchoïade, tu me retardes !

– Flavie, tu es un amour, tu penses tout à fait comme moi. Sois tranquille, tu ne m'as rien dit, d'accord ? »

Flavie hocha la tête et commença à préparer les ingrédients nécessaires à la confection de la sauce aux anchois.

« Sais-tu ? J'ai une idée, une très bonne idée ! Pour faire enrager mon père, je vais couper mes cheveux ! Je vais même les couper très court, il sera furieux. Il a toujours refusé que l'on m'en enlève ne serait-ce qu'un ou deux centimètres. Qu'est-ce que tu en penses ?

– Bonne Mère ! Tu déraisonnes ! C'est une galéjade, j'espère bien !

– Pas du tout ! Je vais le faire, aussi vrai que je te le dis. Et comme je les couperai moi-même, ce sera un vrai massacre, on va bien rire ! Cette crinière me fatigue, toujours embrouillée, impossible à peigner. Et puis, les cheveux ça repousse, pas vrai ? »

Flavie la dévisageait, horrifiée : couper ses cheveux, un crime !

« Ton père va piquer une de ces crises… J'aime mieux ne pas y penser, tiens !

– Mais je te l'ai dit, c'est exactement ce que je veux. Et je ne m'arrêterai pas là. Tout ce que je pourrai faire pour le contrarier, je le ferai, crois-moi !

– Cesse un peu tes fadaises, à la fin. Tes cheveux… »

Flavie avait failli ajouter : ce sont ceux de ta mère, tu n'as pas le droit de les couper ! Elle se retint à temps, contempla la longue chevelure de boucles dorées qu'Anna repoussait à deux mains, crut revoir Sophie. Son cœur se serra. Nerveusement, elle entreprit de piler les filets d'anchois dans le mortier. En même temps, elle versait dessus un filet d'huile d'olive, mais ses mains tremblaient un peu.

« Ne te mets pas dans cet état pour quelques mèches de cheveux, voyons ! reprit Anna. Mon père me blesse en prétendant remplacer notre mère, à Matthieu et à moi, par cette horrible femme, flanquée de plus d'un geignard de gamin. Je me venge, c'est normal.

– Horrible femme ? Là, tu exagères vraiment, ce ne doit pas être un monstre, tout de même ! Elle n'est pas mal de sa personne et…

– C'est une hypocrite, tu l'as dit toi-même ! Elle a entortillé mon père pour se faire épouser et devenir la maîtresse de Bois-Colombes, j'en suis certaine ! Ose dire que tu es contente de la voir s'installer chez nous ! »

Anna secouait la tête avec défi, ses yeux si noirs brillaient de colère. Elle était malheureuse, Flavie le voyait bien. Sa belle pitchoune...

« Tu en as parlé à ta tante ?

– De quoi ? De couper mes cheveux ? Sûrement pas ! »

Délaissant son mortier, Flavie prit la main d'Anna.

« Sois raisonnable, ma petite fille, on ne peut rien y changer. Tu vas au-devant de graves ennuis. Ton père, c'est ton père, accepte ce qu'il décide, c'est le mieux à faire, crois-moi ! »

La mine peinée de sa chère Flavie émut profondément Anna. Visiblement, sa brave gardienne regrettait de lui avoir avoué son antipathie instinctive pour Sabine. Pourquoi cette femme venait-elle s'immiscer dans leur vie ? Ici, on était si bien sans elle...

Anna mit son bras autour du cou de Flavie qui reprenait son pilon, posa un gros baiser sur sa joue rebondie avant de dire, conciliante :

« Allons, ne te soucie pas, pour mes cheveux je vais réfléchir. Je trouverai un autre moyen d'embêter mon père, compte sur moi ! »

* *
*

Pierre-Yves avait rapporté à sa mère l'étrange comportement d'Anna lors du retour à Maureuil. Que se passait-il à Bois-Colombes pour mettre l'adolescente dans un tel état ?

« J'allais justement t'en parler, mon grand. Jeannie m'a confié qu'elle avait écrit à Anna pour la préparer à cette nouvelle. Elle craignait beaucoup que la petite prenne très mal la chose. D'après ce que tu me dis, elle ne se trompait pas, hélas ! Pauvre pitchoune ! »

Magali entreprit alors d'expliquer que Gaspard avait fait une connaissance et qu'il était sur le point de se mettre en ménage avec une veuve, mère d'un garçon de onze ans.

« Cette femme, quelle réputation a-t-elle ? Je veux dire, mon père et toi, vous en avez entendu parler ? La Londe n'est pas si loin d'ici.

– Non, rien, rien du tout. Nous savons seulement ce que Gaspard a dit à sa tante. Sabine est donc veuve, sans trop de ressources et sa famille vit loin. Pour élever son fils, elle travaille au domaine de Naucelles, tu sais bien, à quelques kilomètres de La Londe sur la route d'Hyères. D'après le père d'Anna, c'est une personne sans histoire, modeste et très méritante.

– Peut-être… Mais, même en supposant qu'elle ait toutes les qualités du monde, je connais Anna. Elle ne l'acceptera pas, ou alors très difficilement.

– La pauvre petite ne peut rien y changer. Deux veufs qui se remarient ensemble, ce n'est pas exceptionnel. Évidemment, leur union risque de changer considérablement la vie des habitants de Bois-Colombes. Jeannie et Vivien vont reprendre un logement à Maureuil. La tante de Gaspard m'a dit ne pas vouloir s'imposer. Sabine devra se sentir chez elle, c'est du moins ce qu'affirme Jeannie.

– Oh, mais ce départ sera catastrophique pour Anna et Matthieu ! Jeannie les a élevés, elle leur manquera trop !

– C'est plus que certain. Mais Gaspard a insisté pour que sa tante et Vivien continuent à prendre leurs repas à la verrerie. Il assure que ce sera préférable. Je le soupçonne d'être tout à fait conscient que l'arrivée de Sabine et de son fils ne sera pas très bien perçue par ses deux enfants, Anna surtout. Pourtant, Jeannie n'a pas encore dit un oui définitif. Sans doute attend-elle de voir comment se passe la cohabitation avec les nouveaux venus. »

Pierre-Yves n'ajouta rien. Il revoyait Anna dans l'autocar, tellement pitoyable. Plus que jamais, adolescente et bientôt adulte, elle lui apparaissait comme une petite fille abandonnée. Quelqu'un de sûr, dévoué, devait la protéger, l'aimer. Depuis la fusillade lointaine qui avait failli lui coûter la vie, et même bien avant, le jeune homme se sentait responsable du bonheur d'Anna. Il n'en comprenait pas vraiment les raisons, mais c'était ainsi. Elle aurait été sa jeune sœur qu'il ne l'aurait pas aimée et soutenue davantage.

Le lendemain, alors qu'il s'apprêtait à descendre à Bois-Colombes, Pierre-Yves vit arriver Anna. Elle venait visiter Magali et, surtout, la questionner avec l'espoir d'en apprendre davantage sur le compte de Sabine Pontevès. Elle fut très déçue.

« Tu ne me caches rien, vraiment ? Ni toi ni Frédéric ne savaient rien d'elle ?

– Non, je te l'assure. Mais sans doute n'y a-t-il rien à savoir de plus. Tu sais, ma pitchoune, la plupart des gens sont sans histoire, je veux dire ils ont une vie on ne peut plus banale. Regarde notre famille, par exemple, que pourrait-on en dire d'intéressant ? Absolument rien. C'est ainsi pour presque tout le monde. »

Anna soupira sans répondre. Personne, hélas, ne lui apprendrait rien de plus sur cette femme. Et elle n'allait tout de même pas frapper à chaque porte pour questionner tous les habitants de Maureuil…

« Et si nous faisions une petite promenade ? proposa Pierre-Yves. Il fait bien trop beau pour étudier.

– Très bonne idée, fit sa mère, soucieuse de distraire Anna de son idée fixe. Matthieu ne t'a donc pas suivie ?

– Non, il jardine avec Narcisse. D'habitude, j'aime bien rester avec eux, mais aujourd'hui je voulais quêter des renseignements et… »

Elle laissa sa phrase en suspens : les renseignements espérés, personne apparemment n'était à même de les lui donner.

Pour une fois, les jeunes gens délaissèrent les collines pour descendre vers Port-Maureuil. Les touristes étaient rares en cette saison et la plupart des boutiques restaient fermées. Les bateaux de pêche dansaient nonchalamment au bout de leurs amarres ; petites vigies blanches posées à la proue de quelques-uns d'entre eux, des mouettes immobiles semblaient contempler la mer et la surveiller.

« On marche jusqu'à la plage du cap Bleu ? proposa Pierre-Yves.

– Si tu veux, mais bien sûr on prend le sentier littoral. »

À la sortie du port, un bouquet d'immenses pins parasols abritait des hôtes assez insolites. Sur les énormes branches horizontales, cohabitant avec des tourterelles et quelques passereaux très audacieux, on découvrait une vingtaine de chats paresseusement allongés. Sur ce perchoir de fortune, bien souvent ils ne dormaient que d'un œil. Mine de rien, ils surveillaient les oiseaux effrontés venus les défier sur leur territoire. Mais les volatiles, prudents, se tenaient toujours à bonne distance ; au cas où l'un des félins bondirait soudain par traîtrise, ils auraient le temps de s'envoler vers un abri plus sûr.

Les jeunes gens levaient les yeux en riant vers ce spectacle sans doute assez exceptionnel : des chats et des oiseaux sur la même branche, en train de faire la sieste en bonne harmonie apparente.

À demi sauvages, les petits félins étaient familiers aux habitants de Maureuil qui, pour beaucoup, les nourrissaient assez généreusement. Ils vivaient sous les énormes blocs de pierre servant de brise-lames, tout le long de la jetée. Les interstices formaient des abris appréciables et chacun avait là son propre territoire. Seules, les rares tempêtes d'équinoxe, noyant leur cachette, les délogeaient pour un temps.

Mais les pêcheurs à la ligne – ils étaient toujours une dizaine, assis côte à côte sur la digue – se méfiaient des chapardeurs. D'un coup de patte preste, les matous n'hésitaient pas à prélever un ou deux petits poissons dans le seau rempli d'appâts. Ce n'était pas très grave ; en revanche, il valait mieux refermer le couvercle du panier où frétillaient les prises du jour. Silencieux, rapide comme une ombre aussitôt évaporée, un chat plus malin savait choisir la meilleure proie. Ensuite il détalait, son larcin dans la gueule, pour courir le déguster tranquillement dans son abri, se faufilant à toute allure entre les rochers. Un peu plus tard, on pouvait le voir allongé au soleil sur la pierre, se léchant les babines avant d'entreprendre une grande toilette, le plus innocemment du monde.

Anna et son grand ami descendirent vers l'étroit sentier littoral sablonneux surplombant la mer. Le vent printanier soulevait en lignes régulières des vaguelettes inoffensives. De temps à autre, Anna s'arrêtait pour s'emplir le regard de tout ce bleu liquide si parfait.

« Comme elle est belle, n'est-ce pas ? Dommage qu'elle soit encore trop froide pour la baignade ! »

Pierre-Yves approuvait, elle souriait. Subitement, il la découvrait tout autre, une jeune fille. Mais, il le savait bien, son physique était trompeur. Grande, la poitrine formée déjà sous son polo de fin coton blanc, elle restait une petite fille, belle et très émouvante.

Le long du sentier, coulant sur les rochers bruns qui plongeaient dans la mer, les doigts charnus de la figue marine étaient couverts de grosses fleurs jaune pâle.

« Regarde les belles griffes de sorcière ! Matthieu en avait peur quand il était petit, il croyait toujours qu'elles allaient soudain s'agripper à ses vêtements pour lui jeter un sort ! »

Anna éclata de rire et il rit avec elle.

« Ah, je suis contente ! Pour une fois, tu n'es pas trop sérieux, monsieur le professeur ! »

Elle le taquinait très souvent, moquant gentiment son trop grand sérieux. Il ne s'en vexait nullement, au contraire, cela le rendait heureux. Le jeune homme avait vingt ans ; depuis deux ou trois années déjà, il s'intéressait de près à quelques-unes de ses condisciples de la faculté des sciences. Mais il devait bien reconnaître qu'aucune d'entre elles, même Sylviane, sa favorite du moment, n'était aussi jolie que sa petite amie d'enfance.

Sans le montrer, Pierre-Yves se réjouissait de voir Anna oublier pour un temps ses griefs contre son père. Le paysage dont elle ne se lassait pas, la mer qu'elle aimait sans condition agissaient comme un baume bienfaisant.

Au retour, Anna trouva son frère en larmes, recroquevillé dans un coin de sa chambre. Elle s'agenouilla près de lui, releva son menton, essuya ses yeux.

« Eh bien, qu'est-ce qu'il t'arrive, mon petit chat ? C'est quoi ce gros chagrin ? Tu as fait une bêtise, on t'a puni ?

– Non, c'est pas ça, fit Matthieu en reniflant. On m'a volé mes deux plus beaux chevaliers ! »

Anna tourna la tête vers la petite table où se dressait un château fort de carton-pâte coloré. Sur les remparts, dans la cour, au sommet des tours et du donjon quantité de petits personnages animaient le décor. Vivien et Jeanne-Marie avaient offert ce jouet au garçon pour ses huit ans, il y tenait beaucoup et en prenait grand soin.

« Mais voyons, tu as dû les égarer, personne n'est entré dans ta chambre pour les voler, enfin !

– Si, quelqu'un est entré, Alain, avant-hier. »

Lors de la dernière visite de Sabine, Gaspard avait demandé à Matthieu de faire visiter la maison à son fils. Les deux garçons avaient exploré la chambre, examiné tous les jouets, un à un.

Anna réfléchissait. Seules, Flavie ou Jeanne-Marie avaient pu entrer dans la chambre de son frère, et il était certain que ni l'une ni l'autre n'étaient coupables. Certes ce vol – car c'en était un – n'était pas très important, les figurines n'avaient pas une grande valeur. Mais ce qu'elle n'appréciait pas, c'était le geste du garçon. Jamais Matthieu n'aurait fait une telle chose ; il allait maintenant se méfier d'Alain, un fourbe. La colère d'Anna refit surface. Et dire qu'il lui faudrait supporter ces gens-là, partager leur vie ! Voilà qui serait au-dessus de ses forces. Quelle solution trouver ? Aucune sans doute, hélas !

XXV

Premier chagrin

À LA MI-MAI, Sabine et Alain vinrent s'installer à Bois-Colombes. Jeanne-Marie et son époux avaient laissé la place ; ainsi, chacun des enfants aurait sa propre chambre. Matthieu se réjouissait de ne pas avoir à héberger Alain : depuis la disparition de ses deux chevaliers, il était devenu méfiant. Frédéric avait trouvé un appartement à Maureuil pour le couple Castellane. De dimensions modestes, ce logement présentait le grand avantage de jouxter la maison de la famille Aubertin.

Lorsque Anna fut de retour pour les vacances d'été, le 12 juillet, les intrus avaient investi la place depuis deux mois déjà. L'adolescente faisait en sorte de rencontrer Sabine seulement aux repas. La jeune femme avait compris aussitôt qu'elle n'acceptait aucunement sa présence, mais cela lui importait fort peu ; les états d'âme d'une gamine de quinze ans c'était vraiment quantité négligeable, elle n'en ferait pas cas, tout simplement.

Fine mouche, Sabine laissait Flavie et la tante de Gaspard continuer à s'occuper de l'intendance. En premier lieu, elle espérait ainsi se concilier les deux femmes ; en outre, elle appréciait grandement de n'avoir qu'à « se mettre les pieds sous la table. » Plus de cuisine, plus de lessive ni de repassage fastidieux, plus de ménage, à part l'entretien de sa chambre et de celle de son fils. Elle n'osait tout de même pas laisser cette tâche à Flavie qui, déjà, avait fort à faire.

« Ma bonne Flavie, disait-elle, il est tout à fait normal que je fasse ma part de travail, ici ! Vous vous dévouez déjà tellement pour nous tous... »

Au fil des jours, pourtant, elle intervint de plus en plus souvent dans la composition des repas.

« Une ratatouille et du veau pour midi ? Si j'osais... Alain a besoin de viande rouge, il est fluet pour son âge. Par hasard, ce serait trop vous demander de lui cuire un beefsteak ? Merci, je suis confuse. La ratatouille, il n'aime pas tellement. Ne lui feriez-vous pas une petite purée de pommes de terre ? Oh, j'abuse, je vous complique la vie, ma pauvre ! Mais pour le bien de mon fils, vous comprenez, n'est-ce pas ? Merci, merci infiniment... »

Flavie s'exécutait. Ces changements de menu se reproduisaient plusieurs fois par semaine : Alain appréciait le poisson grillé mais surtout pas en sauce, les tians de légumes n'étaient pas son fort, ni d'ailleurs les salades de fruits frais. Il détestait le melon, ne digérait ni la sauce Béchamel ni la viande de porc, etc. Exaspérée, Flavie finit par s'en ouvrir à la tante de Gaspard :

« Si chacun se met à exiger un plat différent, bientôt je n'y suffirai plus ! Matthieu et sa sœur ne font pas tant la fine bouche, heureusement ! Je vais finir par conseiller à cette ennuyeuse d'emmener son fils au restaurant, ainsi il aura tout le choix nécessaire ! »

Jeanne-Marie calma le jeu à maintes reprises, mais lorsque les exigences de Sabine se firent quotidiennes elle décida d'intervenir.

« Alain n'est plus un bébé depuis longtemps, il n'est pas normal de lui préparer un repas à part. Qu'il n'apprécie vraiment pas une chose ou deux, je veux bien l'admettre, mais là, très franchement... Ne croyez-vous pas qu'il est grand temps de l'habituer à toutes sortes de nourriture ? »

Volontairement, elle n'avait pas nommé Flavie, Sabine ne devait pas penser que celle-ci s'était plainte d'un surcroît de travail. En réalité, Alain ne connaissait tout simplement pas les plats élaborés par Flavie.

« Je peux faire une suggestion ? »

Sabine était tout sourire, elle parlait d'une voix douce. Jeanne-Marie ne répondit rien et elle continua sur le même ton :

« Si votre mari et vous-même preniez vos repas ailleurs, Flavie n'aurait que cinq convives à satisfaire, son travail en serait allégé. Surtout, ne le prenez pas mal, je cherche seulement à concilier les choses au mieux... Pour tout vous dire, les repas ici sont trop compliqués. Alain aime les choses très simples, il n'a pas été habitué aux plats longuement mijotés, je n'en avais ni le temps ni les moyens ! D'ailleurs, cuire un beefsteak n'est pas si long et difficile, vous ne pensez pas ? »

Jeanne-Marie préféra ne rien dire. Jusque-là, son bon cœur lui avait interdit d'analyser ses sentiments à l'égard de Sabine ; pourtant, plus elle la côtoyait, moins elle parvenait à la trouver sympathique, et elle se le reprochait souvent. Ce regard fuyant quand elle n'était pas sur ses gardes, et dont Alain avait hérité, ses minauderies visiblement forcées, son sourire de commande, tout cela contribuait à la rendre méfiante. Elle finit par penser qu'Anna n'avait sans doute pas tout à fait tort. L'adolescente ne cessait d'affirmer que seul l'intérêt avait poussé Sabine à faire la conquête de Gaspard, pour s'introduire à Bois-Colombes et finir par se faire épouser.

Blessée par une réflexion qui, sans équivoque, montrait qu'elle-même et Vivien étaient considérés comme des indésirables, Jeanne-Marie s'en ouvrit à son neveu, sans toutefois lui donner trop de détails. Comme elle s'y attendait, Gaspard s'insurgea :

« Je ne vois aucune raison pour que vous changiez vos habitudes, tout se passe pour le mieux, ici ! Vous manqueriez trop aux petits, et à moi aussi ! Pense aux enfants, enfin ! »

Sa tante finit par céder et l'on en resta là. De ce jour, Sabine se montra infiniment moins aimable, mais elle cessa d'importuner Flavie à propos des menus. Elle craignait que Gaspard n'ait été mis au courant de ses exigences abusives ; à ses yeux, elle devait rester une personne conciliante, aimée de tous.

Gaspard ne s'aperçut pas que sa tante et Sabine étaient en froid ; devant lui, sa compagne était assez maligne pour dissimuler. Mais Jeanne-Marie, désolée, croyait retrouver l'atmosphère qui régnait à Bois-Colombes du temps de sa sœur. Après les sautes d'humeur et la méchanceté d'Angèle, il fallait maintenant subir l'animosité de Sabine. Mais, pour les enfants déjà trop éprouvés, ce serait supportable, et elle ne s'en ouvrirait pas à Vivien.

Sabine fit si bien qu'elle obtint de Gaspard un cadeau apprécié : des leçons de conduite automobile. Le garagiste de Maureuil s'en chargeait un jour sur deux, en fin de soirée. Son permis en poche, Sabine se faisait fort d'amener son compagnon à lui offrir une petite voiture. La vie à Bois-Colombes était plutôt ennuyeuse, pour quelqu'un de désœuvré surtout. Losque son fils serait à l'école, elle pourrait s'échapper pour quelques heures. Et elle savait tout à fait comment s'y prendre pour convaincre Gaspard ; pour la garder, il était prêt à lui manger dans la main !

* *
*

Depuis son retour du lycée, le plus possible Anna fuyait la verrerie. Elle passait tous les après-midi à la plage, généralement seule. Bon gré mal gré, Matthieu avait toujours Alain sur ses talons ; sa sœur supportait difficilement la présence du garçon, et il ne savait quel parti prendre. Très vite, Sabine en fit reproche à Anna.

« Quand tu emmènes ton frère se baigner, Alain reste seul, il est malheureux. Il me dit que tu refuses sa compagnie, c'est vraiment mesquin de ta part ! Faut-il que j'en parle à ton père ? »

Si la mine était toujours avenante, la question contenait une menace non déguisée : Gaspard allait tancer sa fille et, visiblement, Sabine s'en réjouissait.

« Parlez-lui-en si vous voulez, cela m'importe peu ! Sachez que je ne suis pas la nounou de votre fils. Certes, je ne peux pas l'empêcher de nous suivre, mais je ne suis pas tenue de le surveiller. Pourtant, s'il lui arrive quelque chose de grave, on m'en rendra responsable, sans aucun doute. Après tout, surveillez-le vous-même, vos journées ne sont pas si chargées ! Vous pouvez fort bien l'accompagner à la plage, votre travail n'en pâtira pas ! »

Anna avait tout à fait conscience d'avoir été insolente, mais cela ne la souciait pas. S'il le fallait, elle était prête à répéter les mêmes mots à son père. Accepter la présence de la mère et du fils était déjà insupportable, si en plus elle devait jouer les bonnes d'enfants…

Alain nageait très mal alors que Matthieu, comme sa sœur, était maintenant aussi à l'aise dans l'eau qu'un poisson. Leurs longues baignades les amenaient très loin de la plage, jusqu'au cordon de bouées de sécurité et il n'était nullement question d'y renoncer.

« Alors Matthieu, tu viens avec moi ?

– Pas aujourd'hui, répondait le garçon, mal à l'aise. On a prévu de fabriquer des arcs alors…

– Comme tu veux. Pourtant, tu ne crois pas que c'est dommage de sacrifier ton plaisir aux caprices de ce « fils à maman » ? Lorsque nous serons en Auvergne, la mer sera loin et tu n'auras plus le choix. Enfin cela te regarde, à ce soir ! »

Sur la plage, une belle fille comme Anna attirait les regards. Il n'était pas rare qu'un jeune homme vienne étaler son drap de bain près d'elle. Les yeux protégés par ses lunettes de soleil, l'adolescente s'amusait généralement de ces avances à peine déguisées. Certains tentaient un début de conversation : « Vous êtes en vacances ? Quel temps splendide, l'eau est vraiment agréable ! Vous êtes déjà venue ici ?... »

Souvent, Anna ne répondait rien ou alors des banalités du même genre, avant de faire comprendre à l'intrus qu'il ne l'intéressait pas.

Pour décourager l'importun, le plus sûr était de se retourner sur le ventre, le visage caché dans ses bras repliés. La plupart du temps, le garçon allait voir ailleurs. Un jour pourtant, celui qui se penchait vers elle – sans doute âgé de dix-sept ou dix-huit ans – lui parut plein de charme et digne d'attention.

Après quelques minutes, les jeunes gens bavardaient en toute confiance. Leur famille, leurs études, leurs goûts même, ils abordèrent volontiers tous ces sujets et quelques autres. Prénommé Patrice, Parisien d'origine, l'adolescent avait un beau visage aux traits réguliers, un regard aussi bleu que celui de Matthieu, des cheveux très blonds. Tout en lui plaisait à Anna, mais surtout ses reparties pleines d'humour.

Par hasard, Alain se trouvait là. Anna, qui le plaignait un peu, acceptait parfois sa compagnie à la demande de son frère. Guère enclins aux bains de soleil, Matthieu et lui étaient occupés, à quelque distance, à creuser un grand trou dans le sable. Trois gamins un peu plus jeunes s'étaient joints à eux ; tous semblaient bien s'amuser, ils foraient avec entrain.

Anna avait accepté l'offre de Patrice d'aller déguster une glace ; ensemble, ils s'étaient dirigés vers le bar en plein air, installé sous un rudimentaire abri de canisses. Au moment de quitter la plage, le jeune homme suggéra de se retrouver au même endroit, le lendemain.

L'adolescente se réjouissait de cette amitié naissante ; avec Patrice elle se sentait bien. Il n'avait pas débité les inepties entendues d'ordinaire, n'avait eu aucun geste équivoque. Anna était bien loin de penser à un flirt de vacances, cependant elle était conquise par ce beau garçon intelligent, nullement prétentieux et tellement drôle.

Deux jours plus tard, elle lisait à l'ombre, dans le jardin, lorsque son père apparut. D'abord étonnée – à cette heure-là, il aurait dû se trouver aux ateliers –, à sa mine sombre elle comprit qu'il venait lui faire des reproches. Raidie, elle attendit l'orage en silence.

« Juste deux choses, dit Gaspard, les sourcils froncés. D'abord, je te saurais gré d'être correcte avec Sabine et plus aimable vis-à-vis d'Alain. Ensuite, je dois te prévenir : si l'on me rapporte une fois encore que tu fréquentes des jeunes gens inconnus, je me verrai obligé de t'interdire toute sortie. Je n'y reviendrai pas ! »

Au comble de la colère, Anna s'était dressée :

« Je vois que tes espions sont dignes de ta confiance. Enferme-moi donc dans un couvent, si cela existe encore ! Ma parole, cette femme t'a ensorcelé ! Quant à son rejeton, elle n'a qu'à veiller sur lui elle-même. Elle ne fait rien durant des journées entières si ce n'est vivre à tes crochets, cela la distraira ! »

Sur ce, Anna rentra brusquement dans le salon pour disparaître ensuite dans sa chambre. Son père, autrefois si indulgent, devenait sévère, plus même, terriblement injuste. Sans doute aucun, Sabine s'était plainte et ce petit cafard d'Alain avait rapporté à sa mère la rencontre d'Anna et de Patrice.

Après avoir réfléchi, l'adolescente pensa que le mieux serait de ne rien dire à Sabine ; celle-ci, bien entendu, espérait avoir déclenché une polémique, eh bien elle ne lui donnerait pas ce plaisir ! En même temps, Anna était bien décidée à passer outre et à vivre comme elle l'entendait. Il n'était nullement question de ne pas revoir le jeune Parisien. Son père n'oserait pas l'enfermer, et puis le départ pour Sarnac était imminent, dans une petite semaine tous gagneraient l'Auvergne, le débat serait clos. Au besoin, elle quêterait le soutien de Jeanne-Marie pour fléchir son père, mais elle espérait bien ne pas en venir là. Elle ignorait que sa tante avait tout entendu de leur discussion matinale.

* *
*

Malgré sa ferme intention de ne pas intervenir dans les démêlés opposant Gaspard et sa fille, Jeanne-Marie pensa qu'elle devait le faire avant que les choses n'en viennent à s'envenimer. Depuis l'arrivée de Sabine et d'Alain, Anna se repliait sur elle-même, ne se confiait plus à quiconque et semblait avoir perdu sa joie de vivre.

Un soir, en rentrant à Maureuil, Jeanne-Marie frappa chez les Aubertin dans l'intention de solliciter l'aide de Pierre-Yves.

« Entendons-nous bien, mon grand, il ne s'agit pas de surveiller Anna, simplement j'aimerais que tu découvres qui elle fréquente sur la plage, chaque après-midi. Je ne peux le demander à Matthieu, tu le comprends. La voilà de nouveau en conflit avec son père... »

Après avoir rapporté l'incident provoqué par les médisances d'Alain, elle s'empressa d'ajouter :

« Il n'y a sûrement pas de quoi fouetter un chat mais, ici, durant l'été, toutes sortes de gens sans scrupule cherchent une aventure de vacances, c'est notoire. Je ne mets pas en doute le sérieux d'Anna, mais elle est très jeune, sans méfiance, il serait facile de profiter de sa candeur, tu ne penses pas ? Elle est tellement belle et attirante déjà... »

Si Pierre-Yves approuva, il n'aimait pas du tout le rôle que prétendait lui faire jouer Jeanne-Marie. Pourtant, il s'agissait d'Anna, sa petite protégée. Il ne l'avait pas revue depuis quelque temps, s'étonnait même qu'elle ne soit pas venue le solliciter pour des balades dans la garrigue. Finalement, il n'était pas fâché d'aller se rendre compte à quelle sorte de chevalier servant plus ou moins dangereux l'adolescente avait à faire.

« Entendu, j'irai dès demain, mais je ne veux en aucun cas qu'Anna me soupçonne de l'espionner. Je tiens beaucoup à rester son ami.

– Tu sauras très bien t'y prendre, j'en suis certaine. Merci mon grand, à demain soir. »

La mère de Pierre-Yves avait appuyé les dires de Jeanne-Marie, il ne pouvait faire autrement que de s'exécuter.

Parvenu à l'entrée de la plage, le lendemain, il repéra de loin Anna et les deux garçons. Prudent, Alain nageait le plus près possible du rivage ; Matthieu faisait des plongeons, fendait l'eau pour des allers et retours entre sa sœur et lui. Au bout d'un moment, Pierre-Yves vit Anna revenir vers le bord, sortir enfin de l'eau, ruisselante. Son maillot bleu clair moulait son corps juvénile et doré ; levant les bras, elle dénoua l'étroit ruban qui attachait ses cheveux sur sa nuque. À ses côtés, un bel adolescent d'une extrême blondeur ne la quittait pas des yeux. Ils revinrent sur le sable en bavardant. Anna était radieuse.

Après s'être essuyée sommairement, l'adolescente tordit les boucles de son opulente chevelure pour en chasser l'eau de mer. Elle s'allongea ensuite près du jeune homme et ils reprirent leur bavardage. Pierre-Yves se tenait bien trop loin pour saisir le moindre mot, mais il voyait Anna rire, le visage animé. Visiblement, elle semblait très heureuse.

Une évidence laissa Pierre-Yves stupéfait : sans doute aucun, sa jeune amie était amoureuse ! Alors l'impression furtive qu'il avait ressentie au printemps, lors de leur promenade sur le sentier littoral, refit surface, plus précise, incontestable. En quelques mois, Anna était devenue une belle jeune fille élancée, presque une femme. La chrysalide laissait place soudain à un adorable et splendide papillon. Le jeune homme à ses côtés ne s'y trompait pas.

Après un bain de soleil d'une demi-heure, sans se rhabiller Anna et son compagnon se dirigèrent vers le bar. Pierre-Yves en profita pour s'éclipser, il craignait soudain d'être découvert.

Assez stupidement, il ne tenait pas à rencontrer ce garçon, plutôt sympathique, il devait bien se l'avouer.

À son habitude, il regagna Maureuil en grimpant à flanc de colline, sous les arbres. La scène à laquelle il venait d'assister le laissait confondu. Ses sentiments pour Anna avaient changé. Depuis quand ? Il n'aurait su le dire. Non, il n'éprouvait plus pour elle l'affection que l'on porte à une jeune sœur. Il en avait pour preuve la jalousie ridicule qui l'habitait à présent. Et il se prenait à détester ce bel éphèbe que l'adolescente dévorait du regard.

Décontenancé, Pierre-Yves dépassa le village, marcha longtemps en lisière de la garrigue. Avant de rentrer, de retrouver sa mère qui, sans doute aucun, allait lui poser mille questions, il lui fallait voir clair en lui-même, se reprendre, chasser ce sentiment intolérable d'être dépossédé. Il ne laisserait personne lui prendre Anna, depuis toujours elle lui appartenait et il refusait de la perdre. Aussitôt il se fit des reproches : l'adolescente n'appartenait à personne, sinon à elle-même. Pour s'en convaincre, il se répétait qu'elle n'était qu'une enfant et lui un adulte, bientôt majeur. Sans doute le considérerait-elle toujours comme un grand frère, mieux valait s'en persuader. Pendant trois semaines, Gaspard et les siens résideraient en Auvergne ; alors il lui faudrait absolument trouver un dérivatif, une aventure amoureuse, pourquoi pas ? S'attacher à une autre jeune fille serait le meilleur remède. Mais y parviendrait-il ?

Le jeune homme trouva Jeanne-Marie en train de bavarder avec sa mère, dans le jardin. Il les assura que l'adolescent rencontré par Anna, à peine plus âgé qu'elle, ne semblait nullement dangereux ; à sa mine, on comprenait aussitôt qu'il n'avait aucune mauvaise intention. Il ne s'agissait que d'un flirt innocent.

* *
*

Anna avait pris place, près de son frère, dans l'automobile de Vivien et Jeannie. À quelque distance devant eux, dans la voiture grise de son père, Sabine et Alain, mécontent et boudeur. Un séjour de trois semaines dans une région inconnue ne le tentait nullement, malgré la description enthousiaste que Matthieu lui avait faite de la ferme et de ses occupants. Mais c'était un garçon difficile à contenter, qui ne savait pas attirer la sympathie, au contraire. Il en voulait au monde entier, et particulièrement à sa mère, d'être obligé de vivre à Bois-Colombes où il ne trouvait pas sa place.

Matthieu bavardait avec Jeanne-Marie alors que sa sœur restait renfrognée et muette. Sa tante mettait cette morosité sur le compte de sa séparation d'avec son jeune soupirant. Ce n'était qu'à moitié vrai. Après l'avoir transportée d'un bonheur inattendu, merveilleux, insoupçonnable, Patrice avait infiniment déçu et blessé l'adolescente.

Dissimulés sous un parasol, derrière le bar de la plage, les jeune gens avaient échangé des baisers fougueux auxquels Anna ne s'attendait nullement. Le spectacle d'un couple d'amoureux, dans un parc ou au cinéma, ne l'avait pas du tout préparée. Elle n'avait vu que des lèvres jointes. Les baisers de Patrice étaient bien plus que cela, profonds, troublants, affolants, incomparables. La bouche exigeante du garçon l'avait chaque fois transportée loin, très loin, hors du temps, hors d'elle-même. Le monde, ensuite, semblait avoir changé : la mer était plus belle encore, le ciel plus radieux, les arbres et les fleurs enchantés comme au pays des merveilles. Et puis, soudain, tout était devenu gris et terne, la lumière du Midi, si intense pourtant, n'avait plus aucun éclat. Patrice avait tout anéanti.

Lors de leur dernière rencontre, elle attendait des serments éternels, une promesse d'échange de courrier assidu avant une nouvelle rencontre l'année suivante. Il n'en fut rien.

« J'essaierai de ne pas t'oublier trop vite », avait seulement dit Patrice en lui caressant la joue.

Interdite, elle crut qu'elle se méprenait.

« Moi je ne t'oublierai jamais, je t'écrirai chaque semaine, non, chaque jour ! Tu me répondras, bien sûr ?

– Écrire ? Hum, ce n'est pas ce que je préfère...

– Tu ne vas tout de même pas me laisser sans nouvelles jusqu'à l'été prochain ?

– Écoute, il y a très peu de chances que je revienne jamais ici. Mais j'ai été très heureux de te rencontrer, et nous avons passé de très bons moments. »

Des larmes brillaient dans les yeux d'Anna, alors il ajouta en riant :

« Allons, ce n'était qu'un flirt de vacances ! J'ai dix-sept ans et toi quinze, qu'est-ce que tu avais donc cru, qu'il s'agissait d'un amour éternel à la vie, à la mort ? »

Elle faillit crier : « Tu m'as dit que tu m'aimais, et tu mentais ! » Elle préféra se taire, mais elle détestait ses paroles odieuses, son air ironique, son beau profil, ses cheveux si blonds, tout, elle détestait tout en lui.

« Je te déteste, va-t'en ! »

Elle était partie en courant et elle se jura qu'elle n'aimerait jamais personne, elle souffrait trop. Les garçons étaient des lâches, le premier rencontré lui faisait haïr tous les autres.

XXVI

Amertume

AU FIL DU TEMPS, Anna retrouva un début de sérénité. Si sa première déception amoureuse la faisait souffrir encore, le souvenir de Patrice s'estompait chaque jour un peu plus. Rassurée, Jeanne-Marie la vit revivre, retrouver son entrain coutumier. L'arrivée de Sabine dans la vie de son père restait sans doute encore une très pénible épreuve ; pourtant, la joie de vivre de l'adolescente, son caractère vif, enjoué, semblaient refaire surface.

Anna avait beaucoup appréhendé ces vacances à Sarnac. Son père lui imposerait-il la présence constante de sa compagne ? Elle espérait bien que non ; par chance, cet espoir n'avait pas été déçu. Peut-être Gaspard avait-il enfin compris qu'il ne servirait à rien de forcer les sentiments de sa fille, trop insoumise, trop rebelle. Sabine et lui, souvent accompagnés d'Alain, disparaissaient chaque après-midi, et même une journée entière. Gaspard avait entrepris de leur faire visiter le Cantal, comme il l'avait fait pour Sophie, autrefois. Anna et son frère avaient ainsi toute liberté d'aller à leur guise.

Mal à l'aise à la ferme où Matthieu passait le plus clair de ses journées, le fils de Sabine préférait partir en excursion. Le bétail l'inquiétait, le milieu agricole le rebutait alors que le frère d'Anna y prenait un réel plaisir. Quant à l'adolescente, elle n'aimait rien tant que se rendre chez Marthe Rispal, en sa compagnie et celle de ses deux filles.

Mariée à l'un de ses collègues instituteur, Madeleine était mère d'une fillette d'à peine deux ans. Les travaux d'été demandaient beaucoup de bras ; Jean, fils de fermiers, aussi efficace qu'un domestique, prêtait la main au père de son épouse deux mois et demi durant ; tout à sa joie d'être grand-père, Eugène s'en félicitait.

Anna aimait s'occuper de la petite Cécile, une brunette vive qui commençait à parler. La découverte des animaux lui arrachait des cris de joie. L'adolescente l'emmenait visiter la basse-cour. Ravie, la petite battait des mains à la vue de la volaille affairée à qui elle jetait maladroitement des poignées de graines. Elle contemplait longuement les lapins, prisonniers derrière leur grillage, toujours en train de grignoter herbes et épluchures généreusement distribuées par Anna.

Les deux chiens de berger leur faisaient fête, elles jouaient de longs moments avec les chats. Un agneau blanc tout frisé les suivait partout, comme l'aurait fait un jeune chiot. Âgé de cinq semaines, il avait perdu sa mère en naissant et Colette l'avait élevé au biberon. Anna prenait la petite main de Cécile pour lui faire caresser la douce toison sur le dos de l'animal, baptisé Flocon.

L'agneau commençait tout juste à brouter un peu d'herbe et venait familièrement manger dans la main d'Anna ; la petite Cécile, elle, reculait précipitamment au contact des lèvres gloutonnes sur sa paume ouverte. Pourtant, cette peluche vivante la fascinait ; les deux amis cabriolaient ensemble dans le pré, se roulaient dans l'herbe drue, et c'est une petite sauvageonne ébouriffée qu'Anna ramenait à la ferme.

Un an après son retour de déportation, Denis, le frère de Janot Monsel décédé en Allemagne, s'était engagé comme domestique. Eugène et son épouse l'avaient accueilli à bras ouverts.

Ils avaient pour lui la plus grande estime et Marthe avait confié à Jeanne-Marie :

« Colette et lui se plaisent beaucoup, nous allons bientôt les fiancer. Notre fille vient d'avoir vingt et un ans et Denis cinq ans de plus, il n'empêche qu'ils s'accordent bien tous les deux. Si vous n'êtes pas contre, monsieur Gaspard et vous, ils nous succéderont plus tard à la ferme. Les années de captivité ont beaucoup éprouvé Eugène ; dans quelque temps, il sera bien aise de passer la main à son gendre. »

Juste et Honorine, eux aussi, prenaient de l'âge, comme l'affirma le vieux gardien à Gaspard. À la belle saison, un jeune homme venait chaque jour l'aider à entretenir le grand potager. Afin de seconder Honorine au manoir, on avait engagé une villageoise pour la durée des vacances.

Après quelques jours où elle sut rester discrète, Honorine n'y tint plus ; un matin, elle osa enfin questionner Jeanne-Marie.

« Ainsi monsieur Gaspard a trouvé chaussure à son pied... C'est vrai qu'il est bien jeune encore, pardi, mais, ne vous en déplaise, cette personne n'a rien de comparable avec la pauvre madame Sophie ! »

La jeune femme comprit l'allusion à l'attitude désagréable de Sabine mais elle ne s'en étonna pas. Distante, beaucoup trop, avec les employés, répondant du bout des lèvres à leur salut, la nouvelle compagne de Gaspard jouait les grandes dames. Elle ne leur adressait jamais le moindre mot et laissait Jeanne-Marie gérer le quotidien. Jugeant sans doute que l'on ne payait pas en vain Honorine et son aide, « elle ne tournait même pas une paille » avait confié la vieille femme à Marthe, indignée.

« J'ai le sentiment, reprit-elle, que notre petite Anna, plus encore que son frère, ne la porte pas dans son cœur, je me trompe ?

– Vous savez, Honorine, combien la fille de Gaspard est entière, contrairement à Matthieu toujours beaucoup plus conciliant. Il faut bien avouer qu'elle et Sabine ne s'entendent pas du tout, et Gaspard en est vivement contrarié. Mais les choses sont ce qu'elles sont, n'est-ce pas ?

– Moi je vais vous dire, et malheureusement je crois pas me tromper. Quand Anna aura l'âge de voler de ses propres ailes, son père la perdra, et vous aussi hélas !

– Fasse le ciel que non ! Mais vous comprenez bien que Gaspard agit à sa guise, depuis bien longtemps il a l'âge de gérer seul sa vie. Je ne me sens pas le droit de m'en mêler, sinon...

– Ah, vous voyez ! Je me disais bien que vous pensiez comme moi. Cette femme n'est pas pour lui, elle ne fera pas son bonheur, encore moins celui de ses enfants.

– Honorine, ce n'est pas à nous d'en juger. Peut-être Sabine gagne-t-elle à être connue davantage, il faut un peu plus de patience, du temps... »

La mine sceptique de la vieille femme dissuada Jeanne-Marie de chercher d'autres arguments en faveur de Sabine, et la conversation en resta là.

* *
*

Les deux premières semaines de vacances avaient passé trop vite pour les enfants de Gaspard. À sa plus grande joie, Matthieu avait obtenu de son père la permission de grimper sur le tracteur de la ferme, en compagnie d'Eugène ou de Denis, et il ne s'en privait pas. Ce jour-là, avec sa sœur, Alain toujours morose, Colette et Madeleine, il partait à la cueillette des airelles. Cécile était restée à la garde de sa grand-mère, ses petites jambes ne lui auraient pas permis de suivre le groupe de cueilleurs dans la campagne.

Tout en marchant, Colette expliquait à Alain que ces petits fruits sont tout simplement des myrtilles sauvages. Pour la récolte, chacun s'était muni d'un grand seau à lait en fer-blanc et d'une sorte de peigne en bois aux dents largement espacées.

« Naturellement, ils sont réservés à la cueillette des airelles, ajouta Madeleine. Regarde comme le jus des fruits a imprégné le bois, maintenant teinté en bleu foncé. D'ailleurs, tu vas voir tes doigts : très vite, ils seront comme ceux des écoliers tachés d'encre violette ! »

À quelque distance de la ferme, les plants d'airelles recouvraient entièrement le flanc d'un coteau et, un peu plus loin, la lisière d'une grande forêt de sapins. Hauts d'un vingtaine de centimètres à peine, ils s'habillaient de petites feuilles rondes d'un vert soutenu et luisant. Cueillir les airelles à la main se révélait long et fastidieux ; aussi utilisait-on le peigne en bois, assez étroit, muni d'une petite poignée et de solides dents passablement écartées.

La cueillette des minuscules billes bleu-noir commença. Colette montrait à Alain comment placer le seau, tenu de la main gauche ; en même temps, la main droite faisait glisser le peigne le long des brindilles. Prises entre les dents de bois, les airelles, mêlées de quelques petites feuilles arrachées, tombaient par dizaines dans le récipient. Très vite, le jus des fruits tachait les doigts, c'était inévitable.

« C'est dégoûtant ! J'en ai partout ! » fit le garçon au bout de quelques minutes. Tout le monde se mit à rire et Madeleine le rassura :

« Ne t'inquiète pas, un lavage à l'eau de Javel et il n'y paraîtra plus. »

Mais le garçon avait lâché peigne et seau ; déjà, il redescendait la pente à grandes enjambées.

« Reviens, voyons, cria Colette, il ne faut pas te décourager aussi vite ! Des doigts tachés, ce n'est pas bien grave ! »

Sans se retourner, Alain accéléra l'allure pour remonter en direction de la ferme. Anna haussa les épaules :

« Bah ! Laissons-le donc. Inutile de le supplier, il ne reviendra pas.

– Ce soir, il va se plaindre à sa mère, soupira Matthieu, et papa va me gronder, une fois de plus…

– Te gronder ? Je ne vois pas pourquoi, lança sa sœur, véhémente. Ce n'est pas ta faute, ni celle de personne d'ailleurs, s'il ne s'intéresse à rien ! »

Les seaux pleins, le petit groupe regagna rapidement la ferme. Marthe avait préparé la bassine de cuivre, lavé les pots à confiture, disposé sur la table une petite balance à plateaux et quelques kilos de sucre cristallisé. La petite Cécile jouait avec la grande cuiller en bois destinée à remuer les fruits mêlés au sucre.

« Allez, les filles, on s'y met tout de suite ! »

Débarrassées des feuilles récoltées involontairement, les petites baies, rapidement rincées et égouttées par les soins de Marthe, furent versées dans la grande bassine de cuivre rouge aussitôt mise au feu. Colette pesa le sucre, le mélangea aux fruits. Pendant ce temps, Madeleine préparait le goûter des plus jeunes. Cécile exigeait de manger toute seule mais sa petite main maniait maladroitement la cuiller ; bientôt, elle eut de belles moustaches de fromage blanc tout frais. Anna et Matthieu se régalaient de sirop de fraise fait maison, accompagné de biscuits de ménage ; en même temps, ils ne perdaient rien de la confection des confitures. Comme chaque année, Marthe leur donnerait quelques pots qu'ils emporteraient à Bois-Colombes. L'hiver suivant, en dégustant leurs tartines, ils retrouveraient un peu, avec plaisir, le parfum de la campagne cantalienne.

Un peu plus tard, le frère et la sœur regagnèrent le manoir pour le dîner. En passant devant la petite maison des gardiens, ils s'arrêtèrent pour saluer Juste et son aide, encore au travail dans le potager.

« Alors les fermiers en herbe, fit le vieil homme en se redressant avec peine, quoi de nouveau ?

– Nous avons cueilli tout plein d'airelles, dit Matthieu. Marthe et Colette ont déjà fait une tonne de confitures !

– N'exagère pas, intervint Anna en riant, j'ai compté trente-sept pots de cinq cents grammes, c'est déjà bien ! J'ai entendu dire qu'Honorine et vous aurez votre part, dès demain.

– Oh ! La Marthe est une brave personne, elle nous fait toujours profiter des bonnes choses. Voilà quelqu'un qui a le sens du partage, on peut le dire !

– Qu'est-ce que vous récoltez, Juste ?

– Les carottes, ma petite Anna. Elles ont bien donné cette année. Henri va en porter quelques caisses à la cave, il faut commencer les provisions pour l'hiver, il est tellement long chez nous ! Mais la terre est de plus en plus basse, enfin pour moi... Le soir, je me sens cassé en deux, mes pauvres enfants. Si Henri n'était pas là pour faire le gros du travail, on se nourrirait seulement de feuilles de pissenlit, comme les lapins ! »

Sur cette boutade, Juste reprit sa petite pioche pour gratter la terre. Après un bonsoir, le frère et la sœur s'engagèrent dans l'allée de troènes menant au manoir. Partis pour la journée visiter le château de Tournemire et ses environs, Gaspard et Sabine étaient de retour. À la vue de la voiture garée sous les tilleuls, non loin de la maison, Matthieu poussa un profond soupir.

« Ne te soucie donc pas, dit affectueusement Anna en lui prenant la main. Même si Alain a cafardé, papa et Sabine ne vont pas en faire un drame ! »

Elle se trompait. La famille était à peine attablée que Gaspard déclara en fixant sévèrement Matthieu et sa sœur, tour à tour :

« Alain reste exceptionnellement avec vous et il faut que vous lui gâchiez la journée, une fois de plus ! Vous pouvez m'expliquer ?

– Il n'y a rien à expliquer, répondit calmement Anna. Madeleine et Colette sont témoins que nous n'avons pas ennuyé Alain le moins du monde. »

Et se tournant vers le garçon renfrogné, elle ajouta :

« Allons, sois franc pour une fois, dis la vérité !

– Vous vous êtes moqués de moi, tous ! J'en ai assez à la fin !

– Tout le monde a ri, c'est vrai, mais pas méchamment. Un peu de jus d'airelle sur tes doigts, ce n'était pas bien grave ! »

Interrogé par Gaspard, Matthieu approuva les dires de sa sœur. Conciliante, Jeanne-Marie crut bon d'intervenir :

« Voyons, il ne faut pas dramatiser, Alain est sans doute un peu trop susceptible. Apparemment, personne ne lui a fait de mal.

– Vous soutenez ces chers petits, naturellement ! jeta Sabine, agressive. J'ai enfin compris que mon fils est de trop dans votre famille, mais comme je n'ai pas l'intention de m'en séparer...

– Je t'en prie, Sabine, ne le prends pas ainsi ! s'empressa de dire Gaspard. Je réglerai les choses demain matin, je te le promets, dînons à présent. »

Le repas terminé dans un silence oppressant, chacun se retira dans sa chambre. Le lendemain matin, Gaspard et Sabine firent chorus pour tancer Matthieu et, surtout, sa sœur.

« Vous êtes odieux et méchants ! cria la mère d'Alain. On est bien trop indulgent avec vous, voilà le résultat ! J'ai demandé à votre père une punition sévère, assez du moins pour vous décourager de vous en prendre sans arrêt à mon fils.

– Anna, tu devrais, vu ton âge, te montrer la plus raisonnable. Hélas, il n'en est rien ! Tu ne sortiras pas jusqu'à la fin de notre séjour ici. De retour à Bois-Colombes, je verrai si je dois lever la punition ou non. »

Gaspard avait son air des mauvais jours. Anna se dit avec tristesse que la fréquentation de Sabine avait changé son père, elle ne le reconnaissait plus. Matthieu s'enhardit pour affirmer, la voix tremblante :

« Si ma sœur n'a plus le droit de sortir, moi non plus je ne sortirai pas !

– Voyez comme vous nous gâchez la vie, à tous ! fit soudain Anna en dévisageant Sabine dont l'air satisfait la mettait hors d'elle. Si ma mère pouvait voir comment sont traités ses enfants, elle se retournerait dans sa tombe, j'en suis sûre ! »

La gifle partit, une gifle magistrale qui enflamma aussitôt la joue de l'adolescente. Surpris par son propre geste, Gaspard resta un instant la main levée. D'abord interdite, Anna fixa son père avec mépris et partit en courant vers sa chambre. Aussitôt, Matthieu vint la rejoindre ; il se blottit dans ses bras en pleurant. Alors elle laissa échapper des larmes amères. La méchanceté de Sabine, la fourberie de son fils lui importaient peu ; elle pleurait l'affection perdue de son père, toujours si plein d'indulgence et de bonté, avant… C'était la première fois qu'il levait la main sur elle.

On frappa doucement à la porte et Jeanne-Marie entra. Sans un mot, elle prit les deux enfants dans ses bras, les serra chaleureusement contre elle.

« Ce n'est rien, rien du tout, répétait-elle, tout ira mieux bientôt ! »

Les enfants ignoraient que, la veille au soir, elle avait eu une brève conversation avec leur père.

« Surtout, ne dis pas que cela ne me regarde pas, écoute-moi d'abord. Je pense que je devrais garder tes enfants à Maureuil, le mois prochain. Ensuite ils partiront pour le lycée et, je l'espère, tout rentrera dans l'ordre.

– Tu as donc l'intention de faire croire à tous que je les abandonne ? Non, je n'accepterai pas !

– Alors reprends-toi, ouvre les yeux ! Comprends que Sabine n'a qu'un seul but : te détacher de tes enfants. J'ai mis beaucoup de temps, mais je le réalise enfin. Si vous continuez ainsi, tu les perdras, Gaspard, et tu en auras des regrets amers. Hélas, d'ici quelques années il sera trop tard, crois-moi ! »

Quand Jeanne-Marie rapporta ces propos à Vivien, elle était triste, infiniment désolée : pour la première fois de toute leur vie, elle et Gaspard ne se comprenaient plus.

* *
*

Après deux jours passés à se morfondre dans sa chambre alors que, dehors, le soleil brillait sur toute la région, Anna décida soudain de s'échapper quelques heures. Elle avait incité Matthieu qui, lui, avait évité la punition paternelle, à profiter de ces dernières journées en Auvergne ; après avoir un peu hésité, le garçon avait finalement rejoint Eugène et ses domestiques.

L'adolescente savait son père absent. Accompagné de Sabine et de son fils, Gaspard n'avait donné leur destination à personne, signalant seulement à Honorine qu'ils ne déjeuneraient pas au manoir. Depuis sa brève altercation avec Jeanne-Marie, il restait distant et sa tante en était désolée.

Qui pouvait apercevoir Anna sortir de la maison ? Avec un peu de chance, seulement Honorine ou Gilberte, la femme de ménage ; pourtant, ni l'une ni l'autre n'en parleraient à son père, c'était certain. Jeanne-Marie et Vivien l'auraient dissuadée de désobéir, mais elle les avait vus partir en direction du village un peu plus tôt. Risquant le tout pour le tout, l'adolescente emprunta l'escalier de la tour, plus discret que la grande porte, et se glissa silencieusement au-dehors.

Elle partit rapidement en direction de la rivière. Évitant avec soin l'endroit ensoleillé où, parfois, l'on s'adonnait à la baignade, elle fila vers l'amont, assez loin de Sarnac. La rivière dévalait une légère pente à la sortie d'un bois. Sous les arbres, il faisait frais ; à cette altitude, les derniers jours d'août annoncent souvent la fin de l'été, mais, cette année-là, le beau temps perdurait encore.

Arrêtée au pied d'un gros frêne, Anna leva les yeux vers les hautes branches. Les rayons du soleil s'immisçaient entre les feuillages, le jeu d'ombre et de lumière était fascinant. Depuis sa petite enfance, elle aimait les arbres, tous les arbres, ceux de son Midi, ceux de ce coin d'Auvergne aussi.

Elle étreignait leur tronc, posait sa joue contre l'écorce, lisse ou rugueuse selon l'essence du géant dont ses bras faisaient rarement le tour. Narcisse, un jour – elle devait avoir cinq ans –, l'avait surprise l'oreille collée au tronc d'un énorme mimosa.

« Qu'est-ce que tu fais donc, ma pitchoune ?

– J'essaie d'écouter le cœur de l'arbre, mais il bat si doucement que je ne l'entends pas du tout ! »

Une autre fois, le jardinier l'avait trouvée au pied d'un eucalyptus. Elle contemplait tristement, sur le sol, de longs lambeaux jaunâtres d'écorce mince arrachée.

« Vois ce pauvre arbre, il a perdu toute sa peau ! Il va mourir, tu crois ?

– Mais non, aucun danger ! C'est l'espèce qui veut ça, l'arbre ne souffre pas, je te rassure. Il fait comme les lézards qui, de temps en temps, changent de peau, tu sais bien ! »

Au cours d'une promenade dans la garrigue, Anna avait confié à Pierre-Yves son amour des arbres.

« Je les caresse tous, sauf les palmiers, leurs écailles sont trop coupantes, mais je ne leur en veux pas, ils sont si beaux ! Regarde ce pin, avec ses trois énormes troncs ! Chacun s'élève de son côté et, tout en haut, l'arbre forme une petite forêt à lui tout seul. Je vais l'appeler : l'arbre-cathédrale. Quand on lève les yeux, chaque branche est comme un pilier qui s'élance vers la voûte d'aiguilles.... »

Le jeune homme avait souri en la dévisageant.

« Quelle belle comparaison ! Je suis heureux que tu partages mon intérêt pour tous les végétaux, la nature est tellement belle... »

Anna suivit le cours de la rivière, maintenant devenue ruisseau, traversa une petite clairière envahie de mousse, s'arrêta devant un gros hêtre au tronc satiné, d'un beau gris d'argent. Tout à coup, ce décor apaisant parut s'effacer et une immense tristesse la submergea ; elle se sentit abandonnée, infiniment misérable. Qu'en était-il de la vie paisible, heureuse, à

Bois-Colombes, auprès de ceux qui l'aimaient ? Son père se détournait d'elle, Jeanne-Marie se trouvait impuissante à le fléchir, leur belle entente à tous ne résisterait pas à la malveillance perfide de Sabine et de son fils. Flavie, c'était certain, la soutiendrait, mais elle ne pouvait rien faire de plus que les aimer très fort, elle et Matthieu...

Et voilà que l'image de Patrice revenait s'imposer soudain ; de nouveau, la douleur reflua, intacte, aussi vive qu'au premier jour. Elle s'était crue définitivement guérie de cette trahison, mais c'était faux. Sa vie lui parut à jamais détruite, le désespoir l'envahit, et elle n'avait que quinze ans.

Caressant le tronc du hêtre du bout des doigts, Anna se prit à rêver : l'arbre se fendait brusquement en deux, s'ouvrait en une longue déchirure dont les bords s'écartaient pour lui faire place. Alors, elle se coulait entre l'écorce et le bois blanc ligneux, se fondait dans l'arbre, disparaissait. C'était stupide, elle divaguait...

Le chant ténu et régulier du ruisseau l'attira sur la rive. Après quelques rebonds sur d'énormes pierres moussues, l'eau s'étalait soudain, noire et brillante de mille reflets. S'allonger là, dans ce lit glacé sous l'ombre des hêtres, ne plus respirer, se laisser engourdir sans se débattre, simplement. Mourait-on très vite lorsqu'on se noyait ? Ou bien la souffrance était-elle sans fin, intolérable ? Tentée, Anna se pencha, plongea ses doigts dans le flux d'un froid saisissant. Ce contact la tira de son étrange songe éveillé, l'instinct de survie la retint sur le bord, désemparée. Elle crut entendre la voix de Matthieu, il lui faisait d'amers reproches. Il la fixait intensément et, dans son regard bleu, elle pouvait lire une infinie tristesse.

Alors elle repartit lentement vers le manoir. Ses jambes étaient de plomb. Elle songea à sa mère, la revit tout à coup dans le jardin de la verrerie ; les yeux mi-clos, la mine radieuse, la jeune femme respirait une touffe de laurier-rose. Elle était si présente qu'Anna crut sentir son parfum léger, la douceur de sa joue…

« Aide-moi, maman, je t'en supplie, j'ai tellement besoin de toi ! »

XXVII

Port-Cros

De retour à Bois-Colombes, Jeanne-Marie plaida si bien la cause d'Anna que son père accepta de lever la punition infligée une semaine plus tôt. Parmi les arguments avancés, sa tante avait fait valoir que, dans un mois à peine, l'adolescente regagnerait l'internat de son lycée.

« Tu as remarqué sa petite mine, j'en suis certaine ! Elle mange à peine, elle a maigri. Mieux vaudrait que ta fille soit en forme pour commencer une nouvelle année scolaire... »

Gaspard avait cédé ; pourtant, il appréhendait la réaction de Sabine. Elle ne manquerait pas de lui reprocher sa faiblesse, de lui jeter au visage, une fois de plus, qu'il gâtait beaucoup trop ses enfants et qu'il laissait sa tante saper son autorité paternelle.

Étrangement, sa compagne ne fit aucune réflexion de ce genre. Elle était bien trop occupée par le récent cadeau de Gaspard. Commandée un mois plus tôt chez le garagiste de Maureuil, son automobile venait d'être livrée. Sabine en prit possession avec fierté. Toute la famille comprendrait enfin quelle emprise elle avait sur Gaspard, il ne lui refusait rien et elle jubilait.

Après quelques jours où elle dut d'abord se familiariser avec le véhicule, elle commença à sillonner les environs de Bois-Colombes, chaque après-midi. Alain profita naturellement des promenades dans l'arrière-pays ou le long de la côte le plus souvent. Mais un jour, sa mère déclara :

« Je sais que la fin des vacances approche, mais tu devrais imiter Matthieu. Chaque jour, il passe quelques heures à la verrerie. »

Alain se renfrogna. Depuis sa première visite, l'atmosphère des ateliers lui déplaisait au plus haut point ; il y régnait une chaleur étouffante, le travail paraissait extrêmement compliqué, et le garçon ne s'expliquait pas la passion de Matthieu pour ce métier si éprouvant.

« Maman, je ne veux pas être verrier, moi ! Pour Matthieu, c'est pas du tout pareil. Les hommes de sa famille travaillent là depuis… très longtemps.

– Je ne te demande pas si tu veux être verrier ou non, répliqua sévèrement Sabine. Tu n'as pas l'air de comprendre, tu dois absolument apprendre ce métier, je tiens à assurer ton avenir.

– Mais pourquoi ?

– Ce que tu peux être sot, mon pauvre petit ! Exactement comme ton père qui n'avait aucune ambition. Retiens ce que je te dis : dans quelques années, je compte bien que tu aies la moitié des parts de l'entreprise ! Pourquoi crois-tu donc que je reste à Bois-Colombes ? »

Alain ne répondit pas, il n'avait jamais réfléchi à de telles choses. Sa mère décidait toujours de tout. Mais passer sa vie devant les fours des verriers, voilà une perspective qui ne l'enchantait pas du tout.

« Écoute, au lieu de rester toute ta vie un simple ouvrier, à Bois-Colombes ou ailleurs, un jour tu seras patron. De moitié avec Matthieu, évidemment, Gaspard ne va pas déshériter son fils. Beaucoup t'envieront, je te le promets. Le travail doit être dur, j'en conviens, mais tu seras riche, penses-y. Alors, dès maintenant, tu dois montrer ton intérêt pour ce métier-là, même si ce n'est pas tout à fait vrai, tu comprends ? »

Le jeune âge d'Alain, sans doute, l'empêchait de bien saisir le raisonnement de sa mère. Sa vie d'adulte lui semblait bien lointaine, mais il n'avait pas l'intention de la passer ici, au sein d'une famille qu'il n'appréciait pas. Pourtant, force lui fut d'obéir et, dès le lendemain, il suivit Matthieu dans les ateliers.

Alors que le fils de Gaspard ne perdait rien des différentes phases de la fabrication de la pâte de verre, Alain s'ennuyait ferme. Il se morfondait dans son coin, le plus loin possible de la bouche ardente des fours. Durant les courtes pauses où les ouvriers buvaient de longues rasades d'eau, respiraient quelques minutes sur le seuil des portes grandes ouvertes, Matthieu ne cessait de les questionner, curieux et enthousiaste : pourquoi ce geste, à quoi pouvait bien servir cette poudre jaune, quelle serait la prochaine étape, etc.

« C'est magique, tu ne trouves pas ? Toutes ces formes, ces ornements superposés, ces couleurs, on doit être rudement fier de créer tout cela !

– Je sais pas, je n'y connais rien du tout…

– Il faut suivre avec attention chacun des gestes du souffleur, du début à la fin du travail en cours. C'est vrai que l'on s'y perd un peu, mais, au bout de quelque temps, on comprend mieux et on a envie de l'imiter. »

Alain pensait que, même s'il restait là des mois, des années entières, jamais il n'éprouverait une telle envie. Il faillit dire : chacun ses goûts, mais il préféra se taire ; si Matthieu lui demandait ses goûts, justement, il serait bien en peine de lui répondre. Pour le moment, son plus grand plaisir à lui était de flâner çà et là, sans rien faire.

Un jour, Gaspard s'approcha, lui mit une main sur l'épaule :

« Je suis heureux de te voir aussi intéressé ! Tu viens ici tous les jours, c'est bien. Ta mère m'assure que notre métier te passionne, je suis certain que tu feras plus tard un très bon maître verrier. »

Furieux contre sa mère, Alain dut cependant prendre son mal en patience. Lui qui aimait fort peu l'école se prit à attendre impatiemment la rentrée des classes.

* *
*

Au retour de Sarnac, Jeanne-Marie s'était confiée à Magali Aubertin. Les deux amies déploraient l'attitude de Gaspard ; tellement désireux de plaire à Sabine, obsédé par la crainte de la perdre, il ne réalisait pas combien elle était dangereuse. Elle était en train de tout mettre en œuvre pour le détacher de ses enfants. Échapperait-il jamais à son emprise ? On pouvait en douter.

« Comment peut-elle avoir un tel ascendant sur ton neveu ? N'importe qui d'autre verrait clair dans le jeu de cette femme ! J'ai beaucoup réfléchi, laisse-moi te dire, son objectif est très clair : se faire épouser pour avoir des droits sur Bois-Colombes et installer son fils à la verrerie.

– Si c'était quelqu'un de franc, de sympathique, je n'y trouverai rien à redire. Après tout, Gaspard ne sera pas le premier veuf à fonder un nouveau foyer. Mais c'est loin d'être le cas, hélas ! Mon neveu a toujours été trop influençable. Bon et faible, Angèle le disait assez. Face à des gens roués, manipulateurs, il n'a pas plus de défense qu'un enfant.

– Vivien ne pourrait-il pas essayer de lui faire entendre raison ?

– Tu sembles oublier que mon mari est l'employé de Gaspard, sa position est délicate, il n'acceptera pas c'est certain.

– Toi en revanche, il t'a toujours demandé conseil, souviens-toi, du temps de sa mère…

– Mais là tout est différent. Il me faudrait des arguments très forts pour le persuader de la mauvaise foi de Sabine. À part son antipathie manifeste pour Matthieu et, surtout, Anna, que lui reprocher ? Rien ! Pour mon neveu, c'est la femme parfaite, manifestement il en est follement amoureux, alors... J'ai bien peur que ce soit sans solution. »

Lorsque Pierre-Yves avait revu Anna, après ses vacances en Auvergne, il avait mis sa pâleur et son manque d'allant sur le compte de la déception infligée par le jeune Patrice. Sa mère lui rapporta sa récente conversation avec Jeanne-Marie en ajoutant :

« Anna apprécie beaucoup ta compagnie, n'est-ce pas ? Essaie donc de la distraire. Je sais qu'elle n'a guère d'amies à Maureuil, ses compagnes de lycée habitent loin de chez nous. Allez vous baigner, faites des promenades, tu trouveras bien des occupations agréables... »

Le jeune homme restait silencieux. Il s'était bien gardé de s'ouvrir à quiconque de ses sentiments amoureux pour sa jeune amie. Ces dernières semaines, il avait tenté de se reprendre ; ce qu'il éprouvait était malvenu, la jeunesse d'Anna, leur différence d'âge, tout concourait à les éloigner l'un de l'autre. La conduite à tenir était fort simple : ne rien changer, se montrer seulement amical et protecteur, rien de plus, comme avant. Surprise de son silence, sa mère le dévisageait, alors il s'empressa de dire :

« Je réfléchissais... Tu n'ignores pas que le fils de Casimir a conservé la licence de pêche de son père et qu'il m'a appris à piloter son petit canot à moteur. Depuis peu, il le loue pour des balades en mer. Je vais le lui emprunter et emmener Anna jusqu'à Port-Cros. Voilà une bonne idée, n'est-ce pas ?

– Très bonne, en effet, mais tu seras prudent, au moins ?

– Comme toujours, maman ! »

Pierre-Yves embrassa sa mère en riant et s'empressa de descendre au port pour retenir le canot.

* *
*

En accostant dans la petite île paisible, le jeune homme était satisfait. Le canot l'avait amené à bon port sur une mer d'huile, avec ses deux jeunes amis.

Avant 1940, Anna était venue quelques fois à Port-Cros avec ses parents, mais il ne lui en restait qu'un très vague souvenir, elle était si petite alors… Le plus souvent, on empruntait la navette reliant le continent et les îles d'Or. Parfois aussi, la petite famille embarquait sur le voilier d'un ami de Gaspard.

Alors, c'était une merveilleuse journée, pique-nique, baignade, longue flânerie en des lieux très peu fréquentés. Parfois, on gagnait l'île de Porquerolles, plus animée ; après s'être régalé d'une friture dans le petit restaurant proche de l'embarcadère, on faisait le tour du village planté d'eucalyptus géants.

Âgée de trois ou quatre ans, Anna ne se lassait pas d'écouter le vent bavarder dans les voiles ; seule restait dans sa jeune mémoire l'image de ces grandes ailes blanches largement déployées, comme celles d'un immense oiseau filant vers l'horizon. Le bateau fendait allègrement l'eau bleue moirée de vert et la petite, fascinée, noyait son regard dans le sillage argenté ouvert dans les vagues.

Après, il y avait eu la guerre, l'armée avait occupé les îles avant que l'ennemi ne s'en empare. La paix revenue, les vacanciers arrivaient chaque été, toujours plus nombreux. Comme eux, Anna aurait aimé refaire cette courte traversée pour revisiter les îles. Mais, elle l'avait compris, son père fuyait tous les souvenirs douloureux et le rappel de son bonheur passé. Depuis la disparition de Sophie, il ne fréquentait même plus la petite plage qu'ils avaient tellement aimée.

Le canot soigneusement amarré, les trois amis s'engagèrent sur le sentier littoral, Matthieu en tête. Pierre-Yves se félicitait de la présence du jeune garçon ; elle lui éviterait de se laisser gagner par ses sentiments, toujours aussi intenses malgré ses efforts pour les faire taire.

« Regardez, dit Matthieu, je n'ai jamais vu des géraniums d'une telle taille ! »

Beaucoup plus hauts que les plants cultivés par Narcisse, ceux-là se dressaient tout le long du chemin, aussi grands que le garçon et couverts de fleurs rouge sang. Après trois quarts d'heure de marche, on découvrit une délicieuse petite crique d'eau turquoise. Une étroite plage de sable fin la bordait, séparée du sentier par une rangée de tamaris parés de minuscules fleurettes roses. Quelques goélands posés çà et là regardèrent un instant les intrus ; peu farouches, ils ne prirent pas leur envol, continuant leur marche indifférente vers un amas d'énormes roches grises, à l'extrémité de la bande de sable. De loin en loin, de gros galets formaient des petits monticules ; les oiseaux s'y arrêtaient, fouillaient du bec entre les pierres, à la recherche sans doute de minuscules proies dissimulées dans les interstices.

Les trois amis nagèrent longuement dans une eau tiède, si limpide que l'on pouvait voir scintiller le sable, au fond. Matthieu découvrit deux étoiles de mer d'un bel orange vif ; Anna les contempla un moment sur la main de son frère puis elle prit soin de les déposer à quelque distance, sur un rocher plat immergé.

Allongée au soleil, la tête sous la dentelle verte du feuillage ténu des tamaris, Anna ferma les yeux, chassant ses soucis pour se laisser aller au bien-être qui, peu à peu, l'engourdissait. Le murmure de la mer la berçait délicieusement. Soudain, elle perçut un léger bruit régulier tout proche : dédaignant sa présence, à vingt centimètres à peine de ses jambes allongées, un goéland marchait gravement, laissant sur le sable les signes délicats de son passage, mystérieuse écriture filiforme. D'abord Anna s'efforça de ne pas bouger, puis, se redressant sur un coude, elle aperçut l'oiseau quelques mètres plus loin ; il avait rejoint l'un de ses congénères, accroupi sur le sable comme une poule sur son nid.

« C'est une femelle, elle couve je crois ! »

Debout derrière l'adolescente, Pierre-Yves chuchotait :

« Dans cette île préservée où les promeneurs sont encore très rares, les animaux ne craignent pas les humains. Personne ne leur nuit, pourquoi s'en méfieraient-ils ?

– C'est un paradis, alors ?

– Oui, en quelque sorte. Mais je crains que cette petite île ne le demeure pas très longtemps. Les visiteurs y sont de plus en plus nombreux… »

Innocemment, Anna tendit la main pour qu'il l'aide à se relever. Le jeune homme s'exécuta, s'interdisant de voir la silhouette juvénile debout à ses côtés. Mais les battements de son cœur s'accéléraient soudain et il se traita intérieurement d'insensé. Alors il se détourna pour dire :

« Je vais chercher Matthieu, ne bouge pas, nous allons explorer un peu la forêt de pins, là-bas. J'espère bien qu'elle nous réservera quelques belles surprises. »

Elle acquiesça d'un signe de tête et d'un grand sourire, et il se sentit fondre de tendresse. Heureusement, Matthieu les rejoignait. Le charme était rompu.

« Il est tôt encore, dit soudain le jeune homme. Si nous marchions un peu sur le sentier botanique ? »

Anna et son frère enfilèrent rapidement un short par-dessus leur maillot de bain.

« Ne restez pas pieds nus, certaines pierres sont très coupantes. »

Abandonnant la petite crique, le trio marcha d'abord sous les pins d'Alep très espacés pour se rapprocher de la côte ouest. Pierre-Yves montra à ses jeunes amis la petite île de Bagaud, rocheuse et déserte, refuge des rats noirs qui, curieusement, nichent à la fourche des branches d'arbres. Ils s'engagèrent ensuite sur le sentier en contrebas du fort de l'Estissac. Malgré sa superficie restreinte, l'île de Port-Cros possède cinq forts, échelonnés le long de la côte ; au temps des pirates, de ces petites citadelles jalousement gardées, on surveillait la mer alentour pour prévenir la moindre attaque.

À chaque pas, Matthieu et sa sœur découvraient une plante nouvelle, souvent inconnue : la barbe de Jupiter, sorte de genêt au feuillage d'argent ; la criste marine, dite perce-pierre, qui émerge d'un fissure de rocher ; le myrte odorant dont les petites baies régalent les merles bleus, la cinéraire… Cette plante, ils la connaissaient bien ; très commune sur les plages, elle se plaît au bord des flaques d'eau salée. On admira un instant le rose délicat, rayé de blanc pur, des corolles du liseron des dunes. Anna s'arrêta soudain devant d'étranges buissons rougeâtres dépourvus de feuilles.

« C'est une curieuse variété d'euphorbe arborescente, expliqua Pierre-Yves. Ses tiges contiennent du latex.

– Ceux-là paraissent bien secs, il ne leur reste pas une seule feuille !

– Ah, c'est une ruse pour survivre ! fit le jeune homme en riant. L'euphorbe perd ses feuilles en été pour se protéger de la sécheresse. Ainsi, l'évaporation est considérablement réduite et la plante conserve suffisamment d'humidité pour ne pas mourir.

– Narcisse a bien raison de prétendre que les plantes sont aussi intelligentes que les humains, dit Anna, admirative.

– Pour certaines choses, c'est un peu vrai, bien que, d'après mes professeurs, l'on ne puisse pas vraiment parler d'intelligence chez les végétaux.

– Ces petites fleurs, là, je sais leur nom ! déclara tout à coup Matthieu. C'est de la crapaudine, il y en a beaucoup sous la murette de notre jardin. »

Le garçon désignait des petites plantes aux longues feuilles en forme de langue charnue, piquetées de minuscules fleurettes aux divers tons de mauve et de violet.

Après un virage du sentier, on découvrit un grand nombre d'agaves de différentes tailles, accrochées au sol sec et caillouteux. Leurs fines feuilles très épaisses, bordées d'une ligne jaune pâle hérissée de petites épines, se terminent par un dard très long, noir et acéré. Trois de ces plantes grasses portaient en leur centre une sorte de tronc mince insolite, d'environ huit à dix mètres de haut ; disposés au long de cette immense tige, d'étranges fleurs sans pétales, d'un jaune verdâtre, aux graines très serrées. On aurait dit des chandelles démesurées dressées vers le ciel clair.

« On voit assez rarement la fleur d'agave, non ? demanda Anna.

– Tu as raison. L'agave ne fleurit qu'une fois, vers l'âge de quinze à vingt ans. Lorsque les graines mûres commencent à tomber au sol, la plante meurt, inexorablement. »

Un petit lézard gris sortit tout à coup de sous un gros caillou, au bord du sentier, pour se réfugier aussitôt sous une autre pierre. Les trois amis l'avaient à peine aperçu, assez cependant pour reconnaître un gecko. Les pattes de ce lézard du Sud sont munies de ventouses qui lui permettent de grimper partout.

« Flavie déteste les geckos, dit Matthieu, amusé. L'été dernier, elle a eu une peur terrible. L'un d'eux était entré dans la cuisine et se promenait tranquillement au plafond ! Notre Flavie poussait de tels cris qu'il s'est vite enfui en redescendant le long du mur avant de filer vers le jardin. »

Les trois amis rirent de l'anecdote, très commune dans la région. Les petits geckos farceurs, parfaitement inoffensifs, se coulent parfois à l'intérieur d'un placard, à la grande frayeur des ménagères.

Bientôt, on dut faire demi-tour pour rejoindre le canot dans le port minuscule. D'un commun accord, on s'arrêta d'abord à la buvette dominant le quai pour prendre un rafraîchissement.

Le vent s'était levé et le canot dansait sur une houle légère, pour le plus grand plaisir des jeunes passagers. Laissant sur la gauche le fort de Brégançon, on doubla le cap Bénat pour filer vers Port-Maureuil. Ébouriffés, les longs cheveux bouclés d'Anna volaient dans le vent, auréolant d'or son visage bronzé.

Pierre-Yves se tourna un instant vers l'adolescente qui lui adressa un sourire affectueux. Son grand ami avait le don de la distraire tout en l'instruisant. Avec lui, elle se sentait merveilleusement bien. Se penchant un peu, spontanément elle fit claquer un baiser sonore sur sa joue en affirmant :

« C'était un après-midi splendide, merci infiniment ! On recommencera bientôt ? »

Il rit pour cacher son trouble en déclarant :

« Dès que le fils de Casimir voudra bien me confier à nouveau le canot.

– Chic ! fit Matthieu, enthousiaste. Cela m'empêchera de trop penser à la rentrée des classes.

– Tu sembles oublier qu'il nous reste près de trois semaines de vacances, dit sa sœur.

– Ouais… mais, après, on va se retrouver bouclés en prison !

– Tu exagères un peu tout de même, nous sortirons le jeudi et le dimanche, si tu t'arranges pour ne pas être collé trop souvent !

– Je serai sage comme une image, promis ! Je tiens trop aux sorties avec toi pour me faire punir. Toi, Pierre-Yves, tu as une sacrée chance, deux ou trois semaines de congés de plus que nous, je crois ?

– Pour la reprise des cours, oui. Mais, dès le 1er octobre, je me réembauche à la *Brasserie du Soleil,* tu sais bien.

– Oui, mais c'est tout différent que d'étudier la journée entière, enfermé entre quatre murs.

– Pense que notre ami ne se plaît que le nez plongé dans les livres ! fit Anna pour taquiner le jeune homme.

– C'est vrai, admit celui-ci en souriant. J'avoue que je préférerais reprendre mes cours plus tôt et échapper à mon travail de serveur qui ne me convient pas du tout. Pourtant, je dois en prendre mon parti et gagner un peu d'argent, les études coûtent cher… »

Il avait considérablement réduit la vitesse du canot pour entrer dans la passe, le long de la jetée. Lentement, moteur coupé, la petite embarcation glissa parmi les bateaux déjà à quai.

« Aux bouées, les mousses ! »

L'une à droite, l'autre à gauche, Anna et son frère sortirent en hâte les bouées ; elles feraient tampon entre le canot et le mur de pierre, protégeant ainsi la coque des heurts et des éraflures. En face, les voiliers au mouillage s'alignaient sagement l'un près de l'autre. Voiles repliées, ils semblaient de grands oiseaux privés d'ailes. Les filins secoués par le vent frappaient régulièrement les mâts dans un cliquetis métallique continu.

Pierre-Yves et Matthieu tendirent et fixèrent la bâche qui protégerait le canot. Enfin, les trois amis se dirigèrent vers la capitainerie pour signaler leur retour. En remontant vers Maureuil, Pierre-Yves rendrait la clé du moteur du canot à son propriétaire. À l'approche du soir, la mer s'assombrissait un peu ; le ciel, à l'ouest, se teintait de larges bandes roses et orangées, enluminant les vaguelettes d'un ton légèrement cuivré. À la pensée de retrouver Sabine, Anna eut un pincement au cœur. Depuis l'arrivée de l'intruse, elle ne se sentait plus vraiment chez elle à Bois-Colombes. Contrairement à son frère, elle souhaita tout à coup se retrouver au lycée, parmi ses compagnes. Ne plus croiser cette femme à chaque instant apaiserait quelque peu sa rancœur, elle l'espérait du moins.

XXVIII

Départs

En cette fin février 1952, Anna et son frère, tout à fait exceptionnellement, passaient trois jours à Bois-Colombes. Leur père était venu lui-même les chercher à Hyères, dans leur lycée respectif ; il les reconduirait le mardi matin, avant le début des cours.

Le Carnaval justifiait certes ces congés inhabituels, mais pas seulement. On allait baptiser les jumeaux de Pascal Aubertin, Matthieu et sa sœur se devaient donc d'être de la fête. Pour la plus grande joie de Magali et de son époux, deux bébés, garçon et fille, étaient venus agrandir la famille un mois plus tôt.

Anna aurait bientôt seize ans et elle tenait à prendre son rôle au sérieux. Pascal et son épouse, en effet, lui avaient demandé d'être la marraine de la petite Fanny ; elle avait accepté avec joie. Le parrain était Pierre-Yves, l'oncle du bébé. Pour le petit garçon, Aurélien, on avait choisi la plus jeune sœur de la maman et Florent, toujours célibataire.

En arrivant à Bois-Colombes, ce samedi à l'heure du déjeuner, Anna exultait. Le baptême des jumeaux n'était pas la seule cause de sa joie débordante. À sa grande stupéfaction, mêlée d'un intense soulagement, dans une lettre reçue trois semaines plus tôt Jeanne-Marie lui avait annoncé le départ définitif de Sabine et de son fils.

« ... Je te donnerai quelques explications de vive voix, ma chérie, lorsque tu reviendras pour le baptême de ta filleule. Naturellement, tu avertiras Matthieu de ce départ imprévu. Je crois inutile de vous recommander de ne faire aucune allusion à Sabine devant votre père. Mais, à mon avis, il te donnera sa version des faits, tu es maintenant une grande jeune fille, n'est-ce pas ? Je ne pense pas me tromper en disant que, tout comme Vivien et moi-même, ton frère et toi accueillerez cette nouvelle surprenante avec bonheur. Bien qu'aucun d'entre nous n'ait rien fait pour provoquer ce revirement, il faut bien avouer qu'il nous exauce tous. J'oubliais : si ton père s'inquiète de savoir qui vous a mis au courant, tu diras que c'est moi, je n'ai rien à cacher. J'ai d'abord hésité, puis j'ai choisi de vous prévenir pour éviter votre étonnement, bien compréhensible du reste, et vos questions, c'est tout... »

Anna se remémorait ses derniers séjours à Bois-Colombes, la rentrée des classes accomplie. Les congés de Toussaint, quatre jours seulement, avaient passé beaucoup trop vite pour voir se déclencher un conflit quelconque. En revanche, les vacances de Noël, beaucoup plus longues, avaient été assez houleuses.

Comme il fallait s'y attendre, à son habitude Alain avait boudé durant plusieurs jours. Il estimait que les cadeaux reçus n'égalaient pas, et de loin, ceux de Matthieu. Pourtant, sa mère l'avait comblé alors qu'à Anna et à son frère elle n'avait offert qu'une pochette de papier à lettres en disant :

« Pour votre courrier de pensionnaires, j'ai pensé que ce serait utile... »

Gaspard, lui, avait volontairement acheté le même cadeau aux deux garçons. Mais Jeannie avait privilégié ses neveux, ce qui pouvait paraître naturel. La mine renfrognée, Alain ne l'avait pas même remerciée de son présent.

« Ne sois pas déçu, mon chéri, avait jeté Sabine avec un sourire perfide, tu n'es pas de la famille, tu le sais bien, on te le fait assez sentir, n'est-ce pas ? »

Mal à l'aise, Gaspard avait alors lancé à sa tante un regard plein de reproches, mais ni Jeanne-Marie ni Vivien n'avaient dit mot. Alain ne manifestait toujours, à l'un comme à l'autre, qu'une indifférence à peine polie ; la plupart de temps, il feignait de ne pas les voir. Lui qui avait la chance de rentrer chaque samedi à Bois-Colombes – sa mère allait le chercher au collège de Bormes – les gratifiait tout juste d'un bonjour de commande.

La tante de Gaspard et son époux préféraient passer la journée du dimanche chez eux à Maureuil, en compagnie des Aubertin le plus souvent. Gaspard savait les deux couples toujours très proches et, sans le confier à quiconque, il en prenait ombrage.

Lorsque, le jeudi après avoir reçu la lettre de Jeannie, Anna annonça la grande nouvelle à Matthieu il resta bouche bée, les yeux agrandis de surprise.

« Eh bien, cela ne semble pas te faire vraiment plaisir !

– Si, oh si, bien sûr, jeta le garçon en retrouvant sa voix, mais c'est... c'est surprenant, tout de même !

– Je te l'accorde. Pour moi, c'est la nouvelle la plus merveilleuse, tellement inouïe, tellement inespérée ! »

Anna saisit son frère par le cou avec emportement, l'embrassa une dizaine de fois au moins.

« Là, tu m'étouffes ! dit-il en riant. Au fait, Jeannie explique ce qui a provoqué ce départ ?

– Non, elle nous informera de vive voix. On peut supposer, sans risque de se tromper, que papa et Sabine se sont disputés de manière irrémédiable, peut-être à propos du cher petit, va donc savoir !

– Ou alors papa lui a refusé une chose à laquelle Sabine tenait beaucoup. Comme il n'a pas cédé, elle est partie, voilà !

– C'est possible, pourtant, à mon avis, il s'est passé quelque chose de plus grave. Il ne lui refusait absolument rien, la voiture en est un bon exemple. Écoute, petit frère, ne cherchons pas davantage, bientôt nous aurons le fin mot de l'affaire.

Contentons-nous de nous réjouir. Si tu savais comme je respire mieux à présent... »

Sur ce, bras dessus, bras dessous, le frère et la sœur suivirent une belle allée de hauts palmiers pour se rendre chez leurs correspondants. Ils avaient fait une promenade dans les rues de la ville, jusqu'à la mer. À présent, Louise les attendait pour le goûter avant que Maurice, son mari, ne les raccompagne à l'internat.

Les yeux d'Anna brillaient de plaisir, elle souriait sans cesse. Moins exubérant mais tout aussi heureux, son frère lui rendait ce sourire ; ils se comprenaient si bien, tous les deux. L'adolescente avait l'impression qu'un poids énorme s'était envolé de ses épaules et elle avait envie de chanter sa joie, de la crier aux passants, aux tourterelles perchées au bord des toits, aux oiseaux de mer qui s'aventuraient en ville, voguant avec nonchalance au-dessus des maisons. Dès lors, les jours qui la séparaient de son retour à Bois-Colombes lui semblèrent les plus longs de sa vie.

* *
*

Assise près de son père dans la voiture qui la ramenait chez elle, Anna se demandait s'il allait se confier ou non ; peut-être hésitait-il en présence de Matthieu, trop jeune pour recevoir ce genre de révélation. Peu avant l'arrivée à la verrerie, Gaspard jeta un rapide coup d'œil à sa fille.

« Il faut que je vous dise... Matthieu, tu m'entends ?

– Oui, papa », répondit le garçon de la banquette arrière. Et, pour montrer son attention, il se pencha au plus près de Gaspard.

« Voilà, Sabine n'est plus chez nous, enfin je veux dire nous nous sommes séparés tout récemment. Nous ne nous entendions plus et... »

Embarrassé, il laissa sa phrase en suspens. Devinant combien cet aveu coûtait à son père, Anna posa doucement sa main sur son bras ; elle voyait ses doigts crispés sur le volant et, même s'il ne quittait pas la route des yeux, elle pouvait aisément deviner sa gêne.

« Papa, dit-elle doucement, tu n'as aucun compte à nous rendre.

– Sans doute, mais il me semble avoir été injuste envers vous, toi surtout Anna, et je le regrette. Je m'aperçois que je m'étais involontairement éloigné de vous, mes enfants. Je voulais simplement vous dire que je vous ai toujours aimés très fort, tous les deux.

– Nous le savons, sois sans inquiétude. Tout va bien, n'est-ce pas, Matthieu ?

– Oui, bien sûr ! » s'empressa de répondre le garçon d'une voix altérée.

On en resta là. Gaspard ne parla plus jamais de Sabine à ses enfants. Il se doutait bien que Jeanne-Marie donnerait quelques explications à Anna ; sans doute était-elle à présent en âge de mieux comprendre les adultes. Par ailleurs, il connaissait assez sa fille pour savoir qu'elle chercherait à saisir les motifs de cette rupture.

Alain au collège la semaine durant, Sabine en avait eu bientôt assez d'arpenter chaque après-midi les routes de la région. La saison des bains de mer achevée, les vacanciers ne fréquentaient plus la côte, la plupart des villas gardaient leurs volets clos tout comme les brasseries et la majorité des hôtels, les plages restaient désertes et l'ennui gagnait la jeune femme chaque jour un peu plus.

Elle reprochait sans cesse à Gaspard de la négliger. Toujours très pris par son travail, il ne pouvait lui accorder que le dimanche ; or, ce jour-là, Alain était avec eux. Après un déjeuner au restaurant, l'après-midi, fastidieux au possible, passait lentement. Que faire ? Le cinéma le plus proche se trouvait à plus de quarante kilomètres. Aussi leur arrivait-il très souvent de regagner Bois-Colombes dès la fin du repas. Pour Sabine et son fils, la soirée passait lentement, ennuyeuse au possible, uniquement occupée à des jeux de société. Flavie n'était jamais là le dimanche, il revenait donc à Sabine de préparer le dîner et elle s'en acquittait toujours de mauvaise grâce.

Un beau jour, elle découvrit un nouveau passe-temps. Avant sa rencontre avec Gaspard, la nécessité de travailler et la présence de son fils l'avaient toujours empêchée de s'y livrer ; de plus, elle ne possédait pas de véhicule, se déplaçant uniquement à bicyclette. La semaine durant, elle prit donc l'habitude de fréquenter les bars toujours ouverts, dans les petites villes côtières ou celles de l'intérieur. Cette jeune femme, seule et avenante, ne manquait pas d'attirer les regards. Il lui fut alors facile de nouer çà et là une relation généralement éphémère. Ces sorties apportaient un peu de piment à sa vie trop monotone, et elle trompait son compagnon sans aucun scrupule. Finalement, se disait-elle, tous les torts ne sont pas de mon côté : Gaspard ne se décide toujours pas à m'épouser, tant pis pour lui ! Bois-Colombes est une prison dorée, certes, mais néanmoins une prison…

Elle se répétait qu'elle sacrifiait là ses plus belles années, pour aucun résultat. S'il le voulait, du jour au lendemain Gaspard pouvait la chasser avec son fils et elle se retrouverait sans ressource, à la rue. Prendre un peu de bon temps n'était pas un crime, il n'en saurait rien, comment l'apprendrait-il ? Elle prenait la précaution de s'éloigner le plus possible, là où personne ne la connaissait.

Naturellement, Sabine donnait toujours un faux nom à ses conquêtes d'un jour et refusait de révéler son adresse à quiconque. La plupart du temps, les hommes rencontrés brièvement ne cherchaient même pas à savoir. « Bonjour, bonsoir », ils s'en contentaient. Ainsi, tout était pour le mieux.

Et puis, un beau jour, le hasard se mit de la partie. Dans un bar proche de Brignoles, Sabine eut affaire à un client qui connaissait depuis longtemps Frédéric Aubertin. Chauffeur dans une entreprise de transports, il lui arrivait assez souvent de se rendre à la verrerie pour charger des caisses à expédier. Là, à deux ou trois reprises, il avait croisé Sabine qui, elle, ne l'avait pas remarqué. La dernière fois, elle se dirigeait vers sa voiture ; l'homme reconnut donc le véhicule en même temps que sa propriétaire. Il n'en dit rien, se contenta de passer deux heures agréables avec la jeune femme sans lui poser aucune question.

La compagne de Gaspard avait prétendu s'appeler Sylvie et habiter provisoirement dans la région de Lorgues. Il se contenta de cette explication mais, un matin où son travail l'avait conduit à Maureuil, il attendit l'heure du déjeuner pour aller interroger Frédéric.

La description de la jeune femme et de son automobile ne laissait aucun doute, il s'agissait bien de Sabine. Le maître verrier s'en ouvrit à son épouse. Indignée, Magali affirma que l'on devait rapporter au plus tôt à Gaspard la conduite honteuse de sa compagne. Cependant, Frédéric hésitait.

« Ce transporteur, Raoul, était-il de bonne foi ou non ?

– Oui, enfin je le pense. Je ne vois pas pour quelle raison il aurait inventé cette histoire, il n'a aucun intérêt à médire de Sabine. »

Indulgent, l'époux de Magali ajouta :

« Cette incartade est peut-être exceptionnelle, on ne peut s'en mêler aussi vite, attendons… Si d'autres échos de ce genre nous parviennent, il sera temps d'aviser. »

Florent, qui se trouvait là, avait écouté sans mot dire cette conversation entre ses parents. Quand il comprit de quoi ils débattaient, il déclara, un peu réticent :

« Cet homme ne ment sûrement pas. Depuis quelques semaines, je suis moi-même l'objet de toutes les attentions de Sabine…

– Que veux-tu dire ? jeta sa mère, outrée.

– Je veux dire qu'elle ne cesse de me faire des avances à chacune de nos rencontres, qu'elle provoque évidemment. En général, elle me guette à la sortie des ateliers, me suit au besoin pour ne pas agir devant mes collègues. Ses sourires et ses regards sont sans équivoque, je le jure ! »

Frédéric et sa femme savaient fort bien que le jeune homme n'affabulait pas.

« Et à présent, où en êtes-vous, Sabine et toi ?

– Nulle part, maman, je ne la regarde pas, ne lui adresse jamais la parole. Pourtant, pas plus tard qu'avant-hier, elle m'a lancé en riant : “Vous êtes bien farouche, mais je ne me tiens pas pour battue. Comme beaucoup d'autres, vous finirez bien par me céder, j'en suis certaine !” »

Ce fut Magali qui, la première, rapporta la conduite de Sabine à Jeanne-Marie, en présence de Vivien. Atterrée, la tante de Gaspard se demandait comment l'en avertir.

« Qu'en pense Frédéric ?

– Il dit que, même si cela ne nous regarde pas, il serait bon d'ouvrir les yeux de Gaspard sur celle qu'il croit certainement fidèle et irréprochable. Mais qui voudra le faire ?

– Si je m'en charge, je crains fort que mon neveu pense à de la malveillance de ma part. Depuis longtemps, il a deviné que je n'ai pas beaucoup de sympathie pour sa compagne… »

Quelques jours plus tard pourtant, Jeanne-Marie s'arma de courage pour instruire Gaspard de sa mauvaise fortune. Pâle, les sourcils froncés, il resta un long moment sans rien dire. Enfin, comme sa tante faisait mine de le laisser, il jeta, la voix dure :

« Tu as eu tout à fait raison de me prévenir avant que je ne devienne la risée de tous. Crois-tu que beaucoup soient au courant, je veux dire parmi les ouvriers et mes connaissances ? »

Sa tante dut avouer qu'elle n'en savait rien.

« Il me faut des preuves, reprit Gaspard, un peu détendu. Je ne mets en doute ni la parole de Florent ni celle du commis de notre transporteur, mais pour accuser Sabine d'une chose aussi grave je dois être sûr de mon fait, pouvoir avancer des lieux, des dates. Car, je m'en doute, elle va tout nier… »

Faire suivre la jeune femme lui répugnait. Alors, lui si peu hypocrite décida de jouer le tout pour le tout et d'user de mensonge, au besoin.

« Tu as passé un bon après-midi ? demanda-t-il le soir même. Je n'imaginais pas que tes promenades te menaient aussi loin…

– Qu'est-ce que tu insinues ? C'est un interrogatoire ? fit Sabine, aussitôt sur ses gardes.

– Pas du tout, mais je n'insinue pas, j'affirme ! Tu fréquentes les bars et tu provoques des rencontres avec des hommes, puis tu me trompes sans vergogne avec ceux qui veulent bien de toi. Ainsi, la semaine dernière, tu étais du côté de Brignoles, je me trompe ?

– Tu me fais surveiller ? La confiance règne, à ce que je vois ! Oui, j'y étais, et alors ? Ta maison est d'un ennui mortel si tu veux le savoir, et j'en ai plus qu'assez de n'être rien ici. Tu avais parlé de mariage, tu te souviens ? Apparemment, tu n'y songes plus guère. Je me distrais comme je peux, tu n'as rien à y voir. Tu n'es pas mon mari, je suis libre ! »

Gaspard restait confondu d'une victoire aussi facile : Sabine n'avait pas tenté de nier, au contraire. Le regard étincelant de colère, poings aux hanches elle le défiait.

« En effet, tu es libre. Aussi vas-tu t'empresser de faire tes bagages et de partir de chez moi. Il est tard, je te donne jusqu'à demain après-midi, mais quand je rentrerai dîner je ne veux plus trouver aucune trace de toi ici.

– Comme tu voudras ! Mais tu me connais mal, je suis capable de vengeance, tu sais !

– Nous verrons bien… »

Là-dessus, sans ajouter aucun reproche, Gaspard l'avait laissée seule. Il s'était réfugié dans la chambre de Matthieu pour y passer la nuit. Le lendemain, sans demander si elle pouvait garder la voiture, Sabine avait chargé tous ses bagages et ceux de son fils dans le véhicule avant de disparaître.

* *
*

Gaspard avait rapporté cette scène à sa tante ; mais plus tard, pour répondre aux questions d'Anna, Jeanne-Marie n'entra pas dans les détails. Elle se contenta de dire que Sabine avait « des aventures masculines » et que, naturellement, Gaspard ne l'avait pas supporté.

« Tu vois, ma chérie, les adultes ne sont pas plus raisonnables que les enfants, et même beaucoup moins parfois. Avec ton père, Sabine et son fils étaient assurés de ne manquer de rien, d'avoir une vie tranquille, à l'abri de tout revers. Elle n'a pas su le voir. J'ai un peu pitié d'Alain, même s'il n'est pas du tout attachant. Je crains fort qu'une telle mère ne sache pas faire son bonheur… »

Anna n'avait rien trouvé à répondre, sinon qu'elle éprouvait un grand soulagement de ce départ, et aussi une immense joie de se retrouver à nouveau proche de son père. Jeanne-Marie et l'adolescente s'étaient longuement embrassées, puis l'une et l'autre avaient définitivement tourné la page. Bientôt, le passage de Sabine à Bois-Colombes ne fut plus qu'un lointain souvenir. Seul Gaspard garda longtemps en lui une profonde blessure d'avoir été ainsi trompé par celle qu'il avait aimée sincèrement.

À la rentrée d'octobre suivante, Anna entrait en classe de première. Comme toujours, ce fut avec plaisir qu'elle retrouva ses camarades d'internat. Parmi elles, Liliane avait confié à sa meilleure amie que l'un de ses cousins était engagé dans la guerre d'Indochine, ancienne colonie française.

Si ce conflit, commencé en 1946, durait depuis six ans déjà, l'on en parlait fort peu ; seules les familles de ceux que l'on nommait des « soldats de métier » suivaient avec angoisse les péripéties de cette expédition lointaine. L'Indochine avait été déclarée indépendante en 1950 mais la France refusait toujours d'inclure la Cochinchine dans le nouvel État du Viêtnam. Après l'horrible guerre qui avait secoué la planète entière, la plupart des Français ne se sentaient pas, ou à peine, concernés. Ceux qui avaient encore des intérêts en Indochine constituaient une très faible minorité ; en réalité, l'on se préoccupait assez peu de conserver ou non cette province.

Pourtant, au fil des mois, les opérations militaires devinrent de plus en plus souvent l'objet de nombreux débats dans la presse. À la radio, les commentateurs faisaient chaque jour le point sur les événements, trop souvent dramatiques, d'un conflit où étaient engagés beaucoup de jeunes Français volontaires.

« Dans sa dernière lettre, déclara Liliane alors qu'elle arpentait la cour du lycée en compagnie d'Anna et de trois autres jeunes filles, mon cousin m'a confié une mission. »

Là, elle s'interrompit en souriant :

« N'allez pas imaginer qu'il s'agit d'espionnage ni de rien de semblable, d'ailleurs je serais bien en peine, n'est-ce pas ? Il voudrait tout simplement que je trouve des correspondantes pour certains de ses camarades qui reçoivent fort peu de courrier… »

C'est ainsi que, quelques semaines plus tard, Anna reçut l'adresse d'un certain Roland Martinet, sergent affecté à la même compagnie que le cousin de Liliane. Tout d'abord, l'adolescente se sentit assez mal à l'aise ; elle craignait que le contenu de ses lettres ne soit pas d'un grand intérêt pour ce soldat lointain. Puis, très vite, elle prit plaisir à cet échange de courrier. Âgé de vingt-six ans, le jeune homme était le fils unique d'un cultivateur de la Beauce ; sa mère décédée depuis longtemps déjà, son père, trop pris par un rude travail, n'avait guère le temps de lui écrire.

Après plusieurs mois de correspondance, assez espacée en raison de la distance et des périodes d'opérations en des coins reculés de la jungle indochinoise du haut Tonkin, Anna connut beaucoup de détails sur ce Roland inconnu : son caractère, ses goûts, sa famille, sa région tellement différente du Midi méditerranéen. Mais il s'interdisait, ou sans doute était-ce prohibé par la censure militaire, toute allusion à sa vie quotidienne actuelle, encore moins aux actions menées sur le terrain.

Naturellement, Anna n'avait caché ces relations épistolaires ni à son père ni à Jeanne-Marie. L'un et l'autre, d'ailleurs, comprenaient fort bien que les jeunes engagés cherchaient là un dérivatif à leur quotidien trop sombre, fait d'angoisses et de massacres passés sous silence, bien souvent insupportables. Confiant dans le sérieux de sa fille – à ses yeux, Anna n'était encore qu'une enfant –, Gaspard ne s'était donc pas opposé à cette correspondance amicale.

XXIX

Murano

C'EST AVEC UNE GRANDE IMPATIENCE que Matthieu et sa sœur attendaient les vacances de Pâques, pourtant assez lointaines encore. Âgé de quatorze ans et demi, le garçon passait la plus grande partie des congés scolaires à s'initier au travail de son père. Gaspard ne l'avait pas encore autorisé à souffler la pâte de verre mais il avait promis de commencer à l'initier dès l'année suivante.

En attendant, Matthieu se renseignait sur les matières premières, les techniques de fabrication et passait de longs moments à observer les souffleurs. Avide d'apprendre tout ce qui concernait son unique passion, il lisait et relisait les livres de son grand-père. Il se jurait de lui faire honneur en devenant lui aussi l'un des meilleurs artisans verriers d'art.

Afin d'encourager son fils dans cette voie et de le motiver davantage encore, Gaspard avait projeté pour ses enfants un voyage de deux semaines à Venise. Après quelques jours de visite de la ville et de ses trésors, le but était surtout d'approcher les verriers d'art de l'île de Murano.

« Ne vaudrait-il pas mieux attendre que ton fils possède au moins une année de pratique ? avait demandé Jeannie en apprenant cette décision.

– Tu as peut-être raison, mais je sais que mes enfants seront tellement heureux d'un tel voyage. Rien n'empêchera que ce premier séjour soit suivi d'un autre pour Matthieu, un peu plus tard. Pourtant j'ai un souci : j'hésite à quitter la verrerie à cette période de l'année, tu n'ignores pas que notre carnet de commandes est plein…

– Mais les enfants ne peuvent absolument pas partir seuls !

– J'en suis bien conscient. Aussi, je voulais vous demander, à toi et à Vivien, de les accompagner. Je suis certain que ton mari serait infiniment heureux de se rendre à Murano. Son métier le passionne, tu le sais bien, voir les verriers italiens à l'œuvre ne peut que le combler, non ? »

Jeanne-Marie était tout à fait de cet avis. La mine radieuse de Vivien, quand elle lui fit part du projet de son neveu, lui prouva aussitôt qu'elle ne se trompait pas. Durant son apprentissage, il n'avait pas eu la chance, comme Gaspard, d'effectuer des stages dans des verreries de renom. Pour lui, plus encore que pour elle-même, son épouse accepta donc de partir deux semaines avec les enfants. Elle les avait élevés et, comme une mère, refusait un peu de les voir grandir ; pourtant, elle devait se faire une raison : Anna atteindrait bientôt ses dix-huit ans et Matthieu, presque aussi grand que son père, toujours aussi calme, réfléchi et si attachant, devenait un jeune homme.

Anna quitterait bientôt le lycée ; son bac en poche en juin 1954, elle l'espérait bien, elle s'inscrirait à l'école des beaux-arts. Après avoir hésité entre Aix-en-Provence et Marseille, elle s'était décidée pour cette dernière ville. C'était là, en effet, que Pierre-Yves continuait ses études d'entomologiste, déjà bien avancées.

Gaspard ne se montrait pas très enthousiaste. Sa fille, si jeune encore, ne serait-elle pas un peu perdue dans cette mégapole ?

« Justement, papa, à Aix je ne connais personne tandis que là-bas j'aurai Pierre-Yves pour veiller sur moi ! Tu sais bien que, depuis que je suis toute petite, il a toujours été mon ange gardien ! »

Gaspard dévisagea sa fille. L'ardeur qu'elle mettait à sa plaidoirie avait rosi ses joues et ses yeux brillaient d'excitation. La vue de sa chevelure, dorée et opulente, poignait le cœur de son père. Sophie, c'était Sophie qu'il avait là devant lui, toujours aussi belle… Déchiré par ses souvenirs, il se réjouit soudain qu'Anna n'ait pas le regard bleu de sa mère. L'illusion était si forte malgré tout qu'il ferma les yeux, respira profondément pour chasser la chère image.

« Papa ? s'inquiéta la jeune fille. Tout va bien ? »

Il s'obligea à lui sourire.

« Mais oui, ma chérie. Allons, tu as gagné, renseigne-toi pour Marseille. »

Alors elle lui sauta au cou, se pressa tout contre lui, l'embrassa avec emportement. La bouche dans ses cheveux dorés, il faillit pleurer mais il se retint pour lui sourire encore.

« Merci, oh merci, mon petit papa ! Je vais annoncer la bonne nouvelle à Jeannie ! »

Anna disparut en coup de vent et son père se prit à songer que, bientôt peut-être, un homme viendrait lui prendre sa fille. Le temps passait si vite, douze ans déjà qu'il avait perdu Sophie… Naïvement, il avait cru trouver le bonheur auprès de Sabine, mais le sort s'était moqué de lui. Il vieillirait seul…

* *
*

En attendant le voyage à Venise – Gaspard l'avait annoncé à ses enfants durant les vacances de Noël –, Anna continuait ses relations épistolaires avec le sergent Martinet. Elle n'ignorait pas qu'en Indochine les événements étaient bien loin de favoriser les troupes françaises. Pourtant, dans ses lettres, Roland ne laissait rien transparaître de l'issue probable d'un conflit voué à l'échec. Depuis quelques mois, son courrier avait pris une tournure très personnelle. En décembre, il avait même déclaré à Anna un amour naissant qu'il espérait bien voir se concrétiser dès son retour en France.

D'abord surprise, la jeune fille s'interrogeait : aimait-elle son correspondant ? Elle dut bientôt s'avouer que oui. Elle s'aperçut qu'elle attendait, un peu inconsciemment sans doute, une telle déclaration depuis longtemps déjà. Sinon, comment expliquer son impatience au reçu d'une nouvelle lettre, ses doigts fébriles lorsqu'elle ouvrait l'enveloppe barrée de bleu et de rouge, l'emballement de son cœur enfin ?

Elle retrouvait, plus intense encore lui semblait-il, l'émoi qui la saisissait, l'été de ses quinze ans, lorsqu'elle courait vers la plage où l'attendait le jeune Patrice. Mais cet épisode lui paraissait bien lointain. La promesse qu'elle s'était faite de ne plus approcher un garçon, elle l'avait oubliée depuis longtemps. D'ailleurs, aucune comparaison n'était possible. À l'époque, ils n'étaient que des enfants, troublés par un flirt sans conséquence. Roland n'avait aucun point commun avec le jeune Parisien : il avait vingt-six ans et, s'il disait l'aimer, ce n'était pas à la légère.

« On ne peut pas s'aimer sans se connaître ! avait déclaré Liliane, prise pour confidente. Des lettres, des photos, ce n'est pas suffisant. Vous êtes tous les deux amoureux d'une image, c'est tout !

– Mais, grâce à nos lettres, nous nous sommes tout dit l'un de l'autre…

– Toi, tu lui as tout dit, je veux bien le croire, mais lui, comment peux-tu être sûre qu'il ne te ment pas ? »

Perplexe, Anna contemplait une fois de plus les deux clichés envoyés par Roland. Une photo d'identité le montrait en tenue militaire ; il avait l'air grave, presque sévère. Anna préférait de beaucoup le second ; là, il souriait, debout dans un jardin exotique. Ses cheveux étaient clairs, il portait une chemisette blanche et un pantalon de toile, il semblait heureux. Cette photo avait été prise lors d'une permission.

« Dès que je le verrai, se dit-elle, résolue, je saurai si je l'aime vraiment ou non ! »

Alors, une petite voix importune lui souffla : « Et si tu t'aperçois que tu ne l'aimes pas, tu ne penses pas que ce sera trop tard pour le lui dire ? »

Elle décida qu'elle verrait bien le moment venu. Après tout, Roland viendrait-il un jour ? Et si Liliane avait raison, s'il lui mentait ? Chassant ses incertitudes, Anna résolut de ne plus y penser et, surtout, de rester évasive sur ses propres sentiments dans ses prochains courriers.

* *
*

Arrivés à Venise, la ville des Merveilles, en milieu d'après-midi, les quatre Provençaux ne la découvrirent vraiment que le lendemain. Le vaporetto, plein de passagers partis à leurs affaires, les emmena sur le Grand Canal, au milieu d'un intense trafic d'embarcations de toutes sortes.

Muets d'admiration, Anna et son frère contemplaient la succession de palais aux façades ornées de fines colonnettes, véritable dentelle de pierre.

Peintes de blanc, de rose fané, de jaune très doux, d'ocre plus ou moins clair, elles s'offraient au regard ébloui des visiteurs. Parfois, le vaporetto s'en rapprochait un peu pour croiser un autre bateau ; alors, sur l'eau verte moirée de noir, il fendait leur reflet tremblé qui les faisait paraître plus imposantes encore.

Une longue file de canots à moteur dépassa soudain le vaporetto, déclenchant parmi les passagers des vivats et des applaudissements : un mariage parti en direction de l'église de la Salute. Seul le couple de mariés était assis sur des coussins de velours rouge. Les invités, enfants et demoiselles d'honneur compris, se tenaient debout, souriants ; des gerbes et des bouquets de fleurs roses et blanches emplissaient le dernier canot.

Cette première journée fut consacrée à la visite de la place Saint-Marc, gardée par les deux hautes colonnes portant le saint et le lion ailé, et de ses abords : le palais des Doges, le Campanile, la basilique aux trois dômes de style oriental, la tour de l'Horloge et ses deux Maures qui mesurent le temps…

Sur la célèbre place se pressait une foule disparate de touristes, sous l'incessant va-et-vient d'une nuée de pigeons ; leur vol rasant frôlait la tête des promeneurs. Bras étendus, parfaitement immobile au milieu du dallage, un très vieil homme était couvert de volatiles empressés ; perchés sur sa tête, ses épaules, ses bras, les pigeons voraces se bousculaient pour picorer dans ses mains et même dans les poches de son pardessus noir élimé.

« Eh bien, Anna, tu ne dis rien ? » demanda Jeanne-Marie en souriant. Volubile pendant le long voyage depuis Bois-Colombes, la jeune fille restait maintenant muette tant étaient grandes sa surprise et son admiration. Pendue au bras de sa tante soucieuse de ne pas perdre de vue son mari et Matthieu, elle jubilait.

Après le déjeuner dans une trattoria de l'une des ruelles proches, ce fut la visite du pont du Rialto et de ses petites boutiques luxueuses, puis de quelques églises et palais transformés en musées. Le lendemain seulement, à la demande de Matthieu et de sa sœur, il fallut accomplir l'incontournable promenade en gondole.

Au gré des petits canaux étroits, entre les maisons dont l'humidité rongeait les murs à la base, la promenade se poursuivit une heure durant. En passant sous le pont des Soupirs, le gondolier fit quelques commentaires sur les illustres prisonniers détenus là autrefois. Debout à l'avant de son embarcation, il maniait souplement sa longue rame, chantait quelque sérénade en jetant des clins d'œil en direction d'Anna ; il l'avait saluée d'un « *Bellissima signorina* » admiratif et elle lui avait adressé un sourire radieux. À la demande de Matthieu, il expliqua que les gondoles sont toujours peintes en noir, en hommage aux innombrables victimes d'une épidémie de peste qui avait ravagé la Sérénissime au XVIe siècle.

Avant de quitter Venise pour gagner les îles disséminées sur la lagune, on prit le temps de flâner dans les passages si étroits que l'on ne peut y marcher à deux de front, et aussi le long des petits canaux. Ici ou là, on découvrait une placette ornée d'une statue ou d'une petite fontaine, une boutique d'art, une librairie ancienne, un banc public sous un minuscule bouquet d'arbres, un escalier de marbre blanc baroque s'élançant vers une large porte cloutée, en hauteur…

Partout ou presque, des dizaines de chats faméliques paressaient au soleil. Graves et silencieux, ils accouraient à la vue d'une personne charitable, une vieille femme le plus souvent, venue les nourrir ; ils l'entouraient, se frottaient à ses jambes, dévoraient avidement les restes apportés, se disputaient un morceau en feulant de colère :

« Il y a ici cent fois plus de chats que sur les pins de Port-Maureuil ! remarqua Matthieu.

– La ville est légèrement plus grande que notre petit port provençal, il me semble ! » rétorqua sa sœur pour plaisanter.

Sauvages et méfiants, les petits félins disparaissaient après leurs agapes, se faufilant avec discrétion vers quelque soupirail. Seuls quelques matous aguerris, indifférents aux promeneurs et à leur bavardage, entreprenaient sur place une longue toilette de leur maigre pelage.

Le soir, malgré la fatigue de tant d'allées et venues, Anna consacra un long moment à son courrier. Elle commença par quelques cartes postales soigneusement choisies pour son père, la famille Aubertin, Pierre-Yves, Flavie et Narcisse, ses trois meilleures amies du lycée, Marthe Rispal et les siens, Honorine et Juste. Puis elle décrivit longuement les splendeurs récemment découvertes à Roland Martinet, son correspondant lointain.

Elle ignorait que cette lettre ne lui parviendrait que deux mois plus tard. Le jeune sergent prenait part à l'ultime et terrible bataille de Diên Biên Phu. Engagés le 13 mars 1954, les combats devaient durer près de huit semaines.

Depuis l'arrivée en Italie, les journées avaient passé terriblement vite.

« N'oublions tout de même pas que nous sommes ici pour rendre visite aux verriers, rappela Vivien. Il nous reste seulement huit jours, il est grand temps de gagner Murano. »

Dès la fin du XIIIe siècle, après quelques incendies, on avait installé la totalité des verreries, d'abord disséminées dans plusieurs quartiers de Venise, dans cette île proche, la plus grande de la lagune. Dès lors, la renommée des verriers de Murano devait s'étendre rapidement dans toute l'Europe et même au-delà.

* *
*

À l'approche de Murano, le canot-taxi croisa la « gondole des morts », suivie de deux embarcations où, debout, impassibles et en grand deuil, avaient pris place les membres de la famille du défunt. Le pilote salua le convoi funèbre d'un long et lugubre appel de sirène. Impressionnés, les Français suivirent des yeux la gondole où, sous un dais noir brodé de larmes d'argent, le cercueil drapé de la même étoffe et surmonté d'une large couronne de fleurs rouges occupait presque tout l'espace.

« Ils vont à l'île de Saint-Michel, expliqua le pilote du taxi en tendant le bras vers la gauche, c'est là que se trouve le cimetière de tous les Vénitiens. Murano est tout proche maintenant. »

Sitôt débarqués, les voyageurs s'installèrent dans le charmant petit hôtel retenu depuis longtemps. Malgré quelques constructions imposantes, l'île n'avait rien de comparable avec Venise. Ici, des canaux étroits bordés de maisons basses aux façades multicolores, des petits ponts sous lesquels se glissaient des barges chargées de matériaux pour les verreries ou de caisses d'expédition régulièrement empilées. Faute de place suffisante, le marché aux fleurs, aux fruits et aux légumes se tenait sur une enfilade de barques plates, le long d'un canal ; ménagères et restaurateurs s'approvisionnaient depuis le quai. Plus loin, le marché aux poissons utilisait le même procédé ; simplement, des toiles bariolées tendues au-dessus des petites embarcations protégeaient la marchandise du soleil printanier, déjà chaud.

La première visite fut pour le musée du Verre, installé dans le palais Giustinian. Parmi des centaines de productions anciennes et contemporaines, Vivien admirait, en connaisseur, une série de coupes nuptiales de la Renaissance. On les offrait alors en cadeau aux jeunes époux. Réalisées en verre soufflé et émaillé de coloris différents, ces coupes s'ornaient de scènes allégoriques et de médaillons à l'effigie du nouveau couple .

Après ce riche musée, les magasins de vente des verreries n'offraient guère de surprises à des professionnels. Si beaucoup de réalisations n'étaient pas produites à Bois-Colombes, les voyageurs avaient feuilleté assez de livres et de catalogues référents pour ne pas s'en étonner.

On entreprit de gagner les ateliers ; beaucoup restaient fermés au public, pourtant, en quelques endroits, le nom de la verrerie Solliès et le catalogue imprimé pour ses clients se révélèrent un précieux sésame. Certes, il n'était plus d'usage de garder secrets les procédés de fabrication connus depuis bien longtemps dans de nombreux autres pays. Mais certains maîtres verriers, jaloux de leurs prérogatives, en matière de couleurs surtout, refusaient d'ouvrir leurs manufactures à d'éventuels concurrents.

De même que son oncle, Matthieu s'efforçait de mémoriser tout ce qu'il voyait, chaque geste des souffleurs, chaque explication aimablement donnée par un chef d'atelier conquis devant le vif intérêt du jeune garçon.

« Apparue à Venise aux environs de l'an 1000, l'industrie du verre a rapidement pris de l'ampleur, dit le maître verrier. Dans l'île de Murano, dès le Moyen Âge, les secrets des maîtres verriers se trouvaient à l'abri des indiscrétions et aussi des vols ; beaucoup de matières premières, très convoitées, étaient stockées dans des entrepôts étroitement surveillés, alors appelés “chambres des poisons”. À côté du verre, Murano se fit une spécialité du cristal. À la Renaissance, l’île fournissait les cours royales et impériales ; à Venise même, les palais regorgeaient de lustres de cristal polychrome et de miroirs à encadrement de verre fin superbement taillé. Comme la grande majorité des verriers, nous, ici, à Murano, nous transmettons recettes et techniques de fabrication de père en fils. Proche du cristal, le verre vénitien est très riche en plomb, gage de pureté. Moins jaloux de leur savoir-faire, les maîtres verriers le sont de nos jours encore des formules chimiques de leurs couleurs ; la gamme, ailleurs inégalée, peut aller jusqu’à soixante-dix teintes et nuances différentes. »

Parmi les productions des ateliers de l’île, Vivien et Matthieu découvrirent deux spécialités typiques de l’endroit : les perles de verre destinées aux bijoux et les sulfures, objets de cristal très épais, ornés dans la masse, par inclusion, d’un motif décoratif.

À la demande du jeune garçon à la curiosité insatiable, le verrier continua ses explications :

« Il existe plusieurs techniques de fabrication des perles. Pour certaines, faites de verre étiré, on utilise une baguette de verre coloré à trou central. D’autres, joliment appelées *millefiori*, sont créées à partir de baguettes bien plus fines et sans trou ; les petites pièces de baguette découpées, on les amalgame autour d’un fil métallique. Pressées dans un moule puis refroidies, les perles sont ensuite plongées dans l’acide, qui ronge le fil, formant ainsi le trou. L’artisan bijoutier les enfilera, au gré de sa fantaisie, pour former colliers, bracelets, pendentifs et autres merveilles. La perle soufflée, le verrier crée sa forme définitive ; il y dépose d’autres coloris, de l’or ou de l’argent, traçant des spirales de couleur irisée. Des techniques très complexes donnent des résultats différents, au prix d’un long et difficile apprentissage, tant pour les formes que pour les teintes. Depuis des siècles, on sait inclure des boules mille-fleurs dans un objet en cristal, ainsi que des petits sujets émaillés, des camées, des armoiries… Ces sulfures étaient utilisés pour des boutons de porte, des bouchons de carafe, des confituriers ou autres pièces de vaisselle raffinée. Au milieu du XIXe siècle apparut la mode des presse-papiers, généralement en forme de boule, qui présentent une infinie variété d'inclusions. Pour ces dernières, on utilise des « cannes », longues tiges de verre diversement coloré de près de dix mètres. Les segments découpés, les « bonbons », permettent de créer une multitude de motifs décoratifs. Parmi eux, des bouquets de millefiori du plus bel effet. Depuis longtemps, c'est un art très abouti et apprécié dans quelques grandes manufactures françaises. Les bonbons peuvent aussi former des guirlandes entrecroisées, des torsades, des rosaces qui font la valeur de ces inclusions, particulièrement rares et recherchées.

– Comme j'aimerais fabriquer des perles, plus tard ! confia Matthieu aux siens. Quel dommage que l'on n'en fasse pas chez nous !

– Rien ne t'empêchera de t'embaucher ailleurs qu'à Bois-Colombes quand tu maîtriseras le soufflage, dit sa sœur.

– Ah non, jamais ! C'est dans notre verrerie que je veux travailler, et là seulement ! Je n'en partirai que pour des stages, comme l'a fait papa. »

Matthieu avait un ton déterminé qui fit sourire Jeannie.

« Quand tu seras le patron de Bois-Colombes, tu pourras fabriquer tout ce qui te plaira, affirma Vivien, conciliant.

– Oui, peut-être… Mais, avant d'en arriver là, j'ai tout à apprendre, tu sais bien.

– Ne te décourage pas, dit Anna en lui prenant affectueusement la main. Tu feras de grandes choses, j'en suis certaine, tu es l'héritier des Solliès, verriers de renom s'il en est. Mais il te faudra du temps et beaucoup de patience, évidemment. »

XXX

Roland

Le conflit indochinois enfin terminé, le sergent Martinet, démobilisé depuis peu, rentra en France à la mi-juin. Désireux de faire carrière dans l'armée, après six ans passés à combattre sur le sol asiatique il bénéficiait d'une très longue permission. Il s'était donc installé chez son père, non loin de Saint-Dizier, en Haute-Marne.

Dans ses lettres à Anna, il se montrait de plus en plus pressant. Selon ses dires, une rencontre s'imposait au plus tôt ; cette entrevue, il l'espérait bien, aboutirait à des fiançailles. Depuis quelques mois, Roland disait s'être attaché à elle et l'aimer réellement ; de son côté, la jeune fille n'avait pas vraiment prévu cette hâte qui ressemblait fort à un ultimatum, aussi s'alarmait-elle, angoissée. Que dirait son père, nullement préparé à un tel événement ? Devrait-elle sacrifier les quatre années d'études prévues aux beaux-arts de Marseille ? Puis elle se raisonnait : se fiancer n'implique pas un mariage hâtif ; pourtant, tôt ou tard, Roland l'exigerait, c'était certain.

Bientôt, l'insomnie s'installa ; la jeune fille se posait quantité de questions dont elle ne trouvait pas la réponse.

« Si tu l'aimais réellement, se reprochait-elle, tu ne t'interrogerais pas de la sorte, au contraire tu bondirais de joie… »

Oui, mais comment l'aimer malgré deux ans et demi de correspondance régulière ? Comment lui sacrifier sa famille et, surtout, son rêve le plus cher : un futur métier d'art ? Souvent, Roland n'avait pas plus de réalité que les héros des histoires d'amour que l'adolescente se plaisait à imaginer. Ces chimères la transportaient dans un autre monde, pourtant elle le savait inventé, parfaitement irréel et inconsistant. Roland était-il seulement l'image renvoyée par les photographies ? Existait-il vraiment ? Elle en doutait parfois. Alors, pour se persuader de la réalité du jeune homme, elle relisait quelques-unes de ses lettres, mais là encore elle restait perplexe : ces écrits étaient-ils autre chose qu'un roman, une fiction ?

Et puis, Anna se rassurait : « Quand je le verrai, tout ira bien, au premier regard je saurai, sans hésitation aucune… »

Ce n'était pourtant pas une absolue certitude, alors le doute l'accablait à nouveau. Sur le point de se confier à Pierre-Yves, elle renonça. Toujours inquiet du bien-être de sa jeune amie, il l'exhorterait à la prudence, seulement. D'ailleurs, c'était à elle de décider, à elle seule.

Un peu plus tard, Anna songea que Jeanne-Marie lui avait toujours prêté une oreille attentive. Là encore, elle hésitait. Sa tante voyait toujours en elle une petite fille, elle lui dirait de renoncer. Au mieux, elle lui recommanderait de laisser passer du temps, d'apprendre d'abord à apprécier ce jeune homme. Dans ce cas, il leur faudrait se rencontrer très souvent ; mais, lui en Haute-Marne et elle dans le Midi, c'était impossible ! Confrontée à un dilemme insoluble, découragée, Anna soupirait, errait dans la maison comme une âme en peine.

« Quelque chose te tourmente ma chérie ? »

Jeanne-Marie dévisageait sa petite-nièce avec insistance : ses yeux cernés, son manque d'entrain, de quoi étaient-ils le signe ?

« Tu n'es pas malade, au moins ? »

Ses sourcils froncés, son regard plein d'inquiétude surtout, disaient à Anna que sa tante soupçonnait son mal-être. Elle lui en sut gré, infiniment, et, malgré sa résolution de ne rien dire, se confia enfin avec un réel soulagement.

Comme elle s'y attendait, Jeanne-Marie se récria :

« Tu ne peux pas t'engager aussi vite, ce jeune homme, tu ne le connais pas, enfin pas vraiment… Un échange de lettres ne pourra jamais remplacer une présence. Le regard parle, les gestes aussi, tu le sais sans doute. Tant qu'il s'agit seulement de relations amicales, je ne dis pas mais là, des fiançailles, non, c'est impensable ! Ne crois pas que je veuille te contrarier, ma petite Anna, mais j'ai tellement peur que tu ne sois déçue, tu comprends ?

– Il peut l'être, lui aussi. Peut-être ne m'imagine-t-il pas du tout comme je suis, je veux dire, mon caractère, mes goûts… Je comprends fort bien, tu sais, mais comment faire ? Sous quel prétexte refuser de le présenter à mon père ?

– Veux-tu vraiment le rencontrer ? Envisages-tu de te fiancer avec lui… un peu plus tard ?

– Par moments, je me dis que oui, je suis certaine de l'aimer, de l'attendre de tout mon être. Mais, parfois, cela me fait peur, Roland n'a plus de réalité, je ne sais pas bien comment dire. Il est comme un songe, un mirage, tu comprends ? »

Le regard d'Anna quêtait du secours.

« Écoute, ma petite fille, si tu ne rencontres pas ce garçon tu ne verras jamais clair en toi. Alors va trouver ton père, parle-lui, tâche d'obtenir qu'il accepte de le recevoir. Mais surtout, ne parle pas d'éventuelles fiançailles. Dis-lui seulement que Roland aimerait te rendre une visite amicale, c'est tout ! »

Anna se jeta dans les bras de sa tante, l'embrassa fougueusement :

« Tu es mon sauveur, merci, merci ! »

Cependant, Jeanne-Marie n'était pas tout à fait confiante : quel genre d'homme était ce Roland, bien plus âgé que sa nièce, endurci sans doute par ce qu'il avait vécu ? Serait-il capable de la comprendre, de la rendre heureuse ? Allait-il se montrer sincère ou bien était-ce un vil dissimulateur, décidé à profiter de la jeunesse d'Anna et de son manque d'expérience ? Elle n'était encore qu'une enfant, lisse, sincère et spontanée, prête à aimer cet homme idéalisé par l'absence, quitte à être infiniment déçue.

Sans le moindre soupçon, Gaspard accorda volontiers à sa fille ce qu'elle lui demandait .

« N'oublie pas que nous partirons à Sarnac le 4 août, tu dois donc inviter très vite ce jeune homme avant notre séjour en Auvergne. La dernière semaine de juillet, ce serait bien. »

Anna transmit aussitôt cette invitation à Roland : son père voulait bien l'accueillir à Bois-Colombes. Elle insista sur le fait qu'il ne devrait surtout pas se déclarer. Un peu plus tard seulement, il pourrait dévoiler son projet de mariage à Gaspard.

En expédiant sa lettre, la jeune fille se répétait ces mots de « fiançailles », s'efforçait de s'en imprégner. S'engagerait-elle à épouser Roland dans un avenir plus ou moins proche ? Si oui, où vivrait-elle alors ? Le jeune sergent ne lui avait pas caché qu'il ignorait tout de sa future affectation ; il serait amené à se fixer n'importe où, en France ou même à l'étranger. Anna, écrivait-il, devrait le suivre là où ses supérieurs le jugeraient bon. Et il avait ajouté :

« Tu n'ignores sûrement pas ce qu'implique une parole donnée. Et je suis certain que tu es prête à abandonner ce qui fait ta vie pour me suivre là où j'irai, c'est-à-dire vers ton bonheur... »

Les affirmations de Roland pouvaient être dictées par un amour sincère. Pourtant, Anna y voyait surtout une intransigeance, une preuve d'autorité qu'elle rejetait d'emblée avec humeur. Son caractère entier et rebelle l'incitait à refuser toute domination, fût-ce de la part de son futur mari. Son bonheur était-il vraiment aux côtés d'un homme pétri de certitudes et qui disposerait d'elle à son gré ? Rien n'était moins sûr.

Elle s'efforça de rester sereine : après tout, elle n'avait encore rien promis de définitif. Il fallait attendre de voir Roland, apprendre à bien le connaître, à l'apprécier. Elle était libre de rompre cette relation si le cœur lui en disait ; dans ce cas, le jeune homme devrait bien s'incliner. C'est pourtant avec une immense appréhension et une grande anxiété qu'elle attendit sa venue.

* *
*

La lettre où elle transmettait à Roland l'invitation de son père une fois postée, Anna se rendit chez les Aubertin. Elle trouva Magali dans son potager, occupée à récolter les légumes avec l'aide de Pierre-Yves. Après les embrassades, la jeune fille s'étonna :

« Je croyais voir les jumeaux de Pascal, ma filleule surtout. Vous ne les gardez donc plus ?

– Oh, généralement si ! Les petits sont partis avec leur mère chez les autres grands-parents pour quelques jours, ils se plaignent de ne pas les voir assez. Remarque bien, ma belle, je n'en suis pas vraiment fâchée. Certes, ils sont bien sages, mais deux bébés de six mois, c'est beaucoup ! Ils demandent des soins constants ; les jours où j'en ai la garde, je ne fais rien d'autre, c'est à peine si je trouve le temps de préparer les repas pour mes hommes ! Depuis que Pierre-Yves est rentré de Marseille, il fait sa part de travail, heureusement. Hélas, en août il a pris un travail sur le port, il va bien me faire défaut… »

Anna examina le jeune homme. Les cheveux dépeignés, il portait seulement un short de toile et un maillot de corps qui laissaient nus ses membres bronzés. Grand et musclé, il ressemblait tout à fait à son père.

« C'est vraiment un beau garçon, se dit-elle sans aucune arrière-pensée. Pascal et Florent sont plus petits, plus minces aussi… »

Les jeunes gens se sourirent, puis Anna eut une petite moue déçue.

« Je comptais te proposer un après-midi de baignade, demain ou après-demain. Depuis le début des grandes vacances, nous nous sommes à peine vus !

– Nous aurons encore la semaine prochaine avant que je n'embauche sur le chantier du port. J'ai accepté de remplacer un peintre sur les voiliers en réfection. On m'aurait gardé aussi en septembre mais je dois regagner Marseille pour travailler à la brasserie, tu sais bien.

– Je sais, oui… Malheureusement, la semaine prochaine c'est moi qui ne serai pas libre, mon père aura un invité.

– Et cet invité, tu lui seras vraiment indispensable ? »

Pierre-Yves fronçait les sourcils et Anna se mit à rire :

« Je me suis mal exprimée, à vrai dire il s'agit de mon correspondant, Roland Martinet. Il est rentré d'Indochine depuis quelques semaines et attend de l'armée sa nouvelle affectation. Il voulait absolument me connaître alors, comme nous allons partir bientôt en Auvergne, mon père a accepté de le recevoir, pour une semaine. »

Pierre-Yves s'était rembruni. Vite, il s'assura qu'Anna n'avait pas remarqué sa soudaine mauvaise humeur. À quelques pas, penchée aux côtés de Magali, elle cueillait délicatement les grosses tomates bien mûres dont la peau toute chaude luisait au soleil. Un instant, il la regarda les placer avec beaucoup de soin dans la cagette posée au sol. Sa jeune amie changeait de jour en jour ; elle devenait de plus en plus belle et avait tout perdu de la fillette d'autrefois. Bientôt, elle allait lui échapper, vivre sa vie, avec un autre évidemment…

« Alors, demanda Magali sans cesser de s'activer près d'Anna, cette inscription à l'école des beaux-arts, c'est du sûr ?

– La réponse devrait arriver les jours prochains. J'espère bien être prise en première année…

– Sinon, tu rentreras en faculté ?

– Aucune envie, répliqua la jeune fille, c'est ça ou rien, j'ai bien prévenu mon père !

– Toujours aussi volontaire, hein, ma pitchoune ? dit Magali avec indulgence. Té, je plains celui à qui tu passeras la corde au cou, il aura intérêt à te dire toujours oui, sinon… »

Le rire de Magali atténuait un peu ses paroles, d'autant qu'elle s'empressa d'ajouter :

« Je plaisante, ma belle, tu le sais bien ! En réalité, je n'en pense pas un mot. Sais-tu mon idée ? »

Anna secoua la tête, faisant voler la masse de cheveux bouclés qu'elle ne cessait de repousser à deux mains.

« Le garçon qui t'épousera, mais tu as tout le temps, peuchère, eh bien ce sera le plus chanceux du monde ! Avec un rayon de soleil comme toi, il aura le vrai bonheur dans sa maison ! »

Le regard affectueux de Magali effleura la jeune fille, puis toutes les deux reprirent leur travail.

« Demain, je vais pouvoir commencer à cuire la ratatouille. Les courgettes et quelques poivrons rouges attendent au cellier, Pierre-Yves finit de récolter les aubergines. Tu comprends ma belle, quand les jumeaux reviendront il sera hors de question de manipuler les bocaux à stériliser. C'est beaucoup trop long, trop prenant. J'y consacre une journée entière, parfois deux… »

Avant de redescendre à Bois-Colombes, Anna avait réussi à arracher à Pierre-Yves la promesse d'une longue baignade le lendemain, prétextant que, seule, elle s'ennuyait beaucoup ; très assidu devant les fours des verriers depuis le début des vacances, Matthieu ne l'accompagnait plus guère. Il avait d'abord tenté d'éluder :

« Ma mère aura besoin de moi…

– Mais non, mon grand, tu m'aideras le matin à éplucher les légumes, après je m'arrangerai bien toute seule, comme chaque année ! Tu n'as plus tellement de jours libres, va donc à la plage avec Anna !

– Méchant garçon ! Tu ne seras donc pas heureux de passer quelques heures avec moi ? »

Sous ses mèches rebelles, Anna le dévisageait, mais si son regard se voulait sévère, sa petite moue capricieuse démentait ses paroles.

« Mais si, bien sûr je serai heureux.

– Alors, qu'attends-tu pour dire oui ? D'ailleurs, tu sais bien que l'été, sur la plage, je risque fort de me faire enlever ! Il me faut un protecteur, absolument ! »

Anna éclata de rire et Magali se mit à rire, elle aussi. Vaincu, Pierre-Yves s'inclina. S'il voulait la fuir, c'était tout simplement qu'il avait peur de lui-même. Il se prit soudain à imaginer leur tête-à-tête et il eut l'impression que leurs cinq années de différence ne comptaient plus du tout. Simplement, il devrait être très vigilant et prendre garde à ne pas se trahir.

Anna prit congé, embrassa Magali, tendit comme toujours sa joue au jeune homme ainsi qu'elle l'eût fait pour Matthieu. Sur le chemin de la verrerie, le visage de Roland s'imposa soudain à elle ; froid, presque glaçant sur la petite photo d'identité, son regard était bien plus sympathique sur l'autre cliché où il paraissait beaucoup plus jeune. Huit années de différence, était-ce si important ? La jeune fille se prit à regretter d'avoir accepté cette correspondance qui allait lui compliquer la vie. Avoir à repousser les avances de Roland lui parut extrêmement pénible, insurmontable. C'était pourtant ce qu'elle devrait faire si elle s'apercevait qu'elle ne l'aimait pas.

« Qu'il arrive et reparte vite ! » songea-t-elle, mécontente. Jamais elle n'aurait dû accepter qu'il vienne jusqu'ici. À présent, il était trop tard, elle n'avait pas assez réfléchi, tant pis pour elle…

* *
*

Pierre-Yves et sa jeune amie avaient nagé longtemps parmi les nombreux vacanciers avides de goûter la relative fraîcheur de l'eau mouvante. À la surface de la mer paisible, l'impitoyable soleil de juillet jetait son filet d'or aveuglant. Prisonniers entre les mailles brillantes de ces rets de lumière, des fragments d'eau bleue à reflets vert clair oscillaient en miroitant. Un instant, les gestes des nageurs brisaient ce quadrillage éphémère qui se reformait aussitôt derrière eux, ondulant au gré des vaguelettes.

À bout de souffle, ruisselants, les deux amis s'étendirent enfin pour se sécher. Bientôt pourtant, l'intense chaleur réverbérée par le sable brûlant les chassa à l'ombre d'un grand parasol. Pierre-Yves aurait aimé contempler Anna encore et encore, mais il s'obligeait à garder les yeux clos. Engourdi, il somnolait en s'efforçant d'oublier la présence d'Anna si près de lui ; des cris d'enfants, des rires, des appels de mouettes survolant la plage le maintenaient à la frange du sommeil.

« On fait la course ? »

Debout à ses côtés, sa jeune amie l'interpellait vivement. « Elle a dix ans », se dit-il, attendri.

« À quoi bon ? Tu gagneras forcément, je suis bien trop vieux pour me mesurer à toi !

– Avoue plutôt que tu as la flemme ! Viens, tu as assez lézardé, allons lève-toi ! »

Elle riait et se moquait gentiment. Sans prévenir, elle courut droit vers la mer et il s'élança derrière elle. Quand il la rattrapa, elle avait de l'eau à mi-cuisses ; il la ceintura de ses bras puissants et elle se débattit en vain. Le visage enfoui dans les longs cheveux tièdes, encore humides, il sentit son propre cœur battre à grands coups sourds. Anna s'était raidie ; gêné, il la relâcha aussitôt. Elle fit volte-face, déclara, les sourcils froncés :

« Eh bien, pour un vieux monsieur tu cours vite dis-moi ! Allez, on fait demi-tour ! »

Elle repartit vers la plage ; sous ses longues jambes, l'eau giclait en éclaboussures brillantes. Enfin elle atteignit le sable, courut encore ; à nouveau, il la ceintura. Ensemble, ils perdirent l'équilibre, se laissèrent tomber sur le sable. Un instant, elle lutta en vain pour se dégager, cria enfin avec colère :

« Lâche-moi, je ne joue plus ! »

Libérée, elle bondit sur ses pieds. Déjà, elle récupérait ses vêtements, son drap de bain, son sac de toile. Elle lui jeta un regard noir.

« Ne recommence jamais ça ! Sinon…

– Mais Anna, enfin, c'était pour rire ! Ce n'est pas la première fois que nous chahutons comme des gosses !

– Peut-être, mais c'est la dernière, tâche de ne pas l'oublier ! Je rentre. Tu viens ? »

Ils gagnèrent la verrerie sans échanger le moindre mot. Après un baiser distrait, à peine appuyé, sur sa joue, elle rentra chez elle sans l'inviter à la suivre. Il n'osa pas proposer une autre rencontre avant le départ de la famille Solliès pour l'Auvergne.

Il était tôt encore. Désemparé, Pierre-Yves repartit vers la plage, s'allongea à nouveau. Il se prit soudain à penser que, la prochaine année scolaire durant, il allait côtoyer Anna à Marseille. C'était merveilleux et déchirant à la fois. Que n'était-elle encore la fillette confiante qui prenait sa main pour une promenade… Alors elle était sa petite sœur et il pouvait l'aimer sans remords aucun.

XXXI

Avenir ?

Anna venait d'étaler des vêtements sur son lit. Sans doute était-il un peu tôt pour préparer les bagages en vue de ses vacances auvergnates, mais elle cherchait à se distraire d'une idée fixe : l'insistance de Roland à célébrer rapidement leurs fiançailles. Ce pull chaud pour les promenades en montagne, ces deux shorts pour les jours de soleil, des pantalons de toile et un autre en velours… Elle devrait aussi penser aux chaussures : souliers de marche, sandalettes… En esprit, déjà, elle retrouvait le vieux manoir, la ferme de Marthe et Eugène Rispal ; grâce à ce tri, elle oubliait un peu Roland et ses exigences.

« Dis-moi, pitchoune, j'ai mal compris, j'espère bien ! Tu vas te fiancer, épouser ce… ce militaire et nous quitter pour toujours ? »

Anna n'avait pas entendu entrer Flavie. En proie à une vive agitation, celle-ci avait pris un ton indigné pour dire ce qu'elle avait sur le cœur.

« C'est bien vrai, tu es bien renseignée…

– Bonne Mère, tu déraisonnes ! Il a presque l'âge d'être ton père, tu as pensé à ça ?

– Il faut toujours que tu exagères. Il a dix ans de plus que moi, pour être mon père c'est un peu insuffisant, tu ne crois pas ?

– Il a l'air beaucoup plus vieux, ça oui ! Écoute, je t'aime trop pour te laisser faire une pareille fadaise, pire même, une vraie folie, c'est tout bonnement impossible !

– Flavie, allons calme-toi. Nous ne sommes pas encore mariés, pas même fiancés, tu t'insurges pour rien !

– Ton père n'est tout de même pas prêt à accepter ça ? Et madame Jeannie, qu'est-ce qu'elle en pense ? Elle devrait te faire entendre raison, ce n'est pas un homme pour toi, ça crève les yeux !

– Et pourquoi donc ?

– D'abord son âge, je te l'ai dit. Et puis, pour qui te connaît bien, quand on vous voit ensemble on comprend vite que vous n'êtes pas faits l'un pour l'autre. Toi, vive, gaie, pleine de vie ; lui, sévère, guindé, aussi froid qu'un glaçon… Non ma pitchoune, je te le redis, tout vous sépare !

– Tu te trompes peut-être… Il paraît que les contraires s'attirent, ce doit être notre cas.

– Avec lui, tu seras malheureuse, je le sais, un point c'est tout ! »

Sans répondre, Anna entreprit de commencer à ranger les vêtements déjà pliés dans une petite valise. Flavie se rapprocha, lui prit la main :

« Excuse-moi, ma belle, je devrais pas me permettre de te dire ces choses, je sais bien que ce n'est pas à moi de t'ouvrir les yeux… Mais comme ta famille ne semble pas se rendre compte, j'ai cru bien faire. Je t'aime tant, ma petite Anna ! »

Émue, la jeune fille pressa affectueusement la main qui tenait toujours la sienne. Enfin, elle embrassa Flavie sur la joue pour lui montrer qu'elle ne lui en voulait aucunement de sa franchise. Ses paroles, elle le savait bien, étaient dictées par l'amitié, la sollicitude sans faille à son égard qui ne s'était jamais démentie. Sur le point de confier sa conversation avec Jeanne-Marie, elle choisit finalement de se taire.

Avec des mots quelque peu différents de ceux de Flavie, sa tante avait cru bon de la mettre en garde :

« Roland est très correct, réservé, un peu trop peut-être... Je le crois volontiers un homme de parole, n'oublie tout de même pas qu'il reste un inconnu. Il semble sans cesse sur ses gardes, ne nous a rien confié de sa famille, de son enfance...

– Tu sais bien qu'il n'a que son père.

– Oui. Pourtant, sa discrétion s'apparente beaucoup à de la froideur. Je peux me tromper, évidemment, mais je crains qu'il ne manque de sensibilité, d'indulgence aussi. Toi, ma chérie, tu es tout l'opposé de ce jeune homme, comment pourrait-il te comprendre, te rendre heureuse ? »

Anna entreprit alors d'expliquer que Roland l'avait justement conquise par sa retenue, son sérieux manifeste.

« Je lui fais confiance, il m'apportera la sécurité. Je me connais bien, je me sais trop puérile, pas frivole certes, mais sans doute un peu imprévoyante. Roland sera la force sur laquelle m'appuyer, un soutien, au besoin un défenseur, du moins me l'a-t-il affirmé. Je n'ai aucune raison de ne pas le croire, n'est-ce pas ? »

« Ni aucune raison de lui faire confiance », songea sa tante sans le dire. De son côté, Anna se souvenait de l'élan qui l'avait portée, trois ans plus tôt, vers le jeune Patrice, absolument pas comparable avec les sentiments pleins de réserve qu'elle éprouvait pour Roland. Sans doute avait-elle mûri depuis ce premier amour d'été déjà lointain...

À Bois-Colombes, elle s'était promenée, baignée avec son ancien correspondant. Roland n'était pas bavard et une certaine gêne les séparait, lui semblait-il. Dans le regard dont il l'enveloppait, elle avait pu lire de l'admiration mais aucune tendresse. Sans doute les dures années passées à la guerre lui avaient-elles appris à ne pas afficher ses sentiments ; il ne s'agissait sûrement pas de dissimulation mais plutôt d'une grande maîtrise de soi forgée par la vie militaire, impersonnelle, éprouvante, pleine d'exigences aussi.

Anna se posait une multitude de questions. Pouvait-on aimer sans démonstration de tendresse excessive ? Elle avait toujours pensé que non, mais elle s'était certainement trompée. Leurrée par l'exemple des héros de film et surtout des romans qu'elle dévorait, par sa jeunesse et son inexpérience aussi, elle n'avait sans doute pas compris où était l'essentiel. Le mariage était une chose sérieuse, pas du tout comparable avec un amour de vacances éphémère.

Pourtant, les jeunes couples croisés dans la rue, un bar, un cinéma, n'hésitaient pas, bien souvent, à afficher leur amour réciproque, allant jusqu'à s'embrasser longuement en public, sans souci du regard des autres.

Roland était différent, voilà tout, mais son sérieux n'était certainement pas synonyme de tiédeur. Il disait l'aimer, vouloir l'épouser, pourquoi ne pas le croire ? Il avait demandé à rencontrer le père d'Anna, elle voyait là une preuve de sérieux et de sincérité indubitable.

Jeanne-Marie n'avait pas dit à sa petite-nièce qu'elle et Gaspard avaient longuement débattu le sujet. Sur ses conseils, il avait ensuite demandé à Roland de s'armer de patience ; sa fille était encore très jeune, il serait bon d'attendre quelques mois, voire une année, avant de lui demander un engagement définitif. Devant l'insistance de Gaspard, le jeune homme avait dû s'incliner. Entre lui et Anna, rien n'avait été dit.

Au moment des adieux, il déclara :

« Ton père m'a invité à revenir ici à Noël prochain, si toutefois tu es d'accord... »

Elle faillit crier :

« Et pourquoi ne m'a-t-il pas demandé mon avis ? Je suis tout de même la première concernée ! »

Elle réussit à se contenir et demanda seulement :

« Tu pourrais m'expliquer davantage ?

– Apparemment, même s'il ne l'a pas vraiment formulé, ton père trouve que je suis trop pressé de te faire dire oui. Il a prétendu que l'on devait te donner du temps pour te permettre de voir clair en toi. Je croyais que c'était chose faite… Naturellement, j'ai accepté. Il a ajouté que nous reparlerions de fiançailles à la fin de l'année. Tu es mineure, n'est-ce pas, je ne peux pas t'épouser de force ! »

Anna crut à une boutade avant de s'apercevoir qu'il parlait très sérieusement.

« Mon père a raison. Je t'avoue que je vais commencer mes études aux beaux-arts cet automne avec la ferme intention de les terminer. Mais tu n'attendras pas quatre ans, je suppose ?

– Non, je n'attendrai pas aussi longtemps, alors réfléchis bien. »

Rembruni, Roland avait parlé de façon si brusque qu'elle se sentit piquée au vif.

« En supposant que je t'épouse assez vite, je ne me vois pas passer ma vie à ne rien faire, si ce n'est t'attendre des heures durant ! Je m'ennuierais bien trop !

– Tu ne t'ennuieras pas du tout, tu auras un intérieur à tenir, des enfants à élever…

– Des enfants ?

– Eh bien oui ! J'ai souffert d'être fils unique et je veux fonder une grande famille. Tu aimes les enfants, j'espère ?

– Naturellement, mais… »

Elle renonça soudain à chercher des arguments. Avant cette conversation déroutante, leur vie de couple, de parents ne l'avait jamais effleurée. Elle, mariée ? Avec lui ? Il lui sembla que l'on parlait de quelqu'un d'autre, que tout cela n'était qu'une mauvaise farce.

Roland n'insista pas davantage. Il affirma qu'il lui communiquerait l'adresse de sa nouvelle affectation, lui demanda de continuer à lui écrire régulièrement ; pour couper court à une discussion désagréable, elle promit. Son père avait eu raison : il lui fallait du temps pour voir clair en elle ; pour l'instant, elle se sentait désemparée, tiraillée entre le désir de couper court à toute relation et celui de dire oui.

« Je ne sais sans doute pas bien l'exprimer mais je t'aime, Anna. J'avais huit ans au décès de ma mère, pas de tante, pas de grand-mère non plus, aucune femme ne l'a remplacée. J'ai été élevé par des hommes, des filles de ferme aussi mais aucune ne m'a donné d'affection. Voilà qui explique peut-être que je te paraisse trop peu expansif mais je veux t'épouser, je t'aime vraiment. »

Elle eut pitié de lui. Il l'attira pour l'embrasser, un geste qu'il n'avait eu que très rarement durant ces quelques jours. « Et moi, se disait Anna, sans l'amour de Jeannie, l'affection de ma bonne Flavie, ma tendresse pour mon petit frère, ne serais-je pas devenue un cœur sec ? Sans doute... »

Roland reparti, elle décida d'aller faire ses adieux à Pierre-Yves. À son retour de Sarnac, il aurait déjà regagné Marseille ; c'est là seulement qu'ils se reverraient, lorsque débuteraient ses cours aux beaux-arts.

* *
*

« J'ai à te parler. On va marcher un peu ? »

Intrigué par ce préambule, le jeune homme acquiesça. Ils auraient pu rester dans le jardin, son père à la verrerie, sa mère au marché, ils étaient seuls. Anna l'avait trouvé plongé dans ses cours.

« Je reviendrai cet après-midi, si tu préfères...

– Non, je vais m'accorder une petite pause. Je profitais de mes derniers jours de vacances pour...

– Pour travailler, je vois bien ! Ton repos à toi, contrairement aux autres, c'est le travail ! »

Ils se sourirent. Depuis toujours, Anna se plaisait à railler le trop grand sérieux de son ami mais sans méchanceté aucune, et il ne lui en voulait pas.

« Roland est donc reparti ?

– Oui, ce matin aux aurores. »

Les jeunes gens arrivaient dans la garrigue ; ils suivirent un sentier assez étroit, tracé dans les herbes folles et les broussailles par les forestiers. Anna s'arrêta soudain, leva les yeux vers son compagnon :

« Bon, j'irai droit au but, tu me connais, je suis directe ! Dans quelque temps, Roland et moi nous allons nous fiancer.

– Vous fiancer ? »

Incrédule, Pierre-Yves ouvrait de grands yeux.

« Eh bien oui, fit Anna avec impatience, nous fiancer et plus tard nous marier, cela va de soi !

– Mais… mais tu l'aimes, je veux dire assez pour l'épouser ?

– Qu'est-ce que tu crois ? Que j'y suis obligée ? Pas du tout ! Naturellement, je l'aime ! C'est mon choix, personne ne m'a influencée, en aucune manière ! Tu sais que je suis bien trop indépendante pour que l'on m'impose quoi que ce soit, à plus forte raison un mari ! Nous ne sommes plus au temps où l'on mariait les jeunes filles contre leur gré. »

Les paroles d'Anna, pleines de conviction, l'étonnaient elle-même : voulait-elle se persuader de ce qu'elle affirmait à son compagnon de manière aussi péremptoire ?

« Enfin, Anna, tu as dix-huit ans !

– Je le sais bien ! Aussi ai-je demandé à Roland d'attendre… un certain temps.

– Je ne parviens pas à le croire ! Il est resté six jours seulement et tu… vous… enfin vous vous connaissez à peine, c'est insensé !

– Tu oublies que nous avons correspondu près de deux ans et demi, pour se connaître c'est largement suffisant.

– Certainement pas ! Une correspondance, même assidue, entre deux personnes qui ne se sont jamais rencontrées, ne peut remplacer un contact réel !

– Tu te trompes, j'en suis la preuve ! »

L'incrédulité de son ami de toujours semblait conforter Anna dans ses affirmations dont, jusque-là, elle n'était pas très certaine. Pierre-Yves lui prit la main. Lui, toujours si pondéré d'habitude, paraissait tout à coup désemparé, infiniment déçu et plein d'amertume.

« Il ne veut pas perdre sa petite amie d'enfance... » se dit Anna, émue.

De son côté, Pierre-Yves cherchait en vain des arguments pour la convaincre ; ces révélations l'avaient pris de court, il se sentait tellement démuni, dépossédé... Elle se fourvoyait c'était sûr, bientôt elle regretterait ce caprice car c'en était un, il en était persuadé. Comment lui faire entendre raison ? Il ne voulait surtout pas lui déplaire, s'entendre qualifier de vil jaloux, ce qu'il était pourtant il devait bien se l'avouer.

« Tu mets mon âge en avant, reprit Anna, mais souviens-toi : ma mère avait dix-neuf ans quand elle a épousé mon père, et ma grand-mère Angèle s'était mariée au même âge, exactement. Dans la famille, ce doit être une tradition ! »

Pierre-Yves ne se déridait pas. Sa mine butée, ses traits durcis témoignaient assez d'un dépit proche de la colère.

« Mais... tes études ?

– Ah, voilà le point noir, en effet ! Pour moi, c'est un vrai dilemme. Quatre années d'études, Roland refuse de faire durer nos fiançailles aussi longtemps. Je dois réfléchir encore, j'hésite à sacrifier une passion de toujours...

– Dans ce cas, renonce, tout simplement ! Explique à Roland combien ces études te tiennent à cœur, dis-lui que...

– Mais si je l'aime ? Je veux dire, c'est un choix impossible, je vais bien devoir me décider. Je me sais trop impulsive, trop entière, Roland m'apportera la sagesse...

– Et c'est toi qui parles ainsi ? Je ne te reconnais plus ! Réfléchis encore, je t'en prie, n'engage pas ta vie de cette manière !

– Mais toi, qu'en sais-tu ? Tu n'as jamais envisagé de te fiancer, que je sache, pardonne-moi mais tu ignores de quoi tu parles. »

Le jeune homme crut voir une lueur ironique dans les yeux de sa compagne. Soudain furieux, il renonça à ce débat stérile qui allait sous peu se transformer en querelle.

« Rentrons, dit-il, il ne sert à rien de discuter ainsi, nos points de vue divergent trop. Après tout, fais comme tu l'entends, je ne suis pas habilité à te donner des conseils, tu as ta famille pour cela.

– Ne sois pas fâché ! Tu es mon meilleur, mon seul ami, tu sais bien… Tu m'en veux beaucoup ? »

Elle lui donna un baiser fraternel et il n'eut pas le courage de la repousser.

« À bientôt, je t'écrirai de Sarnac. Et même, pour te prouver que je ne t'en veux pas, je t'enverrai une belle carte postale, avec des montagnes et des fleurs, promis ! »

* *
*

À peine rentrés de leur séjour auvergnat, Gaspard et les siens durent faire face à un événement douloureux qui les plongea dans l'affliction. Leur vieil ami le jardinier venait de succomber à une crise cardiaque.

Contre l'avis de tous – sa fille, ses employeurs –, Narcisse refusait obstinément de renoncer à soigner arbres et plantes. En revanche, depuis quelques années, il n'assumait plus la tâche qui l'amenait dans une plantation de mimosas chaque hiver. Depuis longtemps, il ne grimpait plus aux échelles pour couper les branchettes odorantes couvertes de boules jaunes duveteuses ; mais il s'employait à coucher soigneusement les rameaux tout frais cueillis dans les longues cagettes d'osier, les protégeait d'un fin papier transparent, fixait délicatement le couvercle.

Les mimosas défleuris, au fil des saisons Narcisse cueillait les œillets dans les champs écarlates, les roses aussi, ou bien, sur les rangées d'arbustes grimpants plantés à l'abri du mistral, les fleurs de jasmin recherchées par les parfumeurs.

D'autorité, Gaspard lui avait adjoint un aide, un jeune garçon plein de bonne volonté. Narcisse avait à cœur de lui transmettre son savoir, sa science des boutures et de l'élagage, la façon d'enrouler les vrilles de la clématite, de guider les tiges fragiles des bougainvillées sur les croisillons d'un claustra, et tant et tant de gestes indispensables à la survie de ses amis les végétaux.

Appuyée au bras de Flavie en pleurs, Anna ne cherchait pas à cacher ses larmes. On avait accompagné Narcisse à sa dernière demeure, là où reposait son épouse décédée huit ans plus tôt. Modeste, la tombe se dressait dans le petit cimetière marin de Port-Maureuil. Alignées face au large au-dessus d'un à-pic de rochers, les sépultures semblaient s'avancer dans l'eau comme la proue d'un grand navire et faire corps avec la mer ; on pouvait entendre l'éternelle chanson du vent plein de senteurs marines et le chuchotement continu des vagues, en contre-bas. Partout des fleurs, en gerbes, en pots, en bouquets. Anna, Matthieu et Flavie avaient eux-mêmes composé pour Narcisse un énorme bouquet des dernières fleurs de saison, ajoutant des rameaux de chacun de ses arbustes préférés. Bordée de géraniums-lierres multicolores, la tombe disparaissait entièrement ; ainsi, le vieil homme reposait sous un tapis de fleurs, celles qu'il avait soignées des lustres durant, avec tant de peine et d'amour.

Au retour du cimetière, Anna serrait toujours le bras de sa chère Flavie.

« En novembre, dit-elle tout bas, Matthieu et moi nous viendrons planter un buddleia à la tête du caveau, si tu veux bien. »

Flavie la remercia d'un sourire reconnaissant. Ni l'une ni l'autre n'avaient oublié la plantation des arbustes d'Anna, lors de ses huit ans, ni l'épisode, durant la guerre, où elle avait failli perdre la vie sous les balles perdues pour sauver ses chers arbustes.

* *
*

Le premier octobre, Matthieu repartit au lycée d'Hyères et sa sœur fit sa rentrée à l'école des beaux-arts. Pierre-Yves s'était chargé volontiers de lui trouver un logement. Il l'aida à aménager dans un foyer d'étudiantes proche de son école où sa chambre était réservée depuis le mois de juillet.

Passionnée par les cours, Anna se serait sentie un peu perdue à Marseille, grande ville n'offrant aucune comparaison avec Hyères où elle avait été interne plusieurs années durant. Par chance, Pierre-Yves jouait à merveille son rôle de guide. Chaque semaine, il consacrait quelques soirées à sa jeune amie. Le samedi et le dimanche, pris par son travail à la *Brasserie du Soleil,* il ne lui restait guère de temps libre. Pourtant, afin de pouvoir l'accompagner au cinéma ou simplement se promener en ville avec elle, il n'hésitait pas à étudier très tard chaque soir. Pour se spécialiser dans la recherche, quatre années encore et une somme de travail considérable seraient nécessaires.

« C'est très bien ainsi, avait déclaré Anna, tu termineras tes études en même temps que moi. Où serai-je après ? Aucune idée ! Qu'importe, j'ai tout le temps d'y penser, n'est-ce pas ? »

L'un et l'autre évitaient d'évoquer Roland. Fidèle à sa promesse, Anna continuait à lui écrire chaque semaine. Après avoir décrit la ville, son école, l'ambiance des cours tellement différente de celle du lycée, très vite elle s'aperçut qu'elle n'avait plus rien à lui dire ; ses lettres se firent de plus en plus brèves.

De son côté, son correspondant ressassait toujours les mêmes lieux communs, se plaignait de sa vie trop monotone à la ferme de son père. Il ne confia pas qu'il songeait à s'engager en Algérie, où l'on ne parlait pas de guerre mais seulement de « maintien de l'ordre », terme hypocrite qui désignait en réalité un conflit de guérillas extrêmement meurtrières, dans les deux camps. Que deviendrait alors son projet d'épouser Anna ? Si elle consentait enfin, il ne pourrait pas entraîner sa jeune femme dans un pays où le danger était partout présent.

* *
*

Les vacances de Noël commenceraient le 21 décembre au soir et Pierre-Yves devait ramener Anna à Bois-Colombes ; au passage, on s'arrêterait à Hyères pour prendre Matthieu. Le garçon exultait à l'idée de retrouver la verrerie pour deux semaines. L'été précédent, il avait supplié son père de l'autoriser à arrêter ses études. À sa grande déception, Gaspard s'était montré intraitable.

« Enfin, papa, à seize ans tu te consacrais entièrement à ton apprentissage de verrier. Mes seize ans, c'est vrai, je ne les aurai qu'en octobre prochain, mais à quelques mois près…

– Sois raisonnable. Les temps changent, un chef d'entreprise a besoin de plus en plus d'instruction s'il veut mener à bien son affaire. Patiente encore un peu, le temps d'obtenir ton baccalauréat.

– Mais cela suppose deux années encore, c'est beaucoup trop long ! Papa, je t'en prie, je suis seulement heureux dans les ateliers, devant nos fours, tu le sais bien !

– Dans ce cas, tentons un compromis : dès les prochaines vacances de Pâques, tu pourras t'initier au soufflage, cela te va-t-il ? »

Le sourire de Matthieu était une réponse suffisante. Depuis longtemps déjà, en période de congés scolaires, il fallait insister pour l'obliger à s'éloigner des fours et sortir, se distraire, se promener.

La semaine précédant ce 21 décembre, Pierre-Yves n'avait pu se retenir d'évoquer le séjour prochain de Roland Martinet à Bois-Colombes. Anna et lui sortaient du cinéma et il la raccompagnait à son foyer.

« Il arrivera dans la soirée du 22, répondit-elle d'un ton détaché à la question de son ami.

– Déjà ! »

Le jeune homme se mordit les lèvres mais le mot lui avait échappé.

« Tu vas donc prendre une décision à propos de vos éventuelles fiançailles ?

– Il le faudra bien ! Que croyais-tu donc ? Que j'hésiterais à tenir mes promesses ?

– Je ne crois rien de tel, je me disais seulement que vous auriez pu changer d'avis, l'un ou l'autre... »

Mal à l'aise, Pierre-Yves s'embrouillait un peu. S'il n'avait jamais évoqué le correspondant d'Anna depuis la reprise des cours, il y pensait constamment et une rancune tenace l'habitait. Au fil des jours, il devait s'avouer que ce sentiment ressemblait de plus en plus à de la jalousie.

Anna lui jeta un regard hésitant.

« Écoute, nous avons déjà longuement débattu ce sujet, si tu veux bien, je préférerais parler d'autre chose !

– Dis-moi simplement que cela ne me regarde pas.

– Eh bien oui, en effet ! Tu es mon ami, certes, mais pas mon frère, je ne pense pas avoir de comptes à te rendre !

– Calme-toi, je n'ai rien prétendu de tel, tu déformes mes propos. Simplement, je me disais que si tu abandonnais tes études pour... pour réaliser ce projet de fiançailles ce serait dommage, vraiment.

– Tu me l'as déjà dit !

– Je sais, pourtant je pensais devoir le faire encore. As-tu songé à ta famille, à Jeannie qui t'a élevée comme sa fille, à la peine que tu leur feras, à elle et à ton père, en t'éloignant d'eux pour toujours peut-être ?

– Tu as certainement raison, mais n'en a-t-il pas toujours été ainsi ? L'épouse doit suivre son mari, n'oublie pas ! Ma grand-mère Angèle n'avait pas hésité à quitter sa famille et son Auvergne pour venir se fixer ici, dans le Var, loin des siens. »

La mine sombre, Pierre-Yves pensait : « Si seulement j'étais certain que tu aimes vraiment cet homme… » Dans le comportement d'Anna, rien ne le prouvait, il la connaissait si bien ; éprise, elle aurait rayonné de bonheur, et c'était loin d'être le cas.

« Bien, cessons ce débat, je renonce à te convaincre. Nous risquerions de nous fâcher, et je ne le veux à aucun prix.

– Moi non plus, que crois-tu donc ? Je tiens à toi ! Allons, quitte cette mine boudeuse qui ne te va pas du tout ! Nous voilà rendus, merci pour le film. Au 21, je serai prête dès 14 heures, mais prends ton temps, je saurai patienter en attendant mon taxi ! Bonsoir ! »

Elle lui planta brusquement un baiser sur la joue et ses cheveux de soie lui balayèrent le visage un bref, un très bref instant. Elle poussa la lourde porte, se retourna pour lui faire un petit signe en plissant comiquement le nez et disparut dans l'ombre d'un couloir.

* *
*

Malgré le vent aigre qui mordait un peu sa peau, Pierre-Yves arpentait la plage déserte. Le correspondant d'Anna arriverait le jour même à Maureuil. Et si elle renonçait à lui ? En dépit de ses affirmations, il ne parvenait pas à croire qu'elle aimait vraiment cet homme : elle le connaissait si peu, ils étaient si dissemblables… Pourtant, Pierre-Yves la savait tellement obstinée, butée même parfois ; toujours convaincue d'avoir raison, elle ne revenait presque jamais sur une opinion défendue avec fougue et véhémence. Et puis Roland n'était plus un tout jeune homme, il saurait se montrer persuasif.

Le militaire avait vingt-huit ans, presque vingt-neuf. Et dire que lui-même avait craint qu'Anna ne le trouve trop âgé, avec seulement cinq années de plus qu'elle… Au lieu d'atermoyer sans cesse, il aurait dû se déclarer depuis longtemps ; il payait maintenant très cher ses doutes et ses hésitations, mais il était trop tard, hélas. Pourtant, il en était certain, Anna était faite pour lui, de tout temps, son double en quelque sorte. L'idée qu'un autre la verrait bouger, rire, vivre auprès de lui la vie entière lui était insupportable.

Debout face à la mer grise et terne, un peu houleuse, Pierre-Yves crut voir soudain sa jeune amie, tellement belle, tellement inaccessible. Il recommença à arpenter la plage, donnant dans le sable des coups de pied rageurs. Une fine poussière volait autour de lui, poudrait ses cheveux, ses vêtements. Indifférente, l'eau fluait et refluait à quelques mètres de lui. Sur l'horizon brouillé, la silhouette des trois îles se dessinait à peine, lointaine, inconsistante.

Enfin il remonta vers Maureuil. Le jour de Noël, ses parents réuniraient toute leur grande famille, enfants, petits-enfants. Le jeune homme croyait entendre les cris de joie des petits découvrant leurs cadeaux. Trop jeunes encore, les jumeaux de Pascal, qui marchaient à peine, ne saisiraient pas grand-chose de la fête ; mais Claudine, la fille d'Aurélie, et son petit frère seraient comblés, comme toujours. Pierre-Yves devrait se mettre au diapason alors qu'il n'aurait qu'une envie : courir à Bois-Colombes pour s'assurer qu'Anna n'allait pas disparaître.

* *
*

Le faible soleil d'hiver dorait légèrement les toits roses de Maureuil-le-Haut. Anna avait entraîné Roland vers le sommet du bourg, jusqu'aux ruines du vieux fort. Un peu essoufflés, ils s'étaient assis sur un pan de l'ancien mur d'enceinte, à demi écroulé et habillé de lierre.

Sur la pente, face à eux, le gros village paisible, la route littorale en contre-bas, les plages étroites et enfin la mer. Des nuées grises frangées de brume donnaient à l'eau une teinte blafarde, un peu plombée. Noyées d'épaisses vapeurs, les îles d'Or semblaient avoir disparu. Aucune embarcation, ni canot ni voilier. À perte de vue, le vide. La mer au repos, comme assoupie, paraissait infiniment lointaine, inaccessible, presque étrangère.

Roland était arrivé l'avant-veille et devait séjourner trois jours encore à la verrerie. Ce soir, à Bois-Colombes, on ferait honneur au repas de réveillon traditionnel. Aidée de Jeannie, Flavie était en cuisine depuis deux longues journées ; diverses préparations s'accumulaient déjà dans le réfrigérateur et le cellier. Gaspard avait entraîné Matthieu à la cave pour choisir vins et liqueurs. Exceptionnellement, on ne dînerait pas chez les Aubertin, déjà fort nombreux. Mais, dans la soirée du lendemain, tous gagneraient la verrerie pour partager un apéritif amical et quelques douceurs.

Après l'ascension de Bois-Colombes jusqu'aux restes du fort, les promeneurs avaient délaissé écharpe et manteau. Entre deux nuages, des rayons de soleil agréablement tièdes atteignaient maintenant leur refuge.

« Tu as eu près de cinq mois de réflexion depuis ma dernière visite, dit soudain Roland. As-tu fini par choisir entre tes études et moi ? »

« Nous y voilà… » se dit Anna qui attendait ce moment avec appréhension.

« Pas vraiment… »

La mine contrariée de son compagnon lui fit ajouter très vite :

« C'est une décision très difficile à prendre, tu le comprends, mes études me donnent beaucoup de satisfaction et…

– Et tu es toujours une enfant qui voudrait tout avoir ! Dans la vie, il faut faire des choix, prendre une résolution et avoir la volonté de s'y tenir. Il serait temps que tu grandisses enfin ! »

Un silence gêné suivit ces paroles cinglantes ; Anna se sentait blessée. Nerveusement, d'un geste brusque, Roland saisit son manteau ; échappé de la poche intérieure, son portefeuille tomba à ses pieds, s'ouvrit et quelques photographies glissèrent sur le sol. Surpris, il ne fut pas assez prompt, Anna avait vu. Ils se penchèrent ensemble mais, la première, elle saisit le cliché qu'il aurait bien voulu lui dissimuler.

« Qui est-ce ? »

Debout près de Roland, une jeune femme asiatique en tunique et pantalon large ; dans ses bras, un garçonnet d'environ un an et demi. Le jeune homme tenait la taille de sa compagne ; comme elle, il souriait. Devant son silence et son air buté, elle insista :

« Tu connais ces gens ? »

Il ne tenta pas d'inventer quelque fable mais jeta, désinvolte :

« Ma femme et mon fils !

– Ta femme et ton fils ? Tu plaisantes !

– Pas le moins du monde… »

Alors, d'un ton détaché, presque indifférent, il expliqua qu'il s'était marié « à la mode indochinoise », mais que ce mariage n'avait vraiment aucune valeur.

« Je suis loin d'être le seul, beaucoup de soldats français ont agi de même. Durant les premières années de guerre, nous restions des semaines, des mois dans un village, loin des zones de combats. La vie, alors, reprenait ses droits… »

Confondue, Anna croyait toujours à une mauvaise farce. Ce n'était pas possible, il allait démentir. Imperturbable, Roland continuait ses explications et elle comprit enfin qu'il disait vrai.

« Alors tu les as abandonnés ? Tu es marié et tu voudrais que… C'est insensé, à la fin !

– Au regard de la loi, ce mariage n'a aucune valeur, je viens de te le dire.

– Mais l'enfant, ton enfant ?

– Oh, il ne manque de rien ! Sa mère touche des aides pour l'élever ; les autorités françaises, il me semble, versent de l'argent pour ces enfants nés de la guerre. Ils sont nombreux, crois-moi, je ne suis pas le seul à…

– Comment oses-tu parler ainsi ?

– Apprécie au moins ma franchise ! J'aurais fort bien pu te mentir, inventer n'importe quoi et je ne l'ai pas fait ! »

Muette, stupéfiée, Anna ne trouvait pas de mots assez forts pour exprimer son indignation.

« Tu devais bien te douter que j'avais connu d'autres femmes avant toi, reprit Roland avec un petit sourire moqueur, exaspérant, une au moins, non ? Faut-il te répéter une fois encore que ce mariage n'est pas légal ?

– Mais cette femme, tu l'as abusée, et l'enfant… Tu n'as vraiment aucun sentiment pour lui, aucun ? »

Roland haussa les épaules.

« Je l'ai seulement vu trois ou quatre fois…

– Et donc, pour toi il ne compte pas, c'est ça ?

– Eh bien oui ! Bon, à présent parlons d'autre chose, veux-tu ? »

Les mâchoires cripées, Roland exprimait son impatience. Alors Anna laissa éclater sa colère et son dégoût.

« Tu n'es qu'un lâche, je te méprise, va-t'en ! »

Hors d'elle, Anna hurlait.

« Cesse de crier, c'est ridicule ! Fais comme moi, oublie ces gens que tu ne connaîtras jamais. »

Se rapprochant, il fit mine de l'attirer vers lui ; furieuse, révulsée, elle recula. Alors il saisit fermement ses poignets et elle se débattit sans réussir à se dégager. Tout à coup, elle lui mordit la main. Il la lâcha en laissant échapper un juron et elle bondit en arrière.

« J'ai honte, cria-t-elle avec violence, honte de t'avoir connu ! Je ne veux plus jamais entendre parler de toi ! Disparais ! »

Il lui jeta un regard haineux, hésita encore, saisit enfin son manteau et repartit à grands pas vers le bourg.

Lorsqu'elle rentra, deux bonnes heures plus tard, il était parti sans donner aucune explication à quiconque. Encore en proie à une terrible colère, Anna courut vers Jeanne-Marie, lui rapporta cette scène inconcevable avant d'éclater en sanglots. Une subite nausée la submergeait. Puis elle songea que le hasard avait décidé pour elle. Sans cet incident, elle aurait pu lier sa vie à un homme tellement abject… Elle frissonna, consternée de n'avoir pas su déceler combien il était fourbe et méprisable. Pierre-Yves avait mille fois raison, elle ne le connaissait pas. Alors, elle courut vers son grand ami ; lui seul pouvait la comprendre, c'était auprès de lui et de personne d'autre qu'elle devait chercher refuge.

Un peu plus tard, pressée de questions par sa tante et son père, Anna avait bien dû justifier le départ précipité de Roland ; profondément meurtrie, elle ne cachait pas son accablement, plongeant ainsi les siens dans l'inquiétude. Pourtant, après son entretien avec Pierre-Yves, elle avait paru beaucoup plus calme. Soucieuse de ne pas gâcher la joie de tous, elle avait pris part au repas de réveillon. Chacun se gardait de faire allusion à celui qui venait de l'offenser de manière aussi indigne.

Deux jours plus tard, en apparence tout paraissait rentré dans l'ordre. Pourtant, Anna mettrait du temps, beaucoup de temps, à oublier.

* *
*

Juin finissait à peine et une intense chaleur amenait les baigneurs sur les petites plages des environs de Maureuil.

Anna fit de grands signes à son frère venu les rejoindre, elle et Pierre-Yves. Apercevant Matthieu, la fillette blonde occupée à creuser le sable près de son père courut maladroitement se jeter dans ses bras. Aussitôt, elle entraîna le jeune homme vers la fragile tour érigée presque au ras de l'eau. Ses cheveux blonds retombaient en boucles épaisses sur ses épaules, son regard bleu rappelait tout à fait celui de son jeune oncle. Lentement, Anna s'approcha ; attendrie, pleinement heureuse, elle souriait.

« Vois maman, fit la petite tout excitée, papa a fait un beau château pour Sophie ! »

Ses études terminées, son certificat en poche, Anna enseignait les arts plastiques dans un lycée de Marseille. Elle avait épousé Pierre-Yves, attaché à l'université des sciences. Leur fille venait d'avoir deux ans et demi. Terriblement gâtée, elle obtenait tout de Gaspard. Anna se réjouissait du bonheur qui brillait dans les yeux de son père quand la petite s'installait sur ses genoux.

À la mi-mai, toute la famille avait été invitée chez Aurélie, à Saint-Tropez. Pour suivre le défilé de la Grande Bravade, Gaspard avait porté Sophie sur ses épaules ; d'abord effrayée par le bruit et la foule, la petite, serrée contre son grand-père, n'avait rien perdu du spectacle.

Petite fille encore, lors de sa première bravade, Anna avait écouté attentivement les explications de Magali Aubertin, tropézienne de naissance.

« Parée de rouge et de blanc, couleur des corsaires, depuis quatre siècles la cité en liesse fait revivre traditions et personnages historiques. Du haut de la Citadelle, au-dessus de la ville, les canons tonnent. Sur le port, les vieux tromblons pétaradent, dans une épaisse fumée, au pied de la statue du bailli de Suffren, vice-amiral de la marine royale sous Louis XVI. Le grand défilé parcourt les rues avant de gagner l'église, ornée de bouquets rouges et blancs ; mousquetaires, marins, pisans, garde-saints et bravadeurs escortent la statue de saint Tropez, à la suite des fifres et tambours et du long cortège des Tropéziens de souche en costumes provençaux. »

Le premier soir, épuisée, la petite Sophie s'était endormie sur l'épaule de son grand-père. Pourtant, volontaire et décidée, le lendemain elle n'avait presque rien manqué des réjouissances diverses.

À présent, elle tirait son père par la main afin qu'il l'emmène se plonger dans l'eau tiède. Pierre-Yves se retourna pour sourire à Anna, prit la petite contre lui et entra dans la mer. Matthieu les suivait et Anna courut derrière eux.

Elle nagea longtemps, le plus loin possible, accompagnée du bruissement continu des vaguelettes. « Le chant de la mer… » se dit-elle, comblée. Avant de faire demi-tour, elle se laissa bercer un long moment à la surface ; autour d'elle, l'immense étendue chatoyante, bleue, si bleue, reflet du ciel infiniment pur. Anna était chez elle, parmi tous ceux qui l'aimaient. Tout était bien.

Épilogue

Si, durant l'année scolaire, Anna et Pierre-Yves demeuraient à Marseille où les appelait leur travail respectif, ils passaient toujours les vacances à Bois-Colombes avec leur fille. De leur côté, Magali et Frédéric Aubertin avaient très souvent leur visite dans la grande maison de Maureuil. Mais la tradition perdurait : en août, la famille de Gaspard au grand complet séjournait régulièrement trois semaines à Sarnac.

On était de retour depuis la veille et la verrerie venait de rouvrir ses portes. Ce matin-là, précédant Pierre-Yves qui portait la petite Sophie pour descendre l'escalier menant aux chambres, Anna s'étonna de voir que son père n'avait pas encore gagné les ateliers ; assis près de lui dans la vaste cuisine à la table du petit déjeuner, pâles et attentifs, Jeanne-Marie et Vivien tendaient l'oreille. La mine grave, tous les trois écoutaient la radio. Déjà, la jeune femme se penchait vers eux pour un bonjour mais Gaspard l'écarta d'un geste ; tendu, il monta le son de la radio.

« On nous prie de réitérer le communiqué diffusé en début d'émission. Il s'agit là d'une information d'une importance capitale. Depuis quelques semaines, une femme amnésique est hébergée au centre de soins de Montseil, en Haute-Savoie. Rapatriée de Russie, on a tout lieu de croire qu'elle a été détenue dans un camp de déportation allemand durant la dernière guerre. Récemment, elle semble avoir retrouvé en partie la mémoire et affirme se nommer Sophie Amaloff et être née à Paris en 1916. Le médecin-chef lance un appel urgent à quiconque reconnaîtrait ce nom et pourrait donner des renseignements sur cette personne et sa famille éventuelle. » Suivait un numéro de téléphone où joindre le responsable du centre de soins.

La stupeur, l'incrédulité se lisaient sur tous les visages. Nul n'osait ajouter foi à cette nouvelle tellement inattendue. Après un long silence, Gaspard se mit soudain à répéter :

« Sophie vivante, c'est impossible, impossible ! La guerre est finie depuis plus de seize ans, comment se pourrait-il… »

Il levait vers les siens un regard désemparé. Le cœur d'Anna bondissait à grands coups dans sa poitrine. Fallait-il croire que sa mère était réapparue ? S'agissait-il d'un faux espoir ? De toutes ses forces, elle repoussait cette idée par trop cruelle. C'était impossible, disait son père, et pourtant…

* *
*

Installée dans un fauteuil confortable à l'ombre de la véranda, une femme aux cheveux blancs, d'une extrême maigreur, écoutait en souriant le babil de sa petite-fille. Elle la regardait jouer, l'appelait Anna, lui réclamait sans cesse son petit frère Matthieu. Souvent, le jeune homme venait s'agenouiller auprès d'elle, lui prenait les mains, répétait avec insistance :

« Maman, c'est moi Matthieu, ton petit garçon… »

Étonnée, elle caressait sa joue, ses cheveux, semblait chercher en vain qui il pouvait bien être. Elle n'évoquait son passé en aucune manière, ni sa longue absence, ni la période qui l'avait précédée.

On ne la laissait jamais seule ; tour à tour, les membres de la famille se relayaient auprès d'elle. Le plus souvent, c'était Anna ou Jeanne-Marie, ou Flavie parfois, qui lui tenaient compagnie.

Épilogue

Et lorsque Gaspard se penchait vers elle, ses yeux bleus dont l'éclat s'était terni se mettaient soudain à briller intensément. Elle lui tendait les bras. Les larmes aux yeux, il l'étreignait en disant :

« Sophie, ma Sophie, je t'aime ! »

Elle s'accrochait à lui, le laissait aller à regret. Enfin elle prononça son prénom, à la fois étonnée et ravie :

« Gaspard ! Reste, reste là… »

Optimiste, son médecin affirmait que, grâce à l'affection des siens, la mémoire lui reviendrait bientôt. Le cœur plein d'espoir, chacun attendait ce jour.

Bibliographie

Dossier « Métiers de la lumière XVe-XIXe siècles », *Nos ancêtres. Vie et métiers* n° 25, mai-juin, 2007.

Remerciements

À David et à ses deux associés qui m'ont fait découvrir la magie de leur métier de verriers d'art.

Table des matières

Première partie : Sophie 7

I Le courroux d'Angèle 11
II Les maîtres verriers 23
III Découvertes 33
IV Port-Maureuil 47
V Retour à Sarnac-le-Château 59
VI En Auvergne 71
VII En parcourant le Cantal 83
VIII Retour en Provence 89
IX Promesses 109
X Au fil du temps 121
XI Nouveau venu 133
XII Vacances 145
XIII Vivien découvre l'Auvergne 155
XIV Et vint la guerre... 167
XV Une vie s'achève 179
XVI À la merci des monstres 191

Deuxième partie : Anna 205

XVII La douleur de Gaspard 209
XVIII La détresse des enfants 221

XIX L'arrivée des Alliés 231
XX Anna et la guerre 243
XXI Carnaval en Provence 255
XXII La vie reprend ses droits 267
XXIII Sabine 281
XXIV Conflits 293
XXV Premier chagrin 307
XXVI Amertume 319
XXVII Port-Cros 333
XXVIII Départs 345
XXIX Murano 357
XXX Roland 369
XXXI Avenir ? 379

Épilogue 401

Chez le même éditeur

Sagas familiales et destins singuliers sont au cœur des romans De Borée. Découvrez-les sans plus attendre.

AUCOUTURIER Alain
Aux innocents les mains pleines
La Mère-Nuit
Le Besacier
Le Bon Dieu dans les orties

AUDIDIER Robert
Le Voyage de Pierre Angibaud
Les Trois Frères

AUDOUX Marguerite
Marie-Claire suivi de
L'Atelier de Marie-Claire

AUJOULAT Noël
Le Village perdu

BARBET Jean-Louis
Le Chocolat des temps amers

BARDOT Thierry
Le Hameau des Tailles
Les Mauvaises Herbes
Les Méprises

BARRAL René
La Colère des drailles

BARTHOMEUF Georges,
ROUZAIRE Roger
Le Prix de la terre

BÉLARD Paul
Moissons d'enfance
La Ferme aux écrevisses

BÉNÉ Robert
La Belle Virginie
La Belle Marguerite
La Belle Mathilde
Le Trésor d'Alpaïde
La Belle du Saint-Laurent

BENOÎT Michel
Les Moissons de sang

BERTHÈS Colette
La Mémoire des chemins

BERTHOD Michel
Le Temps des hirondelles

BESSON PIERRE
Un pâtre du Cantal

BOBÈCHE Adrien
La Fille de la meunière
Les Confitures du haut de l'armoire
Au vent des brandes

BORMANN Christian
Les Coulées douces

BOSQUET Roland
Les Yeux de Chloé

BOUCHARDY Christian
Le Fugitif de la Saint-Jean
La Trace mystérieuse

BOUCHET Maurice
La Pierre au mercier
Le Chêne foudroyé
La Fille du pertuis
Là où disparaît le torrent

BOUDOU Josette
La Maison d'école
Marie, fille des montagnes
Les Chemins de toile
La Ronde des saisons
La Nuit des abeilles
Les Feux de Bois-Colombes

BOURRET Johan
Quand les loups rôdent

BOUSSUGE Micheline
Le Bois de Bis

BRIAND Charles
Le Foulard de l'aviateur

BUICHE Jean-Pierre
Une petite âme

CALLEROT Geneviève
Treize Grains de maïs

CAPPEAU Marie Nicole
Désacœur
Un château de famille

CASTELAIN Anne-Marie
Les Amours de Louise
La Promesse
Le Passant de l'été

CHALAYER Maurice
Les Promesses du haut pays
La Paix des collines
Un buisson d'aubépine
Le Secret de Jean
La Tourmente

CHARMASSON Guy
La Main du maître

CHATRY Colette
Les Rubans roses

COGNÉRAS François
La Mémoire engloutie

COLLIN Yvon
L'Écorce amère

CORNAILLE Didier
La Photo de classe

COSEM Michel
Justine et les loups
Le Bois des demoiselles

CROIZIER Jean-Pierre
La Bonne Providence

DEBRIFFE Martial
Le Secret de la Villa Marianne
Les Peyrie

DELOMME Martine
Un été d'ombre et de lumière

DEMURE Jean-Paul
Les Rosiers de la rue Vermenouze

DRAVAINE Claude
Le Grand Domaine

DUCLOZ Albert
Une étrange récolte
Les Jacinthes sauvages

DUHAMEAU Jacques
Le Vent du Peyradoux

DUPUY Daniel
Fontcouverte
Le Mystère Fontbrune

FABRE Jean-Luc
Le Colporteur des âmes
Une neige de juillet

FARINELLI Bernard
Terre-Dieu

FRONTENAC Yvette
Les Années châtaignes
Les Années chantepleure
Éléonore

GALLOIS Christiane
La Clairière aux genêts
Nanou, les doigts pleins d'encre

GAMARRA Pierre
Les Coqs de minuit suivi de
Rosalie Brousse
L'Empreinte de l'ours

GAY Marie-Claude
Le Vallon des sources
Faustine et le bel amour

GIBERT Sylvie
Derrière les portes

GIMBERT Yveline
La Méprise
Le Crépuscule du loup

GONZALÈS Daniel
La Demoiselle du port
Le Temps des cigales

JAILLER Isabelle
Louise, loin du pays

JUBIEN Aurélie
Un jour d'octobre

JUDENNE Roger
Les Terres brunes
Les Bons Jours
Une vie de dimanche
Louison la douce
Le Silence des rives

LABORIE Christian
L'Appel des drailles
Les Drailles oubliées
Le Secret des Terres Blanches
L'Arbre d'or
Le Saut-du-Loup
Les Sarments de la colère
Les Bonheurs de Céline
Le Brouillard de l'aube

LACOMBE Michel
Les Brûlots de paille
La Bonne École

LAFONTAINE Jacques
Les Jours de gloire

LAOUENAN Roger
Le Pain bleu
Le Repaire du papillon

LAVARENNE Michelle
La Belle Vie d'Anna
Le Rossignol des Tuilières

LAVISSE Suzanne
Le P'tit Louis de la loge

LEBERT Karine
Nina et ses sœurs
Le Secret d'Emma

LEDOUX Ivan
La Guerre des marrons

LEMAIRE Philippe
Les Vendanges de Lison
La Belle absente
La Soureillade
Compagnons de fortune
Gus

MALLOUET Jacques
Années vertes, années noires
Japperenard

MÉRAUX Philippe
Le Chasse-pendule

MERCIER Louis
Les Contes de Jean-Pierre en pays roannais

MICHELIN Yves
L'Héritage trahi

MOSCA Lyliane
Les Gens de Laborde
Les Amants du moulin

NAVARRO Christine
Le Bonheur en été
L'Échappée belle
L'Éventail d'ivoire

NEGRI (DE) Gérard
La Brûlure des pierres

PALET (DE) Marie
Les Terres bleues
La Demoiselle
Tistou
Mademoiselle Fine
Céline, une vie toute simple
Sidonie des Bastides
Le Village retrouvé
Un chemin de rocailles

PECOU Raymond
Allée des Alyscamps

PÉRILHON Jean
Les Racines de mai

PERRÈVE Paul
La Pierre levée
La Burle

PERROT Philippe
Les Pommiers sauvages

PICCINO Sylviane
Les Sabots de peine

PINCE Jacques
Tustou et Marie
Les Premiers Sillons
Le Goût du blé
La Vengeance de Bogis
L'Ombre du chai

PLAIT Annie
Les Longues Saisons

PLUCHARD Mireille
Les Sentes buissonnières

PONTY Monique
Un orage dans la tête

PUIJALON Bernadette
L'Œil du vivier
Un parfum de gentiane
L'Heure de l'alouette
Des monts de tempête
Le Loup d'Orcival

RIPERT Pierre
Le Temps d'un été

ROCHE Florence
Des monts de résistance
Les Hautes Terres
L'Honneur des Bories
L'Héritage maudit

ROSSET Jean
Les Derniers Porteurs de terre

ROYER Roger
La Colombière
La Colline des Maures
Le Médecin de Maurevers
La Dame de la Callune

SABOURIN Pierre
La Terre des coteaux
Le Boulanger de Saint-Laurent

SAND George
La Ville noire
Jean de la Roche
Le Péché de monsieur Antoine
(tomes I et II)
Le Marquis de Villemer
François le Champi
Le Compagnon du Tour de France *
Le Compagnon du Tour de France **
Contes d'une grand-mère *
Contes d'une grand-mère **

SOYEZ Jean-Marc
La Vigne à Saint-Romain
Le Bonheur selon Félisse
La Ramandeuse
Julia

TAMAIN Louis
Le Renard
Médecin de campagne – L'Encre violette
L'Énigme de Fontary
Le Miroir aux alouettes

TEMPÈRE Jean
Les Sirènes du lac

TESSIER Colette
Les Carnets noirs

THOULON-LANGUET Michèle
Le Tablier bleu
Maria du bout du monde

TOUATI Claude-Rose et Lucien-Guy
Une maison dans les herbes
Le Cahier bleu
Les Ombres de la palombière

VAISSIÈRE Marie-Louise
Marie, fille de cocagne
Marie des vignes
Soleil de femmes

VALETTE Paule
Les Feuilles du pêcher

VÉDRINES Jean-Pierre
Un jour d'orage
Froides Vendanges

VERDIER Henri
La Fille du bénitier

VINCENT Claude
La Révolte du père